dtv

Nachdem auch ihr Sohn Christoph ausgezogen ist, fällt Marie Overbeck in ein schwarzes Loch. Was soll sie, bisher Nur-Hausfrau, nun mit ihrem Leben anfangen? Die Aussicht auf Golf und Kaffeeklatsch mit ihren Freundinnen ist der tatkräftigen Mittfünfzigerin ein Graus, und so sucht sie nach neuen Aufgaben. Die findet sie in Gestalt des fünfjährigen Kevin und seiner Familie. Gutmeinend und energisch beginnt sie, den total verlotterten Haushalt umzukrempeln. Sie bringt die drei Kinder auf Trab und versucht, die dauerfernsehende, schwangere Mutter aus ihrer Lethargie zu holen. Ein Engagement mit ungeahnten Folgen ...

Ursula Schröder, geboren 1957, studierte Englisch und Geschichte in Bonn. Sie veröffentlichte Kurzgeschichten, Sachtexte sowie vier erfolgreiche Frauenromane bei dtv. Seit 2000 arbeitet sie als PR-Beraterin in ihrer eigenen Text & Ideenwerkstatt. Sie ist verheiratet und hat drei erwachsene Kinder. Mehr unter: www.ursulaschroeder.de

Ursula Schröder

Alles auf Anfang, Marie

Roman

Deutscher Taschenbuch Verlag

Von Ursula Schröder
sind im Deutschen Taschenbuch Verlag erschienen:
Schöner wohnen mit Mann (20992)
Wochenlang kein Schönheitsschlaf (21080)
Träum schön weiter (21118)
Umzug ins Glück (21265)

FSC www.fsc.org
MIX
Papier aus verantwortungsvollen Quellen
FSC® C019821

Originalausgabe 2012

Umschlagkonzept: Balk & Brumshagen
Umschlagbild: Kate Forrester (The Artworks)
Satz: Greiner & Reichel, Köln
Gesetzt aus der Sabon Antiqua 9,75/12·
Druck und Bindung: C. H. Beck, Nördlingen
Gedruckt auf säurefreiem, chlorfrei gebleichtem Papier
Printed in Germany · ISBN 978-3-423-21375-2

1

An dem Tag, als Christoph auszog, brach für mich eine Welt zusammen. Ich hatte es nicht kommen sehen und war völlig überrascht, als er mir mitteilte, er werde mit seiner Freundin zusammenziehen, von deren Existenz ich erst seit kurzem wusste. Und ich naives Dummchen hatte gedacht, er werde mir noch lange erhalten bleiben. Ich hatte mir immer so viel Mühe gegeben, damit er sich bei mir wohl fühlte. Kochen und Waschen waren eine Selbstverständlichkeit, aber ich hatte mich auch bemüht, immer ein offenes Ohr für seine Probleme zu haben und ihm trotzdem genug Freiraum zu lassen.

Und jetzt dies.

Während ich tapfer versuchte, meine Tränen zurückzuhalten, als er seine Jacken aus der Garderobe zusammenpackte, hatte ich den Eindruck, mir würde der Boden unter den Füßen weggezogen. Mir war klar, dass ich ihn nicht festhalten konnte, aber wenn man jemanden seit dreiundzwanzig Jahren liebt, dann …

»Soll ich dir noch was zu essen einpacken?«, fragte ich mit einem mühsamen Lächeln.

Er sah mich mitleidig an. »Hör mal, ich fahre nach Münster und nicht nach Marrakesch. Ich werde nicht verhungern.«

»Ich dachte nur, vielleicht hat Jana keine Lebensmittel eingekauft …«

Jetzt wurde sein Blick streng. »Hör mal, ich weiß ja, dass du sie nicht besonders magst, aber sie ist kein hilfloses Blödchen.«

»Das meinte ich auch nicht!«, protestierte ich. »Aber ich könnte dir noch den Bauernschinken mitgeben, den du so gern …«

Christoph schüttelte den Kopf und baute sich vor mir auf. Ich hatte immer den Kontrast zwischen seinem blonden Haar und den braunen Augen so gemocht, und jetzt würde ich ihn nur noch selten zu sehen kriegen. »Mama!«, sagte er mit Nachdruck. »Ich bin erwachsen. Finde dich damit ab.«

»Ja, natürlich«, sagte ich seufzend und hob eine Tasche auf, um sie hinter ihm her zum Auto zu tragen. Aber allein der Anblick des blauen Golfs machte mich noch melancholischer, als ich sowieso schon war. Das war früher mein Auto gewesen, bis Christoph seinen Führerschein machte. Eine Weile hatten wir versucht, es uns zu teilen, was meistens zu meinen Ungunsten ausging. Schließlich hatte Henning beschlossen, den Golf Christoph zu überlassen – als Gegengeschäft für Mithilfe im Garten, was natürlich auch eher zu unseren Ungunsten ausfiel –, und mir das Mini Cabrio gekauft, mit dem ich seitdem meine täglichen Erledigungen machte.

Mit Mühe gelang es Christoph, die letzten Gepäckstücke noch zu verstauen. Es juckte mich in den Fingern, ihm dabei zu helfen, denn in puncto Packen macht mir so schnell keiner was vor, aber das hätte er natürlich mit großer Entrüstung abgelehnt. Dann drehte er sich zu mir um und nahm mich in den Arm, eher aus Pflichtgefühl als aufgrund tiefer Emotionen. »Mach's gut, Mama«, sagte er. Rasch ließ er mich wieder los, bevor die Nachbarn diese ungewohnte Gefühlsbekundung registrieren konnten.

»Du auch«, erwiderte ich tapfer. »Und ruf mal an, wenn...«

»Ich melde mich, wenn ich angekommen bin«, gestand er mir zu. »Aber komm bloß nicht auf die Idee, jeden Tag mit mir zu telefonieren wie mit Lotta. Ich brauche weder Rat beim Schuhekaufen, noch werde ich dir die Ohren vollheulen, wenn mich die Uni stresst.«

Klar, dafür hatte er jetzt Jana. Ich hätte es wissen müssen, aber Mütter sind nun mal so. Das ist vermutlich genetisch festgelegt. »Hast du denn alles?«

Unschlüssig spielte er mit seinem Autoschlüssel. »Na ja, ich kann ja den Bauernschinken doch mal mitnehmen.«

Und dann war er wirklich weg.

Henning war an diesem Tag zum Mittagessen zu Hause, was mir wenigstens die Aufgabe stellte, etwas Richtiges zu kochen. Seit seine Firma vor acht Jahren an eine größere Gruppe verkauft worden war, hatte er nicht nur einen sehr erfolgreichen Aufstieg gemacht, sondern musste auch durchschnittlich drei Tage in der Woche in Hannover arbeiten, wo sich der Hauptsitz befand. Damals hatten wir entschieden, nicht dorthin umzuziehen, damit die Kinder nicht die Schule wechseln mussten. Stattdessen hatte Henning sich ein kleines Apartment gemietet und einen luxuriöseren Firmenwagen bekommen, und irgendwie hatten wir uns mit dieser Regelung ganz gut eingerichtet. Bis jetzt.

»Hör mal«, sagte Henning zu mir, »da Christoph nun ausgezogen ist, könnten wir doch endlich diese Nudeln mit Hackfleischsauce vom Küchenplan streichen.«

»Ich habe das heute gekocht, weil ich dachte, er würde vielleicht noch zum Essen bleiben«, erklärte ich ihm entschuldigend. Ich wüsste ja, dass er das nicht mag, aber dafür habe er doch sicher Verständnis.

Henning zog kritisch die Augenbrauen hoch. »Ich hatte angenommen, er wollte um neun Uhr los?«

Ich wand mich ein bisschen. Christophs Tendenz zur Unpünktlichkeit war immer ein Streitpunkt zwischen ihm und seinem Vater gewesen. »Na ja, er brauchte etwas länger, bis er alles zusammen hatte. Aber er war dann um elf weg.« Ich sah auf die Uhr und fühlte sofort wieder eine bekannte Besorgnis. »Er müsste längst angekommen sein! Ob ich mal auf dem Handy…?«

»Auf keinen Fall!«, sagte Henning mit Nachdruck. »Wenn was passiert wäre, dann hätten wir es gehört. Und du hörst jetzt endlich auf, den Jungen zu bemuttern. Er ist dreiundzwanzig, da kann er ja wohl sein Leben allein bewältigen.« Mit einem etwas leidenden Gesichtsausdruck schüttete er sich mehr Parmesan auf seine Nudeln. Natürlich würden sie ihm damit nicht besser schmecken, aber es dokumentierte, dass er alles versucht hatte. »Hat Lotta sich heute schon gemeldet?«

Ich schüttelte den Kopf. »Heute hat sie den ganzen Tag Tutorium. Ich vermute, wir telefonieren heute Abend.«

»Dann sag ihr bitte, sie soll sich endlich mal mit ihrer Visakarte zurückhalten«, sagte er und schnitt damit gleich das nächste leidige Thema an. »Wenn das so weitergeht, dann werde ich die Karte sperren lassen. Ich bin nämlich kein Goldesel, falls sie das denkt.«

Oje. Heute erwischte es mich aber auch von allen Seiten. »Ich glaube, sie hat im Augenblick so einige Sonderausgaben für die Uni«, sagte ich. »Das Semesterticket war fällig, und ein paar Fachbücher brauchte sie auch.«

Henning sah mich stirnrunzelnd an. »Kauft man das Semesterticket neuerdings bei Esprit?«, fragte er mit spöttischem Unterton. »Und die Fachbücher gibt es bei

Mango? Marie, erklär deiner Tochter endlich mal, dass man in der Universität studiert und nicht im Einkaufszentrum.«

»Ich spreche mit ihr darüber«, versprach ich und verfasste innerlich schon eine Mahnrede an unsere Tochter. Natürlich ärgerte ich mich auch darüber, dass sie so oft neue Klamotten kaufte und dafür immer wieder das ihr zugestandene Budget überzog. Auf diese Weise kam es regelmäßig zu Auseinandersetzungen zwischen Henning und mir, so als ob ich dafür verantwortlich wäre, dass Lotta nicht vernünftiger mit ihrem Geld umging. Er meckerte nicht mit ihr, sondern mit mir. Da waren wir plötzlich nicht mehr gemeinsam Lottas Eltern, sondern ich war in der Rolle des Abteilungsleiters, der seine Leute nicht im Griff hat. Ich sollte das Kunststück schaffen und ihr das Geldausgeben abgewöhnen? Das fand ich unfair.

»Und was hast du vor in nächster Zeit?«, wechselte Henning übergangslos das Thema.

»Na ja ... Ich werde mir mal Christophs Zimmer gründlich vornehmen ... Am Freitag gehe ich zum Friseur ...« Ansonsten, merkte ich, hatte ich keine besonderen Termine. Dabei hätte ich gerade jetzt so gut welche brauchen können, um mich ein bisschen abzulenken.

»Vergiss bitte nicht, dass morgen Abend das Clubmeeting mit Damen ist«, bemerkte Henning. »Der Distriktpräsident kommt, und ich brauche meinen dunkelgrauen Anzug. Ist der noch in der Reinigung?«

»Den kann ich heute abholen«, sagte ich etwas zerstreut. Schon wieder ein Präsidenten-Besuch in Hennings Club? Der letzte war doch noch gar nicht so lange her. Ich konnte mich erinnern, dass ich ein ausgeschnittenes Kleid angehabt und der Würdenträger mir sehr intensiv ins Dekolleté geglotzt hatte. »Ist das immer noch derselbe Distriktpräsident? Dieser große Dünne aus Gelsenkirchen?«

»Nein, wir haben einen neuen«, antwortete Henning, inzwischen wieder besser gelaunt. Sein Club ist meistens ein komplikationsfreies Thema. Obwohl es eigentlich schlecht zu ihm passt, sich in einen Verein aufnehmen zu lassen, der ähnlich wie die katholische Kirche auf Frauen verzichtet und in seiner Struktur bis zum Weltpräsidenten, der irgendwo in Amerika residiert, so straff organisiert ist wie das Olympische Komitee. Aber vermutlich reizte ihn die Möglichkeit, auf diese Weise in angenehmer Gesellschaft karitativ tätig zu sein und jeden Donnerstagabend eine Menge neuer Witze zu hören, die keineswegs alle stubenrein waren. »Irgendein Rechtsanwalt aus dem Hochsauerland. Du kannst also das Kleid gefahrlos wieder anziehen.«

Auf keinen Fall. Auch wenn der Distriktpräsident wechselte, die Gattinnen in Hennings Herrenclub blieben im Großen und Ganzen dieselben, und die würden es nicht kommentarlos durchgehen lassen, wenn ich zu zwei ähnlichen Events dasselbe Kleid tragen würde. Natürlich nett verpackt in Bemerkungen wie: »An diesem Stück scheinst du aber wirklich zu hängen.« Beliebt war auch die Variante: »Also ich find es toll, wie du mit unterschiedlichen Accessoires immer wieder einen neuen Look kreierst – ich erinnere mich noch genau an den breiten Gürtel, den du letztes Mal dazu getragen hast. Das machte es gleich viel sportlicher, nicht?«

Da musste man dann freundlich lächeln und entgegnen: »Tja, weißt du, den breiten Gürtel konnte ich heute nicht tragen, weil der mir viel zu weit geworden ist. Ich habe nämlich seitdem sechs Kilo abgenommen, stell dir das vor!« Das war die einzige Methode, um das Gespräch abzubrechen – vorausgesetzt, die Tatsachen passten dazu. Bei mir taten sie das nicht unbedingt, sechs Kilo abgenommen hatte ich nicht mehr, seit ich nach Lottas

Geburt meine Figur einigermaßen wieder erkämpft hatte. Aber ich hatte auch nicht so drastisch zugenommen wie einige andere Frauen, bei den meisten Marken kam ich mit Größe Vierzig noch ganz gut hin, und damit kann man ja wohl zufrieden sein, wenn man erst mal die Fünfzig überschritten hat.

Nun teilte mein Mann mir noch mit, dass er nächste Woche nach Hongkong fliegen müsse und ich doch bitte dafür sorgen solle, dass er genügend Hemden zur Verfügung hatte, und bat mich dann, ihm einen Kaffee zu machen, während er noch rasch einige Unterlagen überprüfen musste.

Schweigend machte ich mich ans Werk. Das war immer meine Aufgabe gewesen, genau wie viele andere Dinge, die eine emanzipiertere Frau vermutlich empört ablehnen würde. Ich gebe zu, ich bügele für alle, ich putze die Schuhe der Familie, ich koche möglichst das, was alle essen wollen. Aber plötzlich haute das nicht mehr hin. Mein Mann kam nur unregelmäßig, die Kinder waren nun beide ausgezogen und würden aller Voraussicht nach nicht wieder zurückkommen, jedenfalls nicht auf Dauer.

Eigentlich wollte ich das ja so. Sie sollten doch erwachsen werden und erfolgreich sein und den richtigen Beruf ergreifen und möglichst eine Familie gründen und uns mit den Enkeln besuchen kommen, aber ... Ich hätte nicht gedacht, dass das so plötzlich passieren würde. Christoph wollte eigentlich noch zu Hause wohnen bleiben und weiter in Siegen studieren, aber dann war Jana gekommen und hatte seine Pläne geändert. Lotta war längst in Hamburg sesshaft geworden und kannte dort vermutlich jede Kneipe und jede Boutique zwischen Harburg und Itzehoe. Henning war unentbehrlich für seine Firma, was wir nicht nur an einem guten Gehalt, sondern auch an Tausenden von Flugmeilen und verfahrenen Kilometern im Jahr spürten. Und ich? Ich hatte hier das Haus und die Kinder versorgt und mich eigentlich nicht verändert. Oder vielleicht hatte ich nicht wahrhaben wollen, dass sich die Fünfzig langsam über mich hermachte, mit grauen Haaren, die ich alle sechs Wochen sorgfältig überfärben ließ, und der Notwendigkeit der regelmäßigen Fußpflege, damit ich in meinen teuren Pumps auch vernünftig laufen konnte.

Ich stellte Henning seinen Kaffee hin und ließ mich auf dem Sofa nieder, um ein paar Seiten in meinem aktuellen Roman zu lesen, bevor ich mich endgültig in Christophs Zimmer stürzen würde. Aber mir war klar, dass selbst wenn ich die Fenster putzen und die Gardinen abnehmen würde, daraus kein Projekt für mehrere Tage entstehen könnte. Was würde ich dann tun? Was hatte ich bisher getan? Die Zeiten, in denen ich mit Hausaufgabenbetreuung und den Fahrten zwischen Sportvereinen und Musikschule ausgelastet war, waren schließlich längst vorbei. Klar, der Garten bot immer Beschäftigung. Ab und zu traf ich mich nachmittags mit Freundinnen. Und dann gab es natürlich die Großprojekte: Renovierung des Wohnzimmers, eine neue Küche oder der Dachausbau vor ein paar Jahren, der uns ein Gästezimmer eingebracht hatte. Dorthin konnte ich ausweichen, wenn Henning mal wieder seine Schnarchphasen hatte, und ursprünglich hatte ich mal vorgehabt, dort eine Staffelei aufzustellen und mit dem Malen anzufangen. Bisher war es aber beim Kauf einiger Leinwände und einer Grundpackung Acrylfarben geblieben.

Wäre es an der Zeit, diesen Plan in die Tat umzusetzen? Weil ich Ordnung liebe, beschloss ich, das Ganze systematisch anzugehen. Ich legte meinen Roman beiseite, der mich sowieso nicht wirklich fesselte. Ich meine, wie viele Geschichten über vom Schicksal gebeutelte Frauen im ausgehenden Mittelalter muss man gelesen haben? Mein Stapel mit ungelesenen Büchern enthielt noch zwei weitere von dieser Sorte, außerdem einige Krimis über hochbegabte und deshalb besonders perverse Serienmörder und natürlich diesen Vampirroman, den Lotta mir ans Herz gelegt hatte.

Stattdessen griff ich zu einem Block und versuchte mal alles aufzuschreiben, was ich realistischerweise tun könnte. Ich war ja erst zweiundfünfzig, da müssen andere Leute noch über zehn Jahre arbeiten, bevor sie sich zur Ruhe setzen können ... Ob ich es auch noch mal damit versuchen sollte? Etwas unsicher schrieb ich also als Erstes auf das Blatt: »Job suchen«. Aber als was? Ganz früher – tatsächlich in einem anderen Jahrhundert – hatte ich mal als Rechtsanwaltsgehilfin gearbeitet. Aber abgesehen davon, dass mir das schon damals wenig Freude gemacht hatte, würde ich mit meinem völlig veralteten Know-how vermutlich keine entsprechende Stelle finden. Und wenn ich mir vorstellte, mich Hennings Clubfreund Klaus-Günther, dem größten Schwaller Deutschlands, als Mitarbeiterin anzudienen, dann hatte ich schon gar keine Lust mehr. Aber so schnell kann man ja die Flinte nicht ins Korn werfen. Also schrieb ich erst mal als Unterpunkt auf mein Blatt: »Beratung Arbeitsamt«. Vielleicht hatten die ja eine Idee, dafür sind sie schließlich da, oder etwa nicht?

Mein nächster Gedanke zu diesem Punkt war: Vielleicht könnte ich irgendwo berufsfremd arbeiten. Die Frage war, was für Fähigkeiten habe ich? Immerhin bin ich seit über fünfundzwanzig Jahren Familienmanagerin, wie man heute zu einer Hausfrau und Mutter sagt, und da hat man schon einiges gelernt. Zum Beispiel putzen, aber dazu hatte ich absolut keine Lust. Und Henning würde auch niemals zustimmen, dass ich einerseits Frau

Kopp einmal die Woche zur Grundreinigung unseres Hauses beschäftigte und dann bei anderen Leuten putzen ging. Oder kochen, aber auch das war eine Tätigkeit, die ich nicht unbedingt gegen Bezahlung ausüben wollte. Waschen und bügeln? Einkaufen? Mir fiel wieder unsere modebewusste Tochter Lotta ein. Solange sie noch bei uns gelebt hatte, waren regelmäßige Shoppingtouren ein Teil unseres Lebens gewesen, und ich bildete mir ein, ein ganz gutes Auge dafür zu haben, was jemandem steht und was nicht. Also schrieb ich ein bisschen kleiner »Verkäuferin« auf mein Blatt. Dass ich mich dafür nicht unbedingt bei Aldi bewerben würde, wusste ich auch ohne es schriftlich zu fixieren. Shoppingberaterin würde mir auch gefallen, aber das wurde man sicher in meinem Alter nicht mehr … und an meinem Wohnort schon gar nicht.

Dann dachte ich darüber nach, ob es unbedingt ein bezahlter Job sein müsste. Ein paar der Gattinnen von Hennings Clubfreunden zum Beispiel arbeiteten als Grüne Damen im Krankenhaus, und eine etwas entferntere Bekannte war ehrenamtlich in einer Stadtbücherei tätig, wo sie Kindern vorlas und Ähnliches. Ich schrieb mal erst ganz allgemein »Ehrenamt« auf meine Liste und setzte darunter die Bereiche, die mir dazu einfielen: Krankenhaus, Altenheim, Kirchengemeinde. Nichts, was ich auf den ersten Blick prickelnd fand. Aber dafür war ja so ein strukturierender Ansatz da – erst mal sammeln, dann weitersehen.

Ich wollte gerade als nächsten Punkt den Bereich »Kreatives« dazuschreiben, als ich in der Küche ein Geräusch hörte – mein Handy hatte eine SMS empfangen. Sie war von Christoph, wie ich direkt gehofft hatte, und er hatte sich auf die beiden Worte »Unfallfrei angekommen« beschränkt. Nun könnte ich diese lakonische

Nachricht sehr gut verstehen, wenn sie von jemandem wie mir käme, weil ich mich mit dem SMS-Schreiben schon sehr quäle, aber weil ich wusste, wie gewandt mein Sohn oft lange Nachrichten schrieb, war ich etwas enttäuscht ob dieser Einsilbigkeit. Aber so würde das jetzt sein, dachte ich. Das leere Nest. Ich hatte es gewusst und war trotzdem nicht darauf vorbereitet.

Mit einer gewissen Aggressivität im Bauch ging ich schnurstracks in das Zimmer meines Sohnes, um dort mal richtig Ordnung zu schaffen. Er würde es kaum wiedererkennen, wenn er in den Semesterferien nach Hause kam. Aber das geschah ihm nur recht.

2

Wie geplant warf sich Henning am nächsten Abend in den frisch aus der Reinigung geholten dunkelgrauen Anzug. Nun ist das beileibe nicht der einzige Anzug, den er hat, aber aus irgendeinem Grund trägt er den besonders gern zu speziellen Clubmeetings. Vielleicht, weil die Goldnadel im Revers darauf so gut zur Geltung kommt.

Ich stand dagegen längere Zeit etwas unentschieden vor dem Kleiderschrank. Gern hätte ich das dunkelrote Jäckchenkleid angezogen, weil das so hervorragend zu den Schuhen passte, die ich bereits an den Füßen hatte, aber leider war es etwas zu warm für das sommerliche Wetter. Den klimatischen Bedingungen kam wiederum das mittelblaue Kleid entgegen, was mir aber mit den Schuhen nicht gefiel.

»Nun zieh schon das mit dem Ausschnitt an«, drängte Henning mit einem Blick auf die Uhr. »Wenn dieser Distriktfuzzi wieder so unverschämt auf deinen Busen starrt, dann beschwere ich mich beim Weltpräsidenten.«

»Als ob den das interessieren würde«, murmelte ich und zog das besagte Kleid hervor. Dass es nicht gebügelt werden musste, sprach eindeutig dafür. Wenn ich jetzt noch anfangen würde, meinen Leinenanzug aufzubügeln, dann würde mein Mann einen Salto schlagen.

»Uns und unsere Freunde interessiert aus Prinzip alles«, erklärte er mir und betrachtete wohlgefällig, wie ich jetzt meine Hausfrauenkluft (bestehend aus Jeansrock und T-Shirt) ablegte, um in das Kleid zu steigen. Immerhin. Nach all diesen Jahren war das schmeichelhaft.

»Alles?«, wiederholte ich, während ich das Kleid hochzog und meine Weichteile an den dafür vorgesehenen Stellen verstaute.

»Alles!«, versicherte er und zog mir den Reißverschluss zu. Er bekräftigte seine Aussage, indem er mit seiner Hand noch über die Kontur meines Hinterns strich. »Ich glaube, es gibt kein Thema auf der Welt, über das nicht in irgendeinem Meeting mal ein Vortrag gehalten worden ist.«

»Allerhand«, sagte ich und sah uns zusammen im Spiegel an. Wir waren kein übles Paar, dachte ich, auch wenn wir nicht mehr die Jüngsten waren. In diesem Kleid hatte ich eine ganz anständige Figur, und Henning hinter mir, leicht gebräunt und mit silbrigen Spuren in seinem dunklen Haar, hatte sich ebenfalls gut gehalten, auch wenn er sich manchmal über einen leichten Bauchansatz beklagte, den man aber jetzt nicht erkennen konnte.

»Wir sind immer sehr interessiert«, sagte er. Seine Hand glitt über meine Hüfte.

»Und dabei so zielstrebig«, sagte ich, während er das Kleid hochschob, bis er den Saum erreicht hatte.

»Genau!«, sagte er, ließ das Kleid los und sah auf die Uhr. »Können wir? Wir wollen doch den Distriktpräsidenten nicht warten lassen.«

Als ich mit meinen Pumps über den Granitboden des Clublokals klackerte, kam die Chefin persönlich herbeigeeilt und sah etwas überrascht aus. »Sie sind heute auch dabei?«, fragte sie irritiert. »Es wurde gar kein Damenmenü bestellt.« »Das ist doch nicht schlimm«, beruhigte ich sie. »Ich esse auch das Herrenmenü. Legen Sie einfach ein paar Koteletts weniger auf meinen Teller.«

Sie verschwand, ohne sich ein Grinsen abzuringen. »Was hat es denn mit diesem Damenmenü auf sich?«, fragte ich Henning.

»Keine Ahnung«, sagte er. »Vielleicht lassen sie da das Viagra zum Schluss weg.« Er ließ mich in den kleinen Saal vorgehen, wo bereits mehrere Herren mit Pilsgläsern herumstanden. Frauen waren noch keine da.

»Ich glaube, der neue Distriktpräsident ist noch schlimmer«, raunte ich Henning zu. »Die anderen Damen haben sie schon in Sicherheit gebracht. Die kriegen sicher gerade eine Burka übergestülpt.«

»Ich weiß nicht ...«, murmelte mein Mann mit etwas besorgtem Gesichtsausdruck.

Sein Freund Herbert drehte sich zu uns um. »Nanu?«, röhrte er auf seine gewohnt polterige Art und kam näher, um uns zu begrüßen. »Wolltest du sichergehen, dass dein Mann auch wirklich beim Meeting ankommt, Marie?«

»Ich wollte sehen, was der neue Distriktpräsident für einer ist«, sagte ich und gab ihm vorsichtig die Hand. Bevor er sie drücken konnte, drehte ich rasch meinen Ringstein nach innen, weil das dann beim Quetschen nicht ganz so wehtat.

Jetzt war Herbert überrascht. »Aber der war doch vorige Woche hier!«, sagte er. Und mit vorwurfsvollem Blick auf Henning: »Da war dein Gatte allerdings nicht im Lande.«

Empört sah ich Henning an. Er hatte doch tatsächlich die Termine durcheinandergeworfen und mich heute zu einer Veranstaltung mitgeschleppt, zu der gar keine Frauen erwartet wurden! »Tja«, sagte ich mit mühsam aufrechterhaltener Fassung, »dann bin ich hier ja wohl überflüssig. Soll ich das Auto mitnehmen und dich hinterher wieder abholen?«

»Kommt gar nicht in Frage!«, röhrte Herbert. »Wenn

du schon mal hier bist, dann bleib auch. Das wird uns schon nicht umbringen.«

Auch Bernhard, der derzeitige Ortspräsident, war der Meinung. Er begrüßte uns als Nächstes und wurde sofort mit der ungeplanten Situation konfrontiert. »Natürlich bleibst du!«, befand er. »Heute referiert Freund Büdenweis aus Dortmund über Schmetterlinge in Mitteleuropa, das gefällt dir doch sicher auch.«

Schmetterlinge in Mitteleuropa? Das war ein Thema, mit dem sich erwachsene Männer in ihrer Freizeit freiwillig beschäftigten? Ich sah Henning an. »Was meinst du?«

Er war etwas schuldbewusst, aber nicht völlig aus der Bahn geworfen. »Bleib ruhig hier«, sagte er. »Dann sehen wir schon mal, wie es sein könnte, wenn wir uns eines Tages doch noch dazu entschließen, Frauen aufzunehmen.« Wobei ich vermutlich die letzte Frau sein würde, der diese zweifelhafte Ehre zuteil würde. Grundsätzlich schmückte sich der Club lieber mit erfolgreichen Persönlichkeiten aus Wirtschaft, Handel und Politik. Und in diese Kategorie gehörte ich nun mal gar nicht.

»Was machen die denn dann in der Küche?«, überlegte ich. »Dann gibt es sicher immer Mischgemüse.«

Bernhard nahm galant meinen Arm. »Gestatte mir bitte, dich an den Präsidententisch einzuladen«, sagte er. »Wenn wir schon eine Dame zu Gast haben, dann gebührt mir ja wohl dieses Privileg.«

Am Präsidententisch trafen wir hinter einer großen Glocke und einem noch größeren Sparschwein auch die anderen Privilegierten: Knut, den Protokollführer, der bereits mehrere wichtig aussehende Unterlagen um sich herum verstreut hatte, Hanno, den Schatzmeister, und Freund Büdenweis, den Referenten des heutigen Abends. Er hatte einen Diaprojektor von vermutlich antiquarischem Wert und einige graue Diamagazine mitgebracht sowie mehrere großformatige Bildbände, so dass der Tisch inzwischen so voll war, dass wir unser Herrenmenü wohl auf den Knien würden essen müssen.

Natürlich waren alle anwesenden Herren höchst überrascht, mich hier zu sehen, und nach der zehnten Erklärung dazu war auch Henning etwas erschöpft. Aber da musste er jetzt durch, genau wie ich als Erstes durch die langwierigen Regularien musste. Es gab vieles bekannt zu geben, und wenn die Herren zwischendurch anfingen zu quatschen wie eine gelangweilte Schulklasse in der sechsten Stunde, dann haute Bernhard unbarmherzig auf die Glocke. Ich hoffte inständig, diesen Abend ohne Tinnitus zu überstehen.

Besondere Mühe hatte der Präsident bei dem Versuch, einen Clubfreund zu finden, der ihn am Montag um zehn zu einer Spendenübergabe in den Kindergarten der Antoniuskirche begleitete, bei der auch die Presse anwesend wäre. Alle Angesprochenen schützten dringende berufliche Verpflichtungen vor, und selbst Freund Schmidt, der diesen Vorwand als Pensionär nicht mehr geltend machen konnte, lehnte wegen eines Arzttermins ab. Frustriert setzte sich Bernhard wieder, weil jetzt das Essen kam, aber nicht ohne noch einen Versuch bei Henning zu machen. »Du kannst wirklich nicht? Hör mal, das dauert höchstens zehn Minuten!«

»Tut mir leid«, sagte Henning schulterzuckend, »aber an dem Tag fliege ich nach Hongkong.«

»Da hast du ja fast das Gleiche«, scherzte Knut. »Lauter kleine Menschen, die drängeln, unverständliches Zeug reden und Geld von dir wollen.«

»Stimmt, ich komme nur nicht in die Zeitung«, sagte Henning.

»Warum gehst du denn nicht allein dahin?«, fragte ich Bernhard. »So schlimm kann das doch nicht sein.«

»Das glaubst du!«, stöhnte er. »Ich hab das schon einmal mitgemacht. Die Kinder haben alle Angst vor mir.« Das konnte ich mir sogar vorstellen, denn Bernhard ist zum einen ziemlich groß und schwer, und zum anderen sieht er ziemlich streng aus. Zufällig weiß ich genau, dass er ab und zu lacht, aber wenn man ihn das erste Mal trifft, kann man das kaum glauben.

»Aber vielleicht könntest du ja mitkommen?«, sagte er jetzt zu mir. »Du hast doch sicher am Montagvormittag Zeit, vor allem, wenn dein Mann auf Reisen ist.«

Ich versuchte gar nicht erst, Arzttermine oder sonstige Verabredungen vorzuschieben, aber ich sah ganz andere Einwände. »Ich bin doch gar kein Mitglied in eurem Club.«

»Aber dein Mann«, meinte Bernhard. »Außerdem interessiert das keinen. Es geht nur darum, dass wir dem Kindergarten die neuen Möbel spendieren, damit endlich das interne Gejammer aufhört, wir würden keine örtlichen Projekte unterstützen.«

»Mach das doch«, stimmte Henning ihm zu. »Das ist wirklich kein Problem. Du nimmst ein paar Kinder in den Arm, Bernhard überreicht den Scheck, der Reporter macht ein Foto, und die ganze Geschichte ist erledigt.«

Zu diesem Zeitpunkt dachte ich das auch, deswegen sagte ich zu Bernhards Erleichterung zu, gerade noch rechtzeitig, bevor auch an unserem Tisch die Teller mit dem Herrenmenü gereicht wurden. Ich bekam auch eins. Heute verwöhnte uns der Koch mit Geschnetzeltem auf einer großen Portion Spätzle, und abgesehen von der Menge sah ich keinen Grund, warum man so was nicht auch servieren konnte, wenn Damen mit dabei waren.

Gut, dass ich mich auf diese Weise noch gestärkt hatte, bevor Freund Büdenweis mit seinem Beitrag begann. Bei einem Diavortrag über Schmetterlinge erwartet man in erster Linie ein paar hübsche Fotos mit bunten Flattertierchen, aber so einfach war das heute nicht. Wie der Referent von Anfang an klarmachte, lag ihm nämlich daran, das Publikum zunächst über die Kategorisierung dieser Insekten zu informieren, von denen es in Gesamteuropa über zehntausend Arten gibt. Bevor er überhaupt den Projektor in Betrieb nahm, hatte er die wichtigsten Unterarten schon in einer Geschwindigkeit aufgezählt, die mich davon abhielt, mir das merken zu wollen.

Ich muss wohl etwas erschrocken geguckt haben, denn Knut lehnte sich beruhigend zu mir herüber. »Keine Sorge!«, raunte er mir zu. »Er hat nur vier Diamagazine bei sich. Er kann uns also maximal vierhundert Arten zeigen.«

Ich wusste nicht, ob ich selbst das durchstehen könnte, zumal gleich das erste Foto nicht etwa einen netten Tagfalter zeigte, sondern eine fette Raupe in Nahaufnahme. »Das«, verkündete Herr Büdenweis (nach dem Schock, den mir dieses Foto versetzt hatte, konnte ich ihn nicht mehr als Freund bezeichnen), »ist die Raupe des Kleinen Weinschwärmers.«

Das erregte immerhin Heiterkeit an mehreren Tischen. Eine vorlaute Stimme behauptete: »Und wir dachten, das wäre unser Präsident.« Das erntete sofort Widerspruch. »Auf keinen Fall«, sagte jemand anders, »der Präsident ist ohne Zweifel ein Großer Weinschwärmer.« Und jeder, der sich schon mal mit Bernhard auf einen Vergleich von kalifornischem Zinfandel mit südafrikanischem Cabernet Sauvignon eingelassen hat, kann das bestätigen.

Der Referent schien nicht sehr erbaut von dieser Art Unterbrechung. Er rächte sich, indem er uns nun mit einer Vielzahl von Bildern bombardierte und dazu die kuriosesten Namen aufzählte. Ich erinnere mich zum Beispiel an das Rotkragen-Flechtenbärchen, zu dessen

Familie aber auch Zimtbär und Blutbär gehören. Thomas Gottschalk und sein Werbesponsor wären begeistert gewesen. Die aufdringliche Frage: »Und was ist mit dem Stachelbär?«, überhörte Büdenweis geflissentlich. Stattdessen wandte er sich der Gruppe der Sackträger zu, worauf jemand meinte: »Vielleicht sollte die Dame jetzt doch rausgehen!«

Das hätte ich sogar ganz gern getan, denn so langsam begannen mich die vielen Schmetterlinge und ihre Raupen zu ermüden. Dass gerade erst das erste Diamagazin abgearbeitet war, machte mir nicht viel Hoffnung auf ein baldiges Ende. Mit großer Geste wechselte Herr Büdenweis das Magazin und verkündete: »Nun kommen wir zu meiner Lieblingsgruppe – den Spannern.«

»Ferkel!«, zischte jemand so leise, dass ich es gerade noch hören konnte. Die Herren am Tisch des Zischers freuten sich. »Wenn das so ist, dann soll er mal die anderen Dias einlegen!«, fand einer, und sein Nachbar ergänzte: »Kommen jetzt die Puppen, an die wir gedacht hatten?«

Ich weiß nicht, ob es eher Humorlosigkeit oder lange Cluberfahrung war, die ihn davon abhielt, auf diese Zwischenrufe zu reagieren, aber der Referent setzte seinen Vortrag unbeirrt fort. Wir erfuhren zu unserem Erstaunen, dass man Schwefelgelbe Haarbüschelspanner nicht mit den Goldgelben Magerrasen-Zwergspannern verwechseln sollte und dass sie zu den tagaktiven Nachtfaltern gehörten. Was es nicht so alles gibt! Und was den Freunden dazu nicht alles einfiel! Herr Büdenweis nannte Dickleibspanner (»Davon haben wir im Club genug«) und Jungfernkinder (»Ach, kommt das auch bei Schmetterlingen vor?«), den Zahntrost-Kapselspanner (»Gibt es den auch auf Krankenschein?«) und den hellgrauen Lappenspanner (»Nach dem muss ich mal unsere Putzfrau fragen«). Die Einwürfe dienten zwar nicht dazu, die Vortragsdauer zu verkürzen, machten aber offensichtlich den Teilnehmern das Leben erträglicher.

Henning neben mir vibrierte jetzt spürbar, schaffte es aber immerhin, seine Heiterkeit völlig lautlos zu halten. Ich musste mir da ebenfalls ziemliche Mühe geben, zumal auch nach Abarbeiten aller Spanner noch nicht Schluss war, sondern eine weitere Diakassette eingelegt wurde, die unter anderem so faszinierende Exemplare wie den Blauen Eichenzipfelfalter (»Den würde ich nicht in meine Nähe lassen!«) vorstellte.

Freund Büdenweis würde ich jedenfalls auch nicht in meine Nähe lassen. Ich fragte mich, was seine Frau zu seinem Hobby sagte – ich vermutete, dass er eine hatte, denn er trug einen Ehering – und ob sie wohl seine Begeisterung für Eichenzipfelfalter teilte. Vielleicht war sie aber auch froh, dass er seine Wochenenden mit der Kamera und/oder dem Schmetterlingsnetz im Wald verbrachte und die ganzen erbeuteten Insekten dann in vielen weiteren Stunden katalogisierte. Und dazu kamen natürlich noch die regelmäßigen Clubabende, bei denen er wiederum unterwegs war, um die Vorträge anderer Freunde zu hören.

Ob es sich dabei immer um solche Kuriositäten handelte? Henning erzählte mir ja nicht jede Woche, was er dort erlebt hatte. Aber wenn nur ein Treffen pro Monat so ablief, dann musste man sich doch fragen, ob die Herren ein so unerfreuliches Zuhause hatten, dass sie sich freiwillig immer wieder auf solche Themen einließen.

Kurz bevor mich absolute Verzweiflung überfiel und ich vor der Frage stand, ob ich den Saal verlassen oder meinen Lachkrampf an Ort und Stelle hinter mich bringen sollte, machte Freund Büdenweis zum Glück einen taktischen Fehler. Er bat nämlich, das Licht anzuschalten, weil er die Beschriftung des nächsten Magazins nicht erkennen konnte. Und diese Vortragslücke nutzte Präsident Bernhard geschickt wie ein Feldherr, der eine Schwäche in den feindlichen Reihen wittert. Bevor der Referent den Faden wieder aufnehmen konnte, hatte er bereits den überschwänglichen Dank des Clubs ausgesprochen, die obligatorische Flasche Grappa überreicht und das Thema des nächsten Meetings angekündigt: »Leben und Werk des Künstlers Egon Schiele«.

»Das dürfte nicht so lang werden«, äußerte Hanno optimistisch. »Schiele ist schon mit achtundzwanzig gestorben.« Ich sah mich um, aber Freund Büdenweis war viel zu beschäftigt damit, seine Dias wieder zu verstauen, als dass er diese Bemerkung gehört und als Kritik gegen sich verstanden haben könnte.

Freund Schmidt dagegen sah etwas ratlos aus. »Schiele gestorben? Ich dachte immer, das wäre ein Land in Südamerika.«

Knut klopfte ihm aufmunternd auf die Schulter. »Ein guter Grund, nächstes Mal wiederzukommen – dann erfahren Sie mehr!«

»Ich komme jedes Mal«, versetzte Freund Schmidt mit einer gewissen Selbstgerechtigkeit. »Im Gegensatz zu diesen jungen Männern, die meinen, sie müssten ständig durch die Weltgeschichte reisen und damit den Präsenzdurchschnitt senken!«

Henning leerte sein Glas und zückte dann sein Portemonnaie, um unsere Rechnung zu bezahlen. Um uns herum waren bereits alle anderen hektisch im Aufbruch begriffen, vermutlich aus Angst, Freund Büdenweis könnte sich noch zu einer privaten Fortsetzung seines Vortrags entschließen und sie müssten sich weitere hundert Dias mit Faltern und Raupen ansehen, wenn sie nicht rechtzeitig den Raum verließen – das war angeblich vor ein paar Jahren mal passiert, als jemand das ebenfalls sehr ausführliche Referat über die Details der Sixtinischen Kapelle zu sehr gelobt hatte.

»Ich glaube, ich habe da gerade etwas Kritik an deinem Lebensstil gehört«, sagte ich grinsend zu meinem Mann. Ich war so aufgekratzt, weil ich diesen Vortrag überstanden hatte, ohne mich durch haltloses Kichern zu blamieren, und konnte kaum erwarten, mit Henning im Auto zu sitzen, wo wir unserer Heiterkeit endlich freien Lauf lassen konnten.

Henning ging es wohl ähnlich. »Solange er mich als jungen Mann bezeichnet, kann er meinen Lebensstil kritisieren, wie er will.« Er gab der jungen Bedienung ein Trinkgeld und schob mich nach draußen.

»Sag mal«, sagte ich beim Anschnallen zu ihm, »wer lädt eigentlich solche Leute zu euch ein?«

»Das wüsste ich auch gern«, sagte er. »Ich glaube eher, die kommen über einen wie die biblischen Plagen.«

»Damals gab es aber Heuschrecken und Frösche statt Zipfelfalter und Lappenspanner«, gab ich zu bedenken. Und dann fingen wir beide an zu lachen wie zwei alberne Teenager. »Lappenspanner!«, prustete ich.

»Zipfelfalter!«, jaulte Henning. »Und ich dachte, ich müsste platzen, als er anfing zu erklären, dass die Raupen in Ruhestellung steif und schräg nach oben stehen!«

»Und von irgendeinem dieser Viecher befinden sich die männlichen Säcke kurz über dem Boden und sind schwer zu finden!«, zitierte ich japsend.

»Tatsächlich?«, fragte er. »Das habe ich gar nicht gehört. Die Ärmsten.«

»Ich habe gut aufgepasst«, behauptete ich, während ich mir schon die Tränen aus den Augen wischen musste. »Wer weiß, wann man dieses geballte Wissen noch mal gebrauchen kann!«

»Und da fragst du noch, warum ich damals in diesen Club eingetreten bin.«

»Tja, ich dachte wohl, da gäbe es nur stinklangweilige, nicht enden wollende Vorträge über Themen, die maximal ein halbes Prozent der Bevölkerung wenigstens marginal interessieren.«

»Und stattdessen hast du nun heute herausgefunden, dass wir stetig dabei sind, uns weiterzubilden und gleichzeitig unsere Schlagfertigkeit zu trainieren«, stellte Henning grinsend fest.

Ich nickte. »Ich habe mich ja immer gefragt, warum ihr so viele ausgesprochen alte Mitglieder habt«, sagte ich. »Jetzt weiß ich, dass eure Meetings in Wahrheit Abhärtungsübungen für die Härtefälle des Lebens sind. Von euch könnte selbst ein indischer Yogi noch was lernen.«

»Genau«, sagte er. »Aber du darfst es keinem verraten. Das ist nämlich der Grund, weshalb wir keine Frauen aufnehmen. Die würden dieses Geheimnis sofort ihrer besten Freundin erzählen, und dann wäre es ja kein Geheimnis mehr.«

»Und was ist mit mir?«, fragte ich ihn. »Musst du mich jetzt umbringen, weil ich zu viel weiß?«

»Ich hoffe nicht«, sagte er. »Immerhin brauche ich dich doch noch. Vielleicht reicht es, wenn ich dich für den Rest deines Lebens in deinem Zimmer einsperre und nur rauslasse, wenn der Bezirkspräsident kommt und wir unsere Frauen und deren Oberweite vorzeigen müssen.«

»Kein guter Plan«, sagte ich ziemlich unbeeindruckt. »Dann hast du niemanden mehr, der deine Anzüge in die Reinigung bringt.«

»Auch wieder wahr«, musste er mir zustimmen. »Dann lassen wir das mal erst und hoffen, dass du schweigen kannst.«

3

Wir waren ziemlich unbeschwert an diesem Abend und fühlten uns, als wären wir einem schlimmen Schicksal entronnen, weil wir nicht noch ein oder zwei Magazine mit Raupendias hatten anschauen müssen. Zu diesem Zeitpunkt war es nur eine amüsante Episode, dass Henning die Termine durcheinandergebracht hatte, ich in eines der heiligen Herrenmeetings geplatzt war und so die Teilnahme an der Scheckübergabe im Kindergarten aufs Auge gedrückt bekommen hatte. Aber im Nachhinein stellte es sich als eine der Kleinigkeiten heraus, die viel verändern – nur ein kleiner Irrtum für die Menschheit, aber ein großer für mich, mit Konsequenzen, die ich zu diesem Zeitpunkt nie hätte absehen können.

Denn ich weiß nicht, ob ich sonst jemals Kevin Nowakowski kennengelernt hätte. Und diese Begegnung hatte doch erheblichen Einfluss auf mein weiteres Leben.

Dabei hätte ich ihn zunächst fast übersehen, denn es regnete ein bisschen, als ich am Montagmorgen zu meinem Date mit Clubpräsident Bernhard und dem Zeitungsreporter in den Kindergarten kam. Da rechnet man natürlich nicht mit einzelnen Kindern, die, statt drinnen sommerliche Dekorationen zu basteln, lieber draußen auf dem Sandkastenrand sitzen und traurig vor sich hin starren.

Auch nach all den Jahren konnte ich es nicht ertragen, dass ein Kind ohne Jacke im Regen saß, sogar wenn es nicht meins war. Dabei war es an sich nicht kalt, aber getreu dem Motto »Ein Pullover ist das, was das Kind anziehen muss, wenn die Mutter friert« war ich einfach der Meinung, dass Kinder bei Regen eine Jacke brauchen. Also näherte ich mich dem Jungen, der seinen nassen Haaren nach zu urteilen hier schon etwas länger hockte, und sagte: »Hör mal, du musst da reingehen, sonst wirst du krank.«

»Is mir scheißegal«, sagte das Kind. Nicht aggressiv oder unfreundlich, aber mit einer gewissen Entschlossenheit.

Das hätte es mir natürlich auch sein können, denn trotzige Kinder im Sandkasten waren eindeutig nicht mein Problem, sondern das der Kindergärtnerinnen. Aber so schnell wollte ich nicht aufgeben. »Deiner Mutter ist das aber sicher nicht egal«, sagte ich.

»Die is schon krank«, teilte mir das Kind mit.

Das nutzte ich natürlich zu einem pädagogischen Einsatz. »Na hör mal, dann ist es doch umso wichtiger, dass du gesund bist, oder?«

»Nee«, sagte das Kind schulterzuckend. »Ich kann ja doch nich mit in den Zoo.«

»Aber wieso denn nicht?«, fragte ich. Inzwischen hegte ich den Verdacht, dass die Mutter tatsächlich ernsthaft krank war, denn sonst hätte sie doch sicherlich ihr Kind nicht mit solchen Dreckspuren an den Armen in den Kindergarten gehen lassen. »Wenn deine Mama wieder gesund ist, dann könnt ihr ja immer noch in den Zoo fahren. Aufgehoben ist nicht aufgeschoben.« Das hatte ich ausgesprochen, bevor mir einfiel, wie ich als Kind solche Weisheiten immer gehasst hatte.

Auch der kleine Junge hielt offensichtlich nicht so viel

davon. Abschätzig sah er mich an. »Meine Mama fährt nich in den Zoo«, erklärte er mir.

»Ach so«, sagte ich. Der Regen wurde etwas intensiver. »Könntest du mir den Rest nicht da drinnen erzählen?«

»Ich geh da nich rein«, sagte das Kind.

»Aber du kannst doch hier nicht die ganze Zeit sitzen bleiben«, meinte ich.

»Doch.«

Irgendwie hatte ich den Eindruck, ich müsste dieser Sache auf den Grund gehen. Manchmal hat man ja so ein Bauchgefühl, und wenn ich auch bei anderen Gelegenheiten irgendwann aufgegeben hatte, bohrte ich dieses Mal weiter. »Und warum willst du nicht?«

»Wegen dem Zoo.« Sein kleines, trotziges Gesicht wurde immer trauriger. »Weil ich nich mitkann.«

»Wer fährt denn in den Zoo?«

»Die andern Schulanfänger. Aber das is schon morgen, und ich hab die sechs Euro nich bei, und dann kann ich nich mit.«

Schlagartig begriff ich seine Lage. Seine Mutter war krank und hatte vergessen, ihm das Geld mitzugeben, und nun befürchtete er, von der Schulanfängerfahrt ausgeschlossen zu werden. »Ich glaube, ich kann dir helfen«, sagte ich.

»Glaub ich nich«, widersprach er.

»Hör mir erst mal zu«, sagte ich. »Ich biete dir ein Geschäft an. Ich gebe dir die sechs Euro. Dafür musst du aber auch was für mich tun.«

Sein Mienenspiel zeigte deutlich, wie hin- und hergerissen er war. »Eigentlich sagen die, man soll nich auf Leute hören, die einem was schenken wollen.«

Ach ja. Immer im falschen Moment konnten sich Kinder an so was erinnern. »Das stimmt auch. Ich gebe dir ja auch nur das Geld, das deine Mama vergessen hat, weil sie krank ist. Aber ich möchte, dass du mir einen Gefallen tust, und zwar im Kindergarten, wenn alle Erzieherinnen dabei sind. Dann können die sich gleich davon überzeugen, dass das in Ordnung ist.«

Das hörte sich offensichtlich für ihn schon besser an, während ich inzwischen Zweifel hegte, ob ich diesen etwas dubiosen Ansatz weiterverfolgen sollte. Aber jetzt hatte ich mich da reingeritten, also musste ich da auch durch, denn der Junge zeigte Interesse. »Was denn?«

»Da kommt gleich ein Mann in den Kindergarten, der wird mit mir zusammen für die Zeitung fotografiert. Wir geben dem Kindergarten Geld für neue Möbel. Und wir hätten gern ein paar Kinder mit auf dem Foto. Deshalb möchte ich, dass du den Mann freundlich anguckst und so tust, als ob du keine Angst vor ihm hast.«

»Wieso Angst? Ist der hässlich?«, wollte er wissen. »Sieht der vielleicht aus wie ein Vampir?«

Sah Bernhard aus wie ein Vampir? Jetzt rächte sich, dass ich Lottas Buch noch nicht gelesen hatte, dann wäre ich vielleicht etwas besser informiert. Ich stellte mir Vampire auf jeden Fall nicht so massig vor wie Bernhard, sonst hätten sie bestimmt Probleme beim Fliegen. »Nein, überhaupt nicht«, behauptete ich deswegen. »Aber er wirkt manchmal ein bisschen streng.«

»Der Hoffmeister is auch streng«, sagte der Junge. »Der verbietet uns alles.«

»Ich kenne Herrn Hoffmeister nicht«, sagte ich. »Aber der Mann, der gleich kommt, der will dir gar nichts verbieten. Der kommt nur, um fotografiert zu werden, und geht dann gleich wieder.« Ich streckte ihm die Hand entgegen. »Können wir nicht endlich reingehen?«

Er hob den Kopf und sah mich skeptisch an. »Und ich kriege die sechs Euro für den Zoo?«

Das Geld hätte ich ihm auf jeden Fall gegeben. Braune Augen zu hellblondem Haar, dieser Kombination konnte ich offensichtlich auch bei fremden Kindern nicht widerstehen. »Na klar. Jetzt musst du mir nur noch sagen, wie du heißt.«

Das ganze vorher so verzweifelte Gesicht begann jetzt zu strahlen. »Kevin. Und du?«

Ich holte mein Portemonnaie heraus und zeigte ihm das Foto auf meinem Personalausweis. »Ich bin Marie Overbeck.« Und dann gab ich ihm drei Zwei-Euro-Stücke in eine Hand, die so klebrig war, dass er das Geld garantiert nicht fallen lassen würde. Zusammen betraten wir den Kindergarten, wo wir direkt von Frau Schirmer empfangen wurden, die vermutlich schon die Scheckübergabe herbeisehnte.

»Du bist spät, Kevin«, stellte sie fest.

Das focht ihn nicht an. »Aber ich hab das Geld für den Zoo.« Er präsentierte ihr die Münzen, die sie aus seiner Hand klaubte.

»Gut«, sagte sie. »Dann bringe ich das eben ins Büro. Nehmen Sie doch schon mal Platz, Frau Overbeck. Ich bin gleich bei Ihnen.«

Bevor ich mich setzte und auf den Präsidenten und seinen überdimensionalen Scheck wartete, hatte ich noch etwas anderes vor. »Zeig mir doch mal euer Badezimmer, Kevin«, sagte ich zu meinem neuen Bekannten. »Ich glaube, du musst dir die Hände waschen.«

»Wieso?«, fragte er verwundert.

»Weil deine Finger dreckig sind«, erklärte ich ihm. »Wir machen doch gleich ein Foto. Für die Zeitung.«

Kevin begutachtete seine Hände. »Das sieht man aber gar nicht.«

»Das spielt keine Rolle«, sagte ich. Solche Diskussionen hatte ich schon vor zwanzig Jahren geführt. »Wir haben eine Vereinbarung, und dafür möchte ich, dass deine Hände sauber sind. Und die Arme und das Gesicht auch«, fügte ich nach genauerem Hinsehen hinzu.

Vermutlich sah er genauso wenig ein, wozu das gut war, wie meine Kinder früher. Der einzige Unterschied war, dass ich diese Aktionen schon morgens zuhause in unserem eigenen Badezimmer durchgezogen hatte, wo die Waschbecken nicht so niedrig waren, dass man einen Hexenschuss riskierte. Während ich Kevin tatkräftig bei der Reinigung unterstützte, gewann ich den Eindruck, dass ein Teil der Dreckspuren nicht mehr ganz frisch war. Eigentlich hätten wir auch seinen Hals noch waschen müssen. Gut, seine Mutter war krank, aber was sagte der Vater dazu?

»So, fertig«, sagte ich schließlich. Immerhin war ich nicht die Erziehungsberechtigte dieses Kindes. »Jetzt können wir das Foto machen.«

»Ich muss vorher noch Pipi«, teilte er mir mit und verschwand in dem Nebenraum, wo sich die kleinen Toiletten befanden.

Ich ging schon mal vor. Pinkeln konnte er ja sicherlich allein. Aber er war erstaunlich schnell wieder bei mir. »Hast du dir auch die Hände gewaschen?«, fragte ich ihn. Alte Gewohnheiten verlieren sich nie so ganz.

Sein Gesicht drückte Verwunderung aus. »Aber da warst du doch dabei!«

Weil jetzt gerade die junge Frau von der Zeitung gekommen war und ich auch Bernhard heraneilen sah, diskutierte ich das nicht weiter. Schließlich hatten wir alle Interesse daran, diese Sache fix hinter uns zu bringen und wieder unserer Wege zu gehen. Die Reporterin notierte die relevanten Stichworte, Bernhard entrollte den gigantischen Scheck, und Frau Schirmer kommandierte ein paar Kinder zu uns, die das Foto zieren sollten. Aber die

Kinder warfen einen Blick auf Bernhard, fast kahlköpfig, ein Meter neunzig groß, breit wie eine Kühltruhe und wie so oft in schwarzem Anzug mit schwarzem Hemd, und drückten sich scheu aneinander, statt sich fotogen über die neuen Möbel zu freuen, die dieser Scheck ihnen bescheren würde.

Die Reporterin zückte ihre Kamera und prüfte den Bildausschnitt. »Bitte etwas näher zusammen«, befahl sie, aber wenn wir näher an die Kinder rückten, dann wichen die zurück. Vielleicht könnten wir sie zwischen uns und der Turnhallenwand einklemmen, aber das würde vermutlich auch nicht so gut aussehen. Frau Schirmer hatte ihre liebe Not mit den Kleinen, bis das erste Foto im Kasten war.

Mit gefurchter Stirn überprüfte die Reporterin das Bild. »Das ist noch nicht so gut«, befand sie. »Vielleicht können wir was anderes machen. Wie wäre es, wenn Sie eins der Kinder auf den Arm nehmen, Herr Braun, und Frau Schirmer und Frau Overbeck stellen sich rechts und links daneben und halten den Scheck?«

Ich sah, wie Bernhard nervös wurde. »Na«, sagte Frau Schirmer zu den Kindern, »wer von euch möchte denn mal zu Herrn Braun auf den Arm?«

Dass die Kinder nicht in Panik davonliefen, war alles. Kopfschüttelnd starrten sie Bernhard an, der aus ihrer Warte vermutlich wirklich furchterregend groß und unheimlich aussah. Nur ein Kind trat mutig vor und sagte: »Ich mach das.«

»Na wunderbar!«, sagte Frau Schirmer sichtlich erleichtert. »Dann komm mal her, Kevin.«

Wie befohlen, ließ sich Kevin von Bernhard hochheben, Frau Schirmer und ich rahmten ihn freudestrahlend ein, und die Fotografin hob die Kamera. »Ein bisschen lächeln, Herr Braun!«, rief sie.

Kevin starrte Bernhard ins Gesicht. »Gib alles!«, sagte er zu ihm.

Bernhard sah ihn einen Moment verblüfft an und fing dann an zu lachen. »Was hast du gesagt?«, fragte er.

»Genau!«, jubelte die Frau von der Zeitung. »Sehr schön! Noch mal!«

»Das sagt doch Heidi Klum auch immer zu den Topmodels«, erklärte Kevin. »Sonst kriegen sie nämlich kein Foto und müssen nach Hause fahren.«

»Ach so«, sagte Bernhard. Vermutlich kannte er die Sendung nicht, zumal sie ja immer während der Clubmeetings lief, aber in erster Linie war er völlig überrascht, dass es endlich mal ein Kind gab, das keine Angst vor ihm hatte.

»Na, du kriegst jedenfalls ein Foto«, sagte die Reporterin zu Kevin. »Morgen bist du in der Zeitung. So, vielen Dank, das war's.« Sie begann bereits ihre Sachen zusammenzupacken.

Bernhard hielt Kevin immer noch auf dem Arm. »Du siehst nicht aus wie ein Vampir«, befand das Kind.

»Vielen Dank«, sagte Bernhard. »Ich nehm das mal als Kompliment.«

»Du siehst eher aus wie der Undertaker«, sagte Kevin.

Bernhard runzelte die Stirn. »Wer ist denn der Undertaker?«

»Du weißt aber auch gar nichts«, sagte Kevin. »Hast du keinen Fernseher?«

»Doch, sogar zwei«, sagte Bernhard. »Aber ich sehe wohl zur falschen Zeit fern.«

»Samstags abends auf Eurosport«, empfahl Kevin. »Da kommt immer Ressing. Das musst du dir ansehen.«

»Werde ich machen«, versprach Bernhard und setzte ihn ab. Man konnte ihm die Erleichterung ansehen, dass er das hinter sich hatte. Kevin flitzte davon.

Bernhard wandte sich hilfesuchend an mich. »Was ist denn Ressing?«

Ich zucke mit den Achseln. »Keine Ahnung. Ich weiß gar nicht, ob wir Eurosport empfangen können.« Immerhin hatte ich einen Sohn, den ich fragen konnte. Wobei mir wieder bewusst wurde, dass der mir jetzt nicht mehr jederzeit als Informant zur Verfügung stand.

»Und was mache ich jetzt damit?«, fragte Frau Schirmer, die den Riesenscheck hielt.

»Den nehme ich wieder mit«, sagte Bernhard. »Wir haben das Geld inzwischen überwiesen. Obwohl Sie den auch einreichen könnten. Es gibt keine vorgeschriebenen Formate für Schecks.«

»Aber die Bank würde ziemlich große Ordner brauchen«, meinte ich.

»Wohl wahr«, sagte er und rollte den Scheck wieder zusammen. »Und vielen Dank noch mal, Marie. Ich wünschte, es wäre alles so einfach.«

»Gern geschehen«, sagte ich und sah mich um, aber Kevin war inzwischen in seinem Gruppenraum verschwunden. Ich hoffte, er hätte viel Spaß bei seinem Ausflug in den Zoo. Aber vermutlich würde ich das nie erfahren, denn so schnell würde ich wohl nicht mehr mit ihm zu tun bekommen.

4

Wie versprochen war das Foto am nächsten Tag in der Zeitung, und ich ließ mir von einem ziemlich ungeduldigen Christoph per Telefon beschreiben, wie ich es einscannen konnte, um es Henning zuzumailen. Dann telefonierte ich mit Bernhards Frau Angelika, die es natürlich auch gesehen hatte.

»Meine Güte, Marie, ich hab ihn erst gar nicht erkannt«, sagte sie. »So gestrahlt hat er vermutlich nicht mehr, seit er vor zwölf Jahren Schützenkönig geworden ist.«

Ich fragte sie nicht, ob sie ihm zwischendurch nie Grund zum Strahlen gegeben hatte. Angelika ist eine herbe Frau, die Tweedkostüme und flache Schuhe trägt und der vermutlich noch nie ein Distriktpräsident in den Ausschnitt geschielt hat, einfach weil sie keinen hat. Weil die beiden keine Kinder haben, war für sie wohl auch der Anblick ihres Mannes mit einem Kind auf dem Arm recht ungewohnt. »Sieht aber nett aus, oder?«, fragte ich sie.

»Auf jeden Fall. Und es ist natürlich eine sehr positive Aussage über den Club, findest du nicht auch?«

An den Club hatte ich gar nicht so intensiv gedacht. Mir war es eher darum gegangen, dass Bernhard bei den Kindern nicht wieder als böser schwarzer Mann durchfiel. »Dann ist dein Mann sicher auch zufrieden?«

»Der hat das noch gar nicht gesehen, bei uns kommt

doch die Zeitung immer so spät. Aber ich wette, das gefällt ihm. Niedliches Kind übrigens, das er da auf dem Arm hat. Der scheint ja keine Berührungsängste zu haben.«

»Oh, den habe ich bestochen«, sagte ich lachend.

»Na, das hast du gut gemacht«, meinte Angelika. »So, dann will ich mal meine Sachen packen und zum Golfplatz fahren. Ich nehme an, ich kann dich nicht zum Mitkommen bewegen?«

»Hör mal, ich bin so unsportlich, ich würde vermutlich zwei Jahre brauchen, bis ich die Platzreife habe.«

»Ach Quatsch, so schwer ist das nicht. Ich sage dir Bescheid, wenn wieder ein Einsteiger-Wochenende angeboten wird, dann kannst du es ja mal ausprobieren. Glaub mir, das ist so entspannend. Wenn ich meine achtzehn Bahnen gespielt habe, bin ich immer ein neuer Mensch.«

Dafür sah sie wenig entspannt aus, dachte ich. Aber wer weiß, wie verkniffen sie wäre, wenn sie nicht Golf spielen würde. »Na, dann wünsche ich dir viel Erfolg. Ich nehme an, wir sehen uns morgen bei Hilde zum Kaffeetrinken?«

»Ach ja, die hat ja eingeladen. Gut, dass du mich dran erinnert hast. Ich habe eigentlich einen Termin mit dem Hund zum Trimmen, aber vielleicht lässt sich der noch verschieben. Mal sehen.«

Ich legte kopfschüttelnd auf. Dann vergaß ich die ganze Sache, um mich weiter meiner Liste zuzuwenden.

Inzwischen hatte ich der Liste noch eine Rubrik »Fitness« hinzugefügt und darunter die Begriffe »Schwimmen«, »Laufen« und »Studio suchen« geschrieben. Das waren Ergebnisse von Gesprächen mit mehreren Freundinnen, die ich nach ihren Erfahrungen befragt hatte. Jetzt schrieb ich mit lauwarmer Begeisterung noch »Golf« hinzu. Nichts davon reizte mich wirklich, aber ich hatte mir vorgenommen, zunächst alles wie bei einem Brainstorming kritiklos zu erfassen, es dann zu überdenken und nach und nach das zu eliminieren, was nicht in Frage kam.

Auch den Bereich »Kreatives« hatte ich gefüllt mit »Malen – Kurs??«, »Patchwork – Kurs??« und »Chor Kappenhagen«. Besonders zufrieden war ich nicht damit. Ich hatte den Eindruck, dass vermutlich drei von vier Frauen in meinem Alter ihre Zeit mit solchen Sachen verbrachten, und das ließ den Schluss zu, dass nicht alle von ihnen ihrer Berufung, sondern eher einem Trend gefolgt waren.

Aber noch war ich nicht am Ende meiner Überlegungen. Ich würde es mir nicht leicht machen. Und ich würde schließlich etwas finden, womit ich mich für die nächsten Jahre sinnvoll beschäftigen konnte, zumindest bis Henning in den Ruhestand ging.

Nachdem ich im Haus für Ordnung gesorgt hatte (und das ging schnell, wenn ich die Einzige war, die etwas unordentlich machen konnte), zog ich mir einen Hosenanzug an – seriös, aber nicht zu elegant – und fuhr zum Arbeitsamt. Oder, wie es inzwischen hieß, Agentur für Arbeit. Egal, wie der Name lautete, für mich war es eine Premiere. Noch nie in meinem Leben war ich dort gewesen.

Immerhin sah es dort nicht so schrecklich aus, wie ich erwartet hatte. Irgendwie hatte ich mir düstere Zimmerchen mit abgestoßenem Mobiliar vorgestellt. Was ich dagegen vorfand, war ein großer, heller Raum mit vielen Grünpflanzen, zwei Tresen, die eher an eine Bank erinnerten, und einer Computerecke, wo sich zwei junge Männer mit bunt tätowierten Armen vor den Monitoren mit der Stellensuche beschäftigten.

Bei genauerem Hinsehen gehörte der eine Tresen zur

ARGE, und da ich nicht genau wusste, was das war, stellte ich mich an dem anderen an, der mit »Agentur für Arbeit« beschriftet war. Ich war die Dritte in der Schlange und die Einzige, die keinen Umschlag mit Unterlagen bei sich hatte. Aber das war nicht schlimm; wenn man mir sagte, was ich tun sollte, würde ich später mit den entsprechenden Dokumenten wiederkommen. Irgendwo musste man ja mal anfangen.

Ich kann auch nicht sagen, dass ich mich langweilte. Während ich in der Schlange stand, sollte ich zwar Abstand zu denjenigen halten, die vor mir dran waren, konnte aber umso besser den Dialog miterleben, der zwischen der ARGE-Mitarbeiterin und ihrem Kunden am Nebenschalter stattfand. Unter anderem ging es darum, dass sie ihm zu erklären versuchte, dass er einen Termin angeben sollte, zu dem er zusammen mit seiner Frau noch einmal herkommen konnte.

»Aber ist nicht hier jetzt«, sagte er.

»Ich weiß«, sagte die Sachbearbeiterin geduldig. »Kann sie denn morgen kommen?«

»Morgen hier.«

»Gut. Dann kommen Sie beide doch bitte morgen noch mal vorbei und bringen Ihre Ausweise mit.«

»Ich morgen nicht hier.«

»Das heißt, Sie können morgen nicht?«

»Morgen nicht.«

»Wo sind Sie denn morgen?«

»Weiß nicht.«

Die Sachbearbeiterin atmete tief durch. »Wie ist es übermorgen?« Und, in der Hoffnung, sie würde dann besser verstanden: »Der Tag nach morgen?«

»Nach morgen hier?«

»Können Sie und Ihre Frau dann hierherkommen? Zusammen?«

»Hier. Zusammen.«

»Genau. Das ist Donnerstag. Sie und Ihre Frau kommen am Donnerstag hierher und bringen Ihre Ausweise mit.«

»Frau nicht Ausreise. Hierbleiben.«

»Ich sagte Ausweis. Pass. Den muss Ihre Frau mitbringen. Und Sie auch. Am Donnerstag.«

»Donnerstag. Hier. Morgen.«

Was konnte die Frau hinter dem Tresen tun, um sicherzugehen, dass der Mann sie richtig verstand? Ich war so gespannt, dass ich fast übersehen hätte, dass ich jetzt dran war. Aber nun stand ich vor einer anderen Mitarbeiterin, die mich erwartungsvoll ansah.

»Ich möchte wieder arbeiten«, sagte ich und war nach dem gerade gehörten Gespräch ganz stolz. Ein vollständiger Satz! Und jetzt würde mich die Dame alles Weitere fragen.

Das tat sie aber nicht, sondern schob mir zunächst einen recht umfangreichen Fragebogen zu. Für sie war das ja auch längst nicht so weltbewegend wie für mich. »Dann füllen Sie doch zunächst mal das aus«, sagte sie und wies auf ein kleines Tischchen in der Nähe des Computers. Na gut. Dann eben so. Ich grub einen Stift aus meiner Tasche und begann, die vorgegebenen Kästchen wie gewünscht mit Druckbuchstaben zu beschriften. Bei Name und Adresse ging das noch schnell. Aber dann! Jetzt wollte der Fragebogen nämlich Daten haben. Wann war ich wo zur Schule gegangen? Welche Abschlüsse hatte ich wann gemacht?

Gar nicht so einfach, denn das alles war schrecklich lange her. Ich musste schon rechnen, in welchem Jahr ich Abitur gemacht hatte. Dann die Ausbildung – hatte die nun zweieinhalb oder drei Jahre gedauert? Wie konnte ich das von hier aus herausfinden? Gab es das wirklich, dass man sich noch nicht mal an solche persönlichen Daten mit Sicherheit erinnern konnte? Und warum musste ich das hier eintragen? Wussten die denn nicht schon alles von mir? Was würde passieren, wenn sie mir nachweisen konnten, dass ich ein falsches Datum eingesetzt hatte?

Sehnsüchtig sah ich zu den Computern hinüber. Einer der Tätowierten hatte seinen Platz inzwischen verlassen, aber auch ein freier PC konnte mir nicht helfen, denn über mein Leben stand nichts im Internet. Ich könnte höchstens versuchen, bei Wikipedia mehr über beginnende Alzheimer-Symptome zu erfahren. Aber für den Fragebogen nützte mir das nichts.

Schließlich beschloss ich, nach dem Motto »Wer nichts riskiert, der nicht verliert« zu handeln, das wahrscheinlichste Datum einzutragen und davon ausgehend alle weiteren zu berechnen. Immerhin konnte ich mich noch an Jahr und Tag meiner Eheschließung erinnern sowie an die Geburten der Kinder. Nach Lottas Geburt hatte ich nicht mehr gearbeitet, und damit war dann auch der Punkt erreicht, zu dem ich nichts Weiteres eintragen konnte: fünfundzwanzig Jahre nichts. Es hatte sich anders angefühlt.

Als ich wieder nach vorn ging, um die Blätter abzugeben, stellte ich fest, dass ich das Ende der Diskussion am ARGE-Tresen verpasst hatte. Nun würde ich niemals erfahren, ob der Mann und seine Frau am Donnerstag zusammen mit ihren Ausweisen erscheinen würden, es sei denn, ich legte mich den ganzen Vormittag auf die Lauer, aber so wichtig war es mir dann auch wieder nicht.

»Nehmen Sie doch bitte einen Moment Platz«, sagte die Dame, die meinen Fragebogen entgegengenommen hatte. »Frau Hansen ruft Sie gleich rein.«

Aha, dann würde es ja doch noch was werden mit der Beratung. Ich setzte mich brav auf den mir zugewiesenen Stuhl und war von da aus in der Lage, die nächste Herausforderung der ARGE-Mitarbeiterin zu verfolgen.

»Ich muss wissen, wie viele Kinder Sie haben«, fragte sie den vierschrötigen Mann vor ihr. »Hier steht sechs, aber Sie haben gesagt fünf. Was stimmt denn nun?«

»Sechs Kinder«, sagte der Mann. »Aber ein in Karaganda.«

»Also eins von Ihren Kindern lebt nicht in Deutschland?«

»Ja. In Karaganda.«

»Gut. Und die anderen fünf Kinder, wohnen die noch bei Ihnen?«

»Noch vier. Anderer wohnt in Dortmund.«

»Vier Kinder wohnen noch bei Ihnen. Wie alt sind die denn?«

»Der Kleine ist fünf. Die Mädchen älter.«

Die Frau nickte. Sie betrachtete das wohl schon als Fortschritt. »Dann müsste ich mal wissen, wann ihre Kinder geboren sind.«

»Alle Kinder?«

»Ja sicher. Sagen Sie mir, wann Ihre Kinder Geburtstag haben.«

Der Mann starrte die Sachbearbeiterin an, als hätte sie von ihm verlangt, einen Kopfstand zu machen. »Das weiß ich nicht«, sagte er. Und zwar nicht verlegen, sondern eher verständnislos über so ein Ansinnen.

Und da machte ich mir Sorgen, weil ich nicht mehr wusste, in welchem Monat ich meine Abschlussprüfung gemacht hatte. Sofort fühlte ich mich wieder etwas besser. Obwohl ich auch Mitleid empfand für die Kinder, deren eigener Vater ihre Geburtstage nicht wusste. Aber offensichtlich gab es Familien, in denen das nicht so wichtig war. Auch Frau Kopp, meine Putzhilfe, hätte sich niemals einen Monat vorher hingesetzt und vierzehn Geburtstagseinladungen in einer Falttechnik gebastelt, die so kompliziert war, dass ich auch bei der letzten noch die Anleitung hatte zu Rate ziehen müssen. Aber in den Kreisen, in denen ich mich bewegte, gab es andere Erwartungen, und ich hatte mich immer redlich bemüht, ihnen gerecht zu werden – schließlich ging es um die Kinder. Fünfundzwanzig Jahre lang. Würde es jetzt wieder mehr um mich gehen?

Schließlich wurde ich von Frau Hansen in ihr Büro gebeten, aber die erwartete Beratung bekam ich auch jetzt nicht. Sie sprach eher davon, dass ich aufgrund meiner Angaben keinen Anspruch auf Arbeitslosenunterstützung hätte.

»Das ist auch nicht der Punkt«, sagte ich. »Ich will wieder arbeiten, darum geht es mir.«

»Leben Sie getrennt von Ihrem Mann?«

»Nein«, sagte ich. »Ich meine, manchmal schon. Weil er in Hannover arbeitet. Und im Augenblick ist er in China.«

»Das meine ich nicht«, sagte Frau Hansen. »Wollen Sie sich von Ihrem Mann finanziell unabhängig machen?«

»Das wäre schon schön«, sagte ich. Warum sollte man sich nicht ehrgeizige Ziele setzen? Henning wäre sicher stolz auf mich, wenn ich genug verdienen würde, um auch allein zurechtzukommen. Das könnten wir dann verwenden, um für Lotta eine Eigentumswohnung zu kaufen ... Aber vielleicht war ich jetzt ein wenig zu weit vorgeprescht. Frau Hansen holte mich zurück auf den Teppich.

»Sie sind gelernte Anwaltsgehilfin«, konstatierte sie. »Aber seit 1986 nicht mehr berufstätig. Haben Sie sich in diesem Bereich ein wenig auf dem Laufenden gehalten?«

»Eigentlich nicht«, sagte ich.

»Wie steht es denn mit Ihren EDV-Kenntnissen? Beherrschen Sie die gängigen Office-Programme?«

»Ich weiß nicht«, sagte ich ein wenig eingeschüchtert. Was waren wohl die gängigen Office-Programme? »Ich kann Mails schreiben und im Internet surfen.«

Frau Hansen seufzte schwer. »Ich vermute, das wird schwierig in diesem Bereich. Wahrscheinlich müssten Sie erst mal einige Fortbildungen machen.«

»Es muss nicht unbedingt dieser Bereich sein«, sagte ich. »Ich weiß noch nicht mal genau, ob ich nicht nur ein paar Stunden in der Woche tätig sein möchte.«

Frau Hansen hatte jetzt einen etwas resignierten Gesichtsausdruck. »Am besten machen Sie zuerst mal einen Termin mit Frau Zobel«, schlug sie vor. »Das wäre die für Sie zuständige Sachbearbeiterin.«

»Könnte die mich beraten?«, fragte ich. »Wissen Sie, ich habe mich ziemlich spontan entschieden, wieder arbeiten zu gehen, und ich weiß gar nicht …«

»Darüber sprechen Sie am besten mit Frau Zobel«, sagte sie rasch. »Aber wir haben schon erlebt, dass wir Personen wie Sie vermitteln konnten.« Vielleicht sollte es beruhigend klingen. Aber für mich klang es ungefähr so wie: Man hat schon Pferde kotzen sehen.

»Also würden Sie mir raten, lieber Lotto zu spielen?«

Sie blinzelte überrascht. »Was hat das denn damit zu tun?«

»Wegen der Wahrscheinlichkeit«, klärte ich sie auf.

Frau Hansen war keine von der sehr humorvollen Sorte. Vermutlich rangierte Humor auf dem Anforderungsprofil für Arbeitsagentur-Mitarbeiter ziemlich weit hinten im Gegensatz zu Belastbarkeit und Grundkenntnissen in slawischen Sprachen. Sie studierte kopfschüttelnd ihren Kalender.

»Der nächste freie Termin ist … warten Sie …« Sie nannte ein Datum. »Passt Ihnen das? Morgens halb elf?«

»Ja sicher«, sagte ich, etwas überrumpelt. Die für mich zuständige Frau hatte erst in drei Wochen Zeit für mich? Vielleicht könnten sie mich ja umschulen und bei der Arbeitsagentur einstellen, damit sie schneller Termine vergeben konnten. Aber das würde ich mir genau überlegen. Wenn man es häufiger mit solchen Leuten zu tun hatte wie gerade am ARGE-Tresen, das hielte ich keine drei Tage durch.

5

Am nächsten Vormittag rief mich Bernhard an. »Die Frau Schirmer hat sich bei mir gemeldet und gefragt, ob wir beide noch mal vorbeikommen können. Wegen dieser Scheckübergabe am Montag. Hast du jetzt gleich Zeit?«

»Wie, jetzt sofort?«, fragte ich überrascht. Ich war gerade dabei, die Scheiben der Terrassentür zu putzen.

»In einer halben Stunde? Dann passt es mir nämlich ganz gut.«

»Was will sie denn?« Ich hatte wirklich angenommen, mit diesem einen Termin hätte ich meine Pflicht erfüllt.

»Das hat sie nicht gesagt. Aber es könnte doch sein, dass die Kinder irgendwas eingeübt haben, um sich zu bedanken, und damit wollen sie uns überraschen.«

»Ich komme«, sagte ich seufzend. Eine halbe Stunde – das könnte ich gerade so schaffen, wenn ich rasch noch den zweiten Türflügel fertig putzte, mich dann in meinen Hosenanzug warf und zum Kindergarten fuhr. Da soll noch mal einer sagen, als Hausfrau hätte man immer so viel Zeit.

Bernhard und ich trafen uns vor dem Kindergarteneingang und gingen gemeinsam hinein. Weit und breit war kein Kind zu sehen, aber vielleicht war das ja Teil der Überraschung. Allerdings wirkte Frau Schirmer eher etwas nervös als freudig gespannt, und sie lotste uns auch direkt in ein kleines Büro, wo nun garantiert keine

Kindergruppe auftreten und uns ein Dankesständchen bringen würde.

Jetzt war ich ein wenig verwundert. Was sollte denn das? Frau Schirmer räusperte sich ein paarmal und schob einige Sachen auf ihrem Schreibtisch hin und her. »Ich denke, Sie fragen sich jetzt sicher, warum ich Sie noch einmal hergebeten habe«, sagte sie.

»Allerdings«, sagte Bernhard. »Ist etwas nicht in Ordnung mit der Spende? Sie müssten die Überweisung längst erhalten haben.«

»Doch, doch«, sagte Frau Schirmer und räusperte sich erneut. »Damit ist alles in Ordnung. Es ist ... Tja ... Mir ist das sehr unangenehm, aber ...«

»Immer raus mit der Sprache«, ermunterte Bernhard sie. »Wo liegt denn das Problem?«

»Ja, also ... Heute Morgen hat mich eine Mutter angerufen und ... nun ja, sie hat mir angekündigt, dass sie gegen Sie beide Anzeige erstatten will.«

Uns fiel beiden die Kinnlade herunter. »Gegen uns? Aber warum denn?«

Man sah Frau Schirmer an, dass sie sich wünschte, anderswo zu sein und nicht dieses Gespräch führen zu müssen. »Sie sagte ... also, sie behauptet, dass Sie ihrem Sohn Geld gegeben haben, damit er ... äh ... nett zu Herrn Braun ist. Und deshalb wird sie Sie wegen sexueller Belästigung Minderjähriger anzeigen.«

Bernhard wurde leichenblass. »Aber das stimmt nicht«, flüsterte er.

Ich war bestimmt auch blass. Auf jeden Fall war mir innerhalb einer Zehntelsekunde kotzübel geworden. »Das ist ein Missverständnis«, sagte ich mit einer seltsam piepsigen Stimme. »Ich habe doch nur ...«

Bernhard sah mich entsetzt an. »Du hast das tatsächlich getan? Du hast dem Kind Geld gegeben?«

Auch Frau Schirmer betrachtete mich mit einer gewissen Ungläubigkeit. »Hat Kevin Geld von Ihnen bekommen, Frau Overbeck?«

Ich rang nach Worten, um das aufzuklären. »Ja, ich habe ...«

»Marie!«, rief Bernhard schockiert. »Ist dir klar, in was für eine Lage du mich gebracht hast? Und damit auch den ganzen Club?«

»Moment«, stieß ich hervor, »nun lass mich doch erst mal ausreden! Ich kann das erklären.« Und dann wurde mir klar, dass ich diesen Spruch in unzähligen Filmen schon mal gehört hatte. Meistens dann, wenn die Situation eindeutig war. Und sexuell verfänglich.

»Was gibt es da zu erklären?«, sagte Bernhard anklagend.

Frau Schirmer war eine Spur gelassener. »Vielleicht sollten wir Frau Overbeck erst mal anhören, Herr Braun.«

»Genau«, sagte ich. »Ich habe Kevin die sechs Euro gegeben, als er draußen im Sandkasten saß und heulte, weil er das Geld für den Zoo nicht hatte. Er tat mir so leid. Und dann ... ich weiß, dass das eine blöde Idee war, aber ... Dann habe ich ihm erklärt, dass gleich ein Mann kommt, vor dem viele Kinder Angst haben. Ob er nicht so tun kann, als ob er keine Angst hat, nur für das Foto. Mehr war da nicht.«

»Das reicht schon«, jammerte Bernhard. »Ich bin ruiniert. Keiner wird glauben, dass das harmlos war. Wenn sich das rumspricht ...«

Frau Schirmer beurteilte das pragmatischer. Vielleicht sah sie ja auch nur die Gefahr, dass sie die Spende nicht annehmen konnte, falls der Präsident des spendenden Vereins in den Ruf sexueller Belästigung geriet. »Das muss sich nicht rumsprechen«, befand sie. »Wenn es sich so verhalten hat, wie Frau Overbeck sagt, dann war das vielleicht dumm, aber nicht wirklich schlimm.«

Das »dumm« tat mir weh, war aber zugegebenermaßen nicht ganz unberechtigt. Bernhard sah eine Spur hoffnungsvoller aus. »Glauben Sie?«

»Warten Sie bitte einen Moment hier«, sagte Frau Schirmer und stand auf. »Ich werde jetzt mal eben Kevin dazu befragen.« Sie verließ den Raum mit federnden Schritten.

Ich schielte vorsichtig zu Bernhard hinüber. »Tut mir wirklich leid.«

Er war noch nicht beruhigt. »Marie! Wie konntest du das tun! Mich so zu kompromittieren! Ich werde sofort mein Amt aufgeben müssen! Vielleicht muss ich sogar mein Büro verlagern. Wer will schon mit jemandem zu tun haben, der als pädophil bekannt ist?«

Ich fand, dass er jetzt etwas überdramatisch wurde, aber ich hielt es für falsch, ihm das zu sagen. »Es ist doch nichts passiert«, sagte ich stattdessen zu meiner Verteidigung.

»Das interessiert doch die Leute nicht! Die glauben doch jeden Klatsch und Tratsch. Wenn sich das rumspricht, bin ich fertig.« Jetzt sah er mich drohend an. »Aber du und dein Mann auch.«

»Mein Mann? Was hat denn der damit zu tun?« Obwohl ich das absurd fand, spürte ich aber doch, wie es mir eiskalt den Rücken runterlief. Vielleicht hatte er recht. Wenn aus einer solchen Unbesonnenheit ein Skandal wurde, dann würde das wohl auch vor Henning nicht Halt machen. Dann half vielleicht nur noch, dass ich die Schuld auf mich nahm, von der Talsperrenmauer sprang und ihn als Opfer zurückließ. Aber der Gedanke war mir nicht besonders angenehm.

Jetzt war Bernhard richtig in Fahrt. »Je nachdem wird

es den ganzen Club treffen. Vielleicht werden wir sogar aufgelöst oder aus dem Distrikt ausgeschlossen. Und das muss ausgerechnet in meiner Präsidentschaft passieren!« Er stöhnte laut. »Und alle haben das Foto in der Zeitung gesehen, wo ich diesen Knirps auf dem Arm habe und lache! Wie konnte das nur ausgerechnet mir passieren!«

Ich verzichtete darauf, ihm vorzuhalten, dass es seine Idee gewesen war, mich mitzunehmen. Hätte er das Ganze wie gehabt durchgezogen, dann wäre er allein im Kindergarten aufgetaucht, die Kinder hätten wie üblich Angst gehabt, Kevin wäre nicht mit in den Zoo gefahren ... Und wir hätten alle kein Problem.

Frau Schirmer kam zurück und setzte sich wieder uns gegenüber. »So, der Junge hat die Geschichte bestätigt. Frau Overbeck hat ihm nur die sechs Euro für den Zoobesuch gegeben. Die Geschichte seiner Mutter klang da etwas anders. Angeblich haben Sie das Kind sogar gewaschen, bevor Sie es dem Mann zugeführt haben.«

»Er war ziemlich schmutzig«, verteidigte ich mich. »Ich wollte nicht, dass man das auf dem Foto sieht.«

»So was sieht man auf Fotos nicht so deutlich«, sagte Frau Schirmer mit der Erfahrung von Jahren im Kindergartendienst.

Bernhard war noch nicht zufrieden. »Und was machen wir jetzt? Diese Anzeige ist ja damit noch nicht vom Tisch!«

»Leider nein«, sagte Frau Schirmer. »Am besten, Sie versuchen das mit Frau Nowakowski direkt zu klären. Sie ist sehr besorgt um ihre Kinder. Und oft ein bisschen überfordert.«

Bernhard sah mich herausfordernd an. »Das musst du machen, Marie. Ich setze keinen Fuß in das Umfeld dieses Kindes.«

»Ich?«, stotterte ich erschrocken.

»Ja, du. Du hast mich in diese Lage gebracht. Ich erwarte von dir, dass du das auch wieder in Ordnung bringst.«

Irgendwie musste ich ihm ja recht geben. Auch wenn mir überhaupt nicht wohl war bei dem Gedanken, mit Frau Nowakowski zu sprechen und zu versuchen, sie umzustimmen. Was, wenn sie darauf nicht einging?

Frau Schirmer reichte mir einen Zettel. »Dies ist die Adresse. Sie könnten heute Nachmittag um vier hinfahren, da wäre Kevin auch zu Hause und könnte Ihre Darstellung bestätigen.«

Heute Nachmittag schon. Bitte nicht! Aber dann hätte ich es hinter mir. Mit zittrigen Fingern nahm ich den Zettel. Irgendwie hatte ich mir gerade noch vorgestellt, ich könnte die Mutter hier im Kindergarten sprechen, am besten, wenn Frau Schirmer auch dabei war. Aber sie war ja krank, fiel mir ein. Leider nicht zu krank, um die Zeitung zu lesen und aus dem Bericht ihres Sohnes die falschen Schlüsse zu ziehen.

Eine Sache fiel mir noch ein. »Sagen Sie, was ist denn mit Herrn Nowakowski?«

Frau Schirmer sah mich mitleidig an. »Den gibt es nicht«, sagte sie. »Die Frau Nowakowski schafft es auch allein, sich fortzupflanzen.«

Ausgerechnet heute hatte uns Hilde zum Kaffee eingeladen. Ich rief sie an und sagte, dass es etwas später werden würde.

»Ach, du jetzt auch noch?«, jammerte sie. »Erst sagt mir Angelika ab, weil sie mit ihrem Köter zum Friseur muss, dann hat Lore plötzlich eine Sitzung von ihrem Verein, und jetzt kannst du auch nicht. Ich weiß gar nicht, wofür man langfristig Termine macht.«

»Ich komme auf jeden Fall!«, versprach ich ihr. »Ich

muss nur kurz etwas regeln, und das kann ich erst nach vier Uhr.«

»Na gut«, sagte sie. »Ich hab dich übrigens in der Zeitung gesehen. Nettes Foto. Der Anzug, den du da anhast, ist das Calvin Klein?«

Ich verdrehte die Augen. Alle hatten das Foto gesehen. Aber sie ahnten nicht, in welchen Stress mich das gebracht hatte. »Ich glaube nicht«, sagte ich. »Soweit ich weiß, hab ich den Anzug in dieser Boutique in Bredenscheid gekauft.«

»Dann wohl eher nicht«, meinte Hilde. »Jedenfalls hattest du den doch auch auf Margots Geburtstagsfeier an, oder?«

Mit anderen Worten: zwei Mal innerhalb der letzten vier Wochen. Ich sah an mir herunter. Dann müsste ich mich wohl noch mal umziehen. Wieso lässt man sich von seinen eigenen Freundinnen unter Druck setzen, statt unangefochten das zu tun, was man selbst für richtig hält?

Ich wanderte ins Schlafzimmer und begutachtete mal wieder meinen Fundus. Wenn man gute drei Meter Kleiderschrank zur Verfügung hat, dann besitzt man doch bestimmt genug Klamotten. Trotzdem fand ich es immer schwierig, das Passende für den jeweiligen Anlass zu finden.

Wenn ich die Anzughose durch den kurzen Rock ersetzte, der zu der Jacke passte, dann müsste ich andere Schuhe anziehen. Und Strümpfe, es sei denn, ich rasierte mir noch rasch die Beine, ohne mich wie meistens dabei zu schneiden. Da ich wegen meines Besuchs bei Frau Nowakowski aber schon kribbelig genug war, hielt ich das für unwahrscheinlich.

Also Strumpfhosen, obwohl es dafür eigentlich zu warm war. Auf Hildes Terrasse würde ich ziemlich leiden. Insofern war es vielleicht klüger, die leichte Leinenhose anzulassen und dazu ein anderes Oberteil anzuziehen? Alle Jacken, die ich probierte, sahen irgendwie doof aus. Dann gab es noch einen leichten Baumwollpullover, der aber einen unübersehbaren Fleck hatte – wieso war mir der nicht aufgefallen, als ich den Pulli in den Schrank räumte?

Weil es immer später wurde, beschloss ich schließlich, doch den Anzug wie ursprünglich geplant anzulassen und mich unterwegs schon mal gegen Hildes diesbezügliche Kommentare zu stählen. Ich war über fünfzig, zum Kuckuck, da musste ich mich doch nicht mehr einem Gruppenzwang unterwerfen wie Lotta in der Mittelstufe, wo es immer eine Gratwanderung war, was man anzog – es durfte nicht genau das sein, was die Trendsetter trugen, aber zu sehr davon abweichen durfte es auch nicht. Im Flurspiegel sah ich mich noch mal kritisch an und stellte fest, dass mir dieser Anzug gut stand. Und da war es doch sinnvoller, zehnmal etwas anzuziehen, was gut aussah, als immer verschiedene Sachen, die alle irgendwie ihre Defizite hatten.

Inzwischen war es schon kurz vor vier. Ich sprang ins Auto und fuhr zu einem Blumengeschäft, wo ich ein geschmackvolles Gebinde für Hilde und einen kleinen Strauß mit Moosröschen für Frau Nowakowski erstand. Und dann stellte ich fest, dass ich den Zettel mit der Adresse zu Hause auf dem Küchentisch liegen gelassen hatte.

Das war an sich nicht weiter schlimm, weil ich mir die Adresse »Hammerweg 35« schon eingeprägt hatte. Aber als ich dort ankam, stellte sich heraus, dass ich in einer Art Industriegebiet war, und die Nummer 35 war ein älteres Backsteingebäude, in dem sich offensichtlich ein Handwerksbetrieb befand. Hatte ich mich vertan und es war eigentlich Nummer 53? Die gab es nicht, merkte ich recht schnell. Nummer 33 war ganz offensichtlich unbewohnt, mit einer mit Holzbrettern vernagelten Tür und mehreren Löchern in den dreckigen Fensterscheiben. Und weit und breit kein Mensch auf der Straße, den man hätte fragen können.

Ich stellte also das Auto vor der Nummer 35 ab und inspizierte das Gebäude genauer. An der Vorderfront gab es eine Laderampe, deren Zugang aber geschlossen war. Ein relativ neues, aber nicht besonders auffälliges Schild besagte mit Hilfe eines Pfeils, dass es zu »HH Beschriftung und Beschilderung« um die Ecke ging.

Dort hörte ich Stimmen. Immerhin gab es hier also Menschen, und wo Menschen waren, könnte man sicher auch Informationen bekommen. Ich rief mal testweise: »Hallo?«

»Wenn das jetzt der Kurier ist, dann erschlag ich ihn«, hörte ich eine ärgerliche Männerstimme sagen. Ich zog schon mal den Kopf ein für den Fall, dass er mich mit dem Kurier verwechseln würde. Dann wurde seitlich am Gebäude eine Tür aufgerissen, und ich stand vor einem sehr finster dreinblickenden Mann.

»Ich bin nicht der Kurier!«, sagte ich schnell, um mein Überleben zu sichern.

»Das seh ich«, erwiderte der Mann und musterte mich. Genau wie ich ihn musterte. Er war groß, braun gebrannt und hatte ganz kurz geschnittene graue Haare, was ihm insgesamt den Eindruck von Alterslosigkeit verlieh. Er trug eine Latzhose und darunter ein pinkfarbenes Polohemd, und ganz spontan durchzuckte mich der Gedanke, dass es an diesem Kerl kein überflüssiges Gramm Fett gab. Er hätte eine angenehme Erscheinung abgegeben, wenn er nicht so böse geguckt hätte.

Aber ich war auf einer Mission und durfte mich durch böse Blicke nicht abschrecken lassen. »Ich bin auf der Suche nach Familie Nowakowski«, erklärte ich.

Der Blick änderte sich von böse zu erstaunt. »Da fallen Sie ein bisschen aus dem üblichen Raster«, sagte der Mann. Vermutlich kamen hier eher selten Frauen mit Blumensträußen vorbei. Jetzt runzelte er die Stirn. »Ich kenn Sie doch, oder?«

»Ich kenne Sie jedenfalls nicht«, sagte ich, was ihn aber nicht dazu animierte, sich vorzustellen.

»Sie waren in der Zeitung!«, fiel ihm jetzt ein. Na klar, demnächst würden mich noch die Müllmänner begrüßen. »Haben Sie für die Nowakowskis auch eine Spende?«

»Eher nicht«, sagte ich. »Ich wollte Frau Nowakowski nur kurz besuchen. Ich hab gehört, sie ist krank.«

»Krank?«, wiederholte er. »Tja, so kann man es auch nennen. Dann gehen Sie mal hinterm Haus die Treppe hoch, durch die Tür und den Flur lang. Vorsicht, da fahren die Kinder immer mit dem Skateboard. Mit Besuch rechnen die nicht.«

»Vielen Dank«, sagte ich und wollte an ihm vorbei in die beschriebene Richtung gehen. Aus der Tür hinter ihm drang ein leichter Geruch nach Nagellackentferner, und man konnte hören, dass dort noch andere Leute bei der Arbeit waren, die sich unterhielten.

»Und Sie sind sicher, dass Sie keinen Scheck zu übergeben haben?«, fragte er noch mal nach.

Wenn ich was zu übergeben hatte, dann mich selber. Meine Nervosität und dieser chemische Geruch waren keine gute Mischung. Ich wedelte mit meinem Strauß. »Heute nur Blumen.«

»Sehr schade«, sagte er und machte die Tür hinter sich zu.

Ich stöckelte weiter hinter das Haus und fand die beschriebene Treppe, die mich an die Feuerleitern aus amerikanischen Filmen erinnerte. Die Stufen bestanden aus der Art Gitter, die man auch für Kellerschächte verwendet, und waren somit für Pumps denkbar ungeeignet. Aber ich biss die Zähne zusammen. Meine Angst vor Bernhard und der Rache des Clubs war größer als die Aversion gegen Treppenstufen, durch die man nach unten gucken konnte.

Die Metalltür am Ende der Treppe war nur angelehnt. Ich machte sie ganz auf und befand mich nun in einem Fabrikflur, der bestimmt fünfzehn Meter lang war. Ich konnte mir gut vorstellen, dass man hier Skateboard fahren konnte, allerdings musste man dabei allerlei Plunder ausweichen, von Kartons und Müllsäcken unterschiedlicher Größe über einen gammeligen Kinderwagen bis zu einer Waschmaschine und einem wackligen Trockengestell.

Am Ende des Flurs gab es wie angekündigt eine weitere Tür. Keine Wohnungstür, sondern eine weitere rostrot gestrichene Metalltür. Keine Klingel, kein Schild.

Dahinter hörte ich Stimmen. Zeternde, weinerliche und wütende. Einen Moment zögerte ich – keiner platzt gern in eine Auseinandersetzung bei fremden Leuten. Aber ich musste es tun. Dies war kein Höflichkeitsbesuch. Ich klopfte an die Tür, die daraufhin laut schepperte.

Die Stimmen drinnen focht das nicht an. Aber eine weitere Stimme rief über das allgemeine Geräusch: »Was is? Was wollt ihr schon wieder?«

Ich wartete einen Augenblick, aber niemand kam. Deshalb entschied ich mich, die Klinke zu testen. Die Tür war nicht abgeschlossen und ich öffnete sie. Und stand in einem kleinen Durchgang, der offensichtlich als Garderobe diente und sich seitlich in einen großen Raum öffnete, einer von der Sorte, die in Architekturzeitschriften als »Loft« bezeichnet werden.

Dieser Raum wäre allerdings nie in einer Architekturzeitschrift abgebildet worden, das war mir sofort klar. Lofts wurden sparsam und ausgesucht möbliert und vermittelten insgesamt ein Gefühl von abgehobenem Stil. Dieser Raum war das genaue Gegenteil. Hätte er nicht so penetrant nach Frittenfett mit einer Spur von Angebranntem gerochen, hätte man glauben können, es handele sich um das Lager eines Trödelhändlers.

Die Stimmen, die ich gehört hatte, kamen aus einem großen Fernseher, in dem gerade eine Talkshow lief. Zwei Meter vor diesem Fernseher stand eine Couch, und darauf lag, in eine Decke eingewickelt, eine junge Frau. Sie hatte rot gefärbte Haare und zwei Lippenpiercings und starrte mich jetzt an, ohne mit der Fernbedienung in ihrer Hand den Fernseher abzuschalten oder wenigstens etwas leiser zu machen. Unter der Decke konnte man das zwar schwer beurteilen, aber sie sah etwas übergewichtig aus.

»Frau Nowakowski?«, rief ich über den Lärm hinweg. »Ich bin Marie Overbeck.«

Das schien ihr nichts zu sagen. Kein Schimmer des Erkennens war auf ihrem Gesicht zu sehen. »Ich bin die aus der Zeitung«, setzte ich hinzu.

Auch das löste nicht das erwartete Verständnis aus. Ich beschloss, ihr ein Stück näher zu kommen und erst mal die Blumen zu überreichen. »Ich hab gehört, Sie sind krank«, sagte ich.

Erstaunt nahm sie den Blumenstrauß. Und dann schrie sie unvermittelt »Nuala!«, so dass ich erschreckt zusammenzuckte.

Im hinteren Teil des Lofts waren drei Türen in einer vermutlich nachträglich eingezogenen Wand zu sehen. Eine dieser Türen öffnete sich, und ein etwa neunjähriges Mädchen streckte den Kopf hervor. Sie hatte lockige dunkle Haare und eine olivfarbene Haut, ein völlig anderer Typ als der blonde Kevin, der mir das Ganze eingebrockt hatte. »Ja?«

»Wir haben Besuch!«, brüllte die Frau auf der Couch, aller Wahrscheinlichkeit nach Frau Nowakowski, »und jetzt stell mal die Blumen ins Wasser!«

Das Mädchen kam näher und betrachtete mich schweigend. Wenn sie es schaffte, erwachsen zu werden, ohne die Figur ihrer Mutter zu bekommen, würde sie mal eine Schönheit.

Verständnislos nahm sie die Moosröschen, die ihre Mutter ihr hinhielt. »Was soll ich damit?«

»Such mal 'ne Vase und mach da Wasser rein«, befahl Frau Nowakowski.

»Vase?«

»Irgendwas«, sagte ihre Mutter.

Nuala begab sich in einen Bereich jenseits des Fernsehers, wo sich eine aus unterschiedlichen Elementen zusammengestoppelte Küchenzeile befand. Türme von benutztem Geschirr markierten, wo sich ungefähr die Spüle befand. Ratlos kramte Nuala dort herum und griff schließlich nach einer Art Rührschüssel, in die sie Wasser laufen ließ und die Rosen etwas unzeremoniell hineinstopfte. »So?«, fragte sie.

Die Frau im Blumenladen hatte mich zwischen drei verschiedenen Gräsern oder Schleierkraut wählen lassen und jede Rose einzeln ausgesucht und liebevoll in den Strauß eingebunden. Sie würde heulen, wenn sie sähe, was jetzt mit ihrem Kunstwerk geschah. Immerhin brachte das Mädchen ihr Arrangement zu uns herüber und ließ es nicht in der Spüle stehen. Sie platzierte die viel zu große Schüssel, in der nun der Blumenstrauß etwas haltlos badete, auf dem Fußboden neben ihrer Mutter und schlurfte wieder davon.

»Jetzt hör aber mal auf mit dem Gameboyspielen«, gab

ihr ihre Mutter mit auf den Weg. Immerhin, stellte ich fest, waren manche Dinge gleich. Der Spruch hätte auch von mir kommen können.

»Ich hab doch Ferien«, schmollte das Mädchen, sah mich noch einmal prüfend von oben bis unten an und verzog sich wieder in ihr Zimmer.

Ich stand bis jetzt immer noch mitten im Raum. Niemand hatte mich aufgefordert, Platz zu nehmen. Also beschloss ich, die Sachen von dem am wenigsten belegten Sessel zu entfernen – ich legte vorsichtig mehrere Kleidungsstücke und ein paar Spielsachen auf den nächsten Sessel – und mich zu setzen.

»Frau Nowakowski«, bat ich und wies auf den Fernseher. »Könnten wir das mal für einen Moment leiser stellen?«

Sie nahm die Fernbedienung und stellte den Ton ab, so dass sich die Talkshow-Gäste nun lautlos weiterstreiten mussten. »Sie sind von der Zeitung?«

»Nein, ich komme wegen des Artikels in der Zeitung«, sagte ich. »Die Spendenübergabe im Kindergarten.«

»Wir kriegen keine Zeitung«, teilte sie mir mit. Ach so.

»Ich war am Montag im Kindergarten und habe Ihrem Sohn Kevin sechs Euro geschenkt für den Zoo.«

Abrupt veränderte sich ihre Miene von neugierig zu feindselig. »Sie sind das?«, fragte sie mit blitzenden Augen. »Hören Sie, wir haben vielleicht nicht viel Geld, aber das ist noch lange kein Grund, sich an meine Kinder ranzumachen. So was gibt's bei mir nicht.«

»Ich wollte mich nicht an ihr Kind ranmachen«, verteidigte ich mich. »Er hat mir leidgetan. Er saß da und weinte, weil er das Geld nicht hatte, und dann habe ich es ihm gegeben.«

»Ach ja?«, funkelte sie mich an. »Und dann haben sie ihn gewaschen und ihm gesagt, er soll zu einem fremden

Mann nett sein und keine Angst haben! Glauben Sie, ich bin doof? Erst gibt es Geschenke und Süßigkeiten, und dann ein Küsschen hier und ein Tätscheln da ... So was gibt's mit meinen Kindern nicht.« Sie richtete sich etwas mehr auf. »Und bei so was machen Sie mit? Ist das Ihr Mann, für den Sie die Kinder anlocken?«

Ich war ganz erschrocken. »Hören Sie, so war das nicht. Es ist alles ganz harmlos. Es ging nur um ein Foto für die Zeitung.«

»Und das soll ich Ihnen glauben? Was für eine Zeitung?«

Mir war klar: Ich durfte das hier nicht vermasseln. Diese Frau mochte in einem sozial schwachen Milieu leben, aber für ihre Kinder würde sie kämpfen wie eine Löwin.

»Der Kindergarten hat eine Spende bekommen für neue Möbel, und deshalb wollten wir ein Foto für die Zeitung machen. Mit ein paar Kindern drauf.«

»Ach ja?« Sie war immer noch nicht überzeugt.

Mir kam eine Idee. »Warten Sie einen Moment. Ich bin gleich wieder da.«

»Tun Sie das. Ich geh hier sowieso nicht weg.«

Irgendwie kam sie mir gar nicht so krank vor, aber das war jetzt nicht mein Problem. Ich eilte den langen Flur entlang und musste dann die Treppe mit den Gitterstufen runter, was noch schlimmer war als rauf, und dann stand ich wieder vor der Tür, aus der dieser mürrische Mann gekommen war. Vorsichtig klopfte ich.

Drinnen hörte ich eine Stimme: »Wenn das jetzt der Kurier ist ...«

Die Tür wurde aufgerissen, und ich stand wieder vor dem Kerl mit dem ärgerlichen Gesicht. »Ich bin's nur«, sagte ich mit einem unsicheren Lächeln, um ihn zu besänftigen.

»Ich sehe es«, sagte er. »Und, sind Sie Ihre Blumen losgeworden?«

»Ja, schon, aber ich habe eine Bitte.«

»Na so was. Was kann ich denn für Sie tun?«

»Haben Sie vielleicht diese Zeitung noch? Von gestern? Mit dem Foto?«

»Vermutlich«, sagte er und drehte den Kopf nach hinten. »Tim?«, brüllte er, so ähnlich wie gerade Frau Nowakowski nach Nuala gerufen hatte. »Hast du den Papiermüll schon weggebracht?«

»Noch nicht!«, ertönte eine Stimme aus den Tiefen der Halle hinter ihm.

»Kommen Sie«, sagte der Mann und öffnete mir die Tür ein Stück weiter. Er ging vor mir her zu einem Schreibtisch. Zwei weitere Männer waren in dem Raum damit beschäftigt, irgendwelche Folien auf großen Tischen zu bearbeiten. Als ich an ihnen vorbeikam, sagten sie beide: »Mahlzeit!«

»Mahlzeit«, erwiderte ich etwas überrascht. Über die Gepflogenheiten in heimischen Kleinbetrieben war ich offensichtlich nicht gut informiert.

Der Mann mit dem pinkfarbenen Polohemd zog unter dem Schreibtisch einen Papierkorb hervor. »Voilà!«, sagte er dann und zog eine Zeitung hervor, faltete sie auseinander und reichte mir den Lokalteil.

»Danke schön«, sagte ich. »Sie haben mir sehr geholfen. Möchten Sie die gleich wiederhaben? Ich brauche sie nur kurz.«

»Nein, die schenke ich Ihnen«, sagte er. »Was haben Sie denn vor damit?«

»Das ist eine lange Geschichte«, sagte ich. »Ich will nur rasch Frau Nowakowski das Foto zeigen. Eigentlich sollte ich schon längst woanders sein.«

»Dann will ich Sie mal nicht aufhalten«, sagte er

und begleitete mich zur Tür. »Wiedersehen, Frau Overbeck.«

»Woher kennen Sie mich denn?«, stotterte ich verblüfft.

Er tippte auf die Zeitung. »Sie sind jetzt prominent, vergessen Sie das nicht. Vielleicht sollte ich mir von Ihnen ein Autogramm geben lassen?«

»Warten Sie lieber, bis Heino kommt«, sagte ich und eilte davon. Auf dem Weg zurück zu Frau Nowakowski überlegte ich, ob er die Zeitung wohl schon nach unserer ersten Begegnung hervorgeholt und mich nachgeschaut hatte. Dass er sie so schnell aus dem Papierkorb holen konnte, sprach jedenfalls dafür.

Immerhin konnte ich jetzt Frau Nowakowski beweisen, dass ich die Wahrheit gesagt hatte. Wie versprochen hatte sie sich nicht von ihrem Sofa gerührt, sah sich aber jetzt eine alte Folge von »Baywatch« an.

»Sehen Sie«, sagte ich triumphierend zu ihr, »hier ist das Foto. Das ist der Mann, von dem die Rede war.«

Interessiert schaute sie sich den Bericht an. »Der sieht wirklich aus wie der Undertaker«, sagte sie. Wieder der Undertaker. Der schien in dieser Familie gut bekannt zu sein, im Gegensatz zu meiner. Ich musste den dringend googeln, um diese Bildungslücke zu schließen.

»Glauben Sie mir jetzt?«, fragte ich. »Es war wirklich ganz harmlos. Es besteht absolut kein Grund, uns zu verdächtigen. Geschweige denn eine Anzeige zu erstatten.«

»Na ja«, sagte sie nachdenklich. »Vermutlich haben Sie recht.«

Ich atmete erleichtert aus.

Sie studierte die Bildunterschrift. »Sie haben zweitausendfünfhundert Euro an den Kindergarten gespendet?«

»Nicht ich«, sagte ich hastig. »Das kommt von dem

Club, zu dem mein Mann und dieser Herr Braun gehören.«

»Das ist eine Menge Geld«, sagte sie. »Da könnte man viel mit machen.«

Das klang fast so, als wollte sie doch noch ein wenig Profit aus der Sache schlagen. »Was wollen Sie damit sagen?«, fragte ich vorsichtig.

Frau Nowakowski seufzte und wies mit einer vagen Geste auf das Loft um sie herum. »Sehen Sie sich das doch an, wie wir hier hausen. Was ich vom Sozialamt für mich und die Kinder kriege, reicht hinten und vorne nicht. Und der Kindergarten kriegt mal eben ein paar tausend Euro, um neue Stühlchen zu kaufen.«

»Aber das ist doch auch wichtig«, sagte ich. »Immerhin geht ihr Sohn ja auch in den Kindergarten.«

»Nicht mehr lange«, sagte sie. »Nach den Ferien kommt er in die Schule. Ich weiß gar nicht, wie das gehen soll. Jetzt muss ich auch noch liegen. Wegen der vorzeitigen Wehen.«

Jetzt kapierte ich endlich. Sie war wieder schwanger und nicht krank. Was war ich doch für ein naives Blondchen! »Aber da müssten Sie doch irgendeine Hilfe haben, oder?«

»Eigentlich schon. Die wollten mir eine Familienhelferin schicken. Aber die hatte einen Autounfall, und wegen der Ferienzeit haben die keine Vertretung, und jetzt kommt nur einmal in der Woche jemand.«

Immerhin erklärte das den Zustand der Wohnung. »Und Sie haben keinen in der Familie oder im Freundeskreis, der Sie unterstützt?«

»Familie hab ich nicht«, sagte sie. »Und Freunde … Tja, meinen Freund haben sie vor ein paar Monaten abgeschoben. Aber der hätte hier eh nix gemacht. Muslimische Männer tun das nicht, die haben ihren Stolz.«

Ich hatte das Gefühl, in ein Paralleluniversum zu schauen. Das waren Verhältnisse, die mir völlig fremd waren. Aber da musste sich doch was machen lassen! Es konnte doch nicht sein, dass hier eine Frau mit mehreren Kindern auf der Couch lag, um ihr Baby nicht zu verlieren, während um sie herum langsam das Chaos überhandnahm, und niemand kümmerte sich darum!

»Hören Sie«, sagte ich aus einem mich selbst überraschenden Impuls heraus. »Ich mache Ihnen einen Vorschlag. Ich muss jetzt weg, aber ich komme morgen wieder und bringe Ihre Küche in Ordnung. Dafür vergessen Sie das Thema mit der Anzeige, denn wie sich gezeigt hat, war das ja ganz harmlos. Können wir uns darauf einigen?«

»Also Sie kommen morgen und machen in der Küche sauber?«, rekapitulierte sie. »Einfach so?«

Schon jetzt hatte ich das Gefühl, ich würde das noch bedauern. Aber wenn das der Preis war, um diese Anzeige zu umgehen, dann war es das wert. Es hätte schlimmer kommen können. »Wäre halb zehn in Ordnung?«

»Klar. Ich bin ja hier.«

»Gut, dann werde ich da sein.« Ich stand auf und sah mich noch mal um. »Wo ist eigentlich Kevin? Der Kindergarten müsste doch längst aus sein.«

»Oh, der ist mit Gonzalez zum Fußballspielen.«

»Gonzalez?«

»Mein ältester Sohn.«

»Der heißt Gonzalez mit Vornamen?«

Sie sah mich herausfordernd an. »Der Sohn von Uwe Ochsenknecht heißt auch so. Und der ist noch nicht mal Spanier. Gonzalez' Vater kommt aus Andalusien.«

»Sieh mal einer an«, murmelte ich. Und dann ergriff ich die Flucht. Den Rest würde ich bestimmt morgen erfahren.

Hilde und ihre Rumpfmannschaft, bestehend aus Astrid und Lena, hatten den Kaffee bereits hinter sich gelassen und saßen mit Sekt auf der Terrasse, als ich kam. Hilde enttäuschte mich nicht. Ich hatte ihr kaum meine Blumen überreicht, als sie mich auch schon fixierte und feststellte: »Tatsächlich, das ist nicht Calvin Klein.« Immerhin sagte sie es nicht so finster wie der Mann in der Jim-Beam-Reklame.

»Ich hab ihn extra noch mal angezogen, damit du dich überzeugen kannst«, behauptete ich.

»Zieh ihn so oft an wie möglich«, riet mir Lena. »Nächsten Sommer wird dieser Farbton völlig out sein.«

»Bist du dir sicher?«, fragte Hilde besorgt zurück. »Ich habe neulich noch ein Kleid in einer ganz ähnlichen Farbe gekauft.«

»Zur Not könntest du es ja überfärben«, sagte Astrid spöttisch.

»Das geht nicht«, sagte Hilde. »Es hat weiße Einsätze. Vermutlich werde ich es dann noch zu Petersens Silberhochzeit anziehen und dann zum Secondhandshop bringen.«

Während ich versuchte, meinen Rückstand in Form eines Stücks Erdbeertorte und einer Tasse Kaffee aufzuholen, wurde mir der Kontrast bewusst zwischen diesem Ambiente und der Umgebung, aus der ich gerade kam.

Bei Hilde und Peter war alles stilvoll. Vermutlich hatte sogar der Rasenmäher einen Designpreis gewonnen. Das hätte eigentlich toll sein müssen, aber ich konnte mir nicht helfen, irgendwie wirkte es tot. Es war einfach kein Leben in diesem Haus. Ihre Kinder wohnten schon länger nicht mehr hier, Peter arbeitete täglich zehn bis vierzehn Stunden außer Haus, und Hilde betreute stundenweise die Städtische Galerie in Bredenscheid. Der Garten war ein Meisterwerk fernöstlicher Gartenarchitektur, die Wohnräume ein Beispiel für kühles Understatement, und es erschien fast undenkbar, dass jemand es wagen würde, dort mit Sweatshirt und Pantoffeln zu erscheinen. Jeans – noch so gerade, wenn sie von einem amerikanischen Designerlabel stammten. Frau Nowakowski lebte nur ein paar Kilometer entfernt und doch auf einem anderen Stern.

Ich stellte meine Kaffeetasse beiseite, und Hilde reichte mir ein Glas Sekt. Als ich es annahm, stellte ich fest, dass ich vorhin nicht aufgepasst hatte, als ich die Beine übereinanderschlug. Jetzt hatte sich eine große Falte in mein Hosenbein gepresst.

Hilde hatte es auch gesehen. »Tja, das ist halt das Problem mit Leinen«, stellte sie fest. »Diese Knitterfalten.«

»Besser in der Hose als im Gesicht«, meinte Lena.

»Seht einfach nicht hin«, sagte ich. »Tut so, als wäre ich nicht da.«

»Wir sind doch froh, dass du da bist«, sagte Astrid. »Wir waren längst fertig damit, über dich herzuziehen. Wo hast du denn gesteckt?«

Ich war nicht bereit, ihnen das zu erzählen. »Ach, ich musste nur kurz was erledigen. Nichts Wichtiges.«

»Du scheinst ja ganz schön unternehmungslustig zu sein in letzter Zeit«, sagte Astrid. »Wie kam das denn mit dieser Spendenübergabe im Kindergarten? Wirst du jetzt als erste Frau in den Club aufgenommen?«

Und schon waren wir wieder an einer Stelle, wo ich gar nicht hinwollte. »Nein, ich bin da nur mitgegangen, weil Henning nicht konnte. Der ist nämlich in Hongkong.«

»Der ist auch viel unterwegs in letzter Zeit, was?«, fragte Lena. »Man sieht ihn überhaupt nicht mehr.«

»Ich sehe ihn schon ab und zu«, sagte ich. »Aber das hat halt mit seinem Job zu tun. Die Firma will nach Asien expandieren. Offensichtlich sind das Trends, die man nicht verschlafen darf.«

»Da könntest du doch eigentlich jetzt auch mitfahren, oder?«, fragte Lena. »Ich meine, Zeit dafür hättest du doch. Oder mag Henning das nicht?«

»Wir haben darüber noch gar nicht so nachgedacht«, sagte ich. »Christoph ist ja gerade erst ausgezogen, und viele dieser Reisen macht Henning direkt von Hannover aus.«

Lena lachte. »Das klingt ja fast so, als hättest du Christoph nicht allein lassen können! So wie Angelika mit ihrem Hund. Ich glaube, dass sie deswegen so selten verreist.«

»Das liegt vielleicht nicht nur an dem Hund«, meinte Astrid abfällig. »Ich habe den Eindruck, zwischen den beiden läuft nicht mehr viel.«

»Ich kann's verstehen«, meinte Lena. »Zwischen mir und Bernhard würde auch nix laufen.«

Ich dachte an Kevin und seine Kameraden im Kindergarten, die vor Bernhard Angst hatten. Leider fiel mir dabei sofort wieder ein, mit was für unangemessenen Methoden ich versucht hatte, das zu beheben.

»Als ob das nur an Bernhard läge!«, schnaubte Astrid. »Seht euch doch Angelika mal an! An der ist nichts Weibliches mehr, finde ich. Seitdem sie ihre Wechseljahre hinter sich hat, ist sie zu einem Golfschläger schwingenden Neutrum geworden.«

»Woher weißt du, dass sie ihre Wechseljahre schon hinter sich hat?«, fragte Hilde neugierig. Mich interessierte das auch. Angelika war höchstens zwei Jahre älter als ich.

»Wir haben mal darüber gesprochen. Ihr Gynäkologe hatte ihr Hormone verschrieben, und die hat sie inzwischen abgesetzt.«

»Ich hab gehört, diese Hormone sind total gefährlich«, sagte Hilde. »Davon kriegt man Brustkrebs.«

»Quatsch«, sagte Lena, deren Mann Apotheker war.

»Die fördern nur den Krebs, wenn man ihn schon hat. Deswegen sollte man regelmäßig zur Vorsorge gehen. Aber gegen andere Symptome helfen sie ganz gut.«

»Auch gegen Hitzewellen?«, fragte Hilde. »Ich kann euch sagen, das macht mich manchmal ganz verrückt. Jacke an, Jacke aus. Oder diese Schweißausbrüche mitten in der Nacht. Manchmal wünsche ich mir einen von diesen Deckenventilatoren im Schlafzimmer, die sie immer in Amerika haben. Aber Peter will davon nichts hören. Er sagt, das sähe schrecklich aus.«

»Vermutlich hilft es auch nicht viel«, meinte Astrid. »Hitzewellen kommen ja von innen.«

»Irgendwie schrecklich, findet ihr nicht?«, meinte Lena. »Ich meine, dass man so den Veränderungen seines Körpers ausgeliefert ist. Ich finde ja diese Gefühlsschwankungen noch schlimmer. Vor allem, weil man oft erst mal gar nicht merkt, dass man sie hat.«

Astrid nickte wissend. »Aber die anderen merken es umso mehr. Ich könnte ausflippen, wenn meine Lieben dann so wissend nicken und sagen: ›Mama hat wieder ihr perimenopausales Syndrom.‹ Und ich kann nichts machen, denn damit lässt sich alles wegerklären.«

»Peri was?«, fragte Hilde verwirrt.

»Perimenopause«, sagte Lena. »Klingt wissenschaftlicher als Wechseljahre, ist aber im Prinzip dasselbe.«

Ich sah das etwas anders. »Damit ist doch nur der medizinische Teil gemeint. Aber eigentlich ändert sich doch viel mehr, oder?«

Lena runzelte die Stirn. »Was meinst du damit?«

»Na ja«, versuchte ich zu erklären, »ich finde, die ganze Lebenssituation wird anders, oder? Die Kinder gehen aus dem Haus …«

»… und dafür muss man sich plötzlich um seine eigenen Eltern kümmern«, ergänzte Astrid. »Brunos Mutter traut sich nicht mehr, Auto zu fahren. Jetzt muss ich sie immer zum Einkaufen mitnehmen.«

»Sei froh, dass es nur das Einkaufen ist«, sagte Hilde düster. »Meine Eltern sind inzwischen so schlecht drauf, dass sie eigentlich nicht mehr allein wohnen können. Mein Vater sieht fast nichts mehr, und meine Mutter ist total vergesslich geworden. Wir machen uns viele Gedanken darüber, wie das mit ihnen weitergehen könnte.«

Ich dachte an meine Mutter, im Großen und Ganzen noch ganz fit, aber immerhin auch schon Mitte Siebzig. Irgendwann würde dieses Thema auch auf uns zukommen. Hennings Eltern lebten schon lange bei seiner Schwester mit im Haus und machten ihr und ihrer Familie das Leben schwer mit ihrer unzufriedenen Grundhaltung und vielen kleinen und größeren Zipperlein. Und dann überlegte ich, dass wir eines Tages ja auch alt sein würden und dann vielleicht darauf angewiesen waren, dass Christoph oder Lotta sich um uns kümmerten. Wie könnte das gehen? Es war nicht planbar. Kein Mensch wusste, wo sie beruflich mal landen würden, ob sie eine Familie gründen würden ... und ebenso wenig ließ sich jetzt schon absehen, wie es mit uns mal aussehen würde. Henning war immer gesund gewesen, aber seine Cholesterinwerte waren grenzwertig, genau wie sein Blutdruck. Und ich fühlte mich in letzter Zeit auch manchmal schlapp, aber wie wir gerade schon festgestellt hatten, konnte man in meinem Alter ja fast alles den vertrackten Wechseljahren zuschreiben.

Ganz plötzlich fiel mir wieder Frau Nowakowski auf ihrer Couch ein. Ganz allein mit drei Kindern und schwanger mit einem vierten, das sie quasi völlig außer Gefecht gesetzt hatte. Kein Geld und keine Familie, die sich um sie kümmerte. Was würde aus der Familie werden, wenn da mal etwas passierte?

Ich hörte Lachen um mich herum. »Erde an Marie, bitte kommen!«, sagte Astrid grinsend. »In welchen Sphären hast du denn geschwebt?«

Ich griff nach meinem Glas, in das Hilde offensichtlich Sekt nachgegossen hatte, und antwortete etwas zu hastig. »Ach, ich dachte an die Leute, bei denen ich heute war. Die Frau ist schwanger und kann sich um nichts kümmern.«

Für Hilde war der Fall schnell gelöst. »Dann muss sich der Mann mal Urlaub nehmen! Das habe ich Peter damals auch klar gemacht, als ich bei Manuels Geburt den Kaiserschnitt hatte.«

Mist, ich hatte doch eigentlich vorgehabt, nichts über diese Sache zu erzählen, damit mein Fehlverhalten nicht doch noch ans Licht der Öffentlichkeit kam. »Da gibt es keinen Mann«, sagte ich möglichst neutral.

»Oje«, meinte Lena kopfschüttelnd, »ist das eine von diesen Emanzen, die alles alleine schaffen wollen?«

»Weiß ich nicht«, sagte ich abwehrend. »Vielleicht war das ja auch nicht so geplant mit der Schwangerschaft. Manchmal passiert so was, oder? Jedenfalls muss sie jetzt wegen vorzeitiger Wehen liegen und kriegt ihren Haushalt nicht mehr auf die Reihe. Ich werde morgen mal hinfahren und ein bisschen helfen.«

»Das klingt ja ziemlich verantwortungslos von dieser Tussi«, sagte Lena. »Ich kann mir doch kein Kind ans Bein binden, wenn meine sonstige Situation nicht geregelt ist.«

»Ich glaube, das sehen nicht alle Leute so«, warf Astrid ein. »Und wenn wir ehrlich sind, wussten wir doch damals auch nicht so genau, was uns erwartet, oder?«

»Was meinst du damit, damals?«, wollte Lena wissen.

»Als wir geheiratet haben. Manchmal denke ich, wir haben einfach nur unverschämtes Glück gehabt, dass es so gekommen ist, wie es jetzt ist. Wir könnten doch auch geschieden sein oder kinderlos wie Bernhard und Angelika. Letzte Woche stand der Konkurs von dieser Firma Sassnitz in der Zeitung. Bruno kennt den Inhaber. Der hat dabei sein letztes Hemd verloren.«

»Aber der ist doch bestimmt irgendwie abgesichert, oder?«, fragte Lena unruhig. »Ich meine, auf so was muss man doch vorbereitet sein.«

Astrid sah sie skeptisch an. »Ist dein Mann darauf vorbereitet, dass es vielleicht mal mit der Apotheke schiefgeht?«

»Die Apotheke läuft gut!«, sagte Lena erschrocken. »Gerade jetzt, wo er den Bereich Naturkosmetik noch weiter ausgebaut hat.«

»Schön für euch«, sagte Astrid. »Aber das meinte ich nicht. Es könnte doch trotzdem mal was passieren. Seid ihr darauf vorbereitet?«

»Ich weiß nicht«, sagte Lena verunsichert und wand sich etwas auf ihrem Gartensessel.

Hilde hatte keine Lust auf solche ernsten Themen. »Sag mal, bei dieser Naturkosmetik, habt ihr da auch was zur Fußpflege?«

Jetzt war Lena wieder auf sichererem Terrain. »Natürlich! Da gibt es sogar was ganz Tolles gegen diese trockene Hornhaut an den Fersen, aus einem Extrakt von skandinavischen Moosflechten …«

Ich ließ meinen Blick über Hildes makellosen Garten schweifen, mit seinen an strategischen Stellen gepflanzten Gehölzen und dem exakt geschnittenen Rasen. Garantiert hatte sie dafür gesorgt, dass die Landschaftsgärtner gestern noch mal alles in Ordnung gebracht hatten, bevor wir zu Besuch kamen. Auf dem Tisch stand noch das Kaffeegeschirr mit der Signatur eines namhaften Designers, und wir trugen letztlich mit unseren noblen Boutiqueklamotten zur Schau, dass unsere Männer es geschafft hatten und ordentlich viel Geld verdienten.

Astrids Frage hatte mich mal wieder zum Nachdenken gebracht. Man kann sich gegen vieles versichern, aber auf jeden Schicksalsschlag vorbereiten – das geht sicher nicht. Wir waren einfach welche von den Privilegierten, die bisher davon verschont geblieben waren. Und wir konnten nur hoffen, dass das auch so blieb.

So plauderten wir weiter über Fußpflege und Friseure und die kommende Expressionismus-Ausstellung in Köln, zu der Hilde unbedingt hinfahren wollte, bis um kurz nach sieben Peter nach Hause kam.

»Welch Glanz in unserer Hütte«, sagte er jovial und begrüßte uns mit dem üblichen Küsschen rechts und Küsschen links, erst Lena, dann Astrid und schließlich mich, bevor er sich auf einen freien Sessel fallen ließ.

»Ich glaube aber, ich muss jetzt mal zu Hause glänzen«, meinte Lena mit einem Blick auf die Uhr. »Martin und ich wollten heute noch eine Runde um die Sperre laufen.«

»Da schließe ich mich gleich an«, sagte Astrid. »Auf mich wartet unter anderem noch ein Korb Bügelwäsche. Und der Student kommt am Wochenende nach Hause. Insofern wird es für mich Zeit.«

»Na, das werde ich mal nicht persönlich nehmen«, lachte Peter und warf einen Blick erst auf den Tisch, dann auf seine Frau. »Hast du für mich denn auch was Leckeres, Moppi?«

»Im Kühlschrank ist noch Lachspastete«, sagte sie ohne sonderliche Begeisterung. »Ich könnte für uns ein paar Schnittchen machen.«

»Das klingt doch wunderbar«, sagte er und sah mich an. »Und es passt hervorragend zu jeder Art von Schaumwein. Wie wär's, Marie? Du hast doch sicher noch Zeit?«

Natürlich lehnte ich ab. Ich hatte zwar keine dringende Verpflichtung, aber auch keine Lust, die traute Zweisamkeit von Peter und Hilde zu stören.

Hilde begleitete uns zur Haustür. Noch einmal musterte sie kritisch meinen Hosenanzug. »Wenn man genau hinsieht, dann wird klar, dass er nicht von Calvin Klein ist«, sagte sie. »Ich hoffe, du hast kein Vermögen dafür bezahlt.«

»Das hätte Henning zu verhindern gewusst«, versicherte ich ihr. Aber etwas überrascht war ich schon.

»Diese puristische Linienführung«, erklärte sie mir, »das kann nur Calvin Klein. Jil Sander vielleicht noch. Aber ein anderer kriegt das einfach nicht hin.«

»Wenn du meinst«, murmelte ich und ließ mich von ihr zum Abschied umarmen. Noch während ich zum Auto ging, rätselte ich über die Absicht dieses Kommentars. Irgendwie hatte ich das Gefühl, es war nicht hundertprozentig nett gemeint.

»Hui«, sagte Astrid amüsiert. »So ein kleines Steinchen wollte sie dir wohl noch hinterherwerfen.«

Ich schüttelte ratlos den Kopf. »Aber warum bloß?«

»Beweisen kann ich es nicht«, sagte sie. »Aber ich stelle mir vor, mein Mann käme nach Hause, begrüßt alle meine Freundinnen mit Küsschen, nur mich nicht, und sagt dann auch noch Moppi zu mir ... da hätte ich vermutlich nicht übel Lust, ihm Glassplitter in seine Lachspastete zu mischen.«

»Da kann ich ja froh sein, dass ich nicht geblieben bin«, sagte ich. »Sonst hätte ich vielleicht auch ein paar Splitter mitbekommen.«

»Hast du doch«, sagte Astrid, stieg in ihr Auto und fuhr davon.

6

Irgendwie hatte ich am nächsten Morgen das Gefühl, dass es besser wäre, ein paar Utensilien mitzunehmen für das Projekt »Nowakowski«. Ich beschloss, wenigstens Gummihandschuhe und die Dose mit der Scheuerpaste einzupacken. Und dieses Mal zog ich praktische Sachen und flache Schuhe an, mit denen die Außentreppe leichter zu besteigen war.

Wie am Vortag fand ich Frau Nowakowski auf der Couch vor. Sie schien noch das Gleiche anzuhaben wie gestern und war auch auf die gleiche Weise in ihre Decke gewickelt, was den Eindruck erweckte, als habe sie sich überhaupt nicht wegbewegt. Offenbar nahm sie den Rat des Arztes sehr ernst.

»Sie sind aber pünktlich«, stellte sie fest und machte tatsächlich das Fernsehgerät für einen Moment von sich aus leiser. Wenn ich es richtig sah, lief irgendein alter Schwarz-Weiß-Film mit Heinz Rühmann. Die Rührschüssel mit meinem Blumenstrauß stand noch genau dort, wo Nuala sie hingestellt hatte, aber es sah aus, als ob jetzt einige Chipskrümel auf dem Wasser schwammen.

»Wenn ich halb zehn sage, dann meine ich halb zehn«, sagte ich. »Wie geht es Ihnen denn?«

»Gut eigentlich«, sagte sie. »Aber wenn ich aufstehe, merke ich sofort dieses Ziehen.«

»Dann bleiben Sie liegen«, befahl ich. Während der

Schwangerschaft mit Lotta hatte ich auch mal Wehen gehabt, aber nach zwei Tagen Ruhe hatte das wieder aufgehört, und dann war das Kind sogar noch zehn Tage nach dem errechneten Termin gekommen. »Wenn es Ihnen recht ist, fange ich mal mit dem Spülkram an, und dann sehen wir weiter.«

»Warum soll mir das nicht recht sein?«, sagte sie achselzuckend. Sie warf einen verräterischen Blick auf die Zeitung, die noch mit dem Foto nach oben auf dem Tisch lag. (Allerdings hatten jetzt alle Beteiligten mit Kuli gemalte Schnurrbärte, und die, die mit offenem Mund gelacht hatten, auch schwarze Zähne.)

Ich begriff sofort, was sie meinte. Natürlich hatten wir einen unausgesprochenen Deal. Sie würde auf die Anzeige verzichten, wenn ich ihr half. Sie hatte das nicht vergessen.

Schon auf dem Weg zur Küchenzeile fielen mir einige Dinge auf, die so nicht bleiben konnten: die klebrigen Flecken auf dem Fußboden, der Staub auf den Möbeln, die Kleidungsstücke, die auf der Erde lagen. Ich würde einmal einen Rundumschlag machen, damit sie wieder eine Grundordnung hatte, beschloss ich, und dann würde hoffentlich irgendein Amt tätig werden und irgendeine Person schicken, die für so etwas bezahlt wurde. Von unseren Steuergeldern, wohlgemerkt, denn wir gehörten ja noch zu der Klasse, für die es sich nicht lohnt, das Geld plastiktütenweise nach Liechtenstein zu schaffen.

Ich räumte mühsam die Spüle leer und ließ Wasser laufen. »Haben Sie keinen Stöpsel für den Abfluss?«, rief ich zu Frau Nowakowski hinüber. Inzwischen lief der Fernseher wieder mit üblicher Lautstärke.

»Ist da denn keiner?«, rief sie zurück.

Ich musste sämtliches Geschirr umräumen, bis ich das Ding in einem Topf entdeckte. Aber es nutzte mir insofern wenig, als das Wasser nicht warm wurde. Ich teilte ihr das mit.

»Man muss das Wasser mit dem Wasserkocher heiß machen«, erklärte sie mir. »Der Boiler ist kaputt.«

Das hätte sie mir ja auch mal eher sagen können. Aber so konnte ich wenigstens schon mal die schmierige Oberfläche des Kühlschranks abwischen. Irgendwo musste ich ja die gespülten Sachen hinstellen.

In der folgenden Dreiviertelstunde lernte ich noch einmal die Vorzüge einer Spülmaschine schätzen. Obwohl ich nicht sicher war, ob sie mit all dem fertig geworden wäre, was ich in den Nowakowski'schen Geschirrstapeln vorfand und teilweise mit einem Messer abkratzen musste. Auf jeden Fall war ich froh, dass ich an die Gummihandschuhe gedacht hatte.

Ich brauchte vier Wasserkocherfüllungen, bis ich einigermaßen durch war. Und dabei musste ich mir die vorhandenen Geschirrhandtücher gut einteilen, weil ich nirgendwo zusätzliche fand und Frau Nowakowski mir auch nicht sagen konnte, ob es noch saubere gab.

Bevor ich das Geschirr in die beiden dafür vorgesehenen Schränke räumte, hielt ich es für ratsam, sie rasch auszuwischen. Inzwischen beobachtete mich die Hausherrin mit einer gewissen Neugier. »Sie sind ziemlich gründlich, was?«, fragte sie zwischendurch.

Als ich endlich einen Zustand erreicht hatte, der das Einräumen möglich machte, öffnete sich die Tür, aus der gestern das kleine Mädchen gekommen war. Aber dieses Mal erschien gähnend ein Junge, nach meiner Schätzung etwa elf, mit einer Unterhose und einem viel zu großen T-Shirt bekleidet, auf dem zu lesen stand: »Bier formte diesen wunderbaren Körper«.

»Du bist sicher Gonzalez«, sagte ich, nachdem er mich eine Weile angestarrt hatte.

Er nickte und erwiderte: »Und Sie sind die Frau, die hier putzt.«

»Möchtest du etwas frühstücken?«, fragte ich ihn, weil ich annahm, dass er bis jetzt geschlafen hatte.

»Frühstücken?«, echote er. »Was gibt's denn?«

»Ich weiß nicht«, sagte ich und öffnete den Kühlschrank. Aus dem es nicht besonders gut roch. Milch konnte es nicht sein, denn die gab es nicht. Dafür einige recht unerfreulich aussehende offene Gefäße mit irgendwelchen Resten in unterschiedlichen Stadien der Verwesung. Ich holte einige davon heraus und stellte sie in die Spüle. Dann entdeckte ich eine Packung Margarine und ein Glas Nutella.

»Haben Sie irgendwo Brot?«, fragte ich seine Mutter.

»Ich glaube nicht«, gab sie zurück. Sie war wirklich sehr konsequent mit der Vorgabe, still zu liegen und sich um nichts zu kümmern. »Gonzalez, sieh mal in dem oberen Fach nach.«

Der Junge öffnete eine Schranktür, wo es auch einige geöffnete Lebensmittelpackungen, leere Tüten und, was mich erstaunte, einen einzelnen Gummistiefel gab, aber Brot war nicht dabei. Ich nahm den Gummistiefel heraus, weil der da nun wirklich nicht hingehörte, und machte die Tür wieder zu.

»Weißt du was?«, sagte ich zu ihm. »Du könntest doch eben zum Bäcker gehen und Brötchen holen. Wie wäre das?«

»Okay«, sagte er und hängte sehr pragmatisch die Frage an: »Haben Sie Geld?«

Ich nahm meine Tasche vom Schrank und gab ihm fünf Euro. Seine Hände waren ähnlich dreckig wie die seines Bruders am Montag. »Wo ist eigentlich Kevin?«, fragte ich.

»Im Kindergarten«, sagte er. »Wo denn sonst?« Er verschwand noch mal in dem hinteren Raum und kam dann angezogen, aber weiterhin ungewaschen zurück. Ich beschloss, nichts dazu zu sagen. Das war nicht meine Sache.

Meine Sache war die schwierige Entscheidung, was jetzt am dringendsten gemacht werden musste. Der Kühlschrank? Der Fußboden? Die Entsorgung der überquellenden Mülltüten?

»Ich geh dann mal«, sagte Gonzalez und knallte die Tür hinter sich zu. Bis zum Bäcker war es nicht weit. Vielleicht sollte ich erst mal den Tisch decken, bis er wiederkam. Aber als ich mich umsah, erledigte sich das insofern, als es gar keinen Esstisch in dieser Wohnung gab.

»Wo essen Sie denn normalerweise?«, fragte ich Frau Nowakowski.

»Hier«, sagte sie und zeigte auf den Couchtisch vor sich.

Also räumte ich zunächst mal den ganzen Plunder vom Tisch und machte ihn sauber, was unter anderem auch bedeutete, Kerzenwachs von der Tischplatte zu kratzen und ein 100-Teile-Puzzle wieder in seinen Karton zu räumen. Egal, wenn ich einmal hier war, dann konnte ich auch an dieser Stelle für Ordnung sorgen. Ich räumte auch die Schüssel mit dem Blumenstrauß weg und brachte ihn in einem Gefäß unter, das deutlich besser geeignet war. Dann holte ich sauberes Geschirr aus dem Schrank und deckte so gut es ging den Tisch. Viel war da nicht zu reißen: Außer der bereits erwähnten Margarine und der eiskalten Nutella fand ich nur noch eine Packung Käse, von der ich die vertrocknete Hälfte abschnitt.

»Was trinkt denn Ihr Sohn zum Frühstück?«, fragte ich Frau Nowakowski, der ich auch ein Gedeck hingestellt hatte.

»Der hat bestimmt noch Cola hinten im Zimmer«, meinte sie.

»Und was möchten Sie?«

»Ich glaube, wir haben noch ein paar von diesen Dingern für die Kaffeemaschine«, sagte sie und deutete auf eine Art Sideboard hinter dem Sofa. Weil ich mich diesem Teil des Raumes noch nicht gewidmet hatte, war mir auch die hochmoderne Maschine nicht aufgefallen, die dort zwischen einem Pappkarton und einem Stapel aus Schulbüchern, Heften und Zeitschriften stand.

Es dauerte eine Weile, bis ich die dazugehörigen Pads in einer Schublade gefunden, die Maschine verstanden und ordnungsgemäß mit Wasser befüllt hatte. Darüber kam Gonzalez zurück. Da wir nicht über konkrete Mengen gesprochen hatten, hatte er so viele Brötchen gekauft, wie er für fünf Euro kriegen konnte. Er warf die beiden großen Tüten auf den Tisch, so dass das Besteck klappernd zur Seite flog. Ich nahm eine davon wieder weg und transportierte sie Richtung Küche.

»Sag mal deiner Schwester Bescheid«, befahl ihm seine Mutter, und er machte zwei Schritte in Richtung Tür und brüllte: »Nuala! Komm essen!«

Es tat sich nichts. Gonzalez hielt seine Aufgabe trotzdem für erledigt und wollte sich vor den niedrigen Couchtisch knien, aber ich fand, dass sie doch besser auch dabei sein sollte. »Rufst du sie noch mal?«, forderte ich ihn auf.

Murrend machte er sich auf den Weg, während ich versuchte, der Kaffeemaschine eine Tasse Milchkaffee abzuringen. Aus dem hinteren Raum hörte ich die typische Geräuschkulisse eines Bruders, der wenig einfühlsam seine kleine Schwester weckt, anschließend lautes Geheule. Gonzalez kam augenrollend zurück. »Sie hat schon wieder ins Bett gepinkelt!«, verkündete er.

Frau Nowakowski seufzte. »Das hat mir gerade noch gefehlt!«, sagte sie und brüllte dann: »Nuala! Hör auf zu weinen, das ist nicht so schlimm! Zieh dir was an und komm her!«

Inzwischen hatte der Automat den Kaffee ausgespuckt. Ich stellte ihr die Tasse hin und sagte: »Wenn Sie mir sagen, wo Sie frische Bettwäsche haben, dann mache ich das eben.«

Sie überlegte eine Weile und meinte dann: »Ich glaube, oben im Kleiderschrank auf der linken Seite ist noch welche.« Ihre Stimme klang zum ersten Mal besorgt. »Schimpfen Sie nicht mit ihr. Sie schämt sich sowieso schon so.«

»Ich hatte nicht vor zu schimpfen«, sagte ich. Schließlich wusste ich auch, dass Kinder nicht aus Übermut ins Bett machen.

Das hübsche kleine Mädchen kam mir mit gesenktem Kopf entgegen. »Dein Bruder hat Brötchen geholt«, sagte ich zu ihr. »Geh mal frühstücken.«

Das Chaos in dem Zimmer, das ich jetzt betrat, übertraf die schon beträchtliche Unordnung im Hauptraum bei weitem. Allerdings war es sicher auch schwierig, hier Ordnung zu halten, denn mit einem Stockbett, einer weiteren Matratze auf der Erde und einem Kleiderschrank war schon der größte Teil des Raumes ausgefüllt.

Dieser Kleiderschrank war ein Abenteuer für sich. Er sah aus, als würde er nur noch durch die unzähligen Aufkleber zusammengehalten, die ihn außen zierten. Alle Fächer waren vollgestopft mit Textilien: ein wildes Durcheinander von Jeans, Pullovern, T-Shirts und Unterwäsche. Ich fragte mich, wie die Kinder ihre Sachen unterscheiden konnten. Aber vielleicht gruben sie einfach so lange, bis sie etwas Brauchbares gefunden hatten, und hielten sich mit Größen oder Besitzverhältnissen nicht auf.

Im obersten Fach entdeckte ich tatsächlich etwas, das wie ein Bettbezug aussah. Ich fand sogar einen dazu passenden Kopfkissenbezug, aber leider kein Laken. Bei näherem Hinsehen stellte sich das Matratzenlager als Nualas Bett heraus, denn dort zeugte ein großer feuchter Fleck von ihrem Missgeschick. Immerhin war ihre Mutter so vorausschauend gewesen, die Matratze mit einer Gummiauflage zu versehen, so dass das Pipi nicht durchgesickert war.

Auch wenn die anderen beiden Betten trocken geblieben waren, so hatten sie doch auch einen Austausch nötig. Obwohl ich keine weitere Wäsche fand, beschloss ich, das in einem Rutsch zu machen. Vermutlich hatte Frau Nowakowski ihre Bestände woanders, weil in diesem Raum so wenig Platz war. Ich entfernte die alte Bettwäsche und bündelte sie, bezog schon mal Nualas Kissen und Decke neu und kehrte in den Hauptraum zurück, wo die Familie sich gerade über ihre Brötchen hermachte, dass die Krümel nur so flogen.

»Frau Nowakowski«, sagte ich, »wo haben Sie denn Ihre restliche Bettwäsche? Ich habe jetzt mal alles abgezogen und wollte es in die Waschmaschine stecken.«

Jetzt sah sie reichlich bestürzt aus. »Die ist nicht sauber«, erklärte sie mir. »Die Waschmaschine geht im Moment nicht.«

Mir wurde etwas flau. Wie wollte sie denn zurechtkommen, wenn sie nicht waschen konnte? Schließlich hatte ich ja schon mitbekommen, dass sie wegen des kaputten Boilers kein warmes Wasser hatte, aber selbst wenn das nicht so wäre: Bettwäsche von Hand in der Badewanne zu waschen war eigentlich nicht zumutbar. Und vor allem – wer sollte das tun? Die Kinder wären dazu wohl nicht in der Lage, und ehrlich gesagt hatte ich gerade beschlossen, noch rasch den Fußboden im Küchenbereich zu putzen und mich dann wieder zu verabschieden. Immerhin kam Henning heute zurück.

»Was ist denn mit der Waschmaschine?«, fragte ich. »Vielleicht kann ich die reparieren lassen?« Vermutlich würde Astrids Mann Bruno heute noch einen Mitarbeiter schicken, wenn ich ihm den Ernst der Lage schilderte.

»Daran liegt es nicht«, sagte sie. »Der Vermieter hat mir für den Flur Wasser und Strom abgestellt. Er sagt, das gehört nicht zur Wohnung.«

»Der is nämlich doof«, erklärte mir Gonzalez mit vollem Mund, der inzwischen mit einem Ring Nutella eingerahmt war.

»Kann man denn nicht mit dem reden?«, fragte ich. »Die Situation erklären? Sie müssen doch waschen können.«

»Im Moment kann ich es sowieso nicht«, entgegnete sie. »Aber Sie können es gern versuchen.«

Mir wurde bewusst, dass dieser Zustand vermutlich schon länger bestand. Denn so, wie die Bettwäsche der Kinder ausgesehen hatte, war die nicht erst seit voriger Woche im Einsatz. Jetzt fiel mir auch der Zustand der Kleidung auf, die sie augenblicklich trugen – Christoph und Lotta würden das mit spöttischem Grinsen als suboptimal bezeichnen.

Resigniert begriff ich, dass mein Buß-Einsatz bei Frau Nowakowski noch nicht beendet war. »Okay«, sagte ich, »dann machen wir es anders. Ich nehme die Wäsche mit und bringe sie heute Abend wieder vorbei.«

»Super«, sagte Frau Nowakowski. Nuala und Gonzalez sahen mich mit großen Augen und dicken Backen an. Wenn ich richtig sah, hatten die drei inzwischen insgesamt acht Brötchen verspeist, im wahrsten Sinne des Wortes eine satte Leistung.

»Gut«, sagte ich, »dann fahre ich jetzt und bin heute Abend zwischen fünf und sechs wieder da.«

»Bis dann«, sagte sie. Ein Dankeschön wäre nicht

schlecht gewesen, aber es kam nicht. Waren wir noch nicht quitt, was die Kevin-Geschichte anging? Fand sie das so selbstverständlich, was ich machte?

Ich zerrte das Wäschebündel aus der Wohnung und über den Flur. Dieses Mal erkannte ich auch, dass sich in den Müllbeuteln und Kartons teilweise schmutzige Wäsche befand. Immerhin hatten sie die Sachen schon mal in die Nähe der Waschmaschine geschafft, auch wenn sie im Moment nicht verwendbar war.

Ich merkte, dass ich wenig Verständnis für einen Vermieter hatte, der so handelte. Wusste er denn nicht, wie unverzichtbar eine Waschmaschine für eine solche Familie war? Da musste sich doch eine Lösung finden lassen, statt mit solchen Brachialmethoden zu arbeiten.

Bis das Wäschebündel endlich in meinem Auto verstaut war, hatte ich mich so sehr in dieses Thema hineingesteigert, dass ich nicht sofort losfuhr, sondern noch einmal zurückging. Ich klopfte an die Tür von »HH Beschriftung und Beschilderung«, bis mir der grantige Mann von gestern die Tür öffnete. Er sah heute nicht wesentlich freundlicher aus.

»Sie schon wieder?«, fragte er überrascht. »Brauchen Sie wieder eine Zeitung? Oder möchten Sie heute bei mir ein bisschen Radio hören?« Im Hintergrund lief gerade deutsche Schlagermusik, aber ich vermutete, sein Angebot war eher sarkastisch gemeint.

»Ich habe nur eine Frage«, erklärte ich. »Sie können mir doch sicher sagen, wer der Besitzer dieses Gebäudes ist.«

»Nichts leichter als das«, sagte er. »Das bin ich. Und wieso wollen Sie das wissen? Möchten Sie es kaufen?«

»Nicht unbedingt«, sagte ich. »Aber ich würde gern kurz mit Ihnen reden, wenn es geht.«

»Das geht«, befand er und öffnete mir so schwungvoll

die Tür wie gestern. »Kommen Sie doch rein. Möchten Sie einen Kaffee?«

»Warum nicht?«, meinte ich. Über all dem Frühstückmachen für die Nowakowskis hatte ich selbst gar nichts gekriegt. Und bei einem Kaffee kann man doch viel entspannter über schwierige Themen reden als im Stehen zwischen Tür und Angel. Vielleicht könnte ich ihn bei einem ruhigen Gespräch zu einem Einlenken bewegen.

Er führte mich an dem Schreibtisch vorbei in einen kleinen Raum mit einem Tisch und ein paar Stühlen, vermutlich als Besprechungsraum gedacht. An der Wand hing ein gerahmter Druck von Paul Klee, in der Ecke stand eine halbwegs gesund aussehende Yucca, und mehr Einrichtung gab es nicht. Nichts Besonderes, aber wenn man gerade aus dem Chaos von oben kam, erschien es umso ordentlicher. Auf mich hatte es jedenfalls eine ziemlich beruhigende Wirkung, so als hätte er einen Feng-Shui-Berater konsultiert. Was ich aber nicht vermutete, so wie ich diesen Betrieb und seinen Inhaber einschätzte.

»Normaler Kaffee?«, fragte er. »Oder Espresso?«

»Lieber Kaffee. Mit viel Milch, wenn Sie haben.«

»Habe ich«, sagte er und ließ mich einen Moment allein. Ich setzte mich auf den Stuhl am Fenster und merkte, dass ich schon wieder etwas ruhiger geworden war.

Ein paar leicht vergammelte Visitenkarten auf dem Tisch verrieten, dass das »HH« im Firmentitel für Hannes Hoffmeister stand. Ich erinnerte mich daran, dass Kevin mir erzählt hatte, Herr Hoffmeister sei streng, und wenn ich mich in seine Perspektive versetzte, konnte ich mir das gut vorstellen. Schon seine Erscheinung mit den extrem kurzen grauen Haaren und dem grimmigen Gesichtsausdruck musste für ein Kind furchteinflößend sein, und wenn er dann auch noch als strenger Vermieter herummeckerte, dann würde das seine Beliebtheit nicht steigern.

Jetzt kam er mit einem Tablett zurück und stellte mir einen schlichten weißen Kaffeebecher und ein Kännchen mit Milch hin. »Also, Frau Overbeck«, sagte er und setzte sich mir gegenüber. Heute trug er ein giftgrünes Polohemd zu seiner Latzhose. Ich meinte, hinter dem Latz ein kleines Krokodil erkennen zu können.

»Also, Herr Hoffmeister«, entgegnete ich. »Sie sind der Vermieter von Frau Nowakowski.«

»Stimmt«, sagte er. »Und Sie? Ihre Mäzenin?«

»Mäzenin?«, wiederholte ich verwirrt.

»Sie teilen doch Schecks aus«, sagte er mit einem ironischen Lächeln.

»Da täuschen Sie sich«, sagte ich möglichst sachlich. »Ich war sozusagen nur zur Dekoration mit auf diesem Foto. Das Geld kam von dem Club, in dem mein Mann Mitglied ist.«

»Und was treiben Sie, wenn sie nicht dekorativ tätig sind? Ich gehe nicht davon aus, dass Sie Sozialarbeiterin sind. Die gehen ihrer Tätigkeit normalerweise nicht in Calvin-Klein-Anzügen nach.«

»Der war nicht von Calvin Klein«, sagte ich spontan, bevor ich mich wundern konnte, dass ein Mann sich mit so etwas beschäftigte. Henning hätte das jedenfalls nicht getan. »Dafür hat er nicht die puristische Schnittführung, wissen Sie.«

»Verzeihen Sie den Irrtum«, sagte er und grinste. »Aber ich dachte, wenn ich mit Ihnen über Mode fachsimpele, nehme ich Ihnen ein wenig den Wind aus den Segeln. Denn ich vermute doch, Sie möchten mit mir über mein nicht akzeptables Verhalten in Bezug auf die Vermietung der oberen Etage sprechen.«

»Tja, dann können wir ja gleich zur Sache kommen«,

sagte ich, um meine erneute Verwunderung zu überspielen. Dieser Typ war schon etwas ungewöhnlich. »Sie haben Strom und Wasser für die Waschmaschine abgestellt. Aber Sie müssten doch eigentlich wissen, dass eine Familie mit drei Kindern nicht ohne Waschmaschine auskommt.«

»Im Prinzip ist mir das klar«, sagte er. »Aber irgendwie muss ich natürlich auch der guten Frau Nowakowski klarmachen, dass meine Geduld an einem bestimmten Zeitpunkt zu Ende ist. Und der war gekommen, als ich feststellen musste, dass sie mir inzwischen über zweitausend Euro schuldet.«

»Zweitausend Euro«, wiederholte ich nachdenklich. Das war schon eine Menge Geld. »Heißt das, dass sie ihre Miete nicht zahlt?«

»Zumindest nicht regelmäßig«, sagte er. »Insofern können Sie sich vorstellen, dass ich auf Ihren Scheck gehofft hatte. Der ja nun leider nicht kam.«

»Tja, tut mir leid«, sagte ich. »Wie Sie schon selber festgestellt haben, komme ich nicht vom Sozialamt. Zahlen die eigentlich die Miete nicht direkt an Sie?«

»Inzwischen schon«, sagte er. »Aber für die früheren Schulden kommen die nicht auf. Stattdessen prüfen die jetzt, ob die Wohnung nicht zu groß ist und die Frau eventuell ausziehen muss. Aber das hat sich vermutlich vorerst erledigt, weil sie ja demnächst noch eine Person mehr in ihrer Familie hat.«

Ich probierte meinen Kaffee. Er war erstaunlich gut. »Aber wie stellen Sie sich das weiter vor? Spätestens, wenn sie ihr Baby hat, braucht sie unbedingt eine Waschmaschine.«

»Ich habe den Eindruck, dafür hat sie gerade eine Lösung gefunden«, sagte er heiter. »Denn wie ich mitbekommen habe, wollen Sie sich ja darum kümmern, Frau Overbeck.«

»Arbeiten Sie hier oder stehen Sie am Fenster und beobachten das Tagesgeschehen?«, fragte ich etwas ungehalten, weil ich mich irgendwie ertappt fühlte. An sich war nichts Falsches an dem, was ich tat, wenn man mal von dem Auslöser absah. Aber genau das war der Punkt. Ich hätte diese Familie nie kennengelernt, wenn ich nicht Kevin diesen saublöden Vorschlag gemacht hätte.

»Das eine schließt das andere nicht aus«, antwortete er ruhig. »Hören Sie, ich will Sie nicht kritisieren. Ich vermute, Sie haben Zeit genug, um sich auch mal sozial zu betätigen, und auch wenn diese Blagen manchmal ziemlich frech sind, verdienen sie ein bisschen Zuwendung. Ich hoffe nur, dass Sie sich keine falschen Vorstellungen machen und in so eine sozialromantische Fantasie abdriften, in der Sie die Retterin der Entrechteten sind.«

Meine Güte, das war schon ein komischer Typ. Einerseits arbeitete er in einer kleinen Klitsche, die nicht gerade den Eindruck großen wirtschaftlichen Erfolgs machte, andererseits redete er auf eine Weise, die ich bisher bei vergleichbaren Handwerkern und Kleingewerbetreibenden noch nie gehört hatte. »Hören Sie«, sagte ich, »ich habe gestern nur einen Besuch gemacht, weil ich den jüngsten Sohn im Kindergarten kennengelernt habe. Und dann bin ich heute noch mal wiedergekommen, weil ich mitgekriegt habe, dass die Frau Nowakowski wegen vorzeitiger Wehen fest liegen soll. Da habe ich mal ein bisschen nach dem Rechten gesehen.«

»Das ehrt Sie«, meinte er. Seine Stimme enthielt jetzt keinen ironischen Unterton, sondern eher eine Art Besorgnis. »Aber was stellen Sie sich vor? Dass die Probleme durch eine Ladung Buntwäsche gelöst sind?«

Jetzt saß ich etwas unruhig auf meinem Stuhl. »Sicher nicht«, musste ich zugeben. »Eigentlich braucht die Frau eine Haushaltshilfe, bis es ihr wieder besser geht.«

»Die Frau braucht mehr als das«, sagte er nüchtern. »Glauben Sie bloß nicht, dass dieses Durcheinander nur herrscht, weil sie gerade mal nicht aufstehen darf. So wie ich es sehe, hat sie nie gelernt, ihr Leben in den Griff zu kriegen. Und Sie wollen ihr das beibringen?«

Mir wurde ungemütlich unter seinem fragenden Blick. »Ich denke nicht, dass das meine Aufgabe ist«, sagte ich und leerte rasch meine Tasse. »Vielen Dank für den Kaffee, Herr Hoffmeister. Ich muss jetzt mal los.«

»Nennen Sie mich Hannes«, sagte er und stand zusammen mit mir auf. »Das hat Ihr Mann auch getan.«

»Sie kennen Henning?«, rief ich überrascht aus. »Was haben Sie mit ihm zu tun?«

»Wir waren früher befreundet«, erklärte er mir. »Hannes und Henning, das unschlagbare Team. Sie können ihn ja mal von mir grüßen.«

»Werde ich machen«, versprach ich und nahm Reißaus, bevor er mir noch mehr mahnende Worte mitgeben konnte.

Zu Hause steckte ich Frau Nowakowskis Bettwäsche in meine Waschmaschine – zumindest den ersten Teil, weil alles zusammen zu viel war für eine einzige Trommelfüllung – und fuhr schnell noch einkaufen. Meinen Informationen zufolge sollte Henning am frühen Nachmittag zu Hause sein, was vermutlich bedeutete, dass er noch nichts zu essen bekommen hatte. Deswegen wollte ich vorsorglich etwas kochen.

Beim Discounter gab es in dieser Woche Spannbettlaken im Angebot, und nach kurzem Zögern kaufte ich einen Satz, den ich später mit zu Nowakowskis nehmen wollte. Sozusagen als Abschiedsgeschenk, denn ich hatte nicht vor, regelmäßig die angeschimmelten Reste aus den Bratpfannen der Familie zu kratzen.

Ich bereitete etwas zu essen zu, das sich einigermaßen

gut warm halten ließ, steckte die saubere Bettwäsche in den Trockner und füllte die Waschmaschine mit der zweiten Ladung. Die neuen Spannlaken packte ich schon mal in den Korb im Flur, wo ich immer die Dinge sammle, die ich irgendwohin mitnehmen muss. Vorsichtshalber legte ich noch eine Rolle Mülltüten dazu, denn ich hatte bei den Nowakowskis keine gefunden, wollte aber auf jeden Fall noch den Müll entsorgen, wenn ich schon mal da war. Und schließlich entschloss ich mich, der Familie auch noch ein paar Bettbezüge zu stiften, die meine eigenen Kinder nicht haben wollten, weil sie das Dekor zu spießig fanden. Natürlich war das Blümchenmuster etwas zweifelhaft, für unsere Ehebetten würde ich es auch nicht wollen, aber zum Verschenken an Leute, die kein Geld hatten, waren sie allemal gut genug.

Henning traf gegen drei Uhr ein, und ich sah ihm sofort an, dass er ziemlich erschöpft war. Er aß dankbar etwas, lehnte es jedoch ab, mir von seiner Reise zu erzählen. »Später, Marie. Jetzt möchte ich nur noch meine Ruhe haben.«

Ich redete ihm zu, sich ins Bett zu legen, was er aber nicht wollte. »Jetlag macht man nur noch schlimmer, wenn man außerhalb der normalen Zeiten schläft«, sagte er.

»Was sind denn normale Zeiten, wenn man dauernd im Flieger sitzt?«, hielt ich dagegen. »Leg dich wenigstens für eine Weile auf die Couch. Ich verspreche dir, ich wecke dich, auch wenn du dann unfreundlich zu mir bist.«

»Ich bin nie unfreundlich zu dir«, behauptete er, ein klarer Fall von Gedächtnisverlust. Aber er ließ sich auf diesen Kompromiss ein, unter der Bedingung, dass ich ihm spätestens nach einer Stunde Bescheid sagen würde, weil er noch ein paar Dinge in der Firma zu erledigen hatte.

Ich räumte die Küche auf, versorgte die Blumen und faltete die gewaschenen Bettbezüge. Dann erschien Henning wieder, nur marginal besser gelaunt als vorher, und teilte mir mit, er würde jetzt in die Firma fahren und direkt von da aus zum Clubmeeting.

»Ach ja, heute gibt es ja den Schiele-Vortrag«, erinnerte ich mich.

»Nee, der Augenarzt kommt erst nächsten Monat«, sagte Henning. »Heute hören wir was über einen Maler, glaube ich.«

»Du wirst schon sehen«, sagte ich. Die Erwähnung des Clubs hatte mich daran erinnert, dass ich mich noch bei Bernhard melden musste. Deswegen rief ich ihn gleich an, nachdem Henning das Haus verlassen hatte, aber im Büro war er nicht, und seine schnippische Sekretärin konnte mir auch keine weitere Auskunft geben.

Also rief ich bei ihm zu Hause an, erreichte aber nur Angelika. »Nein, hier ist er nicht«, teilte sie mir mit. »Was willst du denn von ihm?«

Ich ging mal davon aus, dass er ihr nichts über diesen unangenehmen Verdacht erzählt hatte, deswegen wollte ich das auch nicht ansprechen. »Es geht noch mal um diese Scheckübergabe im Kindergarten«, sagte ich vage.

»So langsam wird das etwas seltsam«, meinte sie mit angriffslustigem Ton. »Die Sache ist doch längst über die Bühne. Wie oft wollt ihr das denn noch als Vorwand benutzen?«

»Vorwand?«, wiederholte ich verblüfft. Glaubte Angelika etwa, ich hätte was mit Bernhard und versuchte das auf so plumpe Weise zu verheimlichen?

»Na hör mal«, sagte sie. »Du bist noch nicht mal Mitglied im Club und hast plötzlich jeden Tag mit Bernhard wegen dieser Spenden zu tun? Was soll ich denn davon halten?«

»Es ist wirklich keine wilde Sache«, versicherte ich ihr. »Aber da musste noch etwas geklärt werden, und das habe ich jetzt getan. Ich muss ihn auch gar nicht persönlich sprechen, du kannst ihm etwas ausrichten. Sag ihm einfach, die Kuh ist vom Eis.«

»Die Kuh ist vom Eis?«, echote sie verständnislos. »Was soll denn das bedeuten?«

Wenn sie schon so ratlos war, vielleicht würde Bernhard das auch nicht kapieren. Was sagte man denn sonst noch? Das Kind ist geschaukelt? Nein, diese Formulierung erschien mir nicht so passend. Wie codierte man wohl bei echten Geheimdienstagenten solche Nachrichten? Der Käse ist gegessen? Die Spanner-Raupe hat sich verpuppt?

»Da kommt er gerade«, sagte Angelika. Sie klang fast genauso schnippisch wie die Sekretärin vorhin. »Hier«, hörte ich sie sagen. »Deine Freundin Marie ist dran.«

»Moment«, sagte Bernhard zu mir. »Ich gehe eben in mein Arbeitszimmer.«

»Das ist eigentlich nicht nötig«, sagte ich zu ihm. Es würde nur Angelika noch misstrauischer machen. Aber ich hörte ihn schon schnaufend die Treppe hochsteigen.

»So«, sagte er. »Jetzt können wir in Ruhe sprechen.«

»So viel zu sprechen ist da nicht«, meinte ich. »Ich habe eine gute und eine schlechte Nachricht. Die gute ist: Ich war bei der Mutter dieses Jungen und habe ihr die Sache erklärt. Die Anzeige ist vom Tisch.«

»Da bin ich aber erleichtert«, sagte er. »Und die schlechte?«

»Jetzt glaubt deine Frau, wir hätten was miteinander. Überleg dir irgendwas, um ihr das wieder auszureden.«

»Wir? Du und ich??«, rief Bernhard erschrocken.

»Sie wundert sich halt, dass wir in dieser Woche schon

so viel miteinander zu tun hatten. Also unternimm was, um sie zu beruhigen.«

»Aber was denn?«, jammerte er.

»Sei kreativ«, schlug ich ihm vor. »Du kennst doch deine Frau am besten. Tschüs, Bernhard. Ein schönes Meeting heute Abend. Versuch mal meinen Mann aufzuheitern, der ist ziemlich gestresst.«

Wenn ich gewusst hätte, wie er diesen letzten Satz interpretieren würde, hätte ich vielleicht was anderes gesagt.

Als die gesamte Wäsche wieder trocken war, packte ich sie ein. Inzwischen hatte ich genug Zeug, um einen großen Wäschekorb zu füllen. Als ich den die Gittertreppe hinaufgehievt und durch den langen Flur geschleppt hatte, fühlte ich mich auch so erschöpft, als wäre ich heute aus China zurückgekommen.

Bei Nowakowskis hatte sich nichts geändert. Die Mutter lag weiterhin auf dem Sofa, trank Eistee aus einer großen PET-Flasche und sah eine Sendung im Fernsehen, in der Leute sich Wohnungen anschauten. Die Kinder waren nicht da, ich hatte aber beim Ankommen den Eindruck gehabt, ich hätte eine ganze Horde am Ende der Straße gesehen. Vielleicht waren sie dabei.

»Hallo!«, keuchte ich etwas außer Atem. »Ich habe Ihre Wäsche gewaschen. Ich gehe rasch und ziehe sie wieder auf.«

»Super«, sagte sie.

Ich zerrte meinen Wäschekorb in das Kinderzimmer, wo ich Kevin tränenüberströmt mitten in dem unbezogenen Bettzeug des unteren Stockbetts vorfand.

»Nanu?«, fragte ich erschrocken. »Was ist denn mit dir los?«

»Ich darf nich mehr in den Kindergarten gehen«, schluchzte er.

»So ist das«, versuchte ich ihm zu erklären. »Du kommst doch in ein paar Wochen in die Schule.«

»Nein, ich darf schon morgen nich mehr«, berichtete er heulend. »Wegen der Mäuse.«

»Mäuse? Gibt es Mäuse im Kindergarten?«

»Weiß ich nich!«, weinte er. »Die haben einen Brief geschrieben.«

»Nun komm mal erst da raus«, sagte ich. »Ich will nämlich dein Bett beziehen.«

Es war nicht so ganz einfach, das zu tun, weil der Raum sowieso total eng war und nun auch noch Kevin im Weg stand. Als ich die Betten bezogen, die restliche Wäsche einigermaßen im Schrank verstaut und dabei Kevin die ganze Zeit über die Mäuse hatte jammern hören, war ich ziemlich fertig.

»Was gibt es denn für ein Problem im Kindergarten?«, fragte ich seine Mutter schließlich.

»Hier!«, sagte sie lakonisch und reichte mir einen fotokopierten Zettel. Darauf stand, dass man bei Kevin und einigen anderen Kindern Kopfläuse festgestellt hätte und darum bitte, sie bis nach erfolgreicher Behandlung nicht mehr in den Kindergarten zu schicken, um eine weitere Verbreitung zu vermeiden.

»Und was haben Sie unternommen?«, fragte ich schaudernd. Schon bei dem Gedanken an Läuse juckte es mich.

»Unternommen? Was soll ich denn da unternehmen?«

»Es gibt so ein Spezialshampoo«, sagte ich, aber im selben Augenblick war mir klar, dass es da mehrere Probleme gab: Frau Nowakowski konnte nicht weg, sie hatte kein Geld, und es gab kein warmes Wasser.

Ich hatte nur zwei Möglichkeiten. Ich konnte die ganze Geschichte ignorieren und nach Hause fahren, um mich nie wieder bei dieser Familie blicken zu lassen. Oder ich konnte die Sache zu meiner Baustelle erklären. Ich schwankte einen kurzen Moment. Dann schluchzte Kevin noch mal herzerweichend auf.

»Komm mal her«, sagte ich. »Jetzt putz dir erst mal die Nase.« Ich reichte ihm ein Papiertaschentuch aus meiner Handtasche. »Dann brauchen wir als Nächstes eine Mütze. Hast du irgendwo eine?«

»Warum denn eine Mütze?«, wollte er wissen.

»Damit die Läuse nicht abhauen können«, behauptete ich. »Wir wollen sie doch alle erwischen.« Die Wahrheit war, dass ich nicht wollte, dass er mein Auto infizierte, aber das mochte ich so nicht sagen. Ich sah auf die Uhr. »Wenn wir gleich losfahren, können wir es gerade noch schaffen, ehe die Apotheke zumacht.«

Kevin zog los, eine Mütze suchen. »Ich nehme ihn mit zu mir und wasche ihm dort die Haare«, erklärte ich seiner Mutter. »Und dann bringe ich ihn wieder zurück. Ist das in Ordnung?«

»Und dann kann er morgen wieder in den Kindergarten?«, fragte sie hoffnungsvoll.

»Kommt darauf an, was der Apotheker sagt. Vielleicht muss man das mehrmals machen mit dem Shampoo.«

Kevin kam mit einer Baseballkappe zurück, auf der »Schalke forever« stand und die ihm ein bisschen zu groß war. Aber ich ließ es durchgehen, Hauptsache, es befand sich irgendwas zwischen seinen Läusehaaren und meinem Autositz. »Dann mal los, junger Mann«, sagte ich und schob ihn zur Tür hinaus, um das Ganze so schnell wie möglich hinter mich zu bringen.

Kevin sah entzückt mein Auto an. »Geil!«, befand er, vor allem, als ich das Verdeck aufmachte. Ich tat das nicht in erster Linie, um ihm zu imponieren, sondern weil ich es bevorzugte, dass etwas mehr Luft an uns kam. Kevin kratzte sich unter der Baseballkappe den Kopf. Ich registrierte es mit Schaudern.

Martin war selber in der Apotheke, als wir kamen. »Nanu?«, sagte er, als er mich mit Kevin hereinkommen sah. »Deine Männer werden auch immer jünger.« So ein Scherzkeks!

»Sag es nicht Henning«, erwiderte ich. »Martin, wir brauchen deine Hilfe. Dieser junge Mann hat Läuse, und die müssen wir zuverlässig loswerden.«

Zum Glück machte er dazu keine Scherze mehr, sondern wurde ganz professionell. Da gab es ein wirksames Shampoo und einen ganz engzinkigen Spezialkamm, mit dem man die Nissen entfernen konnte, und er zeigte mir sogar an einem etwas widerstrebenden Kevin, wie die aussahen. Aber spätestens als er mir erklärte, dass dieses Shampoo nicht nur einmal, sondern mehrfach angewendet werden musste, war mir klar, dass ich aus dieser Nummer noch lange nicht wieder raus war.

»Wenn man wirklich sichergehen möchte«, sagte er als Nächstes, »sollte man alle Kleidungsstücke waschen. Und was man nicht waschen kann, für einen Tag in einer Plastiktüte in die Gefriertruhe tun.«

»Habt ihr eine Gefriertruhe?«, fragte ich Kevin, aber eigentlich kannte ich die Antwort schon. Verwundert schüttelte er den Kopf.

Oje, auf was hatte ich mich da eingelassen! Ich kaufte Shampoo und Nissenkamm und fuhr mit dem Kind zu mir. »Jetzt waschen wir dir bei mir die Haare«, erklärte ich ihm. »Dann musst du zwar morgen noch zu Hause bleiben, aber am Samstag komme ich und hole dich ab, damit wir das noch mal machen können. Und dann kannst du nächste Woche wieder in den Kindergarten gehen.«

Ich glaube, diese Aussicht munterte ihn so auf, dass er die ganze Prozedur mit wenig Gegenwehr über sich ergehen ließ. Ich dagegen ärgerte mich, dass ich nicht auch saubere Sachen für ihn mitgenommen hatte, denn dann hätte ich ihn gleich komplett unter die Dusche gestellt – er hatte es bitter nötig. Gedanklich verschob ich diese Aktion auf Samstag. Ich war mir ziemlich sicher, dass seine Mutter ihn nicht zwischendurch grundreinigen würde.

Schließlich hatten wir das Ganze hinter uns gebracht. Seine Kopfhaut war bei meiner abschließenden Untersuchung läuse- und nissenfrei, aber stark gerötet. »Tut das weh?«, fragte ich ihn.

»Es brennt ein bisschen«, sagte er tapfer.

»Hast du Hunger?« Eigentlich hatte ich ihn gleich wieder zurückfahren wollen, aber das brachte ich nicht fertig. Ich hatte das Bedürfnis, ihm noch irgendetwas Gutes zu tun.

Natürlich hatte er Hunger. Das haben Kinder in dem Alter doch sowieso, und eins, dessen Mutter momentan nicht kochen kann, erst recht. Ich setzte ihn in der Küche an den Tisch und machte ihm die Reste vom Mittagessen warm. Nudeln und Geschnetzteltes verspeiste er ohne Widerspruch, nur im Gemüse stocherte er kritisch herum.

»Was is das?«

»Zucchini. Gibt's das bei euch auch?«

»Weiß nich.« Er untersuchte es genauer. »Sieht aus wie die Sachen, die im Hamburger drin sind.«

Das konnten ja nur Gurken sein. »So ähnlich schmeckt es auch. Probier mal.«

Er schob sich zaghaft ein wenig in den Mund. »Geht so.«

Weil ich fand, dass ich nicht die Kinder anderer Leute zum Gemüseessen erziehen musste, spendierte ich ihm stattdessen noch ein Eis aus der Kühltruhe und brachte ihn dann nach Hause. »Also, vergiss nicht, deiner Mama zu sagen, dass ich dich Samstag um elf noch mal abhole! Dann müssen wir die Haare wieder waschen.«

Er nickte eifrig und rannte hinters Haus. Und ich fuhr nach Hause, um das Badezimmer sauberzumachen, bevor Henning vom Meeting zurückkam.

Auf dem Badewannenrand lag noch die Baseballkappe. Sie hatte vorher schon etwas unerfreulich ausgesehen, aber jetzt war sie mir regelrecht unsympathisch. Ich nahm sie mit spitzen Fingern und warf sie in die Mülltonne, wobei ich mir die Frage stellte, wie das mit der restlichen Kleidung gehen sollte. Martin hatte mir schon ziemlich deutlich gesagt, dass bei Läusebefall eigentlich mehr getan werden musste, als nur die Haare zu behandeln. Und wenn ich daran dachte, ich welchem Zustand die Kleidungsstücke im Kleiderschrank zusammengestopft waren, dann konnte ich mir das als ein Paradies für Ungeziefer vorstellen.

Andererseits war das nicht meine Familie. Ich hatte keinen Auftrag, dort etwas zu tun, und bisher war von Frau Nowakowski auch keine überschwängliche Dankbarkeit für meine Leistungen gezeigt worden. Aber ging es nur darum? Es war ja nun wirklich nicht so schlimm für mich, hier mal auszuhelfen.

Ich fühlte mich zwischen all diesen Gedanken hin- und hergerissen und wartete nur darauf, dass Henning endlich nach Hause kam und ich das mit ihm mal besprechen konnte. Wir hatten in den letzten Tagen so spärlich kommuniziert, dass er noch gar nichts von meinem Einsatz wusste, denn solche Sachen mochte ich ihm auch nicht zwischen Tür und Angel beziehungsweise in zwei Sätzen am Telefon erzählen.

Als er dann allerdings erschien, war an ein ruhiges Gespräch nicht zu denken. Im Gegenteil. Es fehlte nicht viel, und ihm wäre Qualm aus den Ohren gestiegen. »Sag mal, wie konntest du Bernhard in diese Situation bringen?«, fragte er mich ohne besondere Einleitung ins Thema. »Sein Ruf und das Ansehen des gesamten Clubs stehen bei solchen Sachen auf dem Spiel.«

Natürlich war ich sauer auf Bernhard, der so doof war, meinem Mann die Story brühwarm zu erzählen. Aber jetzt hieß es erst mal, Henning wieder auf den Teppich zu holen. »Ich weiß, das war keine Glanzleistung«, gestand ich ein, »aber so wild war es nun auch wieder nicht. Und außerdem hab ich ...«

»Was heißt, so wild war es auch wieder nicht?«, polterte er los. »Ich hätte nicht erwartet, dass man so dumm sein kann. Meine eigene Frau!«

»Na hör mal, jeder macht mal einen Fehler«, verteidigte ich mich. »Ich wollte doch nur ...«

Schon wieder fiel er mir ins Wort. Henning wird nur selten wütend, aber wenn, dann richtig. Dann verbeißt er sich wie ein Pitbull und kann ganz schön unsachlich werden. »Das ist mehr als ein Fehler, Marie!«, rief er empört. »Das ist eine Gedankenlosigkeit, wie ich sie niemals von dir erwartet hätte. Mit so einer Sache kann man das Leben eines Menschen vollständig ruinieren, und du tust jetzt so, als sei das ein Kavaliersdelikt?«

»Ich habe das doch geregelt«, gab ich zurück. »Und mit Bernhard habe ich das auch geklärt. Ich dachte, das Thema wäre abgehakt. Und jetzt geht er hin und reibt dir das alles brühwarm unter die Nase?«

»Ich denke, Bernhard unterschätzt das«, sagte Henning aufgebracht. »Er hat mir die Geschichte erzählt wie eine Anekdote. Aber wenn ich mir vorstelle, was für ein Skandal daraus werden könnte! Und meine Frau ist der Auslöser! Ich weiß überhaupt nicht, wie ich dann noch erhobenen Hauptes hier durch den Ort gehen könnte.«

So langsam wich das schlechte Gewissen in mir handfestem Ärger. Ich verstand seine Gewichtung recht gut: Zuerst ging es um das Renommee des Clubs und Bernhards Ruf als Präsident, die durch mein schändliches Verhalten in Gefahr gebracht worden waren. Kurz dahinter folgten Hennings Befürchtung, dadurch wiederum selbst zum Gespött der Leute zu werden, und sein Ärger über die Dummheit einer Gattin, die man noch nicht mal allein in den Kindergarten schicken konnte. Weit abgeschlagen hingegen war die Loyalität zu der Frau, der er vor vielen Jahren versprochen hatte, in guten wie in schlechten Zeiten zu ihr zu stehen. Vielleicht waren dies seiner Meinung nach keine schlechten Zeiten, sondern ein Ausnahmezustand, über den wir damals am Traualtar nicht gesprochen hatten?

»Jetzt hör mir mal zu«, sagte ich mit einer gewissen Aggressivität. »Erstens habe ich die Sache längst geregelt. Die Mutter des Kindes hat verstanden, dass das Ganze völlig harmlos war. Zweitens war ich davon ausgegangen, dass Bernhard kein Interesse daran hat, dass diese Sache weitere Kreise zieht, also lass uns doch bitte dieses Thema begraben. Außerdem sehe ich ja ein, dass das keine Sternstunde von mir war, aber ich hätte nicht gedacht, dass du dich so darüber aufregst.«

»Ach, das hättest du nicht gedacht?«, erwiderte er. »Was glaubst du denn, was passiert wäre, wenn du angezeigt worden wärest und stündest in der Presse da als die Frau, die im Kindergarten Kinder aufgabelt, um sie älteren Männern zuzuführen?«

Hilflos schüttelte ich den Kopf. »Aber so war es doch nicht, und das weißt du auch. Das ließe sich ganz schnell aufklären, und außerdem habe ich doch wie gesagt ...«

»Was hast du eigentlich dann getan?«, fragte er und

setzte sich endlich mir gegenüber. Ich wertete das als Zeichen, dass er sich ein wenig beruhigt hatte. Bisher war er wie ein Raubtier vor mir auf und ab gegangen.

»Ich habe mit der Mutter gesprochen und ihr erklärt, dass das ein Missverständnis war. Als sie das Foto in der Zeitung gesehen hat, war es ihr dann auch klar.«

Henning nickte. »Das scheinst du ja doch ganz gut hingekriegt zu haben. Kennen wir die Leute?« Vermutlich ist das die Standardfrage in einer Kleinstadt.

»Also ich kannte sie nicht. Die leben auch unter etwas schwierigen Bedingungen, in einer ehemaligen Fabrikhalle. Du kannst dir gar nicht vorstellen, wie unordentlich es da ist. Die Frau ist schwanger und muss wegen vorzeitiger Wehen liegen. Ich habe erst mal gespült.«

Jetzt sah er alarmiert aus. »Du warst da? Und hast direkt im Haushalt geholfen? Könnte das nicht wie ein Schuldeingeständnis ausgelegt werden?«

Ich dachte einen Moment darüber nach. Natürlich hatte mich Frau Nowakowski ein wenig in die Richtung gedrängt, wenn ich ehrlich war. Aber ich konnte es verstehen. Auf dem Foto sah sie uns einen Betrag verschenken, der zumindest eins ihrer finanziellen Probleme hätte lösen können. Aber sie hatte nicht um Geld gebeten, ich hatte ihr keins angeboten, sondern meine Hilfe, und zwar freiwillig, weil ich so ein Durcheinander einfach schlecht aushalten konnte.

»Was genau hast du denn da getan?«, wollte Henning wissen.

Ich zuckte mit den Achseln. »Ich habe Berge von Geschirr gespült und ein paar Maschinen Wäsche gewaschen. Ach ja, ich habe auch den Jungen mitgenommen und ihm bei uns die Haare gewaschen, weil er Läuse hat.«

»Das Kind war hier im Haus?«

»Die haben kein warmes Wasser. Die Wäsche hab ich auch hier gewaschen und getrocknet.«

Er schüttelte sorgenvoll den Kopf. »Das gefällt mir nicht, Marie. Du solltest keinen Kontakt zu diesen Leuten haben, damit da auf keinen Fall ein falscher Eindruck entsteht. Wenn der Junge bei uns war und im Nachhinein irgendwas Dummes behauptet, dann kommen wir in Teufels Küche.«

Ich verstand seine Position, aber ich fühlte anders. »Der Junge muss noch mal hierherkommen, Henning. Diese Läusebehandlung ist noch nicht abgeschlossen. Ich habe versprochen, dass ich ihn am Samstag wieder abhole.«

»Tu das nicht, Marie«, sagte er scharf. Es war kein Vorschlag, sondern eine Forderung. »Ruf die Frau an, sie soll das selber machen. Du musst jeden weiteren Kontakt vermeiden.«

»Aber das geht nicht! Sie kann das nicht! Und man kann doch so einem kleinen Kerl nicht die Haare mit kaltem Wasser waschen.«

»Marie!«, sagte er eindringlich. »Du machst einen Fehler. Du hast ein weiches Herz, das weiß ich, aber du kannst solchen asozialen Familien nicht helfen. Sei endlich vernünftig.«

»Ich bin vernünftig«, sagte ich beleidigt. »Und deswegen kann ich diesen Jungen nicht im Stich lassen. Er darf nicht mehr in den Kindergarten gehen, wenn diese Läusekur nicht gemacht wird.«

»Tu, was du nicht lassen kannst«, knurrte er. »Ich hoffe nur, dass du dich und uns damit nicht in gewaltige Schwierigkeiten bringst.« Er griff mit ärgerlicher Miene nach dem Zeitungsstapel, den ich ihm während seiner Abwesenheit zusammengelegt hatte, ein deutliches Zeichen seiner Missstimmung.

»Bestimmt nicht«, versuchte ich ihn zu beschwichtigen. »Aber glaub mir, wenn du wüsstest, unter welchen Bedingungen die da hausen, das könntest du auch nicht so einfach ignorieren.« Mir fiel etwas ein, das nicht nur das Thema wechseln, sondern ihn vielleicht auch etwas aufheitern würde. »Weißt du übrigens, dass der Vermieter ein alter Bekannter von dir ist? Ich hab ihn heute näher kennengelernt.«

»Tatsächlich?«, fragte er, ohne von seiner Zeitung aufzublicken. »Wer ist es denn?«

»Der heißt Hannes Hoffmeister«, verkündete ich.

Man kann nicht immer gewinnen. Und in diesem Fall hatte ich offensichtlich total ins Klo gegriffen. Henning ließ seine Zeitung sinken und sah mich an, als hätte ich gerade erklärt, ich wäre in die Linkspartei eingetreten. »Marie, heute versuchst du offensichtlich, mich systematisch fertigzumachen«, sagte er böse. »Gibt es sonst noch was, womit du mich provozieren kannst?«

»Ich wollte dich überhaupt nicht provozieren«, protestierte ich. »Ich habe keine Ahnung, warum du so wütend bist. Möchtest du mir vielleicht erklären, was dich jetzt so sauer macht?«

Er warf die Zeitung auf die Erde und stand auf. »Nein«, versetzte er. »Frag doch Hannes Hoffmeister. Ich gehe jetzt ins Bett.«

7

Am nächsten Morgen fuhr Henning früh in die Firma und kam zum Mittagessen nicht nach Hause, zog sich am Abend mit seinem Aktenkoffer an den Schreibtisch zurück, und auch am Samstagmorgen verbrachten wir ein sehr einsilbiges Frühstück miteinander. Dies war nicht unsere erste Eiszeit, aber weil nun keines der Kinder mehr zu Hause war, empfand ich sie schlimmer als sonst. Aber ich kannte ja meinen Mann und wusste, dass ich ihn durch Drängeln und Quengeln nicht schneller aus seiner inneren Emigration herausholen konnte. Im Gegenteil, das würde es eher noch schlimmer machen. Da musste ich jetzt durch, und ich beschloss, mich nicht von meinem ursprünglichen Plan abbringen zu lassen.

Also parkte ich wie besprochen um kurz vor elf vor dem Gebäude und sah mich um. Es wäre ja praktisch gewesen, wenn Kevin schon auf mich gewartet hätte, aber das hatte ich ihm nicht ausdrücklich aufgetragen. Also machte ich mich wieder auf den etwas mühsamen Weg nach oben.

Dort traf ich aber nur Frau Nowakowski vor dem ewig plärrenden Fernseher an. »Wo ist denn Kevin?«, fragte ich sie.

Sie zuckte mit den Schultern. »Keine Ahnung. Der wollte, glaube ich, mit Gonzalez zum Fußballplatz.«

»Aber ich wollte ihn abholen, um noch mal diese Kur

gegen die Läuse zu machen«, sagte ich. »Hat er das nicht gesagt?«

Sie furchte die Stirn. »Doch, ich glaube, er hatte so was erzählt. Hab ich vergessen.«

Ich hatte eigentlich erwartet, dass sie sich auch vom Sofa aus darum kümmern und sicherstellen würde, dass ihr Sohn zur vereinbarten Zeit zur Verfügung stand. Aber nicht alle Leute dachten so wie ich, das wurde mir schon dadurch klar, dass die Küchenzeile wieder genauso aussah wie vorher.

»War eigentlich niemand von der Familienhilfe bei Ihnen?«

»Doch. Vorgestern. Die hatte aber nicht viel Zeit. Hat schnell für uns eingekauft.«

Es juckte mir in den Fingern, wenigstens rasch den Küchenbereich zu wischen, wo sich seit meinem ersten Besuch nichts verbessert hatte. Aber ich hatte Henning quasi versprochen, bis auf Kevins Haare hier nichts mehr anzufassen. Es wäre sowieso ein Fass ohne Boden, dachte ich. Solange Frau Nowakowski untätig auf ihrer Couch residierte, würde hier das Chaos regieren, und ich konnte nur hoffen, dass die Familienhelferin den Ernst der Lage erkannt hatte und für die kommende Woche ein paar Stunden mehr vorsehen würde.

Was sollte ich jetzt wegen Kevin machen? Auf ihn zu warten hatte wohl genauso wenig Zweck, wie ihn in der Umgebung zu suchen. »Ich fahre dann wieder, Frau Nowakowski. Sie können ja mit der Familienhelferin besprechen, ob die noch mal das Läusemittel einsetzt. Sie kann es bei mir abholen. Der Apotheker meinte, mit einmal Waschen wäre das noch nicht erledigt.«

»Glaub nicht, dass die das tut«, meinte sie. »Die ist ziemlich unfähig.«

So langsam machte mich ihre passive Art wütend. Ich

war mir sicher, wenn ich an ihrer Stelle gewesen wäre, ich hätte allem Stillliegen zum Trotz mehr auf die Reihe gebracht. Aber sie hing auf dieser Couch wie ein gestrandeter Wal und wartete offensichtlich ab, bis irgendwas passierte oder jemand etwas unternahm.

»Tja, ich kann nicht warten«, behauptete ich und verabschiedete mich mit innerem Zähneknirschen. Ich mag es nicht, wenn ich etwas nicht gleich vollständig erledigen kann.

Als ich mal wieder heil die Treppe hinuntergekommen war und um die Ecke bog, sah ich Hannes Hoffmeister, der gerade etwas an seiner Firmentür richtete. Weil Wochenende war, hatte er Polohemd und Latzhose gegen ein weißes T-Shirt und eine ausgeblichene Jeans getauscht.

»Sieh mal an, die Frau Overbeck«, stellte er fest. »Sie sind aber auch unermüdlich, was? Sogar heute im sozialen Einsatz?«

»Wenn Sie sich da mal nicht täuschen, Herr Hoffmeister«, gab ich etwas gereizt zurück. »Ich bin zurzeit wohl eher ermüdlich.«

Jetzt musterte er mich genauer. »Höre ich da Resignation? Haben Sie endlich kapiert, dass die Dame da oben ein ziemlich harter Brocken ist?«

Ich bemühte mich um Gelassenheit. »Wissen Sie, ich werde nicht dafür bezahlt, hier nach dem Rechten zu sehen. Ich habe nur mal ausgeholfen, das war nicht auf Dauer geplant.«

»Schade eigentlich«, meinte er. »Sie haben sich hier deutlich mehr engagiert als die von unseren Steuergeldern bezahlten Sozialfuzzis.«

In diesem Moment schoss Nuala auf uns zu. Als sie Herrn Hoffmeister sah, konnte man klar erkennen, dass sie versuchte, einen Bogen um ihn zu machen, während sie heimwärts strebte.

»Warte einen Moment«, hielt ich sie auf. »Weißt du, wo Kevin ist?«

Sie schüttelte den Kopf. »Der is mit Gonzalez weg.«

So viel wusste ich auch schon. Sie drückte sich eilig an uns vorbei und verschwand um die Hausecke.

Herr Hoffmeister sah ihr mit einem schwer zu definierenden Gesichtsausdruck hinterher. »Arme Schweine, diese Kinder«, sagte er. »Und es werden immer mehr.«

Wo er recht hatte, hatte er recht. Wobei er ja mit zu der Schweinerei beitrug, wenn er den Einsatz der Waschmaschine sabotierte. »Könnten Sie nicht den Boiler reparieren lassen, Herr Hoffmeister? Damit die wenigstens duschen können?«

»Ich hatte keine Ahnung, dass der kaputt ist«, sagte er überrascht. »Und hatte ich Ihnen nicht gesagt, Sie sollten mich Hannes nennen?«

»Mag sein«, sagte ich. »Aber ich hatte nicht den Eindruck, dass mein Mann das befürworten würde.«

»Ach je«, sagte er. »Ist er immer noch eingeschnappt nach all den Jahren?«

»Er hat nicht gerade gejubelt, als ich ihm von Ihnen erzählt habe«, erwiderte ich. »Was ist denn zwischen Ihnen vorgefallen, dass er nach all den Jahren noch eingeschnappt sein könnte?«

»Das ist eine lange Geschichte«, sagte er. »Ich könnte sie Ihnen erzählen, wenn Sie einen Kaffee mit mir trinken.«

Meine Neugier, ergänzt durch das Wissen, dass es bei diesem Menschen guten Kaffee gab, verhinderte eine Ablehnung. Natürlich wäre Henning entrüstet, wenn er das wüsste, aber er wusste es ja nicht. Und ich würde es ihm auch nicht erzählen. Im Augenblick gab er mir ja sowieso keine Chance dazu. Das hatte er davon.

Ich folgte Hannes in das mir bereits bekannte Besprechungszimmer. Heute war es allerdings übersät mit Aktenordnern und anderen Unterlagen.

»Scheiße«, sagte er. »Ich wusste doch, da war noch was. Gestern war die Frau von meinem Steuerberatungsbüro hier.« Er begann etwas unsystematisch, Ordner zusammenzuklappen. Einige standen bereits neben der Tür auf der Erde.

»Lassen Sie mich das machen«, schlug ich vor, »und Sie holen den Kaffee. Oder legen Sie Wert auf eine bestimmte Ordnung?«

»Alphabetisch wär nicht schlecht«, sagte er und entfernte sich.

Alphabetisch konnte ich. Rasch schloss ich die Ordner und sortierte sie zu den anderen, bis sowohl »Kunden« als auch »Lieferanten« ordentlich aufgereiht standen, getrennt durch zwei Bankordner. Die Schnellhefter mit den sonstigen Dokumenten legte ich obendrauf. So schwer war das nicht gewesen.

»Vielen Dank«, sagte Hannes und stellte sein Tablett auf den Tisch. »Tut mir leid. Musste gestern ein bisschen plötzlich weg.«

»Sie brauchen sich bei mir nicht zu entschuldigen«, sagte ich. »Das tut Frau Nowakowski auch nicht, und bei der sieht's schlimmer aus.«

»Allerdings«, sagte er. »Und Sie fühlen sich jetzt berufen, ihren rettenden Engel zu spielen?«

»Nicht wirklich«, erwiderte ich. »Ich denke, meine Mission ist jetzt beendet.« Ich fühlte mich nicht besonders gut, als ich das sagte, aber zum einen hatte ich keine Lust, mich wegen dieser Sache dauerhaft mit Henning anzulegen, und zum anderen ärgerte ich mich darüber, dass ich Kevin nicht angetroffen hatte. Wenn man schon was für die Leute tut, dann sollen sie sich wenigstens an Absprachen halten.

»Na gut«, meinte er. »Ich hatte mich auch schon gewundert, was Sie hier wollen. Irgendwie passt das nicht zu Ihnen.«

»Was glauben Sie denn, was zu mir passt?« Ich war ein bisschen aggressiv, weil er meinen wunden Punkt angesprochen hatte. Ich wusste doch selbst nicht, was zu mir passte. Bestimmt war ich nicht zur Sozialarbeiterin geboren, aber ich sah mich auch nicht als Golf spielende Hundefanatikerin wie Angelika oder wie Hilde in der Welt der schönen Künste aufgehen. Ich war einfach eine Mutter, deren Job beendet ist, weil ihre Kinder das Haus verlassen haben, und die jetzt nicht weiß, wie sie die ihr verbleibende Zeit sinnvoll füllen soll.

»Dafür kenne ich Sie nicht gut genug«, sagte er mit einem charmanten Lächeln.

»Tja, ich kenne Sie auch nicht«, konterte ich. »Und ich frage mich auch, ob es zu Ihnen passt, was Sie hier tun.«

Sein Lächeln wurde noch breiter. »Tatsächlich? Ich verrate Ihnen mal was. Diese Firma hier ist mehr ein Hobby. Wenn ich davon leben müsste, dann würde ich verrückt.«

Stattdessen, stellte sich heraus, führte er das Unternehmen nur weiter, weil es sich bereits im Haus befunden hatte, als er das Gebäude kaufte. Die beiden Mitarbeiter hätten sonst auf der Straße gestanden, und einige langjährige Kunden hatten ihn auch bekniet, den Betrieb nicht zu schließen. Tatsächlich hatte er vor vielen Jahren mal etwas Wichtiges entwickelt und patentieren lassen, dessen Lizenzen ihm ein komfortables Einkommen garantierten.

»Und da hatten Sie keine Lust, auf Reisen zu gehen und sich ein Haus in Südfrankreich anzuschaffen?«, fragte ich ungläubig. Das wäre jedenfalls mein Traum, wenn sich Henning in ein paar Jahren pensionieren ließ und die Kinder mit dem Studium fertig waren.

»Das habe ich alles hinter mir«, sagte er. »Aber glauben Sie mir, man weiß das irgendwann nicht mehr zu schätzen. Ich brauche Struktur in meinem Leben, und die finde ich hier.«

Struktur im Leben. Etwas, das den Hintergrund bildet zu den gelegentlichen Highlights und sie zu etwas Besonderem macht. Ich konnte das gut nachvollziehen. Nachdenklich trank ich meinen Kaffee.

»Wollen Sie noch einen Schluck?«, fragte er und langte nach meiner leeren Tasse.

»Nein, vielen Dank. Aber trotzdem würde ich gern noch hören, woher Sie Henning kennen.«

»Aus der Schule«, antwortete er. »Wir waren seit der sechsten Klasse ein eingeschworenes Team. Erst kam der Fußball, dann kamen die Mopeds, dann die Autos ...«

Dann war er vermutlich der Kumpel mit dem aufgemotzten Kadett, den Henning nie beim Namen nannte, wenn er ihn mal erwähnte? Ich versuchte, ihn mir ein paar Jahrzehnte jünger vorzustellen, was nicht schwierig war. Wenn er noch eine Zigarettenpackung im Ärmel seines T-Shirts eingewickelt hätte, könnte er sogar jetzt noch als einer der Halbstarken der Sechzigerjahre durchgehen.

»... und dann kamen die Mädchen«, beendete Hannes seine Aufzählung. »Und damit kam auch der Konkurrenzkampf in unsere Freundschaft. Egal, was wir anfingen, wir interessierten uns immer für dasselbe Mädel. Und irgendwann ging das nicht mehr gut. Da war eine Frau namens Beatrix. Ich sehe sie noch vor mir, lange schwarze Haare und eine Traumfigur. Die konnte uns beide um den Finger wickeln, bis wir nicht mehr wussten, wo vorn und hinten ist. Eines Tages hat sie sich dann entschieden, und das war das Ende einer langen Freundschaft.«

Und seitdem grollte Henning diesem Hannes und nannte ihn noch nicht mal beim Namen, wenn er von früher erzählte? »Ich vermute, sie hat sich für Sie entschieden?«

Er lachte. »Oh nein! Und im Nachhinein kann ich es gut nachvollziehen. Henning war immer der Solidere von uns beiden. Derjenige, der wusste, wo er hinwill. Ich vermute, sie suchte was auf Dauer und ahnte, dass sie das bei einem Windhund wie mir nicht bekommt. Mein Leben hat immer ein paar Serpentinen mehr genommen.«

»Aber bei Henning hat sie es offensichtlich auch nicht gekriegt«, sagte ich nachdenklich. »Als ich ihn kennenlernte, war keine Beatrix auf weiter Flur.«

»Pech für sie«, meinte Hannes. »Ich habe mich damals nicht gerade sehr anständig aufgeführt, und deshalb habe ich auch nicht weiterverfolgen können, was aus den beiden wurde. Ich war ein paar Jahre im Ausland, zum Teil auf einem Schiff ... Als ich hierher zurückkam, wusste ich gar nicht, dass Henning noch hier lebt. Vor einigen Jahren las ich mal was über ihn in der Zeitung. Und dann sah ich Sie auf diesem Foto von der Spendenübergabe und las den Namen und wusste gleich, dass Sie seine Frau sind.«

»Wieso?«, fragte ich misstrauisch.

Er zuckte mit den Schultern. »Sie haben so was, das einfach zu ihm passt. Sie sind bürgerlich, aber nicht spießig, attraktiv, aber nicht aufgebrezelt ...«

»Genug«, sagte ich, zwischen Wohlgefallen und Skepsis hin- und hergerissen. »Ich geh mal lieber, bevor Sie mich auch noch für das Bundesverdienstkreuz vorschlagen.«

»Machen Sie sich nicht lustig«, sagte er, plötzlich gar nicht mehr charmant. »Sie ahnen nicht, wie viele Männer in unserem Alter ihre Frauen ansehen und genau das nicht mehr finden, was sie gerne hätten.«

»Das könnte ja auch mit den Männern zu tun haben«, warf ich ein.

»Genau«, sagte er. »Aber das ist dann auch kein Trost.«

»Lotta hat angerufen, als du weg warst«, teilte Henning mir mit, als ich wieder nach Hause kam.

»O je«, seufzte ich. Zum einen hatten wir gestern Abend noch telefoniert, zum anderen ließ sie sich aus Kostengründen eigentlich immer von mir anrufen. Insofern war das ein bisschen besorgniserregend. »Hat sie gesagt, was sie wollte?«

»Natürlich nicht«, brummte er. »Wahrscheinlich kann sie sich nicht zwischen zwei Paar Schuhen entscheiden – und ich würde ihr nur raten, keins von beiden zu kaufen.«

Ich griff zum Telefon und wählte Lottas Handynummer. »Mama!«, rief sie aufgeregt. »Ich will heute Abend Coq au Vin kochen. Was brauch ich denn dafür?«

»Hast du kein Rezept?«, fragte ich mal als Erstes.

»Doch, aber das ist irgendwie komisch. Da soll man ein ganzes Huhn nehmen, das geht schon mal gar nicht. So einen großen Topf hab ich nicht. Und da ist ja auch die Haut noch dran, und diese ganzen Knochen, das ist fies.«

»Und an was hast du gedacht?«

»Ich hab diese Hähnchenfilets aus dem Aldi gekauft. Und eine Flasche Rotwein hab ich auch. Aber jetzt verlangen die alle möglichen Sorten Gemüse. Ist Porree dasselbe wie Lauch?«

»Richtig.« Man könnte meinen, dass meine Tochter nie mitbekommen hätte, wie ich koche. Leider hatte ich sie offensichtlich nicht genügend aktiv daran beteiligt. »Du brauchst Lauch, Möhren, Zwiebeln, Sellerie und Tomaten. Kleinschneiden, andünsten, mit dem Wein und Brühe ablöschen und lange köcheln lassen.«

»Nee, das geht nicht«, sagte sie. »Erstens kann ich doch nicht so viel Gemüse kaufen, ich hab gar keine Zeit mehr, zum Markt zu fahren. Reicht nicht auch eine Packung von diesem Tiefkühl-Suppengemüse? Da ist doch auch all das Zeug drin.«

»Lotta, das kannst du alles machen«, sagte ich kopfschüttelnd, »aber dann ist es kein Coq au Vin mehr. Der lebt von den frischen Zutaten und der langsamen Zubereitung.«

»Deswegen wird er bei McDonald's nicht angeboten«, setzte Henning hinzu, der noch in der Nähe war.

»Sag Papa, er kann sich seine Kommentare sparen«, schimpfte sie. »Was kann ich denn stattdessen mit Hähnchenfilet machen?«

Natürlich wollte sie alle meine Vorschläge gar nicht hören, weil sie entweder zu kompliziert, zu langweilig oder einfach doof waren. Stattdessen steigerte sie sich in eine Art von Selbstmitleid, das völlig irrational war, denn weder hatte jemand anders von ihr verlangt, dass sie etwas kochte – sie hatte spontan ein paar Leute eingeladen –, noch hing ihre private oder berufliche Zukunft davon ab. Früher hatte ich das noch ernst genommen und mir Sorgen um ihre psychische Stabilität gemacht. Inzwischen kannte ich das schon und diente nur noch als eine Art Blitzableiter, bis sie sich wieder etwas beruhigt hatte.

Sie beendete das Gespräch mit: »Gut, dann fahr ich jetzt noch eben zum Türken und schaue, ob ich frischen Spinat kriege.« Ich wünschte ihr gutes Gelingen und ein schönes Wochenende, denn spätestens am Montagabend würden wir bestimmt wieder miteinander reden.

»Wann wird die sich jemals von dir abnabeln?«, meinte Henning.

»Sie ist doch gerade dabei«, sagte ich. »Ich wette, sie macht gleich etwas völlig anderes und verkauft mir das am Montag als großen Erfolg. Und damit beweist sie mir, dass sie unabhängig ist. Obwohl sie erst mal meinen Rat gesucht hat.«

»Frauen«, murmelte er.

Immerhin war er nicht mehr so muffelig wie in den letzten Tagen. Ich grinste ihn an. »Genau.«

Abends waren wir eingeladen, und dieses Mal entschied ich mich für das Jäckchenkleid. Es war momentan nicht mehr so warm, und ich hatte die Option, es mit oder ohne Jacke zu tragen. Ich war mir nicht sicher, ob das Hitzewellen waren oder nicht, aber in letzter Zeit hatte ich manchmal innerhalb von zehn Minuten mehrfach das Bedürfnis, meine Jacke aus- und wieder anzuziehen. Immerhin hielt mich das in Bewegung, und darauf musste man in meinem Alter ja auch achten.

Kurz nach acht standen wir vor der Haustür von Friedhelm und Gabi. Ich hatte keine Ahnung, wer sonst noch eingeladen war, und wurde etwas nervös, als ich in diesem Augenblick auch Bernhard und seine Frau auf uns zusteuern sah. Da konnte ich nur hoffen, dass Angelika ihre eifersüchtige Phase nicht hier austoben würde.

Aber sie war die Liebenswürdigkeit in Person. »Na, du Geheimniskrämerin?«, begrüßte sie mich. Hinter ihr blinzelte mir Bernhard zu, als wollte er mit seinem Augenlid das Morsealphabet aufsagen. Also hatte er meinen Rat beherzigt und sich was einfallen lassen, und ich war gespannt, was es war. Hoffentlich nicht so eine Fehlleistung wie bei Henning!

Gabi öffnete die Tür, und bei all dem Küsschen rechts, Küsschen links verlor ich Angelika zunächst ein wenig aus dem Blick. Sie zog ihren Sommermantel aus und enthüllte darunter ein schlichtes blaues Kleid, das bei ihrer eckigen Figur ganz elegant ausgesehen hätte, wenn daran nicht die scheußlichste Brosche geprangt hätte, die ich seit langem gesehen hatte: ein Hund der Bauart, wie sie auch einen hatte, in glänzendem Gold und mit blauen und grünen Steinen besetzt.

»Na, was sagst du?«, fragte sie mich.

»Wow«, sagte ich. Das war zumindest unverfänglich, zumal ich nicht wusste, auf was sie sich konkret bezog.

Zum Glück erfuhr ich es schnell. »Deine Frau hat mit meinem Mann konspiriert«, berichtete sie Henning. »Angeblich ging es immer um irgendwelche Spenden für den Kindergarten, und in Wahrheit war sie mit ihm beim Juwelier, um ihn zu beraten.«

»Sieh mal an«, sagte Henning und fixierte mich überrascht. »Du hast dieses Schmuckstück ausgesucht?«

Auf keinen Fall würde ich diese Frage mit ja beantworten. Mein Ruf als Frau mit Geschmack wäre für immer dahin. »Findest du nicht auch, dass es thematisch perfekt zu Angelika passt?«

»Bernhard wusste noch, dass wir gestern vor zehn Jahren unseren ersten King-Charles-Spaniel bekommen haben«, erzählte Angelika. »Ich hätte zwar gedacht, es wäre im Herbst gewesen, aber wenn er sich so sicher ist, dann wird es wohl stimmen. Auf jeden Fall werde ich mich nun immer an unseren Aldo von der Eberesche erinnern. Leider ist er ja vor zwei Jahren an dieser Schilddrüsenerkrankung gestorben.«

Ich nickte begeistert. »Dein Mann ist kreativ, das muss man ihm lassen.«

»Es war wirklich eine Überraschung. Und dass er sich daran noch erinnern konnte!«

Wir folgten Gabi ins Wohnzimmer. Henning ging dicht hinter mir her. »Hast du tatsächlich dieses Teil ausgesucht?«, raunte er mir zu.

»Wenn du das von mir glaubst«, flüsterte ich zurück, »dann lass ich mich scheiden.«

»Nicht nötig«, murmelte er. »Ich hätte mich scheiden lassen, wenn du ja gesagt hättest.«

»Dann ist ja gut, dass ich gerade nicht meine Ehe aufs Spiel gesetzt habe.«

»Vielleicht hätte der Juwelier dir eine neue Zukunft geboten«, meinte er mit einem Funkeln in den Augen. »Der hat bestimmt noch mehr Pretiosen von der Sorte.«

»Ach, ich weiß nicht«, gab ich zurück. »So viel Glanz könnte ich nicht ertragen.«

Wir kamen gut gelaunt zurück, von Ärger über das Kindergarten-Projekt keine Spur mehr. Insofern hatte es sich ausgezahlt, dass ich die Eiszeit schweigend ertragen hatte, und Henning hatte natürlich auch registriert, dass ich Kevin nicht noch einmal mit zu uns gebracht hatte. Er kannte zwar die Hintergründe nicht, aber das war egal.

Irgendwie hatte es auch sein Gutes, dass wir nun ein kinderloses Ehepaar waren, denn nachdem wir uns noch ein Glas Wein genehmigt und auf der Couch Platz genommen hatten, konnten wir uns seit langem mal wieder aneinanderkuscheln, ohne darüber nachzudenken, wo Christoph war und wann er wiederkommen würde. Eigentlich war es ja albern, dass wir uns darüber Gedanken machten und wie bei etwas Verbotenem auseinanderfuhren, wenn wir die Haustür früher als erwartet aufgehen hörten, aber wir waren nun mal so.

»Offenbar hat Bernhard ja ordentlich investiert, um Angelika zu beruhigen«, stellte Henning spöttisch fest, nachdem ich ihm ein wenig mehr über die Hintergründe berichtet hatte.

Ich lehnte meinen Kopf an seine Schulter. Auch nach all den Jahren war das immer noch gut. »Vielleicht sollte er das öfter tun«, überlegte ich. »Ich fand, sie war heute so locker wie schon lange nicht mehr.«

»Eventuell lässt sie ihn heute auch an ihr Knie fassen«, meinte er. »Ungefähr so.« Er legte seine Hand auf mein

Bein, genau dort, wo der Rocksaum endete. »Und dann gestattet sie ihm dies ... und dies ... und dies ...« Jedes Mal schob er seine Hand etwa zehn Zentimeter weiter unter den Rock.

Bei der Vorstellung musste ich lachen. »Weiter kommt er nicht«, sagte ich. »Denn da liegt ja der Hund.«

»Dann kann ich ja froh sein, dass wir keinen Hund haben«, stellte Henning fest. Seine Hand war inzwischen noch ein Stückchen weiter gewandert, was ich ziemlich spannend fand. Aber wir brauchten auch keinen Hund, denn just in diesem Augenblick war ausgerechnet die Lebensdauer der Glühbirne in unserer Stehlampe beendet, und wir zuckten beide erschrocken zusammen, als es einen leichten Knall gab und wir plötzlich im Dunkeln saßen.

Henning wollte erst aufstehen, um den Schaden zu beheben, entschied sich aber dann dagegen. »Brauchen wir gerade Licht?«, fragte er mich.

Wenn sich die Augen erst mal umgestellt hatten, war es keineswegs stockfinster. Von draußen fiel zumindest genug Licht herein, um sein Glas zu finden, und alles andere war auch durch Fühlen möglich. »So ist es ja auch sehr romantisch«, sagte ich und lehnte mich wieder zurück.

»Genau«, fand er. »Erinnert mich ein bisschen an unseren ersten Zelturlaub, als wir keine Batterien für die Taschenlampe mitgenommen hatten.«

»Das fand ich aber gar nicht romantisch«, widersprach ich. »Da hatte ich Schiss. Überall hörte ich komische Geräusche.« Wir hatten keinen Campingplatz gefunden und deshalb schließlich wild gezeltet, und da konnte man ja nie wissen.

Aber Henning war im Nostalgie-Modus. »Weißt du noch, wie wir damals in Holland waren und die unsere Reservierung verschlampt hatten?«

»Allerdings. Mir war das so peinlich, wie du die Leute angemacht hast.«

»Aber dafür haben wir dann einen viel schöneren Zeltplatz gekriegt, ganz nah am Strand.«

»Und eine Meile vom Waschhaus entfernt.«

»Du bist aber auch nie zufrieden.«

»Doch, manchmal schon.« Jetzt zum Beispiel. Da war ich wunschlos glücklich, weil ich mit ihm in aller Ruhe hier sitzen konnte, einen angenehmen Grauburgunder im Glas, ohne irgendwas, das ich aus irgendeinem Grund eigentlich tun musste. Und weil ich so rundum zufrieden war, stach mich gleich der Hafer. Henning war so guter Dinge, das musste ich ausnutzen. »Sag mal ... was ist eigentlich aus Beatrix geworden?«

Ich spürte, wie er lautlos lachte. »Das hätte ich mir ja denken können«, sagte er, »dass du sofort wieder zu Hannes rennst und ihn ausfragst.«

»Du wolltest mir ja nichts erzählen.«

»Und das kannst du nicht einfach akzeptieren?«

»Würdest du das an meiner Stelle tun?«, fragte ich zurück, und damit hatte ich ihn. Henning würde im Leben nicht hinnehmen, wenn ich ihm auf eine Nachfrage mitteilen würde, dazu wollte ich nichts sagen.

Er seufzte. »Ich weiß nicht, was aus Beatrix geworden ist. Wir waren ungefähr ein halbes Jahr lang miteinander befreundet, lange bevor ich dich kannte.«

»War das, nachdem du dich mit Hannes zerstritten hast?«

»Zerstritten? Hat er das so gesagt?«

»Eher nicht. Er meinte nur, Beatrix hätte sich für dich entschieden, und danach hätte er sich nicht besonders angemessen aufgeführt.«

»So könnte man das sagen, ja.« Ich hörte, wie er tief durchatmete, und entschloss mich zu schweigen und abzuwarten. Schließlich sagte er: »Vielleicht hatte ich unterschätzt, was sie ihm bedeutete. Ich war damals total verknallt und ... na ja, diese Entscheidung habe ich natürlich zu beeinflussen versucht.«

»Du warst immer schon sehr zielstrebig«, sagte ich.

»Damit habe ich vermutlich auch Beatrix beeindruckt«, meinte er. »Jedenfalls waren wir dann zusammen, und Hannes guckte in die Röhre. Und das machte ihn so wütend, dass er anfing, an meinem Auto herumzumanipulieren. Zuerst hat er mir zwei Reifen zerstochen. Dann hat er mir ein Loch in den Tank gebohrt. Und wenn man deswegen frühmorgens mitten im Wald mit dem Wagen stehen bleibt und Ärger mit seinem Chef kriegt, dann ist man auch nicht mehr so ausgeglichen.«

»Du hast dich gewehrt?«

»Ich hab ihm die Nase gebrochen«, sagte Henning. »Ich bin nicht stolz darauf. Es war nicht so heroisch wie im Kino, und er hat geblutet wie ein Schwein. Ich war so erschrocken, dass ich einfach abgehauen bin. Ohne einen Arzt zu rufen oder so. Danach haben wir uns gemieden, und irgendwann war er dann weg.«

»Jetzt ist er wieder da.«

»Ich weiß«, sagte er. »Schon eine Weile. Aber ich hatte kein Verlangen auf ein Wiedersehen, verstehst du?«

»Ich glaube schon.« Ich war etwas verwundert. Da hatte ich bereits mit diesem Mann Silberhochzeit gefeiert und kannte diesen Teil seines Lebens überhaupt nicht. »Aber was war nun mit ...«

»Nicht viel eigentlich. Meine Güte, ich war zwanzig, und sie wollte heiraten und Kinder kriegen.« Er beugte sich vor und trank einen Schluck. »Erinnerst du dich noch an diese Ansprache auf irgendeiner Feier, wo das Zitat vorkam, dass eine Frau einen Mann trifft und hofft, dass er sich ändert, aber er ändert sich nicht?«

»Und der Mann erwartet, dass die Frau sich nicht ändert, aber sie ändert sich«, ergänzte ich. »Ich glaube, das war auf der Hochzeit von deiner Nichte.«

»Genau so ist es bei uns passiert«, sagte Henning. »Ich dachte, sie wäre weiter sowohl das Mädchen zum Ausgehen als auch der Kumpel, der meinen Lebensstil teilt. Und stattdessen mutiert sie rasend schnell zu einer Frau, die erwachsen sein und eine Familie gründen will. Tja, da waren die Konflikte natürlich vorprogrammiert.«

Ich starrte eine Weile nachdenklich in das Dunkel unseres Wohnzimmers. Vielleicht machte die fehlende Beleuchtung diese Geständnisse noch eindrucksvoller, aber ich merkte, dass ich relativ leichtfertig danach gefragt und nun mehr bekommen hatte als erwartet.

Henning rüttelte mich leicht. »Schläfst du schon?«

»Nein.«

»Na gut. Ich hätte mich geärgert, wenn ich dir die schwärzesten Stunden meines Lebens beichte und du hörst es gar nicht.«

»Ich hab's gehört«, sagte ich. »Und ich frage mich: Was war mit uns anders?«

»Alles war anders, Marie.«

»Du musstest meinetwegen niemandem die Nase brechen, okay«, sagte ich. Insofern war ich ein langweiliges Date gewesen. »Aber als ich ein halbes Jahr mit dir zusammen war, da war uns eigentlich klar, dass wir heiraten und eine Familie gründen, oder?«

Er dachte einen Moment darüber nach. »Ich glaube schon. Aber sieh mal, da war ich sechsundzwanzig und hatte einen festen Job.«

»War das denn alles nur eine Frage des Timings? Ich meine ... wenn wir uns getroffen hätten, als du zwanzig warst ... oder wenn du diese Beatrix später kennengelernt hättest ...«

»Tja, wer weiß«, sagte er versonnen. »So gesehen hängt unser Leben vermutlich von einer Unmenge von Zufällen ab. Damit angefangen, dass meine Eltern eigentlich kein viertes Kind mehr wollten, aber dann kam ich. Hätten sie konsequenter verhütet, dann säße ich jetzt nicht hier. Und du wohl auch nicht.«

Das traf nicht so recht das, was ich sagen wollte. »Nein, ich meine ... hast du dich nur für mich entschieden, weil ich zum richtigen Zeitpunkt aufgetaucht bin? Als es passte und du bereit warst für diesen Schritt?«

Jetzt war er ein wenig verärgert, das spürte ich sofort. »Klar«, sagte er sarkastisch. »Ich hatte mir überlegt: Die nächste alleinstehende Frau, die dir über den Weg läuft und nicht gerade aussieht wie Frankensteins Meisterstück, die wird geheiratet und zur Mutter gemacht.«

Auweia, jetzt hieß es rasch ein bisschen zurückrudern, um die Stimmung nicht kippen zu lassen. »So meinte ich das nicht. Natürlich hast du das nicht so bewusst entschieden. Aber vielleicht haben Männer ja auch eine biologische Uhr, die ihnen in ihrem Unterbewusstsein anzeigt, dass es Zeit ist, sesshaft zu werden.«

»Mag sein«, sagte er. »Aber ich wäre vielleicht auch ein, zwei Jahre eher sesshaft geworden, wenn ich dich früher getroffen hätte. Es war halt so, Marie. Was nützt es denn, darüber jetzt nachzugrübeln? Wir treffen ständig Entscheidungen, die in irgendeiner Form unser weiteres Leben bestimmen. Wichtig ist doch, was man daraus macht. Und wir«, jetzt drehte er mich gezielt zu sich herum, »haben es im Großen und Ganzen ziemlich gut gemacht, oder?«

»Glaub schon«, murmelte ich. In diesem Moment war ich jedenfalls nicht unzufrieden.

8

Am nächsten Tag, Sonntag, regnete es von morgens bis abends, was mir vor allem für Henning leidtat, weil ich ja immer rausgehen konnte, wenn es schön war, er aber nicht. Aber weil man nun mal am Wetter nichts machen kann, versuchten wir es locker zu nehmen und uns trotzdem entspannenden Tätigkeiten hinzugeben.

So saßen wir am Nachmittag beide lesend im Wohnzimmer, als es klingelte. »Nanu?«, fragte Henning. »Hast du Besuch eingeladen?«

»Ganz bestimmt nicht«, sagte ich. Ich hatte endlich einen spannenden Krimi angefangen und verspürte wenig Lust, ihn zu unterbrechen.

»Dann werden es wohl die Zeugen Jehovas sein«, vermutete er und legte seine Zeitschrift beiseite. »Ich geh sie mal vertreiben. Du kommst in zehn Minuten nach und sagst, es wäre Zeit für das Gebet nach Mekka.«

»Viel Vergnügen«, rief ich ihm lachend nach.

Aber er war recht schnell wieder da, und zwar mit Kevin und Gonzalez im Schlepptau. »Hier sind zwei junge Herren für dich, Marie.«

Überrascht legte ich mein Buch weg. »Seid ihr zu Fuß hergekommen?«, fragte ich die beiden. Eigentlich eine überflüssige Frage, denn sie waren ziemlich nass. Ich sah Kevin an. »Wo warst du denn gestern? Ich wollte dich abholen.«

»Warum?«, fragte er zurück.

»Weil gestern Samstag war und ich das mit dem Haarewaschen wiederholen wollte.«

»War gestern Samstag?«, fragte Kevin.

»Wir können uns jetzt zu Hause die Haare waschen, wenn wir wollen«, berichtete Gonzalez. »Der Hoffmeister hat den Spoiler repariert.«

»Sieh mal an«, sagte ich staunend.

Henning betrachtete die beiden Kinder, die immer noch in der Tür standen. »Nun zieht mal die Jacken aus, die sind ja ganz nass«, befahl er. Umständlich wurschtelten sie sich aus den Jacken, und er brachte sie in den Flur. »Und dann setzt ihr euch dort aufs Sofa, und dann kriegt ihr erst mal was zu trinken.«

Dankbar sah ich ihn an. Ich war mir nicht sicher gewesen, wie erfreut er über diesen unerwarteten Besuch war, aber auf jeden Fall ließ er sich nichts anmerken, sondern holte zwei Gläser und eine Flasche Saft aus der Küche.

Kevin nahm sofort Platz, während Gonzalez sich noch einen Moment umsah. Ich fragte mich, was er über unser Wohnzimmer dachte – ob er den Unterschied zwischen unserer sorgfältig durchdachten Einrichtung und der schrecklichen Unordnung empfand, die bei ihnen zu Hause herrschte.

»Weißt du was, Kevin?«, sagte ich. »Wir könnten das ja gleich noch nachholen mit den Haaren, damit morgen im Kindergarten alles in Ordnung ist.«

Er sah nicht begeistert aus, widersprach aber auch nicht. »Deswegen wollten wir was fragen«, sagte Gonzalez. »Weil der Kevin meine Schalke-Kappe hiergelassen hat.«

»Diese alte Kappe?« Ich ahnte Übles. »Du, die habe ich weggeschmissen. Die war schon so dreckig, und dann hatte Kevin sie auf wegen der Läuse und …«

»Aber das war meine!«, rief er bestürzt. »Die hat mir mein Papa geschenkt. Die hatte er selber auf, wenn er im Stadion war, als er noch hier gewohnt hat, und dann haben die immer gewonnen.«

Henning und ich tauschten einen betretenen Blick. Wir wussten beide, dass am Freitag die Müllabfuhr hier gewesen und die Kappe unwiederbringlich verloren war.

»Du, das wusste ich nicht«, beteuerte ich hilflos. »Die sah schon so alt aus, und …«

Gonzalez hatte Tränen in den Augen, und auch Kevin war ziemlich fassungslos. Beide hatten ihre Gläser noch nicht angerührt.

»Das tut mir so leid!«, sagte ich. Aber das half jetzt nicht wirklich weiter. »Und wenn wir eine neue …«

»Das war die von meinem Papa«, wiederholte Gonzalez. »Das is eine Glücks-Kappe. Die haben immer gewonnen.«

»Bist du denn auch Schalke-Fan?«, fragte Henning. Gonzalez nickte.

»Und warst du schon mal im Stadion?«

Gonzalez schüttelte den Kopf. »Mein Papa wollte mich mal mitnehmen, aber er wohnt nich mehr hier.«

»Mein Papa wohnt wieder hier«, ergänzte Kevin. »Aber der is kein Schalke-Fan. Der hält für Bayern.«

»Das is keine Kunst«, sagte Gonzalez verächtlich. »Für die hält jeder Doofmann.«

Ich kannte mich nur oberflächlich mit Fußball aus, aber das hätte mich amüsiert, wenn ich nicht so unglücklich wegen dieser Kappe gewesen wäre. Natürlich hatte ich das nicht wissen können, aber jetzt hatte ich diesem armen Kerl etwas so Wichtiges genommen. Das war kaum wiedergutzumachen.

Henning ging die Sache anders an. »Erzähl mal von

deinem Papa«, ermunterte er den Jungen. »War der oft auf Schalke?«

»Nich so oft. Weil die Karten so teuer sind, hat er gesagt. Aber er hätte fast mal ein Trikot gefangen, als die das in die Zuschauer geschmissen haben. Das hätte er mir geschenkt, hat er gesagt. Aber er hat's nich gefangen.«

»Ich war neulich auch auf Schalke«, berichtete Henning. Ich blinzelte überrascht, weil ich das gar nicht wusste. »Ich habe einen Bekannten, der ist da im Aufsichtsrat. Der hat mich zu einem Heimspiel eingeladen. Wenn du willst, können wir uns davon ein paar Fotos anschauen, während Marie deinem Bruder die Haare wäscht.«

»Cool«, sagte Gonzalez. Kevin hingegen sah nicht so begeistert aus. Ich konnte verstehen, dass er sich auch lieber Fußballfotos ansehen würde, als sich die Haare mit einem scharfen Läuseshampoo waschen zu lassen.

»Wir machen ganz schnell«, versprach ich ihm und schummelte bei der Länge der Einwirkzeit, aber da ich bei meiner Inspektion keine Nissen mehr gefunden hatte, hielt ich das für vertretbar.

Wir kamen ungefähr zeitgleich wieder im Wohnzimmer an, Henning und Gonzalez, der jetzt eine blau-weiße Anstecknadel an seinem T-Shirt trug, und ich mit Kevin. Gonzalez reichte seinem Bruder einen Schalke-Kuli. »Den kannst du haben«, sagte er großmütig. »Für dein Etui. Pass nur auf, dass sie dir den nicht gleich klauen.«

Ich hatte gerade Kuchen aus der Küche geholt, weil ich mir vorstellen konnte, dass die beiden etwas zu essen nicht ausschlagen würden. (Im Endeffekt aß Gonzalez vier Stücke Marmorkuchen und Kevin drei.) »Genau, du hast ja bald Einschulung«, sagte ich zu Kevin. »Wann denn genau?«

Kevin sah leicht ratlos aus. »Dienstag in zwei Wochen«, erklärte sein Bruder. »Er kommt in die Bären-Klasse von Frau Albrecht.«

»Und hast du schon alles? Bücher und Hefte und einen Tornister?«

»Weiß ich nich«, meinte er. »Tornister hab ich. Und ein Etui und einen Turnbeutel mit der Maus drauf. Aber ich hab keine Oma.«

Henning furchte die Stirn. »Du hast keine Oma? Wozu braucht man die denn?«

»Für wenn man eingeschult wird«, erklärte ihm das Kind. »Dann geht man in die Kirche und die Oma kommt mit und macht Fotos. Aber wir haben keine Oma und auch keinen Opa und auch keine Tanten.«

»Meine Oma wohnt in Spanien«, fügte Gonzalez hinzu. »Aber bei meiner Einschulung wohnte sie noch in Dortmund. Aber der Kevin hat keine Oma, und sein Vater hat gesagt, er kann auch nich.«

O ja, ich erinnerte mich an diese Veranstaltungen, zu denen mittlerweile die gesamte Familie mitkam und hinterher je nach Stimmungslage feierte, als handelte es sich um wer weiß was für ein Jubiläum. Henning hatte bei beiden Kindern nicht gekonnt, aber seine wie auch meine Eltern waren immer vertreten gewesen.

Kevin konnte einem schon leidtun. Keine Oma, keinen Vater, und es war noch nicht mal sicher, ob seine Mutter mitgehen konnte, wenn es ihr bis dahin nicht besser ging. Ich wagte noch nicht mal nach einer Schultüte zu fragen. Wer wusste denn, ob seine Mutter die besorgt hatte? Vielleicht hatte die Familienhelferin daran gedacht.

Gonzalez fixierte mich mit großen Augen. »Vielleicht können Sie ja mitkommen«, schlug er vor.

»Aber ich bin doch nicht mit Kevin verwandt«, stotterte ich.

»Machen Sie sich keine Sorgen, das wird nich überprüft«, versicherte er mir treuherzig. »Aber wir könnten uns vom Hoffmeister die Kamera leihen, und dann machen Sie Fotos von Kevin wie die anderen Omas.«

»Das macht der Hoffmeister nich«, gab Kevin zu bedenken.

»Vielleicht doch«, sagte Gonzalez zuversichtlich. »Sie müssten ihn allerdings selber fragen, uns gibt er die bestimmt nich.«

Na toll, jetzt sollte ich mit Kevin zur Einschulung gehen, mich als seine Oma ausgeben und mir dafür noch von Hannes eine Kamera leihen? Was würde den Nowakowski-Brüdern als Nächstes einfallen?

»Dann brauchen wir aber auch ein Geschenk«, sagte Gonzalez mit großer Ernsthaftigkeit. Ich hatte noch nicht offiziell abgelehnt, also plante er schon mal die Details, damit alles auch wirklich glaubhaft wirkte. »Die Omas schenken den Kindern meistens was, zum Beispiel ein Freunde-Album oder so.«

»Ein Freunde-Album?«, fragte Henning nach.

»Wo alle Kinder aus der Klasse reinschreiben«, erklärte ihm Gonzalez. »Wie sie heißen und was sie am liebsten essen und wer ihr Lieblings-Star ist und so. Wir könnten Nualas Poesie-Album nehmen.«

»Das will ich nich!«, begehrte Kevin auf. »Das is rosa mit Ponys drauf.«

»Du musst es ja gar nich auspacken«, wies sein Bruder ihn zurecht. »Es is ja kein echtes Geschenk. Wir tun nur so.«

»Wisst ihr, das mit dem Geschenk kann Marie selbst regeln«, sagte Henning. »Und eine Kamera haben wir auch.« Ich sah ihn überrascht an. Da hatte er ja quasi über meinen Kopf hinweg eine Zusage gemacht, während ich noch mit mir rang. Vermutlich taten ihm diese Knirpse genauso leid wie mir.

Hoffnungsvoll sah Kevin mich an. »Das machst du?«

Ich nickte huldvoll. »Wenn du möchtest. In welcher Kirche fängt es denn an und wann?«

»Weiß ich nich.« Das war Kevin nicht so wichtig. »Aber du machst Fotos?«

»Mache ich. Ich werde vorher noch mal mit deiner Mutter sprechen.«

Beide Jungen nickten zufrieden. So hatte der Besuch bei uns doch noch einen Wert, auch wenn ich das mit der Kappe versiebt hatte.

»Seid ihr denn satt?«, fragte Henning mit Blick auf die leere Kuchenplatte. Sie nickten wieder. »Dann fahre ich euch jetzt nach Hause. Es regnet ja immer noch wie aus Eimern.«

»Was haben Sie denn für ein Auto?«, fragte Gonzalez.

»Einen Mercedes.«

»Der Hoffmeister hat auch einen Mercedes«, teilte Kevin ihm mit. »Aber der is schon ganz alt.«

»Meiner ist neu«, sagte Henning. »Also los, Kameraden.« Er stand auf und nahm die beiden mit durch den Keller in die Garage. Dankbar sah ich ihm hinterher. Wenn ich bedachte, wie nachdrücklich er gegen diesen Kontakt gewesen war, hatten ihn die Kinder wohl auch gerührt. Wie gut hatten es unsere gehabt, eine intakte Familie, finanzielle Sicherheit, klare Verhältnisse. Diese beiden kannten etwas anderes: abwesende Väter mit unterschiedlichen Biografien, Abhängigkeit von Sozialhilfe, noch nicht mal eine Oma.

Natürlich würde ich zu dieser Einschulung gehen. Wenn es schlecht lief, würde Kevins Mutter nicht teilnehmen können, und dann war es umso wichtiger, eine Pseudo-Oma zu haben, die wenigstens den Schein des Normal-Bürgerlichen wahren half.

Ich griff nach meinem Block und machte ein paar Notizen. Auf alle Fälle würde Kevin eine Schultüte haben und ein Freunde-Album, und ich würde mit seiner Mutter klären, ob alle notwendigen Bücher und Hefte vorhanden waren. Dann rief ich eine Bekannte an, die schon schulpflichtige Enkelkinder hatte, und erkundigte mich nach den üblichen Gepflogenheiten. Sie war etwas überrascht, informierte mich aber dann bereitwillig darüber, dass ihre Schwiegertochter für die ganze Familie T-Shirts hergestellt hatte, auf denen »Lauras erster Schultag« zu lesen war. Das Wohnzimmer war mit einer Alphabet-Girlande geschmückt worden, und zum Mittagessen hatte es unter anderem Buchstabensuppe gegeben.

»Die hat sie selbst gemacht!«, hob Monika hervor. »Das restliche Essen war natürlich vom Italiener, dazu hätte sie gar keine Zeit gehabt.«

»Sieh mal an«, staunte ich. »Und du warst dann auch zum Mittagessen eingeladen?«

»Und zum Kaffee!«, betonte Monika. »Die Kuchen haben die andere Oma und ich gemacht. Ich habe eine Himbeer-Sahne gebacken, mit rosa Schultüten aus Marzipan drauf. Ganz niedlich, sage ich dir! Die gibt es bei dieser Konditorei in Möllenbeck, man muss aber vorbestellen, die haben immer viel zu tun um diese Zeit.«

»Ja, das klingt hübsch«, sagte ich etwas lahm. »Aber in meinem Fall geht es um einen Jungen, und ich glaube nicht, dass seine Mutter so viel plant.«

»Oh, da frag sie aber besser mal!«, meinte Monika. »Die tauschen sich heutzutage doch schon im Kindergarten aus mit Bastelideen und so. Da möchte doch niemand, dass das eigene Kind den Eindruck hat, man würde diesen Tag nicht angemessen würdigen. Schließlich ist es so wichtig, einen guten Start in die Schulzeit zu haben, findest du nicht auch?«

»Natürlich«, sagte ich. Ich sah Kevin vor mir mit

seinen dreckigen Fingern und dem verblichenen T-Shirt und fragte mich, was für einen Start er haben würde. Ich hatte keine Ahnung, ob er wohl ein guter Schüler werden würde. Ob ich mich mal bei Frau Schirmer erkundigen sollte? Besser nicht. Vielleicht würde die dann wieder was Falsches von mir denken.

»Wenn du möchtest, kann ich gern mal bei meiner Schwiegertochter nachfragen«, bot Monika mir an. »Die hat zum Beispiel ganz niedliche Vorlagen für Visitenkarten.«

»Visitenkarten?«

»Klar! Die können die Kinder in ihrer Klasse austauschen, damit sie sich besuchen können. So lernen sie sich viel schneller kennen.«

»Aber die können die doch noch gar nicht lesen«, warf ich irritiert ein.

»Die müssen sie ja auch ihren Müttern geben, damit die sich absprechen können«, belehrte sie mich. Ich versuchte mich zu erinnern: Visitenkarten hatte es bei Lotta und Christoph noch nicht gegeben. Aber ich wusste noch, dass ich viel durch die Gegend gefahren war und meine liebe Mühe hatte, die Termine meiner Kinder zu koordinieren. »Laura konnte außerdem schon lesen. Sie war ja immer schon so aufgeweckt, da hat meine Schwiegertochter sie zu dieser Vorschulakademie angemeldet.«

»Vorschulakademie?«

»Ja, das ist ein ganz neues Konzept, von irgendwelchen italienischen Pädagogen entwickelt. Die Kinder lernen ganz spielerisch. Es gibt Englisch, Deutsch und Naturwissenschaften. Demnächst wohl auch Spanisch, aber das gab es zu Lauras Zeit leider noch nicht. Schade, das hätte ja gut gepasst, wo wir doch die Wohnung auf Mallorca haben.«

Ich hatte den Eindruck, genug gehört zu haben. Außerdem war Henning zurückgekommen. »Hochinteressant«, sagte ich.

»Auf jeden Fall!«, sagte Monika. »In welcher Schule findet denn die Einschulung statt, zu der du hingehen willst?«

»Fröbelschule.«

Ich nahm wahr, wie sie eine kleine Pause machte. »Ach ja. Die haben natürlich ein paar Probleme.«

»Tatsächlich?« Ich hatte mich schon lange nicht mehr mit den städtischen Grundschulen beschäftigt.

»Natürlich! Hör mal, dieses Einzugsgebiet! Viele Migranten und so ... also man hört nicht das Beste von der Fröbelschule. Aber die Schulleiterin ist sehr tüchtig, das muss man sagen. Legt viel Wert auf musikalische Früherziehung.«

Ich war mir nicht sicher, ob es das war, was Kevin am dringendsten brauchte. Aber vielleicht entdeckte er dabei ein Talent für sein Leben? Während ich noch über diese Frage nachsann und gleichzeitig mit Wohlgefallen beobachtete, wie Henning mit einer Flasche Wein und zwei Gläsern ins Wohnzimmer kam, fragte mich Monika, was ich denn zu diesem Event anzuziehen gedächte.

»Darüber habe ich noch nicht nachgedacht!«, sagte ich aufgeschreckt. »Gibt es dafür einen Dresscode?« Das hätte mir gerade noch gefehlt: Jetzt müsste ich mir womöglich für diesen Anlass ein Oma-Kleid kaufen. Ich sah es quasi schon vor mir: kariert, im Hemdblusen-Stil und mit einem weißen Kragen.

»Nicht direkt«, sagte sie. »Aber ich würde dir raten, zieh nichts Helles an. Spätestens wenn die anfangen, ihre Schultüten auszupacken, wird es gefährlich. Außerdem war es ziemlich kalt in der Kirche, während bei der Zeremonie in der Aula eine unerträgliche Hitze herrschte.«

»Also könnte man da mit Jeans, T-Shirt und Strickjacke hingehen«, überlegte ich.

Wieder zögerte sie eine Sekunde. »Tja, du kannst das tragen, aber ... besonders feierlich ist das ja nicht«, wandte sie ein.

»Was hattest du denn an?«

»Einen dunkelblauen Leinenanzug von Calvin Klein«, antwortete sie prompt. »Der musste ja wie gesagt zu dem T-Shirt passen. Und das war rosa.«

»Ich glaube nicht, dass es ein spezielles T-Shirt geben wird«, sagte ich.

»Na ja, das machen auch nicht alle Familien. Aber Laura war natürlich ganz stolz, wie wir alle zwölf zusammen in einer Reihe saßen.«

»Zwölf Personen?«, fragte ich ungläubig. So viele hatten wir noch nicht mal zu einem Geburtstag.

»Na hör mal, das darf man doch nicht verpassen. Die Schwester meiner Schwiegertochter ist sogar extra aus Köln gekommen.«

Ich schielte sehnsüchtig zu meinem Mann hinüber, der sich inzwischen schon ein Glas gegönnt hatte. Er hielt fragend die Flasche hoch, und ich nickte eifrig. Nach diesem Gespräch würde ich etwas Alkohol brauchen. Er goss mir schon mal was ein.

»Was habt ihr denn wegen Fotos geplant?«, wollte Monika jetzt als Nächstes wissen.

»Fotos?«

»Na, ihr werdet euch doch nicht nur auf eure Schnappschüsse verlassen!«, sagte sie. »Entweder haben die Kinder die Augen zu oder es ist jemand Fremdes mit auf dem Bild ... Ich kann nur das Studio Hoffmann in Kappenhagen empfehlen, die haben einen vernünftigen Preis gemacht, und es ging auch ganz zügig. Allerdings hatte meine Schwiegertochter auch dafür gesorgt, dass unsere

Familie den ersten Termin hatte. Die Kinder, die später drankamen, waren natürlich schon ein bisschen zappelig, vor allem, weil da auch jüngere Geschwister mit dabei waren.«

»Also ihr habt von allen zwölf Personen ein Foto machen lassen?«

»Klar, diese Serie. Acht zum Preis von sechs. Wenn du magst, kann ich dir mal das Album zeigen. Ich nehme an, wir sehen uns demnächst, wenn wieder ein Meeting mit Damen ist?« Monikas Mann gehörte nämlich auch zu Hennings Club.

»Gern«, sagte ich schwach. Ich musste jetzt wirklich sehen, dass wir zum Ende kamen. »Hör mal, ich ...«

»Wenn ihr allerdings bis jetzt noch nicht reserviert habt, sehe ich schwarz«, überrollte sie mich. »Ich könnte höchstens anbieten, dass ich selbst dort anrufe, die kennen mich.«

»Weißt du, ich ...«

Henning grinste. Er hatte immer Spaß daran, über endlose Frauengespräche zu lästern, die das vorgeschriebene Minimum von zehntausend Wörtern nicht unterschreiten durften, weil man sonst in eine spezielle Schweigehölle käme, die man so lange nicht verlassen durfte, wie tausend Friseurbesuche dauern.

Ich gestikulierte entnervt, bis er mir zu Hilfe kam und mit dem Flaschenöffner gegen beide Gläser schlug. Wegen der unterschiedlichen Füllhöhe ergab das ein angenehmes »Ding-Dong«.

»Du, ich muss aufhören, es hat geklingelt«, behauptete ich. »Vielen Dank für die Informationen. Das war sehr aufschlussreich.«

»Du kannst mich jederzeit wieder anrufen«, bot sie mir an. Ich war allerdings fest entschlossen, das so bald nicht zu tun.

»Danke«, sagte ich zu Henning und nahm erst mal einen tröstlichen Schluck. Dann wollte ich schon zur Tür gehen, als mir einfiel, dass es gar nicht wirklich geläutet hatte.

»Habt ihr noch kurz alle Bereiche des Lebens verbal gestreift?«, fragte er mit diesem süffisanten Grinsen, das ich gar nicht mag.

»Überhaupt nicht. Ich hatte gerade einen Grundkurs in Sachen Einschulung.«

»Nanu? Das hätte ich jetzt nicht gedacht.«

»Auf jeden Fall sollten wir sofort ein zusätzliches Sparkonto anlegen«, sagte ich. »Nicht nur für den Fall, dass Lotta mal heiratet, sondern auch für die Einschulung unserer potenziellen Enkel.«

»Wieso? Wird in Zukunft mit einem Schultüten-Mangel gerechnet, so dass die Preise steigen? Oder kauft man die mittlerweile mit Juwelen besetzt?«

»Nicht nur das«, stöhnte ich. »Zurzeit liegt der Standard bei Essen vom Italiener, Kaffeetrinken mit der Familie, einem Termin beim Fotostudio und einheitlichen T-Shirts für alle. Bis wir mal schulpflichtige Enkelkinder haben, müssen wir uns vermutlich alle dafür eine Woche Urlaub nehmen und einen Eventplaner engagieren. Und ich brauche einen Hosenanzug von Calvin Klein.«

»Da ist ja noch dranzukommen«, meinte Henning amüsiert. »Falls der nicht bis dahin seine Tätigkeit eingestellt hat.«

»Nein, da hast du was missverstanden«, sagte ich. »Den Hosenanzug brauche ich jetzt.«

»Ich versteh wohl immer noch was miss«, sagte er. »Du willst dir für die Einschulung dieses Knaben, den wir kaum kennen und mit dem wir nicht verwandt sind, eine neue Garderobe zulegen?«

»Monika hält das für absolut notwendig«, erklärte ich

ihm. »Jeans und Jacke sind dem feierlichen Anlass nicht angemessen. Du kannst sie gerne fragen.«

Dazu hatte er aber keine Lust. Stattdessen berichtete er, wie fasziniert die Kinder davon gewesen waren, dass er sie in seinem Mercedes chauffiert hatte, und dass er nun versuchen würde, unter Ausnutzung seiner Kontakte in irgendeiner Form Ersatz für die verloren gegangene Kappe zu beschaffen. Der Bekannte im Aufsichtsrat von Schalke war so stolz auf diesen Posten, dass er sicher bereit wäre, etwas Entsprechendes zu besorgen.

»Eigentlich sind das ja ein paar arme Socken«, sagte er. »Für die muss man doch was tun.«

»Na siehst du«, sagte ich, »hat es dich jetzt auch gepackt? Kannst du jetzt verstehen, warum ich da reingerutscht bin?«

Er nickte. »Vor allem nachdem ich diese Mutter gesehen habe.«

Jetzt war ich verwundert. »Du bist mit in die Wohnung gegangen? Ich dachte, du lässt die Kinder einfach vor dem Gebäude raus. Die finden dann schon nach Hause.«

»Hab ich ja«, sagte er. »Aber die sprang da gerade vor dem Haus rum. Oder besser, sie watschelte rum. Ich glaube nicht, dass die sich für die Einschulung einen neuen Hosenanzug kaufen sollte. Und wenn, dann nur mit Gummizug.«

»Bist du sicher, dass sie es war?«, fragte ich. »Die soll doch fest liegen, wegen der vorzeitigen Wehen.«

»Wenn es nicht noch eine andere schwangere Frau gibt, zu der die Kinder ›Hallo Mama‹ sagen, dann war sie das. Vielleicht geht es ihr besser.«

»Das wäre gut«, sagte ich. »Vielleicht kehren dann endlich wieder normale Verhältnisse ein.«

»Vielleicht«, sagte Henning. Es klang nicht ganz überzeugt.

9

Am nächsten Tag fuhr ich – neugierig wie ich war – am Hammerweg vorbei und machte eine kleine Stippvisite. Frau Nowakowski lag wie gehabt auf ihrer Couch, die Wohnung sah so chaotisch aus wie immer, von den Kindern war keines zu sehen.

»Ist Kevin in den Kindergarten gegangen?«, fragte ich sie.

»Na klar«, sagte sie. »Den hätte ich wohl kaum daran hindern können.«

»Er hat mich gefragt, ob ich mit zu seiner Einschulung komme«, berichtete ich.

»Ach ja«, sagte sie. »Und? Haben Sie Zeit?«

»Ich denke schon. Deshalb wollte ich Sie fragen, ob Sie irgendwas Spezielles geplant haben.«

»Was geplant? Sehe ich so aus, als könnte ich momentan irgendwas planen?«

Nein, dachte ich. Obwohl man auch als bettlägerige Kranke Pläne machen kann, sogar gerade dann, weil man ja sonst nicht sonderlich viel zu tun hat. Aber ich hatte nicht den Eindruck, dass sie für so was die Energie hatte.

»Haben Sie denn eine Schultüte für ihn?«

Sie dachte nach. »Vielleicht haben wir noch die von Nuala. Mal sehen.« Zu meiner Überraschung schlug sie die Decke zurück und stand tatsächlich auf, um in diversen Ecken zu suchen.

»Geht es Ihnen besser?«, fragte ich. »Dürfen Sie wieder aufstehen?«

»Muss ja«, sagte sie schulterzuckend und räumte ein paar Sachen aus einem halbhohen Schrank. Darunter einen Gummistiefel, der mir irgendwie bekannt vorkam. »Wieso fragen Sie?«

»Mein Mann meinte, Sie wären draußen gewesen, als er gestern die Jungen zurückgebracht hat.« Ein kaputter Federballschläger und ein paar undefinierbare Textilien landeten neben dem Gummistiefel.

»Ja, ich musste endlich mal was besorgen«, knurrte sie.

Worauf ich verblüfft fragte: »An einem Sonntag?«

Ihr Blick zuckte unwillkürlich zum Couchtisch, und ich verstand, was sie besorgt hatte. Nicht weit vom Hammerweg gab es eine Tankstelle, und dort hatte sie sich offensichtlich einige dieser Zeitschriften gekauft, die sich nie entscheiden können, ob Heidi und Seal nun unglaublich glücklich sind oder ob er sie letzte Woche verlassen hat.

Frau Nowakowski sah, dass ich es gesehen hatte, und fühlte sich persönlich angegriffen. Deswegen konterte sie, bevor ich überhaupt etwas dazu sagen konnte. »Hören Sie, ich rauche nicht, ich trinke nicht, aber irgendeine kleine Freude muss ich mir doch auch mal gönnen.«

»Ich kritisiere Sie doch gar nicht«, verteidigte ich mich. »Ich war nur überrascht, dass Sie unterwegs waren. Haben Sie mit Ihrem Gynäkologen gesprochen?«

»Nee«, sagte sie. »Aber ich merke doch, wie es mir geht. Ich mach das nicht zum ersten Mal.«

Wenn sie damit ihre Schwangerschaft meinte, konnte ich ihr wahrlich nicht widersprechen. »Das ist doch toll, wenn Sie sich wieder besser fühlen. Meinen Sie, dann kriegen Sie den Haushalt allein in den Griff?«

Sie hielt inne und sah mich an. Dann ließ sie alles

fallen, was sie gerade aus dem Schrank geholt hatte. »Das Scheißding ist nicht mehr da«, brummte sie und trottete wieder zur Couch. Ächzend ließ sie sich darauf nieder und sah mich dann wieder mit hilflosem Blick an. Mit einer Hand deutete sie vage in die Ecke, in der sie gerade innerhalb kürzester Zeit noch mehr Unordnung geschaffen hatte. »Gucken Sie sich das doch an hier. Das ist nicht so einfach in den Griff zu kriegen.«

Ich folgte ihrem Befehl und ließ meine Blicke schweifen. Ich sah das ungespülte Geschirr, den klebrigen Fußboden, die schmutzigen Arbeitsflächen, das ganze Durcheinander. Das war wirklich nicht so einfach. Vor allem wenn man wie sie nur kleine Schritte auf einmal machen konnte. Und vielleicht fehlte ihr einfach ein Plan. »Frau Nowakowski …«

»Nennen Sie mich Nicole«, schlug sie müde vor. »Sonst kommt es mir immer vor, als wären Sie vom Sozialamt.«

»Nicole«, sagte ich folgsam, »ich sehe ein, dass es für Sie im Augenblick schwierig ist. Aber wenn Sie für das Baby gut vorbereitet sein wollen, dann muss hier einiges passieren.«

»Wem sagen Sie das?« Sie sah aus, als würde sie gleich anfangen zu weinen. »Aber manchmal weiß ich einfach nicht, was ich machen soll.«

»Den Eindruck habe ich auch. Deswegen will ich Ihnen einen Vorschlag machen. Ich habe im Augenblick etwas Zeit. Ich könnte jeden Tag herkommen, vielleicht für eine Stunde oder anderthalb, und Ihnen helfen, hier klar Schiff zu machen.«

»Echt?« Jetzt sah sie beinahe hoffnungsvoll aus.

»Echt. Wie eine Familienhelferin. Aber dazu gehört auch was anderes.« Ich hatte mich nämlich inzwischen mal ein bisschen im Internet informiert. »Die Aufgabe einer Familienhelferin ist, Hilfe zur Selbsthilfe zu leisten.

Deswegen werde ich nicht einfach für Sie saubermachen und kochen, sondern wir werden miteinander einen Plan entwickeln, wie Sie hier auf Dauer den Überblick behalten.«

Ihre Begeisterung flaute ab, als ich versuchte, mit ihr zusammen eine To-do-Liste aufzustellen: kochen, einkaufen, aufräumen, putzen, waschen, bügeln ... »Das kann ich im Moment nicht alles«, wandte sie mit Leidensmiene ein.

»Das weiß ich«, beruhigte ich sie. »Deswegen helfe ich Ihnen ja. Und in manche Sachen kann man sicher auch die Kinder einbeziehen ...«

»Ach, die rühren doch keinen Finger!«, beklagte sie sich. »Dabei sehen sie doch, dass ich hier liege, aber die kommen nicht mal auf die Idee, irgendwas zu machen!«

»Vermutlich muss man ihnen sehr genau sagen, was ihre Aufgabe ist.« Ich sprach da aus Erfahrung. Lotta und Christoph hatten sich auch nie darum gerissen, mit in die Hausarbeit einbezogen zu werden, da hatte nur sanfter Druck etwas gebracht. »Aber das Geschirr abtrocknen können sie auf jeden Fall, und ihr Zimmer in Ordnung halten, solche Sachen.«

»Wenn Sie meinen«, sagte Nicole skeptisch.

Natürlich war das nicht so einfach. Während Kevin noch einigermaßen willig war (ich hatte das Gefühl, er war total froh, dass ich bei seiner Einschulung die Ersatz-Oma geben wollte), sträubten sich Nuala und Gonzalez schon deutlich. Ich merkte, sie waren es überhaupt nicht gewohnt, sich an solche Vereinbarungen zu halten. Ich brauchte zwei bis drei Tage und eine Menge Konsequenz, bis sie begriffen, dass ich es ernst meinte.

Auch Henning war nicht so wirklich glücklich mit meinem Entschluss. Ich hatte ihm das abends am Telefon erzählt, weil er mal wieder in Hannover war. »Marie, du kannst für diese Familie nicht den rettenden Engel spielen, das habe ich dir neulich schon gesagt.«

»Ich wollte mich ja auch da rausziehen. Aber du hast selber vorgeschlagen, dass ich mit zu dieser Einschulung gehe.«

»Das ist ja auch was völlig anderes. Der arme kleine Kerl.«

Klar, er hatte dem Eindruck nicht widerstehen können, als die beiden Burschen bei uns aufgetaucht waren. Eigentlich hat er nämlich ein weiches Herz. Aber mir aus der Entfernung warnende Ratschläge zu geben, war auch einfacher, als in dieser verwahrlosten Wohnung zu stehen und so zu tun, als ginge einen das nichts an.

»Wann ist eigentlich diese Einschulung?«, wollte er wissen.

»Morgen in vierzehn Tagen.«

»Also Dienstag? Es ist nämlich so ... An dem Mittwoch muss ich in die USA fliegen. Nach Boston. Hast du Lust mitzukommen? Wir könnten das Wochenende dranhängen und Cathy besuchen.«

Henning weiß, womit er mich reizen kann. Während viele andere Geschäftsreisen für mich völlig uninteressant sind, ist die Erwähnung von Cathy ausreichend, um mich zu begeistern. Sie war vor einigen Jahren als Austauschschülerin bei uns, und auch wenn der Kontakt sich auf einige E-Mails im Monat beschränkt, haben wir doch regelmäßig Verbindung miteinander.

»Das wäre toll«, sagte ich. »Lass mich nur eben schauen, was da für Termine sind. Ich weiß, ich habe in nächster Zeit ein paar Sachen im Kalender stehen.«

»An dem Samstag sind wir zu Hannos Geburtstag eingeladen«, wusste er. »Aber das sagen wir ab. Kein Problem.«

Ich blätterte in meinem Kalender. »Krebsvorsorge ...

ist schon diese Woche. Die Einschulung ist noch rechtzeitig vorher ... Und der Termin beim Arbeitsamt fällt da auch nicht rein.«

»Termin beim Arbeitsamt? Sag bloß, da schleppt diese Frau dich auch noch hin?« Jetzt klang er wieder grimmig.

»Nein, der ist für mich«, sagte ich. »Ich war neulich da und wollte mich erkundigen, was ich für Chancen habe, einen Job zu finden.«

Ui, da hatte ich mal wieder nichtsahnend in ein Wespennest gestochen. »Da kommst du nicht mal auf die Idee, mit mir darüber zu reden? Glaubst du nicht, das würde mich auch interessieren?«

»Ich dachte nicht, dass es so wichtig ist«, sagte ich vorsichtig. »Und das war auch ziemlich spontan.«

»Marie, du bist ein strukturierter Mensch«, sagte er mit Ärger in der Stimme. »Bei dir sind auch spontane Handlungen besser durchdacht als bei vielen anderen Leuten. Deswegen erzähl mir nicht, du hättest keine Gelegenheit gehabt, mir davon zu berichten. Oder sollte es eine Überraschung sein?«

»Nein, natürlich nicht. Es ist nur ... Diese ganze Geschichte mit den Nowakowskis hat mich vielleicht mehr in Anspruch genommen als gedacht, deshalb ist das ein bisschen in den Hintergrund gerückt.«

Das beruhigte ihn auch nicht wirklich. Stattdessen hielt er mir Vorträge darüber, dass ich in letzter Zeit immer Dinge tat, die er nicht gut fand, statt zusammen mit ihm zu überlegen, was ich Sinnvolles machen könnte. »Jetzt hättest du die Chance, noch mal ganz ohne Einschränkung durchzustarten«, sagte er. »Marie, wir brauchen kein zweites Gehalt, ganz abgesehen davon, dass du vermutlich sowieso nichts findest, was gut bezahlt wird. Und wieso willst du dich für ein paar lausige Euros wieder in diese Tretmühle begeben? Du siehst doch gerade an diesem Amerika-Trip, dass dich das wieder total einschränken würde.«

»Ich habe ja darüber nachgedacht«, argumentierte ich. »Aber ich weiß nicht, ob Töpferkurse oder Yogastunden mich so ausfüllen würden.«

»Es gibt sicher mehr als das.«

»Ja«, sagte ich. »Zum Beispiel Familien, in denen das Chaos herrscht. Und eine davon braucht mich.« Inzwischen war ich auch ein wenig in Fahrt gekommen. »Henning, siehst du denn nicht, dass das so sein sollte? Dass ich da reingerutscht bin und dann beschlossen habe, nicht einfach die Augen zuzumachen und zu gehen? Du triffst jeden Tag wer weiß wie viele Entscheidungen, von denen ich nicht mal was weiß, geschweige denn, dass du mich vorher deswegen konsultierst. Glaubst du nicht, dass ich das auch mal tun kann?«

»Meine Entscheidungen haben keine Auswirkungen auf dein Leben«, hielt er dagegen. »Die betreffen meinen Job. Während ich schon davon betroffen bin, was du tust.«

»Ach ja? Du bist doch die halbe Zeit gar nicht hier! Es kann dir doch eigentlich egal sein, was ich mache, solange du deine Wäsche gemacht bekommst und auch sonst alles funktioniert! Könnte es nicht eher sein, dass du nicht magst, wenn die Dinge nicht deiner Kontrolle unterliegen?«

Klar, dass er jetzt schnaubend Widerspruch einlegte. Vermutlich war er durch das Stückchen Wahrheit in meiner Behauptung erst recht angepiekst. »Jetzt bitte ich dich aber! Willst du mir etwa unterstellen, dass ich so ein Kontrollfreak bin, der dich völlig überwacht?«

»Du musst nicht gleich so übertreiben. Aber denk mal darüber nach, du magst es einfach nicht, wenn du nicht über die Dinge Bescheid weißt.«

»Vielleicht ist das ja manchmal auch wichtig, über die Dinge informiert zu sein. Marie, ich habe einfach die Sorge, dass du dich momentan in einer Situation befindest, wo du ... nicht immer so ausgeglichen bist.«

»Was soll das denn heißen?« Jetzt war ich auch zum Schnauben wütend.

»Wir hatten neulich im Club doch einen Vortrag über Hormone«, belehrte er mich. »Die spielen in dieser Phase bei Frauen verrückt und beeinflussen auch das Wahrnehmungsvermögen, so ähnlich wie in der Pubertät. Da tut man schon mal Dinge, die man später bereut. Und deshalb, Marie, fände ich es besser, wenn du vorher mit mir sprechen würdest, wenn du in deinem Leben große Veränderungen planst.«

Hatte ich das richtig verstanden? Er wollte mir so ganz leutselig erklären, dass ich nicht ganz zurechnungsfähig war, weil ich mich gerade in den Wechseljahren befand? Das war ja wohl die Höhe.

Leider tat ich daraufhin genau das, was er mir gerade geschildert hatte: Ich wurde ziemlich unsachlich und sagte Dinge, die ich natürlich später bereuen würde. Er hingegen verteidigte seinen Standpunkt, ohne sich für irgendwas zu entschuldigen, und so zog sich das verbale Gefecht in die Länge, ohne dass wir irgendetwas damit erreichten. Abgesehen natürlich von einer stetig zunehmenden Verärgerung. In diesem Fall erwies sich sogar die vor einigen Monaten eingerichtete Telefonflatrate als Nachteil, sonst hätten wir vielleicht wenigstens im Hinblick auf die Telefonkosten das Gespräch vertagt.

Ich war völlig erschöpft, als wir endlich zu einem vorläufigen Ende gekommen waren. Als er mir zum Schluss noch ankündigte, er wäre Mittwochabend wieder zu Hause, fasste ich das eher als Drohung auf. Und nach diesem Scharmützel hatte ich noch nicht mal Freude daran, Cathy eine E-Mail zu schreiben und unser Kommen anzukündigen – natürlich stand zu erwarten, dass wir bis zu diesem Zeitpunkt unseren Konflikt beigelegt hätten, aber im Moment hatte ich überhaupt keine Lust darauf, mit diesem halsstarrigen Kerl so viel Zeit am Stück zu verbringen. Stattdessen tobte sich in mir das Bedürfnis aus, ihm zu zeigen, dass ich sehr wohl eigene Entscheidungen treffen konnte, aber wenn ich ehrlich war, hatten meine Ideen eher den Charakter von Racheakten: das Haus streichen lassen (natürlich in einer Farbe meiner Wahl), einen Hund aus dem Tierheim holen (das war eine besonders bescheuerte Idee, denn an wem würde die ganze Arbeit hängen bleiben?) und ähnliche Dinge, die mich noch stundenlang beschäftigten, nachdem ich ins Bett gegangen war und eigentlich schlafen wollte.

Natürlich kamen wieder die Hitzewellen dazu. Ich warf die Decke von mir, nur um sie ein paar Minuten später wieder über mich zu breiten. Dann musste ich zur Toilette, was ich besonders besorgniserregend fand – wer liebt schon die Vorstellung, nachts ständig aufstehen zu müssen? Aber in erster Linie beschäftigte mich meine Wut auf Henning und seine chauvinistischen Ansichten. Kaum zu glauben, dass ich mit diesem Menschen schon seit über fünfundzwanzig Jahren verheiratet war.

Vielleicht war das der Ausgangspunkt dafür, dass so viele Ehen nach der Silberhochzeit in die Brüche gingen? Wenn mich in diesem Moment ein Scheidungsanwalt angerufen hätte, dann wäre ihm der Auftrag sicher gewesen.

10

Am nächsten Morgen erlaubte ich mir, etwas länger zu schlafen als sonst. Und während ich im Bett lag und mir das ganze Drama noch mal durch den Kopf gehen ließ, spürte ich, dass meine Erregung von gestern inzwischen einer gewissen Gelassenheit gewichen war, die mich in die Lage versetzte, meinem Mann nach dem Frühstück eine E-Mail zu schreiben. Ich nahm darin zwar nichts zurück, konnte aber doch etwas sachlicher argumentieren. Bis ich mich auf den Weg zu meiner Wahlfamilie machte, war noch keine Antwort gekommen. Aber ich wusste, er würde mir zurückschreiben, früher oder später.

Ich hatte mit Nicole ausgemacht, dass sie ihre Kinder am Abend noch mal spülen lassen sollte, damit sich die Geschirrberge in Grenzen hielten. Aber als ich ankam, musste ich feststellen, dass das nicht geschehen war.

»Erst waren sie so lange noch draußen«, teilte ihre Mutter mir mit. »Dann haben wir zusammen die Big-Brother-Sendung geguckt. Und dann wollten sie es einfach nicht machen.«

»Na so was«, sagte ich. Da hatten sie Pech, weil sie a) noch nicht nach draußen entschwunden waren und ich b) von gestern noch genug Adrenalin im Blut hatte, um mich auf diese Auseinandersetzung einzulassen. Ich schnappte mir also den Ersten, der sich blicken ließ – das war in diesem Fall Gonzalez –, und teilte ihm mit, dass er keinen Ausgang hätte, bevor diese Aufgabe nicht erledigt wäre.

Er sah mich ungläubig an. »Aber ich hab gestern Abend gar nich gegessen!«, behauptete er.

»Das ist bedauerlich, aber kein Grund«, entgegnete ich. »Wir hatten besprochen, dass du spülst, also machst du das jetzt.«

Seine Augen flammten empört. »Alleine?«

»Nuala kann abtrocknen.«

»Die schläft aber noch.«

»Sie wird wohl bald aufstehen. Fang einfach schon mal an.«

»Das is unfair!«, begehrte er auf. »Ich muss Sachen spülen, die ich gar nich dreckig gemacht habe!«

»Und was tue ich hier?«, fragte ich ihn. »Pass auf, Gonzalez. Deine Mutter kann im Moment nicht so viel machen, das leuchtet dir doch ein, ja? Deshalb braucht sie Hilfe. Und zwar von allen.«

»Aber Kevin is im Kindergarten!«, argumentierte er. »Muss der gar nix machen?«

»Der wird auch seinen Teil tun«, versicherte ich ihm. »Aber er ist auch noch viel kleiner als du. Und jetzt leg los. Wenn du gleich angefangen hättest, statt mit mir zu diskutieren, dann wärst du schon mit der Hälfte fertig.«

Mit vorwurfsvollem Gesicht stapfte er an die Spüle. »Und ich dachte, Sie wären nett«, brummelte er.

»Bin ich auch«, sagte ich. »Vor allem zu Leuten, die ihre Vereinbarungen einhalten.«

Während ich endlich mal die Fußböden wischte, behielt ich Gonzalez' Tätigkeit im Auge. Natürlich begann er erst mal mit einigen dramatischen Einlagen, zu denen Seufzen, Stöhnen und mitleiderregende Kommentare gehörten. Aber er konnte ja nicht wissen, dass ich schon eine Generation Heranwachsender im Vorsprung war.

Natürlich hatten Lotta und Christoph nicht häufig spülen müssen – eigentlich nur im Urlaub, denn zu Hause hatten wir ja eine Spülmaschine –, aber das Verhaltensmuster war mir durchaus bekannt.

Zwischendurch musste ich ihn ein paarmal unterstützen. Ich zeigte ihm, dass die meisten Spülbürsten auch eine Kante haben, mit der man hartnäckige Reste abkratzen kann. Ich erklärte ihm, dass man am besten in einer bestimmten Reihenfolge spült, damit die fettigen Sachen nicht von Anfang an das Wasser versauen. Natürlich begeisterte ihn das alles nicht. Etwas besser wurde seine Laune erst, als ich Nuala wecken ging, damit sie auch ihren Teil übernehmen konnte. Mit ihr exerzierte ich das Ganze noch einmal durch, nur leicht unterstützt durch die Tatsache, dass Gonzalez bereits vorgelegt hatte und sie sich noch schlechter aus der Sache herausziehen konnte.

Dafür dachte sie, sie käme aus der Nummer raus, nachdem ihr eine Tasse runtergefallen und in viele Scherben zersprungen war. Ich schickte sie erst mal aus dem Weg, weil sie keine Schuhe anhatte, und kehrte die Splitter sorgfältig auf. »Kann ich gehen?«, fragte sie hoffnungsvoll.

»Nein!«, verkündete ich. »Du bist ja noch nicht fertig.«

»Aber ich kann das nicht so gut«, versuchte sie mich zu überzeugen. »Siehst du ja.«

»Deshalb musst du es lernen.«

Auf ihrer schmollenden Unterlippe hätte man ein Centstück ablegen können. Mit ähnlicher Dramatik wie ihr Bruder machte sie sich wieder an die Arbeit. Gonzalez war mittlerweile Brötchen holen gegangen, weil es mal wieder kein Brot gab, und deshalb erklärte ich ihr, dass sie nach dem Frühstück auch noch staubsaugen sollte.

»Och nö!«, jammerte sie. »Wieso immer ich?«

Nicole hatte die ganze Zeit auf dem Sofa gelegen und

uns beobachtet. Ich konnte es kaum fassen, wie jemand eine solche Passivität an den Tag legen konnte. Ab und zu gab sie einen Kommentar von sich wie »Nun stell dich nicht so an« oder »Tu schon, was Frau Overbeck sagt«, aber ansonsten sah sie uns zu, als würden wir für sie ein Theaterstück aufführen. Begleitet natürlich vom unvermeidlichen Fernseher, der aber wenigstens nicht mehr in solcher Lautstärke lief wie zu Anfang.

Nachdem ich die Kinder endlich in die Freiheit entlassen hatte, sprach ich sie darauf an. »Wie ist das denn bisher gelaufen, als Sie noch nicht liegen mussten? Haben Sie da die Kinder an der Hausarbeit beteiligt?«

»Ich hab's versucht«, behauptete sie. »Aber die haben ja immer ihre Ausreden. Auf Sie hören die besser als auf mich.«

»Natürlich versuchen sie, sich zu drücken«, sagte ich. »Aber Sie merken doch, wenn man nicht lockerlässt, dann machen sie es auch.«

»Bei Ihnen trauen die sich nicht so viel, weil Sie fremd sind. Aber was soll ich denn tun, wenn die einfach abhauen?«

Ich zuckte mit den Schultern. Eine einfache Antwort gab es vermutlich darauf nicht, denn ich hatte den Eindruck, sie hatte sich bisher nicht mit viel Nachdruck durchgesetzt. Klar, dass die Kinder vor mir mehr Respekt hatten, mich konnten sie noch nicht so gut einschätzen, und bisher hatte es gut geklappt mit der konsequenten Haltung. Aber wenn Gonzalez wirklich beschloss, einfach zu gehen, statt seine Arbeit zu machen, dann würde ich mich höchstens lächerlich machen, wenn ich versuchen würde, ihn wieder einzufangen.

Ich sah auf die Uhr: Ich war schon fast zwei Stunden hier. Und hatte längst nicht so viel geschafft wie ursprünglich geplant. Auf jeden Fall war noch ein Einkauf notwendig. Ich zückte meinen Stift und einen Zettel und versuchte, mit Nicole zusammen eine Einkaufsliste zu machen.

Das war gar nicht so leicht. Zum einen, weil sie immer abschweifte oder wieder auf den Fernseher guckte. Zum anderen, weil sie keinen Plan hatte, was es zu essen geben sollte.

»Was mögen die Kinder denn gern?«

»Die Jungs mögen am liebsten diese Chicken Wings aus dem Lidl. Nuala isst lieber Hamburger mit Ketchup.«

Fertiggerichte waren keine Lösung auf Dauer, zumal ich nicht genau wusste, wie viel Geld ihr zur Verfügung stand. »Wie wär's denn mit Pizza?«, schlug ich vor.

»Pizza ist auch gut«, meinte sie. »Diese Steinofenpizza mögen sie gern. Mit dem dünnen Boden.«

»Ich dachte eher an selbst gemachte Pizza.«

»Aber das ist doch so viel Arbeit!«, meinte sie skeptisch. »Und ich weiß nicht, ob die das mögen.«

»Aber es ist viel billiger«, sagte ich. »Wir versuchen es mal.« Ich schrieb die Zutaten auf eine Liste, dazu alles, was mir als möglicher Belag einfiel, und machte mich auf den Weg zum Supermarkt.

Als ich zurückkam, traf ich mal wieder Hannes, der gerade mit einem anderen Mann verhandelte. Er beobachtete, wie ich eine Klappkiste aus dem Auto holte. »Haben Sie noch mehr?«

»Da sind noch Getränke drin.«

»Warten Sie einen Moment, die nehme ich.« Das war mir ganz lieb, so musste ich diese Treppe nicht mehrfach steigen.

Er verabschiedete sich von dem Mann, der daraufhin in einen Lieferwagen stieg, und wuchtete sich dann drei Sechserpakete mit großen PET-Flaschen auf den Arm. »Haben Sie nicht mal wieder Lust auf einen Kaffee?«, fragte er, während er mir wie ein Lastesel folgte.

Nach dieser geballten Ladung Nowakowskis wäre das vielleicht gar nicht schlecht. Aber meine Mission für heute war noch nicht abgeschlossen. »Ich wollte erst noch was zu essen machen«, erklärte ich ihm. »Soll ich Ihnen ein Stück Pizza mit runterbringen?«

»Was für eine Frage«, schnaufte er. Es beruhigte mich, dass auch er von dieser Treppe nicht völlig unbeeindruckt blieb, zumal wenn er insgesamt siebenundzwanzig Kilo trug. Er stellte die Pakete am Ende des Flurs vor die Stahltür, offensichtlich hatte er keine Lust, diese Wohnung öfter als nötig zu betreten.

»Dann bis später«, sagte ich. »Und vielen Dank.«

»Gern geschehen.«

Ich setzte einen Hefeteig an und machte dann erst mal den Kühlschrank sauber, bevor ich die Lebensmittel hineinräumte. Inzwischen war auch Nuala wieder aufgetaucht. »Der Hoffmeister hat uns Saft hingestellt!«, berichtete sie ihrer Mutter. Es klang, als habe er ein Wunder vollbracht.

»Den habe ich mitgebracht«, sagte ich. »Er hat ihn mir nur hochgetragen.«

Sie stellte sich neben mich und beobachtete, was ich tat. »Was machst du da?«

»Ich mache eine Tomatensauce für die Pizza.«

Sie lachte, als hätte ich einen guten Witz gemacht. »Tomatensauce gehört doch zu Nudeln!« Sie bückte sich und sah in den Backofen. »Wo ist denn die Pizza?«

Kannten diese Kinder nur Tiefkühl-Pizza? »Die backe ich noch.« Ich zeigte ihr die Schüssel mit dem Teig. »Hast du saubere Hände? Dann kannst du mir gleich kneten helfen.«

Wieder war sie sehr erheitert. »Kneten?«

»Wasch dir die Hände, dann zeige ich es dir.« Ich holte die Backbleche aus dem Ofen und stellte fest, dass sie auch erst mal einer Reinigung bedurften. Wie eigentlich alles in dieser Wohnung. Und dabei hatte ich noch gar nicht alle Räume gesehen.

Ich beschloss, Nuala ein eigenes Stück Teig zu geben. »Hier, das kannst du kneten und ganz flach drücken und dir eine eigene Pizza machen.«

Sie nahm es staunend in Empfang. »Geil!«

Ich rollte schnell den restlichen Teig aus und verteilte ihn auf zwei Bleche. Die Erfahrung mit eigenen Kindern und deren pingeligen Freunden hatte mich gelehrt, nicht alle Bestandteile des Belags gleichmäßig zu verteilen, sondern unterschiedliche Sektoren zu schaffen: eine Ecke Thunfisch mit Zwiebeln, eine Ecke Salami, eine Ecke Paprika und Mais... Ich zeigte Nuala, wie sie ihre eigene Pizza auf ein weiteres Blech legen, mit Tomatensauce bestreichen und nach Wunsch belegen konnte. Sie hatte sich für Salami und Schinken entschieden. Schließlich streuten wir Reibkäse darüber und schoben die Bleche in den Ofen.

Fast wäre nichts daraus geworden, weil nämlich der Timer nicht funktionierte und deshalb der Backofen nicht aufheizte. Zum Glück fiel es mir noch rechtzeitig auf. »Ist der Timer schon länger kaputt?«

»Timer?«, fragte Nicole nachdenklich. »Ich glaub, den hab ich noch nie gebraucht. Wir gucken immer zwischendurch mal, ob es gut ist.«

»Wann kommen denn die andern beiden nach Hause?«, fragte ich – vielleicht ein bisschen verspätet, denn nun befand sich das Essen ja schon in einem Garungsprozess.

»Kevin kommt kurz nach zwölf. Gonzalez kommt, wenn er Lust hat.«

Ich nickte schicksalsergeben. Das hatte ich noch nicht verinnerlicht, dass es in dieser Familie keine festen Essenszeiten gab, genauso wenig wie einen Esstisch mit Stühlen, um den man sich für eine gemeinsame Mahlzeit versammelte. So gut es ging, deckte ich also den Couchtisch, aber wie sich zeigte, war das Besteck größtenteils überflüssig. Mit anderen Worten: Ich war die Einzige, die sich ihre Pizza in Stücke schnitt. Auch Nicole schob sich ihr Stück direkt vom Teller in den Mund.

Die Kinder – auch Gonzalez war eher zufällig mal wieder zu Hause aufgeschlagen – waren zunächst skeptisch. »Das sieht gar nicht wie eine richtige Pizza aus!«

Nuala war noch am leichtesten zu überzeugen, schließlich war sie beim Entstehungsprozess dabei gewesen. Dass sie eine eigene runde Pizza hatte statt eines abgeschnittenen eckigen Stücks, war natürlich erst mal Grund für Beschwerden. »Warum durften wir denn nicht eine Pizza für uns machen?«

»Ihr wart halt nicht da«, erklärte ich. »Aber die Zutaten sind gleich. Ehrlich.«

»Morgen will ich auch eine Pizza backen«, verlangte Gonzalez.

»Morgen gibt es keine Pizza«, sagte ich. »Da gibt es Nudelauflauf.«

»Ich will aber auch mal Pizza backen!«

»Wir können ja nächste Woche wieder welche machen«, war mein Vorschlag zur Güte.

»Dann komme ich eher vom Kindergarten«, entschied Kevin. »Ich will auch Pizza backen.«

»Du bleibst im Kindergarten, bis die sagen, dass du gehen darfst«, versetzte seine Mutter.

Natürlich schob sich sofort die Schmollunterlippe nach vorn. »Och Manno! Ich will auch!«

»Macht ihr so was im Kindergarten eigentlich nicht?«, fragte ich ihn. Ich konnte mich noch erinnern, dass unsere beiden ab und zu mit den Tanten gekocht hatten.

Aber man sagte ja auch nicht mehr »Tante« zu den Mitarbeiterinnen.

»Weiß ich nich«, war mal wieder seine Antwort. »Vielleicht, wenn ich nich da bin.«

»Nee, das machen die nich mehr«, klärte Nuala mich auf. »Da sind so viele Kinder mit Lalagien, die dürfen das nich essen. Jetzt kriegen die immer Essen mit einem Auto gebracht.«

Kevin nickte. »Der Hendrik, der hat eine Polalalagie. Das is ganz blöd.« Die Tatsache, dass er während dieser Aussage den Mund ziemlich voll hatte, machte es für mich nicht leichter, aber schließlich kam ich dahinter, dass es sich um eine Pollenallergie handeln musste.

Gonzalez hatte inzwischen sein drittes Stück inhaliert und damit dem halben Salamiblech ein Ende gesetzt. Nun inspizierte er skeptisch die andere Hälfte. »Was is das?«

»Thunfisch und Zwiebeln«, sagte ich. Das war immer Christophs Favorit gewesen. Diese Kinder konnte ich damit nicht erfreuen.

»Fisch? Iih!« Er zog angewidert den Pfannenheber zurück, mit dem er bereits ein Stück angehoben hatte, und ging dann doch lieber auf Nummer sicher. Das war in diesem Fall das letzte Stück mit Schinken.

»Das wollte ich!«, jammerte Kevin, und ich versuchte Frieden zu stiften, indem ich einerseits das Stück zwischen beiden Jungen aufteilte und andererseits noch rasch etwas zusätzlichen Schinken auf die beiden restlichen Stücke mit Paprika und Mais streute.

»Dann nehme ich das Thunfischstück gleich dem Herrn Hoffmeister mit.«

Drei Paar Augen sahen mich ungläubig an. Oder sogar vier, weil Nicole auch ein wenig indigniert aussah. »Wieso kriegt der denn auch was?«, wollte Nuala wissen.

»Immerhin hat der doch die Getränke hochgetragen«,

sagte ich. »Und er hat sofort den Boiler repariert, als ich ihm das gesagt habe.«

»Wieso ist der immer so scheißfreundlich zu Ihnen?«, fragte Gonzalez. »Ist der scharf auf Sie?«

Ein frühreifer Knabe! Ich sah ihn verdutzt an. »Wohl kaum. Der ist einfach nett, weil ich zu ihm auch freundlich bin. So läuft das normalerweise. Wie man in den Wald hineinruft, so tönt es heraus.«

Jetzt krausten sich mehrere Stirnen. »Wieso Wald? Hier ist doch gar kein Wald.«

»Das ist eine Redensart«, erläuterte ich. Da war ich für die jungen Nowakowskis wohl etwas zu philosophisch geworden. »Es gibt eine andere, die heißt: Was du nicht willst, das man dir tu, das füg auch keinem andern zu. Versteht ihr, was damit gemeint ist?«

»Nee«, gestand Nuala. Gonzalez fand das Thema wohl insgesamt nicht so interessant und stand auf, ohne sich weiter um die Sachen auf dem Tisch zu kümmern, während Kevin noch immer eifrig an seinem letzten Stück kaute. Auch Nicole hatte sich schon wieder ihrem Fernseher zugewandt.

Seufzend trug ich das Blech mit der Thunfischpizza zur Küchenzeile zurück. Erst jetzt verstand ich in vollem Ausmaß, warum wir bei unseren Kindern immer so sehr auf Tischmanieren geachtet hatten. Vielleicht war es ja auch ein Tick von mir, aber an einem Couchtisch zu essen, wo jeder kam und ging, wie es ihm passte, war einfach nicht mein Ding. Ich war regelrecht froh, als ich mitsamt der Thunfischpizza die Wohnung verlassen konnte. Bei Hannes Hoffmeister würde ich wenigstens an einem richtigen Tisch sitzen, wo ich mich nicht so unbequem zusammenklappen musste …

Ich hörte ihn schon durch die geschlossene Tür brüllen. Irgendwas lief wohl wieder nicht ganz nach Plan. Und wenn die Kinder das öfter mitkriegten, konnte man sich natürlich vorstellen, woher ihre Einschätzung kam.

Vorsichtig öffnete ich die Tür, von der ich inzwischen wusste, dass sie nicht verschlossen war, sondern nur ein wenig klemmte. Das Gebrüll verstummte. Drei Gesichter blickten mir entgegen, und so viel anders als vorher bei den Nowakowskis war das auch nicht.

»Gut, dass Sie kommen«, sagte Hannes. »Dann kann ich einen Kaffee trinken und mich beruhigen, und diese beiden Komiker können sich überlegen, warum man ›Entsorgung‹ nicht mit ›d‹ schreibt.«

»Wär aber doch eine Alternative«, sagte ich erheitert.

»Dann erklären Sie das mal meinem Kunden«, sagte er. Aber er grinste schon wieder.

Ich folgte ihm in den kleinen Besprechungsraum, der wieder ganz ordentlich war, und stellte mein Blech ab. »Ich hoffe, Sie mögen lauwarme Thunfischpizza?«

»Erstens kann ich sie ja kurz in die Mikrowelle schieben«, sagte er, »und zweitens habe ich schon ganz andere Sachen gegessen.«

»Das beantwortet die Frage nicht.«

»Stimmt.« Er schmunzelte. »Doch, ich mag Thunfischpizza. Vor allem selbst gemachte.«

»Na dann los. Es war alles, was ich vor den Nowakowskis retten konnte.«

»Moment. Wenigstens ein bisschen Stil muss sein.« Er ging und holte zwei Teller und Besteck.

»Für mich nicht, danke«, wehrte ich ab. »Ich hab oben schon mitgegessen. Was ein Fehler war, denn die haben keinen Esstisch.«

»Ach ja. Der Riesenfernseher ist wichtiger«, knurrte er und lud sich ein Stück von der Pizza auf den Teller. »Wieso sind Sie überhaupt hier? Kommt Ihr Mann mittags nicht nach Hause?«

»Meistens nicht«, sagte ich. »Im Augenblick ist er zum Beispiel in Hannover.«

»Hat Karriere gemacht, was?« Er warf mir einen schwer zu deutenden Blick zu. »Zielstrebig und ehrgeizig, unser Henning.«

»Das ist nicht das Schlechteste«, verteidigte ich meinen Mann.

»Das habe ich auch nicht gesagt.« Er wedelte mit seiner Gabel. »Sehr gut, die Pizza. Aber das hatte ich auch nicht anders erwartet.«

»Dann bin ich ja froh, dass ich Ihre hochgesteckten Erwartungen nicht enttäuscht habe.« Ich wusste nicht, ob er heute anders war – irgendwie aggressiver, herausfordernder – oder ob Gonzalez' dreiste Unterstellung mich nachhaltig beeinflusst hatte.

»Das kam wohl falsch raus«, sagte er rasch. »Ich dachte nur, dass Sie vermutlich, wenn Sie für Fremde kochen, erst mal was zubereiten, wo Sie sich sicher sind. Das würde ich jedenfalls tun.«

So gesehen hatte er recht. Was lag in einer solchen Situation näher, als etwas zu machen, was man gut konnte und was die Kinder auch essen würden? Außerdem hatte ich bei Frau Nowakowski kein Kochbuch gesehen, ich hätte mir höchstens ein paar Rezepte aus ihren zahlreichen Zeitschriften suchen können.

Also Themenwechsel. »Wenn Sie schon so viel Unterschiedliches gegessen haben, was war denn besonders schlimm?«

»Schwer zu sagen«, erwiderte er. »In Südostasien kriegen Sie oft höllisch scharfe Sachen, das ist sehr gewöhnungsbedürftig. Aber schwer runterzubringen ist auch dieser salzarme Hirsepapp in Afrika. Man wünscht sich einfach nur, er würde nach irgendwas schmecken, damit man ihn besser essen kann. Und natürlich die Hühnerfüße, die ich mal in China gegessen habe. Zäh wie Gummi.«

Ich lachte. »Da fehlt jetzt nur noch geröstete Heuschrecke oder Klapperschlangenragout.«

Er nickte grinsend. »Ehrlich gesagt wusste ich gar nicht immer, was ich da gerade esse. Und manchmal war es bestimmt besser so.«

»Uns wollten sie mal in Italien was Gutes tun«, erinnerte ich mich, »und haben uns Pferdefleisch gekocht. Ich hatte mir fest vorgenommen, es vorurteilsfrei zu essen, aber geschmeckt hat es mir nicht.«

»Das ist immer Geschmackssache«, sagte er. »Der eine schwärmt für Sachen, die der andere nie essen würde. Vieles ist anerzogen.«

»Deswegen wollten die kleinen Nowakowskis den Thunfisch nicht essen. Sie haben nicht mal probiert. Unsere Kinder mussten immer alles probieren.«

Wieder lachte er. »Da hätte ich jetzt drauf gewettet. Händewaschen vor Tisch und erst fragen, bevor man aufsteht.«

»Allerdings. Da waren Henning und ich uns einig.«

»Na also. Bestimmt gibt's bei Ihnen auch einen festen Waschtag in der Woche?«

»Inzwischen nicht mehr, aber als alle noch zu Hause waren schon. Ohne eine gewisse Ordnung hätte ich das nie geschafft.« Ich fühlte mich inzwischen ein wenig vorgeführt. »Was ist das hier, das Spießergericht?«

»Ach Quatsch.« Er legte sein Besteck ordentlich auf dem Teller zusammen. »Nun seien Sie bloß nicht empfindlich. Das sind doch Sachen, auf die Sie stolz sein können.«

»Ich soll stolz auf einen Waschtag sein? Wollen Sie sich über mich lustig machen, weil ich immer nur Hausfrau war?«

»Im Gegenteil, Marie. Es sind doch die Leute wie Sie, die unser Land über Wasser halten. Ihre Kinder sind aus dem Haus?«

»Ja, inzwischen beide.« Ich dachte an Christoph, mit dem ich seitdem nur zweimal telefoniert hatte. Es fiel mir sehr schwer, nicht abends nach dem Gespräch mit Lotta noch mal zum Hörer zu greifen und sein Handy anzuwählen. Aber er hatte sich das nachdrücklich verbeten.

»Ich nehme an, die studieren?«

»Ja. Lotta in Hamburg und Christoph in Münster.«

»Und die werden eines Tages vernünftige Jobs haben und Geld verdienen und Familien gründen und vermutlich auch ihren Kindern beibringen, dass man bei Tisch nicht rülpst und schmatzt.«

Selbstverständlich hoffte ich das. »Was wollen Sie mir damit sagen?«

»Dass das nicht selbstverständlich ist. Wie Sie ja inzwischen bei meinen Mietern oben gesehen haben. Wissen Sie, jeder hat so seine eigene Methode, um mit dem Leben umzugehen. Ich bin wohl eher der Flüchter. Ich haue einfach ab, wenn es zu schwierig wird – fragen Sie Henning. Die Frau Nowakowski oben sitzt alles aus. Sie kümmert sich einfach nicht drum und hofft, dass sich die Probleme irgendwie schon lösen. Und Sie sind jemand, der die Dinge anpackt. Sie kriegen nicht nur Kinder, Sie erziehen sie auch. Und ich finde, darauf kann man schon stolz sein.«

So hatte ich das noch nie gesehen. Sonst war ich immer in Verteidigungsstellung, weil ich »nur« Hausfrau war und das Geld meines Mannes ausgab. Man konnte schon froh sein, wenn man genug Selbstbewusstsein hatte, um sich dafür nicht bloß zu schämen.

Über seine gerade in kurzen Zügen ausgebreitete Theorie musste ich allerdings erst etwas nachdenken. »Meinen

Sie, dass man das so allgemein fassen kann? Mir scheint, dass man da doch noch mehr Aspekte berücksichtigen muss.«

Er schüttelte den Kopf. »Wenn es um Grundmuster geht, nicht. Aber vielleicht sollte ich uns lieber einen Kaffee holen, statt Sie mit meiner schrägen Weltsicht zu langweilen.«

Langweilig war das eigentlich nicht, aber ich hatte das Gefühl, dass es mir bei meinen aktuellen Fragen nicht weiterhalf. Deshalb wartete ich, bis wir beide mit unseren Tassen wieder einander gegenüber saßen, und stellte eine andere Frage. »Was wissen Sie eigentlich über Nicole Nowakowski?«

»Außer dass sie phlegmatischer ist als ein Igel im Winterschlaf?« Er rührte in seinem Kaffee. »Eigentlich nicht viel, obwohl mir das schon reicht. Sie hat drei Kinder von drei verschiedenen Männern, die wohl alle nicht viel taugen, und ist gerade dabei, dieses Muster mit einem vierten fortzusetzen. Und ich frage mich natürlich, ob das ein Unfall war und ob man nicht nach all diesen Jahren wissen sollte, wie es geht, oder ob sie es ganz praktisch darauf angelegt hat, weil sie sonst natürlich vom Sozialamt so langsam Druck bekommen würde, arbeiten zu gehen.«

»Sie meinen, Sie kriegt dieses Kind, um … äh …«

»Um ein paar Jahre weiter zu Hause bleiben zu können und Stütze zu beziehen, klar. Ich weiß nicht, ob die Gute jemals wirklich berufstätig war. Aber Sie wissen sicher, dass die ARGE irgendwann ihre Kunden auch zu diesen so genannten Ein-Euro-Jobs verpflichten kann.«

Ich dachte an meinen eigenen Besuch bei der Arbeitsagentur. Ich hatte mich dort nicht besonders wohl gefühlt, aber schwanger zu werden, um dem aus dem Weg zu gehen, schien mir doch ein wenig unverhältnismäßig.

»Man kann doch nicht am laufenden Band Kinder kriegen, nur um nicht arbeiten zu müssen!«

Hannes schüttelte milde den Kopf. »Wer entscheidet denn, was man kann oder nicht kann? Für Sie ist das unvorstellbar. Sie sehen die Verantwortung und die langfristigen Konsequenzen und wägen den Aufwand ab. Aber es gibt Leute, die machen das anders, Marie. Die hören auf ihre momentane Lust oder Unlust und wählen dann den Weg, der sich gerade als der einfachste anbietet. Mag sein, dass sie später ziemlich überrascht sind über die Folgen, aber dann muss man eben auch wieder schauen, wie man da so durchkommt. Und da ist es natürlich ganz praktisch, wenn so jemand wie Sie daherkommt und Hilfe anbietet.«

»Finden Sie es falsch, dass ich das tue?« Toll, jetzt hatte ich nicht nur meinen eigenen Mann im Nacken, sondern wurde auch noch von jemandem kritisiert, den ich nur flüchtig kannte und mit dem ich eigentlich bloß in Ruhe einen Kaffee trinken wollte.

»Sie sind schon wieder in Ihren Kategorien, Marie. Darum geht es hier nicht. Natürlich ehrt es Sie, dass Sie sich hier einbringen, statt irgendwo nur den Tennisschläger zu schwingen oder Französisch zu lernen.«

Na super, hatte dieser Typ mit den smarten Lacoste-Polos auch noch meine Liste entdeckt? »Worum geht es denn Ihrer Meinung nach?« Vermutlich klang ich ziemlich aggressiv, denn er tat so, als würde er den Kopf einziehen.

»Nicht schlagen bitte!«, sagte er amüsiert. »Hab ich da einen wunden Punkt getroffen?«

»Ich frage mich gerade, warum ich hier sitze und mir von Ihnen erklären lasse, was ich alles verkehrt mache. Eigentlich brauche ich das nicht.« Denn das hatte ich schon zu Hause, aber das musste er nicht wissen, vor allem, wenn man seine etwas schwierige Verbindung zu Henning bedachte. »Sehen Sie, ich bin in diese Situation gestolpert und war einfach erschrocken, was hier los ist. Das kann man doch nicht einfach …«

»Marie, bleiben Sie ganz ruhig«, sagte er gelassen. »Ich will Ihnen nur klarmachen, was hier passiert. Die Frau Nowakowski liegt da oben auf ihrer Couch nicht erst, seitdem sie Probleme mit der Schwangerschaft hat. Die Unordnung existiert, seitdem sie hier eingezogen ist. Ab und zu kommt jemand vorbei und kümmert sich drum – entweder vom Jugendamt oder jetzt Sie. Aber glauben Sie nicht, dass sich alles in Wohlgefallen auflöst, wenn erst mal dieses Baby da ist und die Frau wieder aufstehen kann.«

»Und was soll ich Ihrer Meinung nach tun?«

Er zuckte mit den Schultern. »Ich sagte gerade schon, hier geht es nicht um richtig oder falsch. Einerseits sorgen Sie dafür, dass da punktuell ein bisschen Ordnung geschaffen wird und die Kinder eine regelmäßige Mahlzeit bekommen. Aber die Kehrseite ist eben auch, dass Sie die Frau genau in der Haltung unterstützen, die das Ganze überhaupt möglich macht. Sie nehmen ihr die Verantwortung ab, so dass sie weiter auf der Couch liegen und ihre Soaps sehen kann.«

»Aber ich habe mit ihr gesprochen und eine To-do-Liste erstellt und …« Ich brach ab. Das, was Hannes gerade erläutert hatte, leuchtete mir ein. Es war für Nicole kein Problem, sich meine Reden anzuhören und meinen Vorschlägen zuzustimmen. Denn dahinter stand die Chance, dass ich wiederkommen und letztlich die Arbeit machen würde.

»Man tut also im Prinzip genau das Verkehrte«, stellte ich bekümmert fest. »Aber wenn man es nicht täte, ginge das zu Lasten der Kinder.«

»Genau so ist es«, sagte er. »Vermutlich ist das das Dilemma jedes Sozialarbeiters.«

Ziemlich niedergeschlagen fuhr ich nach Hause. Natürlich hatte ich wieder einen Schwung Wäsche mitgenommen. Mein Ziel war es, den Kleiderschrank der Kinder am Ende der Woche sauber und aufgeräumt zu haben. Ursprünglich hatte ich gedacht, auf diese Weise irgendwann in den nächsten Wochen die gesamte Wohnung so weit auf Vordermann zu haben, dass wir uns gemeinsam dem Thema »Babyausstattung« widmen konnten. Außerdem musste ich mit Nicole über Geld reden. Diesen Einkauf hatte natürlich ich bezahlt – und das würde mich auch nicht arm machen –, aber auf Dauer ging das nicht. Zumal ich ja auch wusste, dass sie Hannes eine große Summe schuldete, die vielleicht in kleinen Beträgen abbezahlt werden konnte.

Nach dem heutigen Gespräch war ich nicht mehr so sicher, ob das funktionieren würde. Aber so schnell wollte ich nicht aufgeben. Stattdessen packte ich am nächsten Morgen ein bisher ausgeklammertes Thema an – die beiden Räume, die ich bisher noch nicht kennengelernt hatte: Nicoles Schlafzimmer und das Bad.

Natürlich hatten Nuala und Gonzalez wieder nicht wie vereinbart am Abend vorher gespült, es andererseits aber auch nicht geschafft, so rechtzeitig aufzustehen und die Wohnung zu verlassen, dass ich sie nicht mehr zu fassen kriegte. Sogar Kevin war noch da und maulte herum, weil er nun zu spät in den Kindergarten kam, um das Frühstück mitzukriegen. Ich stellte die beiden Größeren ihrem heftigen Protest zum Trotz an die Spüle und setzte Kevin vor eine Schale Cornflakes, weil ich gestern die dafür nötige Milch mitgebracht hatte.

Dann bewaffnete ich mich mit meinen Gummihandschuhen und betrat das Bad. Es sah ungefähr so aus, wie ich befürchtet hatte. Hier hatte schon längere Zeit niemand mehr saubergemacht. Nur dort, wo sich der Boiler befand, sah man Ansätze einer Reinigungsaktion – klar, Hannes hatte die Spuren seiner Reparatur beseitigt.

Ich erinnerte mich an die Panik, die mich immer erfasst hatte, wenn sich Handwerker bei uns zu früher Stunde angemeldet hatten. Dann war ich früher als sonst aufgestanden, damit alles ordentlich war und ich mich für nichts anderes zu schämen brauchte als für den Staub hinter dem Küchenherd, den ich nun beim besten Willen nicht hatte beseitigen können. Vielleicht hatte es damit zu tun, dass Astrids Mann Bruno selbst Handwerker war und manchmal Geschichten zum Besten gab, in denen sehr kuriose Dinge vorkamen und Kunden, bei denen merkwürdige Zustände herrschten – zum Beispiel die Leute mit dem Sandhaufen im Wohnzimmer oder die, bei denen ein Dildo im Aquarium lag. Auch wenn er die Namen nicht preisgab, lief mir immer ein Schauer über den Rücken. So was sollte über mich und meinen Haushalt keiner erzählen können!

Nicole hatte diese Skrupel offensichtlich nicht. Das meinte Hannes also mit den unterschiedlichen Maßstäben. Und wenn ich noch versucht hätte, das dreckige Badezimmer mit ihrem Handicap zu erklären, dann wurde ich endgültig eines Besseren belehrt, als ich ihr Schlafzimmer betrat.

Niemand ist verpflichtet, wöchentlich sein Bett neu zu beziehen oder seine Schuhe immer paarweise hinzustellen. Aber ich konnte nicht umhin zuzugeben, dass dieses Chaos nicht erst seit ein paar Wochen herrschte.

Als Erstes riss ich mal das Fenster auf, denn der Mief allein war unangenehm. Die Bettwäsche auf der großen Matratze, die auf dem Boden lag, war speckig und von undefinierbarer Farbe, das Spannlaken in Fetzen.

Die Matratze selbst mochte ich mir gar nicht so genau ansehen, aber sie machte auch keinen besonders sympathischen Eindruck. Nur konnte man sie nicht einfach in eine Mülltüte packen und wegwerfen, wie ich es nach kurzer Überlegung mit der Bettwäsche tat.

Vielleicht würde ich mich später nicht mehr so genau an die ganze Unordnung erinnern, aber bestimmt noch wissen, was mit dem Begriff »Messie« wirklich gemeint ist. Es waren nicht nur die überall verstreuten Kleidungsstücke, sondern dazwischen auch Kekstüten, leere Flaschen, Zeitschriften und ähnliches Zeug, das man wohl gelegentlich mitnimmt, wenn man es sich im Bett gemütlich machen will. Obwohl ich nicht der Typ bin, der das tut. Dieses Zimmer lehrte mich eine Lektion: Arme Menschen zeichnen sich nicht unbedingt dadurch aus, dass sie wenig haben, sondern dass es wenig wert ist.

War das arrogant? Während ich die endlosen Mengen von Klamotten sortierte (es waren auch Kindersachen darunter sowie Babyzeug und ein paar Männerhemden) und entscheiden musste, was davon gewaschen werden musste und was nicht, fiel mir auf, dass das meiste davon nicht sehr hochwertig war. Vielleicht war einiges davon geerbt oder ein Sonderangebot vom Discounter, trotzdem war in diese Berge von Sachen einiges an Geld geflossen. Es tat mir in der Seele weh, darüber nachzudenken, dass dies Nicole Nowakowskis irdischer Besitz war.

Die Sachen wegzuräumen war nicht einfach, denn ihr Kleiderschrank verfügte nur über eine Stange und keine Fächer. Es gab aber nur ein halbes Dutzend Kleiderbügel, an die ich all das hängte, was sich am besten dafür eignete. Den Rest musste ich notgedrungen im Schrank aufstapeln, was natürlich nicht lange gutgehen würde.

Längere Zeit dachte ich darüber nach, was man da machen könnte. Schließlich ging ich wieder mal auf einen

Kaffee zu Hannes Hoffmeister – langsam wurde das zu einer Gewohnheit – und fragte ihn nach stabilen Pappkartons, die man mit der Öffnung nach vorn übereinanderstapeln und so eine Art Regal herstellen konnte.

»Das ist auch keine Lösung für die Ewigkeit«, warnte er mich, als ich mit meinen Kartons von dannen zog.

»Wer redet hier von Ewigkeit?«, gab ich zurück. »Ich suche nur nach einer Alternative zu Wäschebergen.«

»Ich glaube, dazu sage ich nichts mehr«, meinte er. Das fand ich sehr weise von ihm. Ich wollte nicht belehrt werden, ich wollte nur schnelle Erfolge sehen in der Hoffnung, dass sich Nicole davon inspirieren ließ und begriff: Wo ein Wille ist, gibt es auch eine Lösung. Meinen Optimismus wollte ich mir so schnell nicht nehmen lassen.

11

Am Mittwochabend kam Henning nach Hause, ein Ereignis, das in mir nur begrenzt Freude auslöste. Er hatte auf meine E-Mail sehr knapp geantwortet, so dass unsere telefonische Auseinandersetzung mehr oder weniger unbeantwortet im Raum stand.

Diese unklare Lage und die Tatsache, dass ich am nächsten Morgen in Bredenscheid einen Termin zur Krebsvorsorge hatte, waren nicht besonders stimmungsfördernd. Auch Henning strahlte nicht gerade gute Laune aus, als er in der Diele stand. Zu allem Überfluss war er noch in einen Stau geraten. Das hasst er ganz besonders.

»Ich würde mich gern erst mal eine halbe Stunde hinlegen«, sagte er zu mir. »Dann sollten wir miteinander reden.«

»Vielleicht sollten wir das Reden auf morgen verschieben, wenn du so kaputt bist?«, schlug ich vor. Ich hatte auch selbst nichts gegen einen Aufschub einzuwenden. Da könnte ich noch ein bisschen über mein eigenes Plädoyer nachdenken.

»Besser nicht«, sagte er müde. »Sagen wir in einer Stunde. Ich stell mal einen Weißwein kalt. Könntest du was zu essen machen?«

Natürlich. Immerhin war es besser, sich während eines gesitteten Essens zu streiten als mit leerem Magen. Dass er dazu Wein trinken wollte, wertete ich als gutes Zeichen. Wenn er richtig schlechte Laune hatte, schmeckte ihm nämlich auch der beste Riesling nicht.

Also sichtete ich meine Vorräte und begann mit der Zubereitung einiger Vorspeisen, die wir beide gern mögen. In dieser Zeit dachte ich noch mal über all das nach, was er mir vorgeworfen hatte und was er an meinem augenblicklichen Verhalten auszusetzen hatte.

Eigentlich ließ es sich auf wenige Punkte reduzieren. Erstens: Er fand es falsch, dass ich mich so intensiv für die Nowakowskis engagierte. Aber je länger ich dort war, desto deutlicher wurde mir, wie viel im Argen lag. Man konnte stundenlang aufräumen und war immer noch nicht durch. Mit dem Fensterputzen und einigen anderen Projekten hatte ich noch nicht mal angefangen. Und auch wenn ich mich inzwischen öfter mal über Nicoles Desinteresse ärgerte, konnte ich die Sache nicht so halb fertig hinterlassen.

Zweitens: Er hatte sich darüber geärgert, dass ich ihn nicht informiert hatte, bevor ich zum Arbeitsamt ging. Das fand ich wiederum ein wenig bevormundend von ihm. Ich hatte immer Dinge allein geregelt, während er unterwegs war: Elternsprechtage, Handwerkertermine, Autoreparaturen, und jetzt machte er so einen Aufstand wegen einer solchen Aktion? Bevor ich einen Job antrat, würde ich ihm bestimmt Bescheid sagen.

Drittens: Er war der Meinung, ich wäre wegen der Wechseljahre psychisch nicht stabil. Das war der Punkt, der mich am meisten ärgerte, denn dagegen war am schwierigsten zu argumentieren. Klar jammerte ich manchmal über meine Zipperlein, die Hitzewellen oder die PMS-Beschwerden, die merkwürdigerweise in letzter Zeit nicht besser, sondern eher schlimmer geworden waren. Aber deswegen war ich noch lange nicht unzurechnungsfähig, oder?

Hatten eigentlich Männer so was gar nicht? Immerhin hatte Christoph mindestens genauso heftig pubertiert wie Lotta. Andererseits erinnerte ich mich an einen Freund meines Vaters, der mit Ende sechzig noch mal heiratete – eine wesentlich jüngere Frau, versteht sich – und prompt ein Kind zeugte. Gab das allen Männern, sogar meinem, das Recht zu einer entsprechend herablassenden Haltung gegenüber diesen armen Wesen, die irgendwann Anfang fünfzig zu einer Art biologischem Neutrum wurden?

Als mir der Begriff »biologisches Neutrum« eingefallen war, dachte ich automatisch an Angelika. Ich bin mir nicht sicher, ob sie bewusst Diät gehalten hatte oder ob ihr persönliches Schicksal sie so dürr hatte werden lassen, aber sie hatte mit den Jahren alle weiblichen Rundungen verloren. Das war nicht schön. Ich musste rasch zwischendurch mal eben am Flurspiegel vorbei und mich davon überzeugen, dass mir das nicht auch gerade passierte.

Meine Rundungen waren jedenfalls noch da. Zum Glück nicht im Überfluss, sondern ganz passabel. Das sind Gedanken, die ich mir früher nicht gemacht habe. Ich war immer wie selbstverständlich davon ausgegangen, dass ich so bleiben würde, wie ich war: nicht zu fett, nicht zu faltig, nicht unbeweglich und vor allem auch im Kopf fit. Ich war stolz darauf, dass ich meinen Computer allein bedienen konnte und immer noch zu mindestens sechzig Prozent wusste, worum es ging, wenn unsere Kinder sich über Dinge wie »icq« oder die neusten Apps unterhielten. Ich konnte nicht verhindern, dass mein musikalischer Geschmack immer wieder zu BAP oder Genesis zurückfand, aber immerhin war ich mit zunehmenden Jahren kein Fan der Volksmusiksendungen einschließlich Trachtenmode geworden. Und ich hatte natürlich meine Toleranz bewahrt, von der gerade erwähnten Volksmusik vielleicht mal abgesehen.

Trotzdem war es jetzt nötig, sich mit dem Älterwerden auseinanderzusetzen. Komisch. Bei allen anderen hätte ich erwartet, dass ihnen das klar war: Die Dinge ändern sich, die Kinder gehen aus dem Haus, die Eltern werden pflegebedürftig, die eigene Gesundheit lässt nach. Doch jetzt, wo es mir selbst passierte, fühlte ich mich ziemlich unbeholfen. So als hätte einer vergessen, mir die Spielregeln mitzuteilen, die alle anderen längst kannten.

Als Henning kam und sich zu mir an den Esstisch setzte, hatte ich den Eindruck, dass auch er im Augenblick mit diesem Phänomen kämpfte. Konnte es sein, dass die Falten um seine Augen tiefer, die grauen Strähnen im Haar mehr geworden waren? Die Bartstoppeln, die sich im Laufe des Tages schon wieder vorwitzig um seinen Unterkiefer herum vorgewagt hatten, schimmerten auch nicht mehr dunkel, sondern eher silbrig.

Ich wartete, bis er die Weinflasche geöffnet und uns eingeschenkt hatte. Ich hatte es wirklich nicht eilig damit, die unerfreuliche Diskussion von Montagabend fortzusetzen. Insgesamt fühlte ich mich müde; die dauernde Putzerei war doch sehr intensiv und anstrengend. Heute Mittag hatte ich mich einen Moment aufs Bett gelegt und war tatsächlich eingeschlafen. Wenn nicht der Eismann kurze Zeit später geklingelt hätte, wäre das vielleicht ein ausgiebiger Mittagsschlaf geworden.

»Zum Wohl«, sagte Henning und hob sein Glas.

Ich tat es ihm nach und rückte dann die Platte mit den Vorspeisen zurecht. »Guten Appetit.«

Wir begannen zu essen, und auf einmal hatte ich Angst davor, dass sich bei uns langsam das große Schweigen einschleichen würde. Wenn man keine Lust auf kontroverse Themen hat, sonst aber nicht viel passiert ist, was man sich erzählen könnte, was tut man dann? Über Belanglosigkeiten reden? Über andere Leute tratschen?

Henning räusperte sich. »Wir wollten uns ja unterhalten«, sagte er überflüssigerweise.

»Ja, das wollten wir«, sagte ich schlecht gelaunt. »Ich wollte nur vorwegschicken, dass ich nicht bereit bin, mir wieder irgendwelche unqualifizierten Aussagen über Frauen in den Wechseljahren anzuhören.«

Er sah mich irritiert an. »Was meinst du? Ich wollte nicht mit dir über die Wechseljahre reden. Ich habe in der Tat andere Probleme.«

Seltsam, jetzt hatte ich im Prinzip erreicht, was ich wollte, aber diese Aussage ärgerte mich auch schon wieder. So als wären meine Wechseljahre bloß Pillepalle im Vergleich zu den Dingen, mit denen sich wichtige Menschen wie er herumschlagen mussten. Vielleicht war ich bereits in einen Teufelskreis geraten – egal in welchem Zusammenhang das Reizwort gebraucht wurde. Würde ich jetzt immer mit den Stimmungsschwankungen darauf reagieren, die ihm zugeschrieben wurden und die ich eigentlich an mir nicht haben wollte?

»Was hast du denn für Probleme?«, fragte ich mit einem angriffslustigen Unterton.

»Freu dich nicht zu früh«, gab er in ähnlichem Tonfall zurück. »Genauer gesagt sind es nämlich unsere Probleme. Ich hatte gestern ein Gespräch mit Dr. Sondermann.« Das war einer der obersten Bosse, wie ich wusste. »Und der möchte, dass ich die Verantwortung für den Aufbau eines neuen Produktionsstandortes übernehme.«

»So ähnlich wie damals, als du das Werk in Thüringen aufgebaut hast?« Ich erinnerte mich noch gut, dass dieses Projekt mit einer Menge Stress verbunden gewesen war, letztlich aber für Henning zu einem großen Erfolg wurde, inklusive Beförderung und erfreulicher Gehaltserhöhung.

»Ja, so ähnlich. Nur ein paar Nummern größer und deutlich weiter nach Osten.«

Mir schwante Übles. »Wo genau?«

Er legte sein Besteck beiseite. »Chongqing.« Seine Lippen bildeten einen einzigen schmalen Strich.

Ich hatte erwartet, dass er »Kattowitz« sagte oder »Kiew« oder irgendetwas, das mir wenigstens vage bekannt vorkam. Aber Tschonking oder wie auch immer – das hatte ich noch nie gehört. Es hätte genauso gut eine neue amerikanische Sportart sein können. »Wo ist denn das?«

»Das ist ziemlich genau in der Mitte von China. In der Nähe des Drei-Schluchten-Dammes, das sagt dir doch sicher was.«

Allerdings, das erinnerte mich sofort daran, dass es sich bei diesem neuerdings so interessanten Wirtschaftsstandort immer noch um ein Regime handelte, das wenig Rücksicht auf die Interessen seiner Bevölkerung nahm. »Also noch mal langsam zum Mitschreiben. Die wollen, dass du nach Zentralchina gehst und dort für sie eine Fabrik einrichtest? Über was für ein Projekt reden wir da?«

Er seufzte und schob die Sachen auf seinem Teller hin und her, ohne mich anzusehen. »Es geht um eine Produktionsstätte für die Herstellung und Montage von Metallteilen, in der wir etwa zweitausend Leute beschäftigen werden.«

Oha. Das klang umfangreich, auch wenn ich von solchen Projekten wenig Ahnung hatte. »Und wann geht das los?«

»Ziemlich bald. Ich war doch neulich mit ein paar Leuten drüben und habe mögliche Standorte angesehen. Jetzt haben wir uns für einen entschieden. Wenn alles klappt, fliegt Dr. Sondermann nächste oder übernächste Woche rüber und macht die Verträge fertig. Und dann wird gebaut. Das geht da alles recht schnell.«

»Ja, den Eindruck hat man«, murmelte ich. So ganz

hatte ich noch nicht erfasst, was das bedeutete. »Und was ist dabei deine Aufgabe? Musst du diese Fabrik konzipieren und immer wieder dahin, um die Fortschritte zu überwachen?« Da würde er ja Meilen ohne Ende sammeln. Vielleicht könnte er dann endlich die ganzen Ken-Follett-Romane lesen, die er sich immer kaufte und nie in einem Urlaub durchkriegte.

»Nicht immer wieder, Marie.« Er hob den Kopf und sah mich an. »Ich werde dort bleiben müssen. Für mindestens zwei Jahre, wenn nicht drei.«

»Drei Jahre?«, wiederholte ich etwas konsterniert. »Du willst für drei Jahre nach China gehen?«

»Müssen, nicht wollen.« Sein Blick wurde noch intensiver. »Marie, ich möchte, dass du mitkommst.«

So, nun war es auf dem Tisch. Ich musste unwillkürlich schlucken. Nach China für zwei bis drei Jahre? Das waren Sachen, die ehrgeizige alleinstehende Jungingenieure machten, abenteuerlustige Karrierehengste, aber doch nicht gestandene Männer, die ihre Pensionierung quasi schon am Horizont erkennen konnten und deren Silberhochzeit bereits abgefeiert war. Oder?

»Nach China mitkommen? Irgendwohin, wovon ich noch nie gehört habe?«

»Letztlich ist es doch egal, ob Chongqing oder Peking«, sagte er. »Es ist immer fremd. Aber wenn ich das mache, dann muss ich auch vor Ort sein. Da gibt es keine verlängerten Wochenenden, da wird rund um die Uhr gerödelt. Und deshalb könnte ich auch nicht alle naslang nach Hause kommen. Marie, das funktioniert nur, wenn du mitgehst. Ich kann mir das ohne dich nicht vorstellen.«

»Aber ... wie soll das denn ... was soll ich denn da machen? Ich kann die Sprache nicht ...«

»Ich weiß«, sagte er bedrückt. »Es würde eine große

Umstellung sein, für uns beide. Aber wir sind nicht die Einzigen. Es gibt da viele westliche Manager, die ihre Familien mitnehmen. Wir könnten neue Bekannte finden. Hey, vielleicht gibt es dort sogar inzwischen einen Club.«

Wo er dann regelmäßig hingehen würde, und ich säße zu Hause und sortierte die Essstäbchen? »Henning, das kommt jetzt etwas plötzlich.«

»Ich weiß«, sagte er. »Ich hatte auch nicht damit gerechnet. Wir wollten eigentlich jemand anders schicken, aber seine Frau hat viel zu früh ihr Kind gekriegt, und das liegt jetzt in der Uniklinik und kämpft um sein Überleben. Da hat er abgelehnt. Schade, aber verständlich.«

Ablehnen. Endlich eine Vokabel, die eine Alternative bot zu der Schreckensvision von tausenden von schlitzäugigen Menschen auf Fahrrädern, unter denen ich als Fremde herausstach wie ein Albino. »Kannst du da denn nicht auch absagen?«

»Theoretisch schon«, sagte er. »Aber …« Und dann folgte eine sehr komplizierte Darstellung firmeninterner Personalien, die ich nicht ganz nachvollziehen konnte. Ich verstand nur die Quintessenz: Henning war der Mann der Wahl. Das ehrte ihn. Mich versetzte es in spontane Panik. So als wäre Dr. Sondermann der Pate, der ihm ein Angebot machte, das er nicht ablehnen konnte.

»Hast du etwa schon zugesagt?«, fragte ich entsetzt.

Er sah mich gekränkt an. »Marie, das würde ich doch nicht ohne Rücksprache mit dir tun!«

»Also haben wir schon noch etwas Zeit, um darüber nachzudenken?«

»Natürlich. Du musst dich doch überhaupt erst mal mit dem Gedanken befassen. Ich habe dir schon mal ein bisschen Infomaterial mitgebracht, das kannst du dir in Ruhe ansehen.«

Nun war da ein gewisser Unterschied zwischen »entscheiden« und »mit dem Gedanken befassen«, aber ich beschloss, das für heute auf sich beruhen zu lassen. Immerhin konnte ich feststellen, dass auch Henning nicht gerade mit ungebremstem Enthusiasmus über diese Geschichte sprach.

Schon allein ihm zuliebe setzte ich mich nach dem Essen mit der Infomappe aufs Sofa und sammelte erste Kenntnisse über diesen Ort, an dem über 30 Millionen Menschen lebten und von dem ich noch nie in meinem Leben gehört hatte. 30 Millionen, das waren 29 Millionen und neunhundertachtzigtausend mehr als in unserer Stadt. Und das Ganze in einem subtropischen Monsunklima. Wörtlich stand da: »Es regnet in Chongquing also fast doppelt so viel wie in Deutschland.« Na super, wo doch schon alle Freunde, die in anderen Regionen lebten, uns wegen des Regens im Sauerland bedauerten.

Immerhin schneit es in Chongqing nur selten. Ich blätterte weiter, weil ich fair sein und nicht allein aufgrund der Wetterinformationen negative Voreinstellungen entwickeln wollte. Die nächste Seite trug die Überschrift »Fakten« und zählte nicht nur – damit man es nicht vergaß – die jährliche Niederschlagsmenge von 1400 Millimeter auf, sondern auch schwerpunktmäßig die Namen der Landkreise, die zum Verwaltungsgebiet gehörten. Staunend las ich, dass nicht nur so wohlklingende Namen wie Liangping, Rongchang, Tongliang, Tongnan, Yunyang, Wulong oder Zhong darunter waren, sondern dass es zum Beispiel auch den autonomen Landkreis Pengshui der Miao-Minderheit gab. Wäre das Thema nicht so einschneidend für unser Privatleben gewesen, hätte ich dem durchaus etwas Erheiterndes abgewinnen können, zum Beispiel die Frage, ob es Feng-Shui in Pengshui gab und welche Geräusche die Katzen der Miao-Minderheit machten.

»Sag mal, woher hast du diese Unterlagen?«, fragte ich Henning, der selbst irgendwelche wichtig aussehenden Dokumente studierte.

»Die hat die Praktikantin aus dem Internet gesucht«, sagte er. »Warum? Stimmt was damit nicht?«

»Das will ich nicht sagen«, erwiderte ich. »Warst du schon mal in Zhong?«

»Wo?«, fragte er irritiert zurück.

»Zhong. Das ist ein Landkreis, genau wie Fengdu. Oder Youyang. Es könnte aber auch sein, dass sie versehentlich die Liste der Namen abgeschrieben hat, die Michael Ende für einen neuen Roman gesammelt hatte.«

»Ich konnte mich darum nicht selber kümmern«, knurrte er, ohne dem Ganzen etwas Witziges abgewinnen zu können. »Dafür habe ich augenblicklich wirklich keine Zeit.«

»Schon klar«, sagte ich und wechselte zum nächsten Blatt mit der Überschrift »Reisen«. Na endlich! Wenn sich da nichts Interessantes über Chongqing finden ließ, wo dann?

Von mehreren Museen war die Rede. Man konnte Dinosaurierfossilien bestaunen, die Geschichte des Drei-Schluchten-Staudamms kennenlernen und eine Sonderausstellung besuchen, die sich mit der Bedeutung Chongqings während der japanischen Luftangriffe auf Zentralchina befasste. Nicht zu vergessen das zu einer Gedenkstätte umgebaute Konzentrationslager der Kuomintang, dessen Folterinstrumente noch heute zu besichtigen sind. Wow! Diese Gegend war ein Mekka für Vergnügungssüchtige!

Ohne es zu wollen, wurde ich an einen Aufenthalt bei Studienfreunden von Henning erinnert. Sie lebten in einer mittelgroßen Stadt, deren Namen ich längst vergessen habe, und hatten für uns ein Touristenprogramm erarbeitet, dessen Höhepunkte aus dem Besuch eines Museums mit heimischen Trachten und einer Tropfsteinhöhle bestanden. Am unterhaltsamsten war eigentlich noch der Barfußpfad gewesen, auf dem man abwechselnd durch Matsch und kaltes Wasser oder über unterschiedlich große Steine lief.

Aber das war nur ein Wochenende gewesen, und ich sollte mehrere Jahre an einem Ort verbringen, der sich mit solchen Attraktionen anpries? Ganz zu schweigen von der Beschreibung des Pipabergs, von dem es hieß: »Von hier aus kann man nicht nur den dicken Smogschleier über Chongqing sehr gut sehen.«

Danach kam noch ein Blatt, das dem Druckbild nach von einer anderen Internetseite stammte und den Titel »Nachtleben« trug. »Mehrere Discos stehen nah beieinander«, erfuhr ich dort. »Die Frauen sind offen und die Musik ist westlich.«

Entweder sollte man diese Praktikantin feuern oder denjenigen, der ihr nicht beigebracht hatte, vor solchen Aufträgen danach zu fragen, wofür sie gedacht waren. Ich war jedenfalls erst mal bedient mit all dem Wissen, das ich auf diese Weise gewonnen hatte. Henning wurde aus Gründen der Firmenraison in eine Stadt versetzt, in die freiwillig niemand gehen wollte. Und ich sollte mit, damit er nicht schon in den ersten drei Wochen das Handtuch warf. Ohne noch einen Kommentar dazu abzugeben, packte ich die Blätter wieder in ihre Klarsichthülle und griff stattdessen zu meinem Krimi, in dem gerade ein absolut durchgeknallter Psychopath zwei Frauen ermordet hatte und einer weiteren nachstellte. Harte Kost, aber im Vergleich zu meinem vorhergehenden Lesestoff geradezu unterhaltsam.

12

Am nächsten Morgen frühstückte ich mit Henning, ohne dass wir noch mal über das Thema China sprachen. Ich jedenfalls hatte auch völlig andere Dinge im Kopf, denn auch nach Jahrzehnten gynäkologischer Erfahrung, zwei Schwangerschaften eingeschlossen, machte mir ein Besuch beim Frauenarzt jedes Mal wieder zu schaffen.

Dieses Mal war ich noch hin- und hergerissener denn je, wenn ich an meine Krebsvorsorge dachte. Ich meine, man geht eigentlich ja jedes Mal hin mit dem Gefühl »eigentlich überflüssig, er findet ja doch nichts«. Auch dieses Mal hatte ich keinen Anlass zur Sorge; bei meinen gelegentlichen Abtast-Kontrollen hatte ich nichts Aufregendes in meinen Brüsten entdeckt, es ging mir gut, und bis auf die lästigen Erscheinungen, die ich auf die Wechseljahre zurückführte, konnte ich wirklich nicht klagen. Und niemand wünscht sich ja, krank zu sein – vor allem nicht so, wie es bei einer solchen Untersuchung festgestellt werden könnte. Aber – und das war ein Gedanke, für den ich mich zeitnah schämte – wenn bei dieser Untersuchung etwas gefunden werden würde, dann hätte Henning doch sicher einen Grund, Dr. Sondermanns Angebot abzulehnen, oder? Niemand konnte von ihm verlangen, eine krebsgefährdete Frau mit nach China zu nehmen oder allein zu Hause zurückzulassen.

Mental haute ich mir auf die Finger. Pfui, solche Gedanken hat man nicht! Das ist ungefähr so wie früher, als man seinen Teller leer essen musste, weil die vielen armen Kinder in Biafra Hunger litten. Meine Eltern waren da sehr konsequent, und diese Erziehung hat tiefere Spuren hinterlassen, als man manchmal ahnt. Und doch … Schließlich ist es eine Sache, als quengelige Luxusgattin seinem Mann eine Aufstiegschance zu versauen, während der Fall einer armen Chemo-Patientin doch ganz anders lag. Wobei mir der Gedanke an dieses Stadium der Krankheit doch unsympathisch war. Vielleicht gab es Fälle, in denen es einige Zeit dauerte, bis die Untersuchungen abgeschlossen waren und man sicher sein konnte, dass es sich um nichts Schlimmes handelte, aber bis dahin hatte die Firma längst einen smarten Jungingenieur gefunden, der sich vor Smog, offenen Frauen und 30 Millionen Chinesen auf engstem Raum nicht fürchtete.

Ja, so eine Version würde ich gerne nehmen. Mal schauen, was Dr. Göbel dazu sagen würde.

Also fuhr ich mit sehr gemischten Gefühlen nach Bredenscheid. Ich überreichte der Mitarbeiterin an der Rezeption brav alles, was sie brauchte: Überweisung, das Kärtchen und das Bargeld, mit dem ich die wirklich relevanten Untersuchungen zukaufte. Wie immer wurde ich dann zunächst ins Wartezimmer geschickt, wo ich hoffte, zwischen den Lesezirkel-Zeitschriften irgendwas zu finden, was sich nicht auf Fürstenhochzeiten und die Probleme der Fernsehstars reduzierte. Das könnte ich schließlich auch bei Nicole Nowakowski kriegen.

Dieses Mal hatte Dr. Göbel uns zwei GEO-Hefte spendiert. Eins davon hatte einen Schmetterling auf dem Titel, was mich an den folgenreichen Abend mit Freund Büdenweis erinnerte. Spontan griff ich nach dem anderen und nahm zwischen mehreren Frauen in unterschiedlichen Stadien der Schwangerschaft Platz. Wenn man das so sah, würde Deutschland nicht aussterben, vielleicht jedoch die deutsche Sprache, so wie ich sie gelernt hatte. Zwei der Frauen trugen die typischen chiffonartigen Kopftücher über ihrem Dutt, die man bei frommen Russlanddeutschen findet. Die anderen beiden stammten eher aus dem südosteuropäischen Ausland.

Als ob Dr. Göbel es geahnt hätte, war ein Schwerpunktthema meines Heftes der Bau des Drei-Schluchten-Staudamms in China. In der Nähe von Chongqing, versteht sich. Der Verfasser hatte eine Schiffsreise dort gemacht und konnte mit absolut eindrucksvollen Fotos aufwarten, von denen natürlich keins eine Smogdecke zeigte, sondern nur tolle Landschaft und fremdartige Kultur. Tja, was wollte mir das sagen? War das jetzt der Ausgleich zu meinen Horror-Texten von gestern Abend?

Bevor ich den Artikel zu Ende gelesen hatte, wurde ich aufgerufen und durfte mich zunächst mal noch voll bekleidet in Dr. Göbels Sprechzimmer begeben. Hennings Club hatte sehr bedauert, dass er nicht bei ihnen, sondern in Bredenscheid Mitglied wurde, denn Ärzte wurden immer gern genommen. Mir hingegen war es lieber. Man begegnet doch nicht so gern bei feierlichen Anlässen einem Mann, der genau weiß, wann und wie man seine letzte Pilzinfektion überstanden hat.

»Frau Overbeck!«, sagte er jovial und schwenkte meine Karteikarte. »Wie geht es Ihnen?«

»Bis jetzt gut«, sagte ich und dachte mit schlechtem Gewissen an meine zweifelhaften Gedanken. »Bis auf die üblichen Sachen, die Frauen in meinem Alter so befallen.«

»Sie wissen, dass man da mit Hormonen sehr gut was machen kann?«, fragte er zurück. Das Thema war mir vertraut. Mein ganzer Bekanntenkreis war in zwei Lager gespalten: diejenigen, die Hormone für das Nonplusultra hielten, und die mahnenden Stimmen, die sie für alles Übel der Welt verantwortlich machten.

»Ich finde, dass keine Frau sich einfach den Schikanen der Wechseljahre hilflos ausgeliefert sehen muss«, fuhr Dr. Göbel fort. Das hatte er doch schön gesagt. »Nicht nur die körperlichen Symptome, auch die Stimmungsschwankungen, die Niedergeschlagenheit, die übersteigerte Reizbarkeit – das lässt sich alles in den Griff kriegen.«

»Sieh mal an«, staunte ich. »Wirkt das auch bei den dazugehörigen Männern?«

»Ha, ha«, schmunzelte er wohlwollend. »Es ist natürlich Ihre Entscheidung, Frau Overbeck. Haben Sie den Eindruck, dass Sie in letzter Zeit oft psychisch angeschlagen sind?«

Ich zuckte mit den Schultern. »Das ist schwer zu beurteilen für mich selber. Klar bin ich manchmal etwas deprimiert, wenn ich so mitkriege, wie ich älter werde. Aber das hat wohl auch damit zu tun, dass ich augenblicklich vor Entscheidungen stehe, die nicht so einfach sind.«

Die ganze Zeit kritzelte er etwas auf meine Karteikarte. Ich hätte gern gewusst, ob es eher medizinischer Fachjargon war oder ob er sich notierte, dass ich eine weinerliche Hypochonderin war. Jetzt zog er eine Broschüre aus der Schublade und reichte sie mir zusammen mit einem Privatrezept. »Ich habe Ihnen mal ein sehr gutes Präparat aufgeschrieben. Lesen Sie sich dieses Heftchen in Ruhe durch und entscheiden Sie sich dann, ob Sie das Rezept einlösen möchten oder nicht.« Das Heftchen stammte von einem namhaften Pharmakonzern, insofern konnte ich mir denken, wie ausgewogen die Informationen waren. Aber wenn Dr. Göbel mir das Zeug verschrieb, dann war er schließlich daran schuld, wenn ich Brustkrebs bekam. Zu dumm, dass der vermutlich erst ausbrechen würde, wenn ich längst in Chongqing saß und gar nicht so viele Sudoku-Rätsel finden würde wie ich Zeit hatte, um sie zu lösen.

»Wann hatten wir denn die letzte Mammographie?«, fragte er jetzt mit einem kritischen Blick auf die Karteikarte. Bedenklich, wenn er solche Infos bei seinen eigenen Kritzeleien nicht mehr wiederfand!

Mammographie? Ich schauderte bei der Erinnerung daran. Man kann sich die Zeit nicht aussuchen, in der man lebt. Ich war ja wirklich dankbar dafür, dass es inzwischen gelungen war, die Pocken und das Kindbettfieber wirksam zu bekämpfen, nur schade, dass man noch nicht so weit war, Knoten in der Brust zuverlässig zu entdecken, indem man zum Beispiel eine iPhone-App dafür entwickelte. Stattdessen musste man diese mittelalterliche Folter über sich ergehen lassen, die bestimmt ein Mann erfunden hatte.

»Also ich hatte meine letzten Oktober«, sagte ich. »Und Sie?«

»Ha, ha«, machte er wieder. »Na, dann wollen wir uns das mal ansehen.«

Das hieß, dass ich mich in Kabine zwei begeben und mich »untenrum frei« machen sollte. Zum Glück war mir inzwischen bewusst, dass weite Röcke hier das ideale Kleidungsstück sind, damit man wenigstens den Weg bis zum Stuhl halbwegs würdevoll statt halbnackt hinter sich bringen kann.

Und ich wusste, dass Dr. Göbel die Gummifinger-Prozedur nicht unnötig in die Länge zog, schon im Hinblick auf das gut besetzte Wartezimmer. Dann rührte er mit einem Ultraschallkopf in mir herum und versuchte, mir anhand des grauen Rührteig-Bildes zu erklären, was jetzt gerade alles prima, unauffällig und vollkommen in Ordnung wäre. So gesehen sehr schön, aber dieses Mal hatte ich ja ein bisschen mehr darauf gesetzt, dass er irgendwas bedenklich finden würde und ich deshalb auf keinen Fall nach China auswandern dürfte.

Und dann setzte er den absoluten Höhepunkt, indem er mich ganz leutselig fragte: »Haben Sie denn noch Verkehr?«

»Natürlich!«, schleuderte ich ihm entgegen. Es war schon ein bisschen traurig. Bei meinem allerersten Besuch beim Frauenarzt hatte mich nämlich der damalige Gynäkologe besorgt gefragt: »Hatten Sie denn schon Verkehr?« Ich kam mir vor, als hätte sich hier ein Kreis geschlossen. Als ich mit neunzehn genau aus diesem Grund dort auftauchte, hatte ich gerade meinen ersten Freund, wollte sehr verantwortungsvoll etwas für die Verhütung tun und kam mir so vor, als würde mein Leben so richtig losgehen. Inzwischen hatte sich das Thema Verhütung erledigt, ich hatte das Gefühl, dass mir ein eher unerfreulicher Abschnitt meines Lebens drohte, und nun wollte mein Arzt auch noch andeuten, dass möglicherweise mein Sexleben zu Ende sein könnte?

Er war offensichtlich auch über meine heftige Reaktion verblüfft. »Dann haben Sie wohl keine Probleme mit Trockenheit oder Schmerzen …«

»Nein!!«, versicherte ich ihm ebenso nachdrücklich. Das fehlte mir gerade noch.

Von der Praxis bis zu der Städtischen Galerie, in der Hilde arbeitete, war es nicht weit. Ich hatte mich – endlich mal! – mit ihr dort verabredet, weil sie gerade eine Ausstellung mit dem Thema »Leinwand-Frauen« durchführten. Das bezog sich nicht auf Filmstars, sondern auf eine Gruppe von Malerinnen aus der Region. Es interessierte mich, weil ich ja auch schon mal mit dem Gedanken gespielt hatte, in dieser Richtung einen Kurs zu besuchen. Da wollte ich doch wenigstens mal sehen, was man in dieser Hinsicht mit ein bisschen Anleitung erreichen konnte.

Hilde musterte mich überrascht. »Du im Kostüm?«, stellte sie fest. »Dachtest du, hier wäre heute der Eröffnungsevent?«

Ich schüttelte den Kopf. »Ich komme gerade von der Krebsvorsorge.«

Das erklärte für sie alles. »Und? Das Untergeschoss in Ordnung?«

»Bin noch mal durch den TÜV gekommen.«

»Na, dann sieh dich mal um«, sagte sie. »Diese Bilder könnte man aber auch mit Jeans und Pullover betrachten.« Ihr abfälliger Ton sagte mir genug. Die Leinwand-Frauen verfügten offensichtlich nicht über die Qualität, die Hilde erhofft hatte.

Ich verstehe nicht viel von Kunst, aber auch mir wurde bald klar, dass sich hier Leute darstellten, die noch ein bisschen üben mussten. »Sag mal«, fragte ich Hilde, während wir langsam von Bild zu Bild schlenderten, »warum müssen die eigentlich alle Blumen malen? Ist das sozusagen die Einstiegsdroge, wenn man mit dem Malen anfängt?«

Hilde schüttelte grimmig den Kopf. »Ganz genau weiß ich es natürlich nicht«, sagte sie. »Aber ich habe da eine Theorie. Die meisten Frauen finden Blumen schön, und als Anfänger möchte man halt was Schönes malen.«

»Klingt einleuchtend«, meinte ich und blieb vor einem pastösen Werk stehen, das eine Vase mit Tulpen zeigte. »Aber ist das denn falsch?«

»In der Kunst geht es nicht um schön oder nichtschön«, erklärte sie. »Sondern um eine Aussage. Wenn der Künstler es schafft, diese Aussage auch noch ästhetisch ansprechend zu gestalten, umso besser, dann werden sich die

Leute das in die Wohnung hängen. Aber so weit kommen sie in diesen VHS-Kursen vermutlich nicht.«

Ich war überrascht, zum einen wegen der Schärfe der Aussage an sich, zum anderen, weil ich bisher selten von Hilde ein so engagiertes Statement gehört hatte. Wenn wir uns trafen, ging es meistens um Mode oder Bekannte, Klatsch und Tratsch eben. Zum ersten Mal hatte ich den Eindruck, dass die Arbeit in der Galerie für sie mehr war als eine gesellschaftlich akzeptable Weise, Zeit totzuschlagen.

»Aber es gibt doch so viele schöne Bilder«, wandte ich ein.

»Natürlich«, stimmte sie mir zu. »Aber die sind nicht deshalb so toll, weil Nolde oder Monet oder van Gogh sich überlegt haben ›Ich mal jetzt mal was Schönes‹, sondern weil sie die Technik hatten und das Auge. Sie haben etwas wahrgenommen, das sie unbedingt darstellen wollten, und wir sehen es und empfinden, dass es eine große Kraft hat.«

»Hm«, machte ich nachdenklich und betrachtete das nächste Bild. Obwohl es knallroten Klatschmohn in einer blauen Vase darstellte, spürte ich diese Kraft nicht. »Glaubst du denn, dass man es irgendwann schaffen kann, wenn man von hier aus gestartet ist?«

»Weiß ich nicht«, sagte sie zweifelnd. »Kommt drauf an, wohin man es schaffen will. Wenn man gut genug sein möchte, um irgendwann die Omas der Familie naturgetreu zu malen, dann können Malstunden sicher sehr hilfreich sein. Manche Leute verdienen sogar richtig viel Geld mit so was.«

»Na ja, ich meinte eher die Anerkennung der Kunstwelt.«

»Das ist etwas sehr Subjektives«, gab sie zu bedenken. »Der eine lobt ein Bild, der andere findet es schrecklich.«

»Und woran misst man es dann? Was macht Kunst zur Kunst?«

Hilde lachte. »Das kann ich dir auch nicht sagen. Aber ich zeig dir mal was.« Sie ging in einen Nebenraum, der zur Besichtigung nicht freigegeben war, und kam mit einem Bild zurück, das sie unter das mit den Tulpen stellte. Es war ebenfalls mit extrem dicken, pastösen Farben gemalt, aber hier endete die Ähnlichkeit. Es gab keine bunten Farben, nur Grau, Schwarz und Braun, eine Kombination, die schon nichts Gutes erwarten ließ. Zunächst erkannte man nichts, erst nach genauerer Betrachtung konnte man die minimale Andeutung eines menschlichen Umrisses erkennen, eine Gestalt von hinten, die sich – zumindest hatte ich das Gefühl – vom Betrachter entfernte. Mehr nicht, und doch sprach es mich auf eine ganz seltsame Weise an.

»Das ist das traurigste Bild, das ich seit langem gesehen habe«, sagte ich betroffen.

Hilde atmete tief aus. »Ich hatte gehofft, dass du mich verstehen würdest«, sagte sie. »Du merkst den Unterschied?«

Ich nickte. Es war schon beeindruckend, man wollte das Blumenbild gar nicht mehr sehen, obwohl es viel farbenfroher war, viel unkomplizierter.

»Wer hat das gemalt?«, wollte ich wissen.

»Ein alkoholkranker Rumäne, dessen Geschichte mindestens genauso traurig ist wie dieses Bild«, sagte Hilde. »Das kauft sich natürlich niemand fürs Wohnzimmer, wenn er nicht gerade seine Frau in den Selbstmord treiben möchte. Aber ich hoffe immer noch, dass sich eines Tages jemand findet, der sich des Bildes erbarmt.« Sie sah auf die Uhr. »In zehn Minuten kann ich zumachen. Gehen wir noch in die Stadt und essen eine Kleinigkeit?«

»Gern«, sagte ich. Ich konnte mich kaum von dem

Gemälde losreißen, obwohl Hilde natürlich recht hatte: In einem Wohnzimmer – in unserem Wohnzimmer – konnte ich es mir schlecht vorstellen. »Ich muss sowieso noch in die Stadt, einen Koffer kaufen.«

»Warte lieber noch zwei Wochen«, riet Hilde mir. »Ich weiß von meiner Schwägerin, dass Leder-Beitz demnächst schließen wird und einen großen Räumungsverkauf macht.«

»Ich brauche aber jetzt einen«, sagte ich. »Christoph hat unseren guten Samsonite natürlich mitgenommen.«

»Ich wusste gar nicht, dass ihr in Urlaub wollt?« Wie viele Frauen in meinem Alter mag Hilde es gar nicht, wenn ihr so wichtige Informationen vorenthalten werden.

»Henning muss geschäftlich in die USA und will mich mitnehmen. Ein paar Tage Boston und dann Cathy besuchen.«

»Nicht schlecht«, meinte sie. »Peter fliegt geschäftlich leider immer nur nach Asien.«

Tja, das würde wohl demnächst auch eher unsere Richtung sein. Ich war mir nicht sicher, ob ich schon darüber sprechen durfte, deshalb hielt ich erst mal den Mund über das Thema Chongqing. Ich brauchte nicht noch einen Grund für Henning, sich über mich zu ärgern. »Warst du denn schon mal mit?«

»Du liebe Güte, Marie, was soll ich denn in Südkorea? Und Peter ist dann sowieso von morgens bis abends in irgendwelchen Meetings und hat keine Zeit für mich. Diese Koreaner arbeiten nämlich rund um die Uhr. Da muss ich nicht hin.«

»Ich dachte nur, dass dich vielleicht diese fremde Kultur reizt. Man kann ja auch auf eigene Faust was unternehmen.«

»Das hab ich mal in Indien versucht«, sagte Hilde. »Nie wieder, sage ich dir! Als westliche Frau fällt man ja an jeder Ecke auf und wird angequatscht und angebettelt, bis man nur noch ins nächste Taxi springt und sich zurück ins Hotel bringen lässt.«

Nun war Indien nicht China, aber auch dort würde ich natürlich auffallen. Die Vorstellung ermutigte mich nicht gerade.

Wir beschlossen, beim Italiener eine Pizza zu essen, bevor ich mich in das Abenteuer »Kofferkauf« stürzte. Hilde machte das Licht in der Galerie aus und schloss sorgfältig die Türen ab. »Wie lange arbeitest du eigentlich schon hier?«, fragte ich sie.

»Im Oktober werden es sechs Jahre.« Sie steckte den Schlüssel in ein Extrafach ihrer Burberry-Tasche. Ich erinnerte mich, dass sie die im Frühjahr von einem Shopping-Trip nach London mitgebracht hatte und wir sie alle ausgiebig bewundern mussten. Hilde war mir immer als eine Person vorgekommen, die sich in erster Linie über ihre Outfits und ihr durchgestyltes Haus definierte. Es war ziemlich überraschend gewesen mitzubekommen, wie intensiv sie sich mit ihrer Galerie und der darin ausgestellten Kunst befasste.

»Und wie bist du dazu gekommen?«

»Erinnerst du dich nicht mehr an dieses große Sommerfest zu Georgs fünfzigstem Geburtstag? Drüben im Golfclub Hambachtal? Da war auch dieser Kulturdezernent der Stadt Bredenscheid und erzählte, dass sie jemanden suchen, der stundenweise die Galerie betreut. Na ja, da hat Peter dafür gesorgt, dass ich die Stelle bekomme. Manuel war damals gerade für dieses Gastsemester in Edinburgh, und ich bin fast mit dem Kopf gegen die Wand gelaufen zu Hause.«

Das kam mir bekannt vor. Nur dass in dem Fall Peter

die Initiative ergriffen und Hilde nicht selbst ihre Liste erstellt hatte wie ich. »Hattest du denn irgendwelche Vorkenntnisse? Ich meine, du hast doch nicht Kunstgeschichte studiert oder ähnliche Geheimnisse, von denen wir nichts wissen?«

Hilde lachte. »Kunstgeschichte? Hör mal, ich hab einen Realschulabschluss und eine Ausbildung als Einzelhandelskauffrau, als die ich aber seit Urzeiten nicht mehr tätig war! Nein, das lief nur über Beziehungen. Oder nennen wir es glückliche Fügung, weil dieser Referent zufällig auf diesem Geburtstag war und zufällig eine Bemerkung machte, die Peter dann sofort in die Tat umgesetzt hat, damit ich was um die Hand habe.«

Wir waren beim Italiener angekommen und ließen uns von einem diensteifrigen Kellner zu einem Tisch komplimentieren, eine riesige Speisekarte vorlegen und zwei Wasser kredenzen. Ich hatte keine Lust, mich durch drei Doppelseiten mit den unterschiedlichsten Belagvarianten für Pizza zu quälen, und entschied mich deshalb rasch für ein Nudelgericht.

»Schon fertig?«, fragte Hilde überrascht, als ich die Karte zuklappte. »Was nimmst du?«

»Die Spaghetti mit Pesto.«

»Spaghetti mit Pesto«, wiederholte sie sehnsüchtig. »Tja, du kannst dir das leisten. Während unsereins schon zunimmt, wenn sie nur an dem Pesto schnuppert.«

»Ich bestelle aber nur eine halbe Portion«, sagte ich. »Wenn du willst, können wir uns das teilen.«

Sie zögerte kurz. »Ach ja, warum nicht! In meinem Alter muss man nicht mehr aussehen wie Kate Moss, oder? Du musst mich nur nachher mit Gewalt daran hindern, einen Nachtisch zu bestellen. Das Himbeer-Tiramisu ist eine Sünde wert.«

»Ich werde es zu verhindern wissen«, gelobte ich.

»Aber damit lass uns auch aufhören, über Kalorien nachzudenken. Ich finde es viel spannender, mit dir über Kunst zu reden.«

»Wirklich?« Ihr Gesicht hellte sich auf.

»Na klar! Ich hatte keine Ahnung, wie viel dir das bedeutet. Ehrlich gesagt dachte ich immer, das wäre nur so ein Job, um dir die Zeit zu vertreiben. Wie du gerade selber gesagt hast, damit du was um die Hand hast.«

Hilde schmunzelte. »Das dachte ich ursprünglich auch. Als ich den Job anfing, glaubte ich, es ginge nur darum, dass jemand vor Ort ist und aufpasst, dass die Bilder nicht geklaut werden. Aber dann ... weißt du, dann kamen manchmal Leute und wollten mit mir über die Werke sprechen. Und ich kam mir so unsäglich dumm vor. Ich hatte keine Ahnung.«

»So hörte sich das gerade aber nicht an«, sagte ich.

»Inzwischen ist das auch was anderes. Ich habe mir jede Menge Bücher besorgt und in der Galerie gelesen, und vor ein paar Jahren hab ich auch einen Fernkurs gemacht.«

Kaum zu glauben, dass dies dieselbe Frau war, die bei ihren Einladungen stundenlang nur über Badezimmerausstattungen referierte und sich über Designerklamotten ausließ! »Das wusste ich alles gar nicht, Hilde! Du redest nie darüber.«

Jetzt verdunkelte sich ihr Gesicht. »Das ist ein bisschen schwierig«, sagte sie. »Weißt du, Peter ärgert sich immer darüber, wenn ich mit diesen Themen anfange. Deswegen habe ich es mir abgewöhnt, zu Hause darüber zu sprechen.«

Ich riss ungläubig die Augen auf. »Wieso das denn? Immerhin hat er dir doch den Job besorgt!«

»Klar. Aber er konnte nicht ahnen, was sich daraus entwickelt. Manchmal denke ich, es ärgert ihn, dass ich jetzt einen Bereich habe, in dem ich mich gut auskenne und er hat keine Ahnung davon.«

Es war nicht besonders taktvoll, aber ich fragte es trotzdem. »Ist das der Grund, weshalb bei euch zu Hause keine von diesen Bildern hängen?«

»Na klar. Peter würde mich nie etwas aussuchen lassen, ohne dass ein Innenarchitekt mitentscheidet. Und selbst dann würde er wahrscheinlich immer darüber herziehen. Dazu habe ich keinen Nerv. Also halte ich die Klappe, lese meine Fachliteratur in der Galerie, und damit hat es sich.«

»Oh«, sagte ich etwas ratlos. So was würde ich vermutlich auf Dauer nicht aushalten. Klar, im Moment war mein Verhältnis zu Henning auch nicht ganz ungetrübt. Über uns hing immer noch dieses dämliche Telefongespräch zum Thema Wechseljahre, die Tatsache, dass ich ihn über meinen Besuch bei der Arbeitsagentur nicht informiert hatte, mein Engagement bei der Familie Nowakowski und neuerdings auch die China-Frage. Es würde sicher eine Weile dauern, bis wir das alles durchsortiert und auf die Reihe gekriegt hatten, aber sechs Jahre … »Ich glaube, das könnte ich nicht.«

»Man kann vieles«, erklärte Hilde. »Vor allem, wenn man nicht den Rest seines Lebens allein verbringen will. Und so übel ist Peter nicht, auch wenn er manchmal etwas überreagiert.«

»Was meinst du mit überreagiert?«, entfuhr es mir. Es wäre ja nicht der erste Fall, wo häusliche Gewalt hinter einer gutbürgerlichen Kulisse stattfand, und niemand ahnte etwas davon.

»Na ja … Peter hat halt viel Stress. Und da gibt es Reizthemen, die ich einfach nicht mehr anspreche, und so lange ist dann Ruhe im Haus. Sonst kann es sein, dass er ein bisschen ausflippt und rumbrüllt oder mal über

Nacht verschwindet. Alles, was mit Kunst zu tun hat, ist ein Tabubereich. Aber damit kann ich leben.«

So, damit konnte sie leben? Konnte sie einfach ausblenden, wie chaotisch und bescheuert das war? »Was sagt er denn dazu, dass du immer noch in der Galerie arbeitest?«

»Oh, das ist kein Problem«, versicherte sie mir. »Damit kann er sich doch schmücken. Macht sich jedenfalls besser, als wenn ich wieder im Schuhgeschäft arbeiten würde. Ich kann auch zu Ausstellungen fahren, vor allem wenn andere Frauen mitkommen. Das ist doch so was Typisches. Frauen wie wir tun halt so was. Das findet er gut. Dafür zuckt er auch nicht mit der Wimper, wenn ich mal spontan meine Kreditkarte einsetze.«

Aha, deshalb der schicke BMW und die Designerhandtaschen. Das war also auch ein Teil von seinem Selbstbild: Erfolgreicher Mann kann sich Frau mit teurem Geschmack leisten.

»Nur die Kunstbücher und das Abo für diese Spezialzeitschrift, das läuft nicht über unser Konto«, fuhr Hilde fort.

»Das bezahlst du sicher von deinem Gehalt«, vermutete ich.

»Nein, das ist etwas komplizierter«, sagte sie. »Denn mein Gehalt läuft ja auch über unser Konto. Sowas muss ich bar bezahlen. Aber das ist kein Problem, weil ich regelmäßig Sachen über diese Secondhand-Boutique verkaufe.«

Ich kam aus dem Staunen nicht heraus. Nie hätte ich gedacht, dass sich mir solche Abgründe auftun könnten bei einer Frau, von der ich geglaubt hatte, sie wäre so hohl wie der Kölner Dom.

»Nun guck nicht so«, fügte sie etwas verlegen hinzu. »Eigentlich ist nichts Schlimmes dabei. Er ist selber schuld. Wenn ich mir ein Wildlederkostüm für sechshundert Euro kaufe, klatscht er Beifall. Wenn ich sechzig Euro für ein Fachbuch bezahle, tickt er aus. Da muss man halt ein bisschen jonglieren.«

»Aber diese Geheimniskrämerei«, sagte ich nachdenklich, »geht dir das nicht auf den Zeiger?«

»Anfangs schon«, gestand sie. »Aber man gewöhnt sich dran, weißt du. Zuerst war ich wirklich ein bisschen ... nervös, da wurde er regelrecht misstrauisch. Das ging so weit, dass er mir unterstellt hat, ich hätte eine Affäre mit diesem Kulturreferenten. Der ist acht Jahre jünger als ich. Kannst du dir vorstellen, dass der mit mir was anfängt?«

Vorsicht, durchfuhr es mich. Das war eine Frage, bei der man nur verlieren konnte, ob man nun mit »ja« oder »nein« antwortete. »So was kommt vor«, sagte ich. Ich konnte ihren Gesichtsausdruck schwer deuten. »Und, war da was?«

Sie schob das Glas herum, das auf der Tischdecke einen feuchten Kranz hinterlassen hatte. »Nein«, sagte sie. »Ich habe mit dem Gedanken gespielt. Nur um es Peter zu beweisen. Aber letztlich war ich mir nicht sicher, ob dieser Typ wirklich Interesse hat oder ob ich mir das nur einbilde. Und wie peinlich wäre das, wenn man einen Mann zu ermutigen versucht, der eigentlich nur ein kumpelhaftes Verhältnis möchte? Vor allem, wenn man nicht mehr zwanzig ist oder aussieht wie ein Model? Also bin ich auf Distanz gegangen. Ich weiß schon, was gut für mich ist.«

War das gut? Eine Ehe, in der sie ihrem Mann einen ganz wichtigen Bereich ihres Lebens vorenthielt, obwohl der eigentlich völlig harmlos war? Den sie betrügen musste, um ihn zu behalten?

»Wie geht es dir denn damit?«, fragte ich sie. Ich

wusste, ich wäre spätestens nach vierzehn Tagen fix und fertig. Henning nicht die Wahrheit sagen? Undenkbar. Vielleicht mal ein bisschen früher aufhören mit Erzählen, okay. Nicht unbedingt die Teile endlos ausschmücken, die ihn provozieren, sicher. Mal was beschönigen … war auch schon vorgekommen. Aber das war nicht zu vergleichen.

»Gut geht es mir«, behauptete Hilde. »Glaub mir, diese Lösung ist nicht die schlechteste. Ich bin nicht dazu geboren, bescheiden und allein für mich zu leben. Mein Lebensstandard ist mir wichtig, dazu stehe ich. Und so habe ich alles, was ich brauche.«

»Auch wenn Peter …«

»Hör mal, vergiss einfach, was ich dir gerade erzählt habe«, sagte sie gelassen. »Ich tu es ja auch die meiste Zeit. Ich komme gut aus mit Peter. Und wenn du's genau wissen willst, ich bin auch nicht dafür gemacht, ohne Mann auszukommen. Es passiert zwar nicht mehr so oft wie früher, aber wenn … dann kann ich nicht meckern.«

So genau hatte ich es zwar nicht wissen wollen, aber es war doch eine interessante Information. »Dr. Göbel hat mich gefragt, ob wir noch Verkehr hätten«, steuerte ich spontan zu diesem Thema bei.

»Das ist seine Lieblingsfrage«, nickte Hilde grinsend. »Die stellt er allen Frauen über fünfzig. Ich habe die Theorie, dass seine Gattin ihn nicht mehr ranlässt, und jetzt sammelt er statistische Gegenargumente.«

»Fällt das nicht unter die ärztliche Schweigepflicht?«, fragte ich etwas verunsichert. Ich stellte mir vor, wie Dr. Göbel zu seiner Frau ging und anklagend sagte: »Aber die Overbecks machen es auch noch!«

»Nur, wenn er Namen nennt«, meinte Hilde. »Aber ich an ihrer Stelle würde mich auch nicht überreden lassen, wenn er nachweisen könnte, dass achtundneunzig Prozent der gleichaltrigen Paare noch im Bett aktiv sind. Da müsste er mir schon etwas romantischer kommen.«

Ich musste lachen. Das Argument hatte zu viel von den Erfahrungen, die man mit seinen Kindern machte. Ich zog den Flunsch, den Christoph früher immer gemacht hatte. Und sagte mit quengeliger Stimme: »Oh, das ist so gemein! Alle andern im Club haben noch Sex, nur ich nicht!«

Hilde lachte laut auf. Der Kellner, der uns just in diesem Moment zwei große Teller mit zwei kleinen Portionen Spaghetti brachte, schaute eher etwas betreten. Und ich auch, als ich realisierte, was er gerade von mir gehört hatte.

»Glauben Sie ihr kein Wort!«, sagte Hilde zu ihm. »Diese Frau hat mehr Sex als wir beide zusammen.«

Das trug nicht dazu bei, dass er sich entspannte. Er entschied sich, nur verlegen zu grinsen und dann die Flucht zu ergreifen.

»Wie konntest du das sagen!«, regte ich mich auf. Irgendwie war mir das schon peinlich, auch wenn dieser Typ mich nicht kannte.

»Aber es stimmt doch!«, verteidigte sie sich. »Ich hatte noch nie Sex mit dem Kellner zusammen.«

Einen Moment lang starrte ich sie verblüfft an, dann brachen wir beide in Gelächter aus, und die drei jungen Mädchen am Nebentisch schüttelten empört die Köpfe. Vermutlich waren sie der Meinung, es gehörte sich einfach nicht, dass sich zwei alte Schachteln wie wir noch so benahmen.

Als wir gegessen und uns danach heldenhaft auf zwei Espresso mit Süßstoff beschränkt hatten, zückte Hilde ihr Portemonnaie. »Ich lade dich ein«, bestimmte sie. »Keine Widerrede. Erstens will Peter das so. Und zweitens habe ich mich schon lange nicht mehr so gut unterhalten. Lass uns das demnächst mal wiederholen.«

Von mir aus gern. Mit dieser Hilde würde ich jederzeit wieder ausgehen, vorausgesetzt, sie verzichtete darauf, jungen Männern unpassende Details aus meinem Sexualleben zu erzählen.

Ich habe alles, was ich brauche. Bei allen Bedenken beeindruckte mich Hildes Aussage. Ich fragte mich, ob ich das auch so sagen könnte, wenn mich jemand fragte. Spontan geantwortet: Klar, ich habe alles, was ich brauche. Den Mann, den ich seit über fünfundzwanzig Jahren liebe und der nicht so ein arroganter Arsch ist wie Peter oder ein Knaller wie Bernhard oder ein Laberkopf oder ein Frauenheld oder ... Gut, weiter. Zwei mehr oder weniger wohlgelungene Kinder. Wohlstand. Ein Haus, ein Auto. Gesundheit, wie mir Dr. Göbel gerade bestätigt hatte.

Und doch empfand ich da eine Lücke. Umso mehr, seitdem ich mitbekommen hatte, wie Hilde durch die Galerie etwas gefunden hatte, was ihr wirklich wichtig war. Ich für mein Teil hatte dabei nur eins ganz sicher festgestellt: Ein Malkurs kam nicht in Frage. Ich hatte absolut keine Lust, mit dilettantischen Blumenstücken in irgendwelchen Hobbykünstlerausstellungen zu landen wie die Leinwandfrauen. Und diesen Beschluss konnte ich auch gleich auf andere Bereiche wie Patchworken, Töpfern oder Chorsingen ausweiten. Ich war nicht zur Künstlerin bestimmt, wurde mir klar. Ich fand es noch nicht mal besonders bedauerlich, als ich diesen ganzen Bereich gedanklich von meiner Liste strich, während ich mit meinem neuen Koffer durch Bredenscheid trabte. Manchmal war ich ziemlich schnell mit solchen Sachen. Vielleicht lag es aber auch daran, dass ich mich gegen etwas entschieden hatte. Eine Sache abzuhaken ist vermutlich leichter, als sie mit ganzem Herzen anzunehmen. Jedenfalls ging es mir mit dieser China-Frage so.

Auf dem Platz vor dem Rathaus war ein kleiner Markt aufgebaut – keine Profis, keine Gemüsefrauen, eher eine Ansammlung von Einrichtungen, die Selbstgemachtes feilboten. »Markt der helfenden Hände« stand auf einem großen Plakat. An den Schildern der einzelnen Stände erkannte ich, dass der katholische Kindergarten St. Martinus für die bunten Fensterbilder verantwortlich war, die Frauen einer evangelischen Freikirche hatten Marmelade eingekocht, eine Pfadfindergruppe verkaufte gebrauchte Bücher.

Ich hatte Zeit. Henning war unterwegs, keiner wartete auf mich. Deshalb sah ich mir in Ruhe die Auslagen an, kaufte einem netten Pfadfinder mit Sommersprossen einen Krimi von Dick Francis ab und überlegte, ob Lotta eine der handgenähten Taschen gefallen würde.

»Die sind alle selbst gemacht!«, versicherte mir die Frau hinter dem Tisch. »Das ist garantiert kein China-Import.«

Ach ja, wieder China. »Ich nehme die blaue«, sagte ich.

»Eine gute Wahl«, sagte sie.

Jetzt hatte ich zwei Taschen und einen Koffer und sah vermutlich aus wie eine Touristin, die sich verlaufen hat. Zeit, zu meinem Auto zurückzukehren. Ich hob den Koffer an und drehte mich schwungvoll um. Schlecht für die Frau, die hinter mir gestanden hatte, denn sie kriegte den Koffer vor das Schienbein. Es war bewundernswert, wie es ihr gelang, ihren Schmerzensschrei nur ganz leise auszustoßen.

»Tut mir furchtbar leid«, sagte ich zerknirscht. »Haben Sie sich sehr wehgetan?«

»Es geht«, sagte sie mit zusammengebissenen Zähnen

und bückte sich, um einen Stapel Blätter aufzusammeln, die sie vor Schreck hatte fallen lassen.

»Warten Sie, ich helfe Ihnen«, sagte ich und ging ebenfalls in die Knie. Das war das Mindeste, was ich tun konnte, fand ich. Ich sammelte ein Dutzend Blätter auf und reichte sie ihr.

»Sehr freundlich«, sagte sie. Wir standen beide wieder auf.

»Ich glaube, ich kenne Sie«, sagte sie mit einem prüfenden Blick auf mich. »Ist Ihr Mann nicht auch Clubmitglied?«

»Stimmt«, sagte ich missmutig. In Zusammenhang mit diesem blöden Club erlebte ich in letzter Zeit nur Peinlichkeiten. »Ich bin Marie Overbeck.«

»Charlotte Göbel«, sagte sie und streckte mir eine gepflegte Hand entgegen, die ich verunsichert schüttelte. Wenn Hilde mit ihrer Theorie recht hatte, dann war mir ihr Gatte heute näher gekommen als ihr in letzter Zeit. »Mein Auto steht um die Ecke. Soll ich Sie zum Bahnhof fahren, Frau Overbeck?«

»Wieso?«, fragte ich verwirrt.

»Es ist doch noch ziemlich weit von hier aus«, meinte Frau Göbel.

Ich folgte ihrem Blick auf den Koffer. »Ach so! Nein, ich will nicht verreisen. Ich habe den Koffer gerade gekauft, um damit harmlose Passanten anzugreifen. Es tut mir wirklich leid, ich hoffe, Sie haben sich nicht verletzt.«

»Halb so wild«, sagte sie beruhigend. Dann nahm sie eins der Blätter von ihrem Stapel und reichte es mir. »Haben Sie nicht Lust, sich unser Kleiderstübchen mal anzusehen? Wir haben heute im Rahmen dieses Marktes ganztägig geöffnet.«

»Kleiderstübchen?« Ich versuchte, die Aufschrift des Flugblatts zu entziffern, musste aber feststellen, dass das mal wieder ohne Lesehilfe sehr mühsam war. Meine Brille steckte aber tief in meiner Handtasche, ich hatte wenig Lust, nach ihr zu fahnden.

»Es ist direkt in der Querstraße«, sagte Frau Göbel. »Wir verkaufen dort gebrauchte Kleidung und unterstützen mit dem Erlös die Obdachloseninitiative.« Sie hatte bereits die Richtung eingeschlagen, und weil ich das Gefühl hatte, ihr nach dieser Schienbeinattacke was schuldig zu sein, ging ich mit.

»Wer ist ›wir‹?«, fragte ich. »Die Ehefrauen der Clubmitglieder?«

»Ein paar davon gehören dazu, ja«, sagte sie. »Aber der Ursprung liegt in der Kirchengemeinde, aus der auch die Obdachloseninitiative hervorgegangen ist. Wir hatten das Glück, dass uns eine Familie ihr Ladenlokal zur Verfügung gestellt hat, als sie es nicht mehr brauchte.«

Sie hatte recht gehabt, es war wirklich nicht weit. Über dem Laden prangte noch das Schild »Haushaltswaren Peters«, während im Schaufenster einige bunte Kleider ausgestellt waren. Frau Göbel schritt zügig durch die bimmelnde Ladentür, und ich wuchtete meinen Koffer hinterher, bevor die Tür wieder zuschlagen konnte.

Drinnen war es so wie in bisher jedem Secondhandladen, den ich je besucht hatte: eng, dunkel und ein wenig muffig. In Türnähe stand ein großer Tisch, der auch schon bessere Zeiten erlebt hatte, und daran saß eine ziemlich schwangere Frau und nähte gerade einen Knopf an eine Strickjacke.

»Kommen Sie rein!«, begrüßte sie mich. »Wollten Sie den Koffer abgeben?«

»Bloß nicht!«, erwiderte ich. »Den brauche ich noch.«

»Dann können wir ihn rasch auspacken«, schlug sie vor.

»Aber da ist gar nichts drin«, sagte ich.

Jetzt sah sie mich etwas unsicher an. »Wollten Sie so viel kaufen, dass Sie dafür einen Koffer brauchen?«

Endlich mischte sich Frau Göbel ein. »Nadja, das ist Frau Overbeck, eine Bekannte von mir. Sie wollte sich hier mal umschauen.«

Eigentlich wollte ich das ja nicht. Gebrauchte Sachen sind mir immer ein wenig suspekt. Man weiß nicht, wer vorher dringesteckt hat, und im Zweifelsfall passen die Sachen nicht, wenn sie wirklich schön sind. Aber jetzt stand ich mitten in dieser Höhle und ließ ratlos meine Blicke schweifen.

»Auf dieser Seite ist die Damenmode«, erklärte Frau Göbel mir. »Dort hinten haben wir Herrensachen, und die Kinderkleidung ist dort.«

Gut, dass sie mir das erklärt hatte, denn die Sachen in den Regalen und auf den Ständern sahen irgendwie ziemlich zufällig zusammengeschmissen aus. Um irgendwas zu tun, näherte ich mich einem der Damen-Ständer und tat so, als würde ich das Angebot sichten. Eigentlich konnte man auch nicht mehr machen als die Finger ein wenig darübergleiten zu lassen, denn die Sachen hingen so dicht, dass man sie kaum hin und her schieben konnte.

»Wir haben leider ein Platzproblem«, sagte Frau Göbel bedauernd. »Man bekommt viel gestiftet, aber es wird längst nicht so viel verkauft.«

»Dabei sind die Preise sensationell«, sagte die Schwangere. »Wo bekommt man schon ein komplettes Outfit für weniger als zehn Euro?«

»Weniger als zehn Euro«, staunte ich, wie von mir offensichtlich erwartet wurde.

»Heute ist nämlich Ein-Euro-Tag«, sagte Frau Göbel. »Deswegen war ich unterwegs, um auf dem Markt noch ein paar Flyer zu verteilen.«

»Das heißt, heute kostet alles einen Euro?«, fragte ich nach. »Auch dieses Kostüm?« Ich hatte sofort erkannt, dass es ein Escada-Modell war. Weil ich vor zwei Jahren das gleiche gehabt hatte.

»Nein, das nicht«, erklärte die Schwangere. Ach so, für solche Sachen gab es doch Extra-Konditionen! »Das kostet zwei Euro. Jacke ein Euro, Rock ein Euro. Möchten Sie es haben?«

Zum Glück war es nicht meine Größe. Ich konnte ja wohl schlecht erst das Kostüm weggeben und es dann noch mal kaufen. Henning würde das kaum auffallen. Meinen Freundinnen schon.

»Hier ist noch ein ähnliches Kostüm«, sagte Frau Göbel eilfertig. Sie langte mitten in einen anderen Ständer und zerrte es mit viel Mühe heraus. Dieses Mal nicht von Escada und in einem scheußlichen Apricot-Ton.

»Ich suche eigentlich kein Kostüm«, sagte ich.

»Wissen Sie«, versicherte mir Frau Göbel, »hier darf man auch nichts suchen. Hier muss man sich von dem inspirieren lassen, was man findet. Was sagen Sie dazu?« Sie quetschte den apricotfarbenen Alptraum wieder zwischen die anderen Sachen und präsentierte mir stattdessen einen giftgrünen Kaftan mit goldfarbenem Ethno-Druck. »Das Schildchen ist zwar rausgeschnitten, aber ich würde wetten, das ist aus der Sommerkollektion 2008 von Versace, meinen Sie nicht auch?«

»Ich kenne mich da nicht so aus«, sagte ich schwach. »So was trage ich eigentlich gar nicht.«

»Ich glaube auch, Sie sind eher der klassische Typ«, meinte Frau Göbel und hängte zu meiner Erleichterung auch den Kaftan zurück. »Wir hatten neulich doch … warten Sie, wo ist er denn …«

Ich staunte über den Elan, mit dem sie zwischen den Ständern herumsuchte, ohne zu wissen, was sie eigentlich vorhatte. Mir war nur klar, dass dieser Laden so ungefähr das Unsystematischste war, das mir je untergekommen war. Eine grobe Einteilung nach Damen, Herren und Kindern reichte ja wohl nicht aus, um Kleidung egal welcher Qualität zu verkaufen. Ich hatte nur noch das Bedürfnis zu fliehen, wusste aber noch nicht so recht, wie ich das anstellen sollte, ohne unhöflich zu wirken.

»Nadja«, sagte Frau Göbel (es klang etwas undeutlich, weil sie gerade mitten zwischen den Klamotten steckte), »wir hatten doch vorige Woche noch diesen tollen Leinenanzug von Calvin Klein reinbekommen. Ist der schon weg?«

»Das weiß ich nicht«, antwortete die Schwangere. »Könnte aber sein.«

»Zu schade«, meinte Frau Göbel und lächelte mich bedauernd an. »Das wäre genau das Richtige für Sie gewesen. Diese klassische Schnittführung ...«

»Ich weiß«, sagte ich. »Das kann nur Calvin Klein. Vielleicht noch Jil Sander.«

»Genau!«, rief Frau Göbel enthusiastisch. »Soll ich mal die Augen offen halten für Sie, falls wir wieder so was bekommen?«

»Von mir aus.« Ich streckte die Hand nach meinem Koffer aus. »Ich muss jetzt wirklich ...«

»Natürlich, ich will Sie nicht aufhalten«, sagte sie. »Schauen Sie doch demnächst wieder rein. Sie wissen ja jetzt, wo wir sind.«

»Mache ich«, versprach ich und eilte davon. Für heute war mein Bedarf an Unterhaltung gedeckt. Erst eine gynäkologische Untersuchung, dann die nicht ganz frustrationsfreie Feststellung, dass mein nächster Lebensabschnitt nicht durch eine kreative Tätigkeit bestimmt sein würde, und dann noch dieser etwas unfreiwillige Besuch in einem muffigen, unsystematischen Kleiderladen. Gut, dass ich mich heute wenigstens bei den Nowakowskis abgemeldet hatte. Ich wollte nur noch in die beruhigende Ordnung meines eigenen Hauses.

Natürlich war ausgerechnet heute der Postbote mit zwei Sendungen da gewesen, die nicht durch den Briefschlitz passten. Genau genommen muss er die dann wohl wieder mitnehmen und mir stattdessen eine Karte hinterlassen, mit der ich die Päckchen am nächsten Tag bei der Postagentur abholen kann (»Aber nicht vor 10 Uhr« – warum bloß?).

In Nachbarschaften wie unserer funktioniert das allerdings anders. Da wird alles ansonsten nicht Zustellbare bei der alten Frau Reuss abgegeben, die sowieso immer zu Hause ist und auf diese Weise die Berechtigung hat, die gesamte Straße von ihrem Erkerfenster aus zu beobachten. Wenn jemand nach Hause kommt, für den sie etwas entgegengenommen hat, wartet sie zehn Minuten, um ihm etwas Zeit für dringende persönliche Erledigungen zu lassen (z. B. Schuhe ausziehen oder zur Toilette gehen), dann kommt sie rüber. Die Gebühr für diesen Service ist je nach Tageszeit eine Tasse Kaffee oder ein Schnäpschen und mindestens eine Viertelstunde Zeit für ein persönliches Gespräch.

Heute war also ich dran. Sie reichte mir die Päckchen – beide für Henning, so dass ich gar nichts davon hatte – und wanderte ungefragt in die Küche zu ihrem Stammplatz. Ich legte die Post beiseite und setzte Kaffee auf.

»Was haben Sie denn mit dem Koffer vor?«, wollte sie wissen.

Nicht dass der in der Küche stand, den hatte ich längst nach oben getragen. Sie hatte ihn gesehen, als ich nach Hause kam und ihn aus dem Auto holte. Ich hatte mir schon vor langer Zeit abgewöhnt, mich über so was aufzuregen. »Henning und ich fliegen nach Amerika.«

»Amerika!«, staunte sie. »Aber ihr wollt doch nicht auswandern, oder?«

Schwierige Frage. Wenn Henning mir angeboten hätte, für zwei, drei Jahre in den USA zu leben, hätte ich vermutlich nicht solche Probleme. Klar, es wäre auch ein großer Schritt und nicht einfach, aber doch nicht vergleichbar mit China …

Aber das würde ich auf keinen Fall mit Frau Reuss diskutieren. Da könnte ich gleich eine Werbetafel vor unserem Haus aufstellen mit der Aufschrift »Wir gehen nach China – wer ist dafür und wer dagegen?«. Stattdessen lachte ich und sagte: »Ich glaube, dann kämen wir mit einem Koffer nicht hin. Da müsste es doch wohl eher ein Überseecontainer sein.«

»Na ja, ich dachte nur … Weil Sie in letzter Zeit so viel Wäsche hatten, dabei ist Ihr Sohn doch auch noch weggezogen.«

Jetzt war ich doch etwas baff. Immerhin habe ich keine Leine im Garten, sondern trockne den größten Teil meiner Wäsche elektrisch im Keller. »Was meinen Sie denn damit, Frau Reuss?«

»Ich sehe immer, wenn es aus Ihrem Kellerfenster dampft.«

Ob sie wohl auch unseren Müll kontrollierte? »Wissen Sie, ich habe nur einer Bekannten ausgeholfen, weil ihre Waschmaschine nicht funktionierte.«

»Das ist aber nett von Ihnen. Nicht nur wegen der Arbeit, da geht ja auch ganz schön was an Strom und Wasser durch. Immerhin waschen Sie auch nachts, das soll ja gut sein für die Umwelt.«

Wieso denn das? Ich hatte mich ehrlich gesagt noch nicht so intensiv damit beschäftigt. Bisher war ich der

Meinung gewesen, wir könnten uns einige Maschinen Wäsche pro Woche leisten, und auch Henning hatte sich noch nicht wegen der Stadtwerke-Rechnung beschwert. Aber das war wieder so eine Sache ... Vielleicht musste ich das mal tun? Mich mehr mit Themen wie Energiesparen und Ökologie befassen? Wäre das eine lohnenswerte Aufgabe?

Ich stellte den Kaffee auf den Tisch und ein paar Kekse. Seit Christoph ausgezogen war, hielten unsere Kekse deutlich länger. Wenn wir mehr bei Amazon bestellen würden und Frau Reuss häufiger käme, würde sich das wieder ausgleichen. Sie machte sich über die Schale her, als wäre sie mit einer afrikanischen Wanderheuschrecke verwandt.

»Haben Sie schon gehört, dass die Möllers sich getrennt haben?«

»Die aus dem Rotkehlchenweg?«

»Genau. Sie hat einen anderen.«

»Was Sie nicht sagen!« Ich kannte Frau Möller nur flüchtig, aber sie musste ungefähr in meinem Alter sein. Unsere Kinder waren etwa gleichzeitig in die Grundschule gegangen, aber nie in dieselben Klassen.

»Frau Schlettner sagt, sie ist jetzt mit einem von den Schmitz-Brüdern zusammen, aber nicht mit dem, der die Friseuse hat. Der andere, so ein Großer, Dünner. War mal Schützenkönig vor ein paar Jahren.«

»Friedbert Schmitz?« Mit dem hatte Henning früher zusammengearbeitet, bevor er nach Hannover ging.

»Kann sein«, nuschelte Frau Reuss um ihren Keks herum. »Und Herr Möller will jetzt das Haus verkaufen. Frau Schlettner meint allerdings, er muss sich damit beeilen, sonst wird das k zum s, wenn Sie wissen, was ich meine.«

Ich wusste es nicht, bis sie eine eindeutige Bewegung

machte, so als kippe sie einen Schnaps. Versaufen statt verkaufen. Das war die Art von Humor, die unsere Nachbarschaft liebte.

In dieser Form ging es noch eine Weile weiter, bis Frau Reuss endlich beschloss, wieder nach Hause zu gehen. Mittlerweile war es fünf Uhr geworden. Ich räumte das Kaffeegeschirr und die leere Keksschale in die Spülmaschine. Es erschreckte mich, dass ich den ganzen Tag nichts wirklich Konstruktives gemacht hatte. Am liebsten hätte ich hier im Haus noch irgendwo losgelegt, um mich auszutoben und mein Gewissen zu beruhigen, aber gerade heute war Frau Kopp da gewesen und hatte natürlich alles tadellos hinterlassen, und zum Gardinenabnehmen fehlte mir dann doch der Antrieb.

Deprimiert ließ ich mich auf mein Sofa fallen. Konnte ja sein, dass das auch so eine wechseljahresbedingte Gefühlsschwankung war. Ob ich doch das Rezept von Dr. Göbel einlösen sollte? Aber niemand, der nicht auf Drogen war, hatte immer gute Laune. Ich hatte einen Grund für meine gedrückte Stimmung. Mir fehlte etwas in meinem Leben, aber ich wusste noch nicht genau, wo ich es suchen sollte.

Ich griff nach meinem Zettel und strich den gesamten Kreativbereich auf meiner Liste. Aber das machte mich auch nicht fröhlicher. Es war ja nicht so, als hätte ich eine wichtige Aufgabe einer To-do-Liste abgearbeitet und könnte nun stolz auf mein Werk sein. Ich hatte eher begriffen, wo ich nicht hinwollte, weil ich dafür kein Talent hatte.

Aber das Stichwort »To-do-Liste« erinnerte mich an etwas. Immerhin hatte ich weiterhin die Familie Nowakowski zu betreuen, und da war längst nicht alles abgearbeitet. Ich grübelte noch darüber, als Henning nach Hause kam.

»Du hast jede Menge Post!«, rief ich ihm zu.

Er sammelte alles vom Couchtisch. Zuerst öffnete er das flache Päckchen von Amazon. »Das ist für dich.«

Henning ist kein geiziger Mensch, aber auch nicht der Typ, der einen ohne konkrete Anlässe mit Geschenken überhäuft. Deshalb war ich etwas verwundert. »Für mich?« Ich nahm das eingeschweißte Buch entgegen, und meine Verwunderung wich. Ein Bildband über Zentralchina. Ach so.

»Damit du noch ein bisschen mehr Informationen hast«, erklärte er.

»Danke«, murmelte ich und legte das Buch erst mal zur Seite. Sicher war das sinnvoll, aber nicht jetzt. Stattdessen sah ich zu, wie er das andere Päckchen aufmachte. Das war so merkwürdig leicht gewesen, und der Absender sagte mir nichts, so dass ich schon vorher darauf viel neugieriger gewesen war.

Was er schließlich hervorholte, war blau-weiß und flutschig: ein Schalke-Trikot, nicht einfach irgendeins, sondern mit mehreren Spieler-Unterschriften versehen. Für Gonzalez, als Ersatz für die Kappe, höchstpersönlich besorgt von dem Freund aus dem Aufsichtsrat.

»Da hat er sich aber ins Zeug gelegt«, bemerkte Henning anerkennend. »Im wahrsten Sinne des Wortes. Glaubst du, das gefällt dem Burschen?«

»Gefallen? Vermutlich wird er dafür einen Schrein bauen.«

»Vermutlich wird er es eher Tag und Nacht tragen«, meinte Henning. »Und das wird auf Dauer bei dem ganzen Kunstfaserzeug nicht so erfreulich sein.«

»Mag sein«, sagte ich. »Aber man kann es ja auch schnell waschen. Ich hoffe nur, das ist farbechter Edding.«

»Sonst muss man es ab und zu heimlich nachmalen«,

sagte er und sah verzückt das Trikot an. Vermutlich war er selbst ganz stolz auf seine Idee.

»Das darf Gonzalez aber nicht merken«, sagte ich. »Danke, dass du das gemacht hast.«

»Ich wünschte, ich könnte sein Gesicht sehen, wenn du es ihm gibst.«

»Du kannst gern morgen früh mitkommen«, bot ich an.

»Keine Chance.« Er schüttelte den Kopf. »Ich habe ab acht Uhr Termine.«

13

Auch ich war ganz gespannt darauf, Gonzalez sein Trikot zu geben. Aber am nächsten Morgen war er mir leider schon entwischt, als ich kam, und wie gehabt stapelte sich ungespültes Geschirr zwischen dem üblichen Chaos in der Wohnung. Ich konnte kein bisschen Verbesserung erkennen, und das machte mich ärgerlich.

»Nicole, wir müssen uns unterhalten«, sagte ich und setzte mich ihr gegenüber.

Sie schien zu ahnen, dass ich mahnende Worte plante, und zeigte wenig Lust, den Fernseher auszuschalten und mit mir zu reden. Noch weniger, als ich meinen Zettel aus der Tasche zog. Aber ich war inzwischen auch selbstbewusster, was meinen Auftritt in dieser Wohnung anging.

»Nun machen Sie mal die Glotze aus«, befahl ich.

Widerwillig tat sie es. »Wenn es um die Spülerei geht«, sagte sie, »da sehn Sie ja, was dabei rauskommt. Die hauen einfach ab und machen nix.«

»Nicole, Sie müssen konsequenter mit den Kindern sein«, sagte ich.

Sie schüttelte energisch den Kopf. »Kommt gar nicht in Frage«, sagte sie. »Wissen Sie, ich hab früher immer Dresche gekriegt von meiner Mutter, egal wie ich mich bemüht hab. Und das eine hab ich mir vorgenommen: Meine Kinder werden nicht gehauen.«

»Das ist auch ganz richtig so«, sagte ich, bemüht, mein Erschrecken über ihre Aussage zu verbergen. »Aber Konsequenz heißt doch nicht schlagen.«

»Sondern?«, fragte sie herausfordernd. »Ich kenn das doch. Entweder du machst das oder es setzt was. Da war meine Mutter ganz konsequent, glauben Sie mir.«

»Es geht auch anders«, sagte ich. »Aber Kinder brauchen klare Regeln. Sie machen die Dinge nicht von allein. Man muss es immer wieder von ihnen verlangen und ihnen klarmachen, worum es geht.«

»Und wenn sie es trotzdem nicht machen?«, klagte sie. »Die sehen doch, dass ich es nicht kann.«

»Ich höre eigentlich nicht, dass Sie den Kindern irgendwelche Aufträge geben«, sagte ich.

»Das haben Sie doch getan. Sie haben diese Liste gemacht, aber die Kinder stören sich nicht dran.«

»Die Liste habe ich für Sie gemacht«, erklärte ich ihr. »Sie sind diejenige, die hier den Haushalt organisieren muss. Die Kinder können das nicht.«

»Aber ich kann's auch nicht. Das wissen Sie doch.«

Ich rang um Geduld. Aber da musste ich jetzt durch. »Organisieren heißt auch nicht, alles selber machen. Aber Sie müssen darauf achten, dass es passiert. Sie müssen Ihre Kinder immer wieder erinnern. Es ist nur ein bisschen Spülen und Aufräumen. Das ist nicht zu viel verlangt.«

Ich merkte, wie wenig Bereitschaft sie zeigte, das von mir anzunehmen. Also wechselte ich erst mal das Thema. Schließlich war es mindestens genauso wichtig, dass sie ihre Finanzen in den Griff bekam, aber das Thema »Geld« war noch schwieriger zu bearbeiten. So wie sie es sah, hatte sie einfach keins. Das Konto war chronisch überzogen, und nur Nualas Vater zahlte regelmäßig seinen Anteil. Seit die Miete regelmäßig direkt an Hannes

Hoffmeister überwiesen wurde, war es noch knapper geworden – es fiel ihr offensichtlich schwer, sich vorzustellen, dass das Geld war, das sie auch sonst nicht zur freien Verfügung gehabt hätte. Vermutlich kamen daher die Schulden.

Ich versuchte mit mehreren Tabellen, das Problem für sie verständlich zu machen, aber es war nicht möglich, ihr konkrete Angaben zu entlocken: Wie viel Geld hatte sie monatlich insgesamt? Wie viel brauchte sie für Lebensmittel, für die Bedürfnisse der Kinder, für sonstige Dinge?

Schließlich ging ich sogar so weit, sie nach Bankauszügen zu fragen. Ich hoffte, dadurch mehr Aufschluss zu bekommen über ihre wirtschaftliche Lage, aber leider hatte sie schon seit geraumer Zeit keine Auszüge mehr abgeholt, und es gab auch keinen Ordner, wo sie die sammelte. Ich fand einen in der Küchenschublade, aber der war ein halbes Jahr alt und allein wenig aussagekräftig. (Oder sagen wir mal, was den Kontostand anging. Auf der Rückseite hatte jemand mit Kinderhandschrift den Satz notiert »Klug scheisen giebt Arsch krebs« samt einiger eindeutiger Illustrationen.)

»Das müssen Sie unbedingt ändern«, sagte ich mahnend. »Sammeln Sie Ihre Auszüge und notieren Sie, wofür welcher Posten war.«

Sie versprach es. Sobald es ihr besser ging, wollte sie zur Bank gehen und ihre Auszüge abholen, sogar ein Haushaltsbuch führen. Aber mir war bei so viel Kooperationsbereitschaft nicht ganz wohl. Vermutlich würde sie mir alles versprechen, damit ich nicht noch länger auf diesen unerfreulichen Themen herumritt.

Schließlich wollte ich noch auf die Einschulung zu sprechen kommen. Da gab es wenigstens ein Schreiben von der Fröbelschule mit konkreten Angaben. Kevin sollte mit seiner Familie um zehn Uhr in der Kirche sein.

Dort fand ein ökumenischer Gottesdienst statt, bevor die Kinder dann in der Aula der Fröbelschule begrüßt und in ihre Klassen begleitet wurden.

»Hier stehen auch die Bücher und sonstigen Sachen, die die Kinder haben sollen«, stellte ich fest. »Haben Sie die schon besorgt?«

»Wie denn?«, fragte sie zurück. Ich vermutete, dass sich das sowohl auf ihren gesundheitlichen wie finanziellen Zustand bezog.

Ich seufzte. »Gut, ich kümmere mich darum.« Genau wie um die Schultüte, deren Inhalt und saubere Sachen für den großen Tag.

»Wann ist eigentlich Ihr nächster Termin bei der Schwangerschaftsvorsorge?«, fragte ich als Nächstes. Das war ja wohl nicht so schwierig ... oder doch?

Nicole wand sich ein wenig. »Ich weiß nicht genau.«

»Was heißt das? Haben Sie sich den irgendwo aufgeschrieben und wissen nicht mehr wo?«

»Nein ... Ich hab den letzten verpasst, und jetzt hab ich keinen neuen.«

So langsam reichte es mir. »Dann rufen Sie da an und lassen sich einen Termin geben. Wenn Sie vorzeitige Wehen hatten, dann müssen Sie sich regelmäßig untersuchen lassen.«

Sie nickte schuldbewusst. »Ja, mache ich.«

»Tun Sie's jetzt.« Ich reichte ihr das Telefon.

»Ich hab die Nummer nicht. Und ich weiß nicht, wo unser Telefonbuch ist.«

»Wer ist denn Ihr Gynäkologe?«

Seltsam unwillig nannte sie mir den Namen. »Gut«, sagte ich. »Ich rufe später dort an und vereinbare einen Termin für Sie, okay? Wenn es irgendwie geht, kann ich Sie auch da hinfahren.«

Sie dankte es mir, indem sie die Fernbedienung ergriff

und den Fernseher wieder einschaltete, und ich schritt zähneknirschend zu meiner nächsten Tat. Wobei die Auswahl groß war, womit ich anfangen konnte.

Ich beschloss, das Geschirr aus pädagogischen Gründen stehen zu lassen, auch wenn es schwierig war, andere Dinge drum herum zu erledigen. Ich ahnte doch, dass Gonzalez und seine Schwester irgendwann mal zu Hause auftauchen würden – spätestens zum Mittagessen. Und da schnappte ich sie mir und stellte sie an die Spüle.

Beide beschwerten sich wie die Weltmeister. »Immer müssen wir das machen!«

»Wer denn sonst?«, sagte ich ungerührt. »Ich koche, und eure Mutter muss liegen. Ihr könnt höchstens mal Herrn Hoffmeister fragen, ob der das auch so ungerecht findet und für euch spülen würde.«

Das erheiterte sie sehr, und als sie erst mal richtig angefangen hatten, ging es – mit einer gewissen Supervision – auch ganz gut.

»Na also«, sagte ich, als der letzte Teller im Schrank verschwunden war, »schon ist alles passiert! Das Schlimmste daran ist euer Gejammer.«

»Man kann sich doch nicht so einfach alles gefallen lassen«, verteidigte sich Gonzalez.

»Natürlich nicht. Aber auf der anderen Seite bist du alt genug, um auch mal etwas Verantwortung zu übernehmen. Und wenn es nur für das Geschirr ist.«

»Aber das ist doof.«

»Dann zeig ich dir mal was, das nicht doof ist«, sagte ich und langte nach meiner Handtasche. »Du erinnerst dich daran, dass mein Mann mit einem Bekannten auf Schalke war?«

Ein Schatten zog über sein Gesicht. Vermutlich fiel ihm dabei die verlorene Kappe ein.

Ich zog meine Tüte hervor. »Jetzt hat ihm dieser Bekannte das hier für dich geschickt.« Das fließende Polyestermaterial war sehr kooperativ, es kam fast wie von selbst aus der Tüte hervor.

Gonzalez' Unterkiefer klappte herunter. »Ach du Scheiße«, sagte er und griff nach dem Trikot. »Für mich?«

»Probier es mal an. Vermutlich ist es ein bisschen groß, aber du wächst ja noch.«

Jetzt war auch Frau Nowakowski neugierig geworden. »Zeig mal!«

Nuala kam ebenfalls und betrachtete ihren Bruder mit einer Mischung aus Andacht und Neid. »Geil!«, befand sie schließlich.

Gonzalez war ganz still geworden. Er strich mit den Fingern über den glatten Stoff und sah an sich herunter. Dann zog er das Trikot ein wenig weg von seinem Körper. »Da hat jemand draufgekritzelt«, sagte er. »Deswegen war es sicher billiger.«

»Im Gegenteil«, sagte ich. »Das sind Spieler-Unterschriften.«

»Echt?« Seine Augen wurden rund und groß. Eilig zog er das Trikot wieder aus und legte es über den Couchtisch. »Wo is denn die von Bordon?«

Das konnte ich ihm leider nicht sagen. Ich kannte Bordon nicht, für mich waren alle Krakel gleich unleserlich, und ehrlich gesagt war ich nicht mal ganz sicher, ob die Spieler selbst den Edding geführt hatten oder ob es nicht irgendwo einen Praktikanten in der Marketingabteilung gab, der diese Aufgabe nach Vorlage erledigte.

»Da is ein B«, sagte Nuala und zeigte auf die linke untere Ecke. »Aber das danach is kein O.«

»Na ja«, sagte Gonzalez zögernd. Ich merkte, es hätte ihm gut gefallen, wenn diese Unterschrift identifizierbar wäre. »Der kommt doch aus Brasilien. Vielleicht schreiben die da anders.«

»Ich wusste gar nicht, dass Schalke in Brasilien is«, sagte Nuala. »Ich dachte, das is in Bayern.«

»Du weißt aber auch gar nichts«, sagte Gonzalez zu ihr. »Bayern is in München, deswegen heißt es doch Bayern München. Und Schalke …« Jetzt wurde er unsicher, denn Null-Vier war ja kein Land, so viel war klar. »Schalke ist in Deutschland.« Er zog das Trikot wieder an. »Schalke is die beste Mannschaft von Deutschland.«

»Aber Kevins Papa hat gesagt …«

»Hört bloß mit Kevins Papa auf«, befahl Nicole. »Und jetzt bedank dich für das T-Shirt, Gonzalez.« Immerhin, dachte ich.

Er sah mich hingebungsvoll an. »Danke!«

»Gern geschehen«, sagte ich. »Ich werde meinem Mann sagen, dass du dich gefreut hast.«

»Aber in die Schule ziehst du das nicht an«, fügte Nicole noch hinzu.

Seine Unterlippe schob sich bedauernd nach vorn. »Och, Mama …«

»Da wird es dir geklaut«, sagte sie. »Und das willst du doch nicht.«

»Ich zieh ein anderes T-Shirt drüber«, schlug er vor. »Dann sehen die das nich. Und beim Sport lasse ich das an.«

Ich mochte nicht daran denken, dass man ihm dieses Ding vermutlich eines Tages aboperieren müsste, weil er es freiwillig nicht ausziehen würde. Aber mir wurde ganz warm ums Herz, als ich sah, wie er sich freute. Das war mir früher auch mit meinen Kindern so gegangen. Man konnte diese Begeisterung so gut nachvollziehen – genau wie die schreckliche Traurigkeit, wenn mal etwas nicht nach Plan lief.

Gerade als ich verkünden wollte, wir könnten nun den Couchtisch für das Mittagessen decken, kam Kevin nach Hause und bemerkte natürlich als Erstes, dass sein Bruder über ein begehrenswertes Accessoire verfügte.

»Boah! Wo hast du das denn her?«

»Das hat sie mir mitgebracht.« Gonzalez wies mit dem Kopf zu mir herüber. »Von dem Mann, der mit dem Mercedes.«

Kevin zog eine Schnute. »Und wieso krieg ich keins? Ich will auch eins!«

»Erstens«, teilte ihm sein Bruder herablassend mit, »bist du kein echter Schalke-Fan.«

»Bin ich wohl!«

»Bist du nich. Dein Papa hält für Bayern.« Das klang schon gefährlich nach Sippenhaftung, fand ich.

»Aber …«

»Und zweitens«, trumpfte Gonzalez auf, »war es meine Kappe, die du einfach mitgenommen hast!«

»Ich hab die nich einfach mitgenommen! Das hat sie gesagt, dass ich eine Mütze haben muss!« Wieder ein Hinweis mit dem Kinn zu mir hinüber. Ich verbiss mir den Hinweis, dass sie von mir auch sehr schön als »Frau Overbeck« sprechen könnten, und konzentrierte mich stattdessen auf das Abschmecken meiner Nudelsoße. Vielleicht hatten sich früher die Bediensteten auch so gefühlt, wenn die Herrschaften einfach so taten, als wären sie nicht da.

»Aber es war meine, von meinem Papa, und deshalb hab ich jetzt das Trikot, und da hat sogar der Bordon drauf unterschrieben, guck mal hier.«

Das machte Kevin nicht fröhlicher. Er feuerte seine Kindergartentasche in die Gegend und warf sich schmollend auf einen Sessel, ohne Rücksicht auf die Zeitschriften, die seine Mutter dort abgelegt hatte.

»Pass doch auf, du Blödmann!«, schimpfte sie und zerrte die ›Frau im Blick‹ unter ihm hervor. Victoria

Beckhams Gesicht war nun leider ein wenig zerknittert. So ähnlich wie Kevins.

Ich legte eine Handvoll Besteck auf den Tisch. »So, Kevin, jetzt kannst du für jeden eine Gabel und einen Löffel hinlegen. Wir können gleich essen.«

Er verschränkte trotzig die Arme. »Nää. Erst will ich auch so ein Trikot haben.«

»Das gibt's aber nicht«, schnauzte ihn seine Mutter an. »Nun mach schon, was die Frau Overbeck sagt.«

»Nää.«

Gonzalez und Nuala beobachteten gespannt, wie es weitergehen würde. Schließlich hatte ich schon durchgesetzt, dass sie spülen mussten, nun war es nur gerecht, dass Kevin seinen Machtkampf auch nicht gewann. Aber wer würde den führen – seine Mutter oder ich?

»Komm mal mit, Kevin«, sagte ich.

»Wohin?« Er bewegte sich keinen Millimeter.

»In dein Zimmer. Ich möchte in Ruhe mit dir reden.«

Unsere Blicke verfingen sich wie ein mentales Fingerhakeln. Ich fragte mich, was in seinem Kopf vorging – hatte er Sorge, ich könnte ihm etwas tun, oder würde er versuchen, mir zu beweisen, dass er der Stärkere war? »Na los«, sagte ich. »Komm schon. Nur ganz kurz.«

Auch Nicole verfolgte genau, was hier vorging. Ich hoffte, sie würde sich nicht einmischen, sondern eher von mir abschauen, was ich mit Konsequenz meinte.

Schließlich seufzte Kevin tief und stieß sich von seinem Sessel ab. »Na gut«, meinte er. »Wenn's sein muss.«

In dem engen Zimmer machte ich hinter uns beiden die Tür zu. Er ließ sich auf sein Bett fallen und sah mich weiterhin trotzig an.

»Kevin«, sagte ich, »erinnerst du dich noch an das erste Mal, als wir uns getroffen haben?«

»Im Kindergarten?«

»Genau. Weißt du noch, was da los war?«

»Ich hatte das Geld für den Zoo nich bei, und du hast mir das gegeben«, brummte er, eindeutig ratlos darüber, wohin ich mit dieser Eröffnung steuerte.

Ich war heilfroh, dass er nicht den ursprünglichen Deal erwähnte, der das »Nettsein« zu Bernhard einschloss. »Genau. Ich denke, du kannst dich daran erinnern, wie traurig du warst, als du dachtest, du könntest nicht mit in den Zoo.«

Ein minimales Nicken. Ganz so einfach wollte er es mir wohl nicht machen. »Das hat mir leidgetan, deshalb habe ich dir geholfen. Und jetzt erinnere dich bitte daran, wie traurig dein Bruder war, als ich aus Versehen seine Schalke-Kappe weggeschmissen hatte.«

»Aber ich war auch traurig«, sagte er. Gar nicht so dumm, der Knabe.

»Sicher, aber ich glaube, du wusstest auch, dass das seine Kappe war. Wenn du ihn vorher gefragt hättest, ob du die mitnehmen darfst – hätte er ja gesagt?«

Kevin schwieg. Ich nahm das mal als Nein. »Jedenfalls hat uns das sehr leidgetan zu sehen, wie traurig Gonzalez war. Wir wussten ja nicht, was es damit auf sich hatte. Dass das die Glückskappe von seinem Vater war. Und deshalb hat mein Mann das Trikot für Gonzalez besorgt.«

»Und für mich nich.«

»Was ich sagen will«, fuhr ich fort, »jeder hat mal einen Moment, wo er traurig ist und wo vielleicht jemand anderes die Möglichkeit hat, ihn wieder fröhlich zu machen. Dich mit dem Geld für den Zoo, deinen Bruder mit dem Trikot. Und das muss man dem anderen dann auch mal gönnen. Verstehst du das?«

»Hm«, machte er. Vermutlich hatte er wenig Lust auf Verständnis.

»Übernächste Woche wirst du eingeschult«, sagte ich. »Freust du dich darauf?«

Er nickte.

»Das ist dann wieder dein Tag«, sagte ich. »Dann muss Gonzalez zugucken, wie sich alles um dich dreht. So ist das im Leben.«

Er rutschte vom Bett und kroch darunter, um kurze Zeit später mit einer leicht angestaubten lilafarbenen Scheußlichkeit von Schulranzen wieder aufzutauchen. Grüne Raketen flogen zwischen Sternen in allen Farben umher. »Guck mal«, sagte er stolz. »Und die is ganz neu!«

Ich nickte, dachte aber: Dafür hatte Nicole also Geld gehabt – ich wusste schließlich noch gut, wie teuer diese Dinger waren. »Na also«, sagte ich, »dann hast du doch wohl auch was Tolles bekommen, oder?«

Kevin nickte. »Nuala hatte keine neue Tonne, als sie in die Schule kam. Die musste die von Gonzalez nehmen. Und die hat sie immer noch, deshalb hab ich jetz die hier gekriegt.«

Ich machte eine gedankliche Notiz bezüglich der Farbe. Schließlich sollte ja die Schultüte dazu passen. »So, dann können wir jetzt wieder da reingehen, und du deckst den Tisch?«

»Wenn's sein muss«, seufzte er und schob den Ranzen wieder unter sein Bett.

»Muss sein«, sagte ich. »So ist das Leben.«

Als ich nach Hause kam, hatte mir Henning eine Nachricht auf Band gesprochen. Zunächst mal rügte er mich, dass ich mein Handy nicht eingeschaltet hatte. Überrascht zog ich es aus der Tasche und stellte fest, dass es sich selbst abgeschaltet hatte, weil der Akku leer war. Mit schlechtem Gewissen hängte ich es an die Ladestation.

Dann, fuhr mein Mann mit grantiger Stimme fort, habe sich sein Terminplan verschoben und er müsse bereits am Sonntagmittag wieder los, einen Flieger nach Stockholm kriegen. Dafür brauchte er – das war mir sofort klar – mehrere ordentliche Hemden, ein Paar Schuhe, das noch zum Besohlen beim Schuster war, und seinen dunkelgrauen Anzug.

Für mich bedeutete das, jetzt zügig in die Hufe zu kommen. Über der ganzen Nowakowski-Wäsche hatte meine eigene etwas zurückstehen müssen. Rasch brachte ich eine Ladung Weißes ans Laufen und fuhr zum Schuster und in die Reinigung. Natürlich waren die Schuhe noch nicht fertig, aber die Schustergattin versprach mir, bis morgen werde das geschehen.

Ich kam nach Hause und wollte rasch die Waschmaschine ausräumen, das Weiße in den Trockner stecken und eine Ladung Dunkles waschen. Aber leider schwappte die weiße Wäsche noch in ihrer Lauge, weshalb sich die Tür der Maschine nicht öffnen ließ.

Ich ahnte, was passiert war: Das Flusensieb war verstopft. Dafür musste man die Lauge über einen Schlauch ablaufen lassen und das Sieb ausbauen, um es zu reinigen. Früher war das häufiger der Fall gewesen, weil sich immer mal Papiertaschentücher in Hosentaschen versteckt hatten oder kleine Spielzeugteile meiner Kontrolle entgangen waren. Inzwischen war das viel seltener nötig, und ich hatte noch vor kurzem das Sieb meiner halbjährlichen prophylaktischen Inspektion unterzogen. Aber nun schien es schon wieder erforderlich zu sein, weil ich wieder Kindersachen wusch.

Ich unterzog also das Flusensieb einer Grundreinigung, wobei ich tatsächlich einige Dinge fand, die nicht aus unserem Haushalt stammten: ein paar Legosteine, einen Kieselstein, einen Schließfachchip aus dem Hallenbad und die Reste eines Kondoms. Vielleicht hätte Nicole das lieber verwenden als irgendwo in einer Tasche vergessen sollen, dachte ich grimmig.

Ich wurde noch grimmiger, als ich das Sieb wieder einsetzte und feststellen musste, dass das Problem damit noch längst nicht behoben war. Die Trommel drehte sich nicht richtig und gab dabei ein so hässliches Geräusch von sich, dass ich erschrocken die Maschine abstellte und sofort Bruno anrief.

»Ich habe eine Ahnung, was das sein könnte«, sagte er, nachdem ich ihm den Fall geschildert hatte. »Hatte ich dir nicht gesagt, du solltest die BHs mit den Moniereisen nicht lose in die Maschine tun? Vermutlich ist wieder einer von diesen Drähten rausgerutscht und blockiert die Trommel.«

»Könntest du jemanden vorbeischicken, der das schnell repariert?«, bettelte ich. »Ich brauche die Maschine dringend, um Hennings Hemden zu waschen.«

»Tjaaaa …« Bruno kostete seine Machtposition noch ein bisschen aus. »Eigentlich geht vor nächster Woche gar nichts, Marie. Ich hab noch zwei Männer in Urlaub und Termine ohne Ende.«

»Komm schon, Bruno«, sagte ich. »Das geht doch schnell, so einen Draht aus der Maschine ziehen. Da kann sicher mal eben jemand zwischendurch vorbeikommen. Ich würde dich nicht drängen, wenn es nicht wichtig wäre.«

»Na ja«, sagte er großmütig, »ich bin gerade auf dem Weg zu einem Termin, da könnte ich etwas eher …«

»Perfekt«, sagte ich. »Ich habe auch noch was von dem Portwein, der dir neulich so zugesagt hat.«

»Überredet«, sagte er. »Ich bin gleich da.«

Letztlich war es kein BH-Bügel, den er aus meiner Maschine zog, sondern ein Draht von der Sorte, wie man sie für Martinslaternen braucht. »Nanu«, sagte Bruno und reichte mir den Draht mit einer gewissen Heiterkeit, »hat Henning neuerdings Laterne singen als Hobby?«

»Eher nicht«, sagte ich. »Aber ich habe in letzter Zeit ein paar Maschinen mit Kindersachen für eine Bekannte gewaschen. Du weißt doch sicher, dass die die unmöglichsten Dinge in ihren Taschen haben.«

»Allerdings«, sagte er und kramte weiter in der Maschine herum. »Da sitzt noch was im Abwasserschlauch, Marie. Reich mir mal diese kleine Zange da.«

Ich drückte sie ihm in die Hand wie eine OP-Assistentin den Tupfer. Er dankte es mir, indem er mit triumphierendem Blick die Fetzen eines weiteren Kondoms hervorzog. »Na, die lieben Kleinen sind aber auf der Höhe der Zeit, was?«

»Was soll ich dazu sagen?«, entgegnete ich schulterzuckend. »In meinem Alter kannst du mich ja wohl von der Liste der Verdächtigen streichen.«

»Wer weiß, Marie?«, feixte er und begann, die Maschine wieder zusammenzuschrauben. »Wie sieht's denn mit deinem Gatten aus? Torheit schützt vor Alter nicht, oder wie lautet der Spruch?«

Vermutlich konnte ich froh sein, dass er nicht auch Mitglied in Hennings Club war, sonst würde mein Mann demnächst wieder verärgert nach Hause kommen, weil Bruno ihm und allen anderen Freunden brühwarm von den Parisern in meiner Waschmaschine erzählt hätte.

»Hauptsache, ich kann wieder seine Hemden waschen«, sagte ich und versenkte sowohl Laternendraht als auch Gummifetzen im Mülleimer.

»Hoffen wir's mal«, sagte Bruno vorsichtig und drehte testweise an der Trommel. Was er feststellte, gefiel ihm offensichtlich nicht, denn er gab dieses handwerkertypische »ouh, ouh« von sich, von dem auch Laien ahnen, dass es nichts Gutes bedeutet. Und dass er nun wieder alles auseinanderschraubte, machte meine Hoffnungen auf eine schnelle Reparatur zunichte.

Mit bedauernder Miene zog er zehn Minuten später den Kopf aus der Maschine. »Tja, Marie, tut mir leid, aber dafür muss ich leider ein Ersatzteil bestellen. Vor Montag geht da gar nichts, also … Ruf doch Astrid an, du kannst bestimmt die dringenden Sachen eben bei uns waschen.«

Was blieb mir anderes übrig? Das sind Dinge, die man nur ungern macht, weil es sowohl für den anderen als auch für einen selbst höchst lästig ist. Natürlich war Astrid hilfsbereit (»dafür hat man doch Freunde«), aber nun musste ich mit einer Wanne triefnasser Weißwäsche und einer Auswahl dunklerer Sachen quer durch die Stadt. Als echte Freundin (und vermutlich auch aus praktischen Gründen) bot sie mir an, ich könnte alles morgen getrocknet wieder bei ihr abholen. Insofern lag ich zeitlich immer noch gut im Rennen. Das Bügeln würde ich locker schaffen, und wegen des Schusters musste ich ja sowieso noch mal los.

Henning nahm das nicht so gelassen. Vermutlich war er schon genervt genug wegen der Terminverschiebung, die sein Wochenende spürbar verkürzte. Nun ärgerte er sich auch noch über die Waschmaschinenreparatur. »Da kannst du mal sehen, Marie, das alles nur, weil du dir diese Hilfsaktion in den Kopf gesetzt hast. Konntest du das nicht den Profis überlassen?«

»Konnte ich nicht«, fauchte ich zurück. »Und das weißt du auch. Da kommt einmal in der Woche eine Frau vom Sozialamt, das reicht nicht.«

»Kannst du das denn beurteilen?«, fragte er gereizt. »Schließlich hat jeder seine eigenen Vorstellungen vom Leben, und vielleicht sind deine etwas anders als die von dieser Frau.«

»Bestimmte Dinge müssen aber sein«, gab ich zurück. »Zum Beispiel saubere Klamotten. Die können ihre Waschmaschine schon seit Wochen nicht benutzen, das ist doch kein Zustand.«

»Und du kannst unsere Waschmaschine auch nicht mehr benutzen, ist das besser?«

»Aber die wird repariert. Bruno hat das Teil bestimmt schon bestellt.«

»Und wer zahlt die Reparatur? Das Sozialamt?«

»Du meine Güte, Henning«, rief ich entnervt. »Wir werden wohl noch über diese Reparatur kommen, ohne dass wir hungern müssen.«

»Darum geht es nicht«, sagte er verbissen. »Ich mache mir nur meine Gedanken, ob das richtig ist, was du tust, Marie. Du hast keine Erfahrung mit solchen Dingen, aber trotzdem engagierst du dich da in einer Intensität, die auch ihren Preis hat.«

Ich merkte, wir sollten das Gespräch hier besser abbrechen, aber das gelang uns beiden nicht. »Was meinst du damit?«, fragte ich hitzig. »Musstest du bisher auf irgendwas verzichten? Du wirst schon rechtzeitig deine Hemden kriegen, mach dir keine Sorgen.«

»Darum möchte ich aber auch gebeten haben«, sagte er in einem Tonfall, der mich zur Weißglut brachte. Wer war ich denn – seine Magd? Hatten wir einen einklagbaren Vertrag, bei dem ich Ausfallkosten zu tragen hätte, wenn ich eine Leistung nicht fristgerecht erbrachte? So oder so ähnlich klang jedenfalls meine Replik, die – ohne dass ich hier alles wiederholen will – in einem handfesten Streit endete, mit Türenknallen und allem, was dazugehört.

Ich war noch völlig außer mir, als ich mit Lotta telefonierte. »Was ist denn los, Mama?«, fragte sie.

Ich hatte keine Lust, ihr davon zu erzählen, deshalb schob ich alles auf den Waschmaschinenfrust. »Mich nervt das einfach, dass ich jetzt meine Wäsche bei Astrid waschen und ihr damit lästig fallen muss.«

»Ach Mama«, sagte sie wohlwollend. »Das ist doch nicht so schlimm. Am besten setzt du dich gleich mit Papa auf die Terrasse, und ihr trinkt ein Glas Wein zusammen.«

Gerade das würde ich nicht tun. Henning stand bestimmt auch nicht der Sinn danach. Er rannte jedenfalls mit finsterer Miene durch die Gegend und sprach nur das Nötigste.

Ich hatte keine Veranlassung, als Erste einzulenken. Stattdessen behauptete ich, ich hätte Kopfschmerzen, und schlief im Gästezimmer. Am nächsten Tag holte ich heldenhaft seine Schuhe vom Schuster und bügelte nicht nur seine Hemden, sondern alles, was irgendwie zu bügeln war, damit er auch mitbekam, dass ich meine Arbeit tat. Er war nicht der Einzige, der am Wochenende arbeiten musste!

Immerhin stritten wir uns an diesem Wochenende nicht mehr. Wäre auch schwierig gewesen, weil wir ja nicht miteinander sprachen. Am Sonntagmittag nahm er seinen perfekt gepackten Koffer mit seinen perfekt gebügelten Hemden und teilte mir knapp mit, dass er vermutlich am Donnerstag wieder da sei.

»Und tu mir einen Gefallen, Marie«, sagte er. »Beschäftige dich endlich mal mit dem Thema China. Das hat nicht ewig Zeit.«

»Das tue ich schon«, behauptete ich.

»Davon merke ich aber nichts«, sagte er.

»Woher willst du das wissen?«

»Zumindest das Buch von mir liegt noch original eingeschweißt da«, versetzte er.

Mist. Jetzt war er tatsächlich gegangen und hatte das letzte Wort behalten.

Bei unserem Gespräch am Sonntagabend hatte mir Lotta geraten, mir erst mal ein paar ruhige Tage zu machen, wenn Henning nicht da war. »Du machst einen gestressten Eindruck«, waren ihre Worte.

Vermutlich mögen Kinder so was nicht. Ihre Eltern sollen so sein wie immer. Und mich kannten sie in erster Linie als die Hilfsbereite, die immer ein offenes Ohr und in den meisten Fällen eine Lösung parat hatte. Aber jetzt konnte ich selber mal jemanden gebrauchen, der mir zeigte, wie ich die Familie Nowakowski in den Griff und das Thema China aus dem Weg kriegte. Alle To-do-Listen der Welt halfen mir da nicht weiter.

14

Statt ein paar ruhiger Tage ereilte mich am Montagmorgen direkt der nächste Frustmoment. Mir war endlich wieder eingefallen, dass ich ja bei Nicoles Gynäkologen anrufen wollte, um einen Termin zu machen.

»Frau Nowakowski?«, fragte mich die Sprechstundenhilfe am Telefon ratlos. »War die in diesem Quartal schon bei uns?«

»Das müsste sie eigentlich. Sie ist schwanger.«

»Hm.« Ich hörte die Frau mit ihrer Kollegin tuscheln, dann war sie wieder am Hörer. »Nicole Nowakowski? Hammerweg 35?«

»Genau.«

»Ja, da haben wir eine Karte«, sagte sie. »Aber die war schon länger nicht mehr da.«

»Sind Sie sicher? Die müsste doch zur Vorsorge kommen.«

»Nicht bei uns«, teilte sie mir mit. Das machte mich ratlos. Wer hatte denn dann die Anweisung erteilt, dass sie liegen musste?

»Egal«, entschied ich, »geben Sie mir trotzdem einen Termin.«

»Mal sehen... Wievielte Woche?«

»Möglichst diese noch«, sagte ich.

»Nein! Schwangerschaftswoche!«, belehrte sie mich. »Wegen Ultraschall.«

»Keine Ahnung«, erwiderte ich. Langsam merkte ich, wie ich immer ärgerlicher wurde. »Planen Sie auf jeden Fall mal einen ein. Sie sagt, sie hat vorzeitige Wehen.«

»Ouh, ouh«, sagte sie. Was mich an Bruno und meine Waschmaschine erinnerte und meine Laune nicht verbesserte.

»Also ich könnte Sie am Mittwoch um zehn nach elf dazwischennehmen«, beschied sie mir jetzt. »Bitte Kärtchen nicht vergessen. Und natürlich den Mutterpass.«

Ouh, ouh, dachte ich. Ob wir den rechtzeitig finden würden, wenn Nicole schon so lange nicht mehr beim Arzt war? Überhaupt, woher wusste sie das mit dem Liegen? Hatte sie sich das selbst ausgedacht? War sie am Ende gar nicht schwanger, sondern hatte einfach nur zugenommen?

»Zehn nach elf am Mittwoch«, bestätigte ich mit wenig Begeisterung. Wenn in einer gynäkologischen Praxis im Zehnminutentakt Patientinnen bestellt wurden, dann konnte man sich ausrechnen, dass zwischen acht und elf schon jede Menge Verspätung aufgelaufen war. Ich sollte mir auf jeden Fall was zu lesen mitnehmen. Am besten auch einen Picknickkorb. Vielleicht auch einen Schlafsack. Wer wusste, wann wir da wieder rauskommen würden!

Ich beschloss, nicht sofort in den Hammerweg zu fahren, sondern noch einige Besorgungen zu machen, um etwas Distanz zwischen Nicole und meine schlechte Laune zu bringen. Eine Schultüte zu kaufen würde mich sicher aufheitern.

Hatte ich gedacht. Womit ich nicht gerechnet hatte war, dass der Markt für Schultüten bereits ziemlich leergefegt war. In dem von mir normalerweise frequentierten Spielwarenladen konnten sie mir nur noch eine minikleine anbieten (»für jüngere Geschwister wird die gern genommen«) oder eine mit rosa Glitzer und Prinzessinnen drauf. Das ging natürlich gar nicht. Seufzend machte ich mich auf den Weg zur Konkurrenz.

Dort war die Lage nicht besser. »Lila Ranzen mit Raketen?«, fragte die Frau. »Ich kenne das Dekor. War sehr beliebt dieses Jahr. Ich glaube nicht, dass wir dazu noch was Passendes finden.«

Ähnlich trostlos ging es in dem von ihr empfohlenen Lederwarengeschäft zu, das meine letzte Hoffnung war, bevor ich nach Bredenscheid fahren müsste. Die hatten keine einzige Schultüte mehr, nannten mir aber einen Kiosk in Möllenbeck, wo es angeblich noch welche gab.

»Und Sie können mir keine mehr bestellen?«, fragte ich. Die Hoffnung stirbt zuletzt. »Es ist doch noch eine Woche hin.«

Die Frau sah mich an, als hätte ich ihr einen unsittlichen Antrag gemacht. »Oh nein!«, teilte sie mir mit. »Dieses Jahr ist doch längst abgehakt!«

Na gut. Dann musste ich es halt bei dem Kiosk in Möllenbeck versuchen. Vielleicht war da die Nachfrage nicht so groß.

Immerhin erspähte ich eine grüne Schultüte, als ich den Laden betrat. Um sie näher zu betrachten, musste ich hinter das Zeitschriftenregal gehen, das den Weg zur Kasse auf der einen Seite flankierte. Die Kioskbetreiberin, eine resolute Dame vorgerückten Alters, war noch in ziemlicher Lautstärke damit beschäftigt, einen Lottoschein abzurechnen, und zwei weitere Kunden warteten dahinter.

Leider kam ich an die Schultüten nicht dran, um zu sehen, ob in der grünen vielleicht noch eine lilafarbene steckte. Stattdessen verhakte ich mich mit meiner Strickjacke in einer der Regalbefestigungen und musste nun versuchen, den Faden vorsichtig wieder zu lösen, ohne die Jacke zu beschädigen.

Währenddessen wurde der Lottoscheinbesitzer abgefertigt, und der nächste Kunde war dran, ein kleiner, kräftiger Mann mit einer Baseball-Kappe, einer verspiegelten Sonnenbrille und einem sehr merkwürdig aussehenden Schnurrbart.

»Was darf's sein?«, fragte ihn die Kioskfrau mit einer Stimme, die von jahrzehntelangem Rauchen geprägt war.

Der Mann hob eine Art Socke. »Die Kasse«, sagte er. »Los, das Geld her.«

»Was meinten Sie?« Die Frau war völlig arglos. Vermutlich war sie auch ein wenig schwerhörig. Deshalb hatte sie sich bis jetzt nicht erschrocken, im Gegensatz zu mir.

Der Mann fummelte nervös an seiner Socke. »Das Geld aus der Kasse!«

Das schien die Frau nicht zu erschüttern. »Ich hab kein Geld in der Kasse!«, erklärte sie unbeeindruckt. »Doch nicht so früh am Tag!«

»Kein Geld?«, schnappte der Mann und drückte hastig an seinem Schnurrbart herum, bevor er wieder hektisch mit der Socke wedelte. Ich befürchtete, dass da eine Waffe drin war, aber genau erkennen konnte man es nicht. »Wieso haben Sie kein Geld in der Kasse?«

»Es ist noch zu früh!«, wiederholte sie achselzuckend. »Montagmorgen gibt's noch keine Umsätze! Was haben Sie erwartet?«

Ich drückte mich etwas tiefer hinter das Regal, in der Hoffnung, dass er mich nicht registriert hatte und deshalb nicht auf mich schießen würde, wenn er endlich seine Waffe ausgepackt hatte. Aber so weit war er immer noch nicht.

»Kein Geld?«, wiederholte der ziemlich inkompetente

Räuber fassungslos und sah sich nervös um. Er erinnerte mich eher an einen Papagei als an einen Verbrecher. »Was ist denn das für ein Scheißkack?«

Jetzt schien der ältere Mann hinter ihm ungeduldig zu werden. »Kommen Sie, hier haben Sie fünf Euro«, sagte er zu ihm. »Nun hauen Sie schon ab.«

»Aber ...«, stammelte der Räuber fassungslos. »Wieso gibt's denn nicht ...«

»Nun machen Sie schon!«, sagte der Kunde und hielt ihm den Schein hin. »Ich hab nicht ewig Zeit.«

»Scheißkack!«, wiederholte der Papagei/Verbrecher empört, riss dem anderen den Fünf-Euro-Schein aus der Hand und stürzte aus dem Laden, dass die Türklingel nur so schepperte.

Die Frau hinter der Kasse und der ältere Mann sahen ihm hinterher, während ich mich bemühte, meinen Puls wieder unter zweihundert zu bringen. »War das jetzt ein Überfall?«, japste ich und kroch zitternd hinter dem Zeitschriftenregal hervor.

»Nicht so wirklich«, meinte die Frau und griff zum Telefon, um die Polizei anzurufen. »Neulich, als die zwei Burschen mit der Kette kamen, das war gefährlicher.«

Während sie mit der Polizei verhandelte, verkaufte sie dem Mann ein Päckchen Zigarillos. »Ich dachte, der schießt jetzt auf Sie«, sagte ich.

»Womit denn?«, meinte der Mann.

»Na, hatte der nicht eine Waffe in der Socke?«

»Wie, das war gar kein Geldbeutel?«, fragte der Mann erschrocken. »Ich hab meine Brille nicht auf.«

Die Kioskfrau war sich da auch nicht so sicher. »Ich hab keine Waffe gesehen«, sagte sie.

»Gesehen hab ich sie auch nicht«, musste ich zugeben, weshalb die beiden Polizistinnen, die kurze Zeit später erschienen, um die Sache aufzunehmen, auch recht gelassen blieben. Bis dahin hatte mir die Kioskfrau ihre letzten vier Schultüten vorgeführt und mir nahegelegt, die grüne zu kaufen, weil die am besten zu einem lila Ranzen passen würde. Geschäftstüchtig empfahl sie mir: »Wenn Sie wollen, können Sie ja noch diese lila Transparentfolie drumwickeln. Das sieht sicher auch gut aus.«

Ich stand noch unter Schock, was erklärt, warum ich nicht nur die Schultüte selbst, sondern auch die Folie zu einem völlig überhöhten Preis erwarb und mir überdies noch einige Süßigkeiten für den Inhalt aufschwatzen ließ. Nachdem die Polizistinnen unsere Personalien aufgenommen hatten und mein Adrenalinspiegel wieder gesunken war, fuhr ich endlich zum Hammerweg, wo ich für meine Verhältnisse ungewöhnlich spät ankam.

Draußen begegnete ich Gonzalez und Nuala, die mit einigen anderen Kindern damit beschäftigt waren, die großen Müllcontainer vor dem leer stehenden Haus mit Straßenmalkreide anzumalen. Das an sich war ja nichts Verwerfliches, beim nächsten Regen würde das sowieso abgewaschen, allerdings schienen mir einige der Motive doch etwas frühreif. Aber vielleicht hatten sie das auch aus dem Aufklärungsbuch für die dritte Klasse abgemalt, das neulich neben der Kaffeemaschine lag. Ich tat so, als hätte ich nichts gesehen.

Gonzalez und Nuala hätten auch gern so getan, als hätten sie mich nicht gesehen, aber das gelang ihnen nicht ganz. Immerhin hatten sie mich schon so weit verstanden, dass sie freiwillig riefen: »Wir kommen gleich!«

Das wertete ich als Erfolg. Denn natürlich hatte sich über das Wochenende wieder ein erklecklicher Berg Geschirr angesammelt. Den ließ ich aber links liegen und steuerte erst mal auf Nicole zu. »Ich habe bei Ihrem Frauenarzt angerufen«, erklärte ich ihr. »Und die sagen, Sie sind da schon ganz lange nicht mehr gewesen.«

»Kann sein«, sagte sie und ließ ihren Blick unstet durch die Wohnung schweifen.

»Wer hat denn dann Ihre Schwangerschaft festgestellt?«

»Ich hab einen B-Test gemacht«, sagte sie. »Die waren im Drogeriemarkt runtergesetzt.«

So ging es natürlich auch. »Und wann war das?«

»Vor ein paar Monaten.«

»Und wie kommen Sie darauf, dass Sie fest liegen müssen? Haben Sie darüber mit irgendeinem Arzt gesprochen?«

»Ich kenn das doch!«, entgegnete sie. »Bei Nuala war das ganz genauso. Vielleicht wird es wieder ein Mädchen.«

Ich knirschte mit den Zähnen. Diese Frau machte mich fertig. Wie konnte man so an das Leben herangehen?

»Wenn es ein Mädchen wird«, fuhr sie fort, »dann nenn ich es Inschallah.«

»Inschallah?«

»Ja, das hat ihr Vater immer gesagt. Der ist ja Muslim. Kommt aus Syrien. Und da ist er nun ja wohl auch wieder hin. Das würde uns an ihn erinnern.«

Inschallah Nowakowski. Gute Nacht, Deutschland. »Hören Sie, das ist kein Name«, belehrte ich sie. »So sagen Muslime, wenn sie meinen ›wie Gott will‹.«

»Warum soll denn das kein Name sein? Im Deutschen gibt es doch auch Gottfried. Oder Gottlieb. Obwohl das ein bisschen altmodisch klingt.«

Was sollte ich dazu sagen? »Aber Inschallah Nowakowski ...« Wenn das Kind nach seiner Mutter kam, war das vielleicht ein passender Name.

»Finden Sie, das ist zu lang? Man könnt's ja abkürzen. Obwohl ... Gonzalez ist genauso lang, oder? Wissen Sie, ich finde, der Name sollte zum Vater passen. Sein Vater heißt mit Vornamen Enrique, aber das gefiel mir nicht so gut. Ich hab da lange drüber nachgedacht. Als ich dann in der Zeitung las, dass Uwe Ochsenknechts Sohn Gonzalez heißt, da wusste ich: Das ist es!«

Irgendwie hatte ich nicht die Ruhe, mir anzuhören, wie die diversen Väter ihrer diversen Kinder hießen. Einerseits war es Zeit zum Mittagessenkochen, andererseits musste ich ihren Mutterpass finden. Und sie hatte natürlich keine Ahnung, wo er war.

»Vielleicht war er in der Handtasche, die mir geklaut worden ist«, mutmaßte sie. »Vor zwei Jahren auf dem Schützenfest war das.«

Vor zwei Jahren. Kevin war jetzt sechs. »Waren Sie vor zwei Jahren auch schwanger?«

»Nein, wieso?«

»Warum hatten Sie denn dann Ihren Mutterpass in der Tasche?«

»Keine Ahnung. Nur weil er doch nicht da ist. Könnte ja sein.«

Ich gab auf und konzentrierte mich auf die Zubereitung von Bratkartoffeln mit Rührei und Salat, während sie sich ausnahmsweise nicht dem Fernseher widmete, sondern ihre Klatschzeitschriften studierte. Vielleicht suchte sie nach muslimischen Prominenten, um herauszufinden, wie die ihre Kinder genannt hatten.

Aber als ich die Kartoffeln in der Pfanne hatte, hielt ich es nicht länger aus. »Nicole, könnten Sie nicht doch mal ausnahmsweise aufstehen und Ihren Mutterpass suchen? Ich habe für Mittwoch einen Termin gemacht, da sollten Sie den haben.«

»Aber ich muss …«

»Das sagen Sie. Ich bin mir da nicht so sicher, solange ich das nicht von einem Arzt gehört habe.«

Eine Sekunde oder so starrten wir uns gegenseitig an.

Dann atmete sie tief durch und sagte: »Wenn Sie meinen.« Sie warf die Decke von sich und wälzte sich vom Sofa.

Ich musterte sie kritisch. Sie trug eine braune Jogginghose aus Nickistoff und ein gelbes Herren-T-Shirt und sah tatsächlich schon ziemlich schwanger aus. Aber auch ohne Schwangerschaft war sie keine Elfe. Mühsam schleppte sie sich durch die Wohnung, um verschiedene Schränke und Schubladen zu öffnen. Ich hatte keine große Hoffnung, dass sie ihren Mutterpass finden würde, aber ich war auch nicht länger bereit, ihre Spielchen mitzuspielen.

Darüber kamen Gonzalez und Nuala nach Hause. Vielleicht drängte sie der Hunger oder das Versprechen zu spülen, vielleicht hatten sie auch keinen Platz mehr auf dem Container gefunden, wo sie weitere anatomische Details anbringen konnten. Auf jeden Fall entschied ich, dass sie das Spülen erst nach dem Mittagessen erledigen sollten, was natürlich zunächst mit Protest aufgenommen wurde. »Aber dann is es viel mehr!«

»Dafür braucht ihr dann später gar nichts zu spülen«, hielt ich dagegen. »Es kommt aufs Gleiche raus. Geht euch erst mal die Hände waschen.«

Erstaunt betrachteten sie ihre Finger, die mit einer farbenfrohen Mischung aus Kreide bedeckt waren. »Wenn's sein muss …«

Den Spruch kannte ich ja schon von Kevin, der auch gerade kam und den ich gleich mitschickte.

Wie jeden Mittag wünschte ich, die Nowakowskis hätten wie andere Leute einen Esstisch mit normal hohen Stühlen. Ich hatte schon öfter darüber nachgedacht, wo ich so etwas organisieren könnte, aber bisher war mir keine Idee gekommen, und es hätte auch größerer Umräummaßnahmen bedurft, um diese zusätzlichen Möbel unterzubringen.

»Anna hat gesagt, die essen auch immer abends zusammen«, berichtete Kevin aus dem Kindergarten. »Sogar ihr Papa isst mit.«

»Jeden Tag?«, fragte Nuala zurück. »Boah.«

»Das könntet ihr doch jetzt auch immer machen«, schlug ich vor.

»Tun wir doch, wenn du da bist«, sagte Kevin.

»Aber ich werde nicht immer da sein«, erklärte ich. »Und dann kann eure Mama kochen, und ihr esst alle zusammen. Das wär doch gut, oder?« Ich fand mich ungeheuer pädagogisch.

Nicole beäugte mich skeptisch. »Ich weiß nicht, ob ich immer kochen kann.«

»Wieso werden Sie nicht immer da sein?«, fragte Gonzalez. »Ich dachte, Sie kommen jetzt regelmäßig.«

»Für eine Weile, ja«, sagte ich vorsichtig. »Aber ich kann auch nicht immer. Zum Beispiel fahre ich an dem Tag nach Kevins Einschulung für eine Woche mit meinem Mann in die USA.«

Diese Information mussten alle Nowakowskis erst mal sacken lassen. »Eine ganze Woche?«, fragte Nicole schließlich. Es klang wie etwas Unbegreifliches.

Ich nickte. Dass ich unter Umständen demnächst für zwei oder drei Jahre wegfahren würde, war ein Umstand, den ich selber noch zu verdrängen versuchte.

»Mein Papa war auch schon in der USA«, teilte Kevin mir mit. »Für ganz lange. Der hat da gearbeitet.«

»Sieh mal an«, sagte ich. Das klang doch ganz vernünftig. Hatte Nicole einmal jemanden gefunden, der ehrgeizig war? Und warum unterstützte er dann die Familie nicht wenigstens mit regelmäßigen Unterhaltszahlungen?

»Quatsch«, sagte Gonzalez herablassend zu ihm. »Nicht USA. Dein Papa war in der JVA, du Blödi.« Ich nahm mal an, das war das Kürzel für Justizvollzugsanstalt. Das klang natürlich schon wieder anders.

»Ich bin kein Blödi! Du bist selber blöd!«, fuhr Kevin auf. Dann sah er mich an. »Is JVA so ähnlich wie USA?«

»Irgendwie schon.« Ich sah die braunen Augen unter den strubbligen blonden Haaren und fühlte eine Welle von Emotionen für dieses Kind. »Es ist beides ziemlich weit weg.« Keiner widersprach mir.

Triumphierend sah Kevin seinen Bruder an. »Siehste?«

Gonzalez erwiderte seinen Blick mit einer gewissen Herablassung. »Lern du erst mal das Alphabet.«

»Zuerst lern ich lesen und schreiben!«, sagte Kevin beleidigt.

Später schaute ich noch auf einen Kaffee bei Hannes vorbei, denn ich hatte ein Anliegen. »Sie waren doch schon mal in China, oder?«

»Das ist schon eine Weile her«, sagte er und schlürfte mit Genuss seinen Kaffee.

»Können Sie mir trotzdem mehr darüber erzählen, als dass es da Hühnerfüße zu Mittag gibt?«

»Nicht nur zu Mittag«, grinste er. »Das Konzept eines leichten Frühstücks kennen die da wohl nicht. Da gibt es Reis zu jeder Tageszeit.«

»Na toll«, murmelte ich düster.

»Aber in den Hotels ist man inzwischen auf westliche Touristen eingestellt«, versicherte er mir. »Ich vermute, Sie planen eine Reise dahin? Machen Sie sich keine Sorgen, das wird bestimmt alles gut organisiert.«

»So wirklich Urlaub ist das nicht«, sagte ich bedrückt. »Mein Mann wird dorthin versetzt und möchte, dass ich mitkomme.«

Hannes schüttelte den Kopf. »Ich weiß nicht, ob das für Sie das Richtige ist. Was würden Sie denn da tun?«

»Genau das frage ich mich auch. Ich habe mal im Internet geguckt, und in Shanghai gibt es wenigstens noch eine Art deutschen Club, wo sich die Frauen regelmäßig treffen. Aber in Chongqing finde ich da gar nichts.«

»Oje«, sagte er. »Was wollen Sie denn in einem Club für unterbeschäftigte Gattinnen?«

»Meinen Sie, darauf läuft es hinaus?«

»Hören Sie, ich war zwar nie im Landesinneren, und meine Erfahrungen liegen wie gesagt ein paar Jahre zurück, aber vermutlich gehört zum Lebensstandard eines Managers, dass er wenigstens ein paar Hausangestellte hat. Dann waschen Sie nicht mehr selbst, sondern lassen das alles erledigen. Und womit werden Sie dann Ihre Zeit verbringen?«

»Die Frage stellt sich mir hier doch auch. Seit mein Sohn ausgezogen ist, habe ich mehr Zeit, als gut für mich ist.« Ich fragte mich sofort, ob es gut für mich war, dass ich ausgerechnet Hannes Hoffmeister diese Dinge erzählte, aber er stand einfach zur Verfügung.

»Und deshalb suchen Sie sich dann Leute wie die Nowakowskis, um dort den rettenden Engel zu spielen?«

Jetzt war er wieder bei seinem Lieblingsthema: mir einzureden, dass das alles vergebliche Liebesmüh wäre. »Ich habe mir die Nowakowskis nicht gesucht. Das hat sich einfach so ergeben. Nennen Sie es Fügung.«

»Das ist nur ein Teil der Wahrheit, Marie. Geben Sie es zu, Sie sind auch ein bisschen fasziniert von dem Gedanken, dass Sie hier etwas bewegen können.« Er zwinkerte mir zu. »Während sich Nicole überhaupt nicht bewegt.«

»Oh, heute hat sie sich bewegt«, erzählte ich nicht ohne Stolz. »Und am Mittwoch wird sie sich auch bewegen, denn dann bringe ich sie endlich zur Schwangerschaftsvorsorge. Können Sie sich vorstellen, dass die noch nicht bei einem Arzt war?«

»Klar kann ich mir das vorstellen«, sagte er. »Millionen von Frauen kriegen ihre Kinder so. Sie leben in einer zu aufgeräumten Welt, Marie. Und Sie glauben, mit ein bisschen Ordnungmachen schaffen Sie das auch bei denen da oben. Aber so funktioniert das nicht.«

Alles in mir sträubte sich dagegen, aber im Gegensatz zu Henning hörte ich bei ihm nicht diesen herablassenden Ton, der mich immer gleich so wütend machte. So ganz unrecht hatte er nicht, musste ich zugeben. Aber gab das einem das Recht, einfach wegzusehen und gar nichts zu tun? »Wie funktioniert es denn?«, fragte ich herausfordernd zurück. »Kennen Sie eine bessere Methode, um diesen Kindern zu helfen?«

Er sah mich lange über den Rand seiner Kaffeetasse an. Als ich schon dachte, wir würden dieses Treffen schweigend beenden, sagte er: »Ich habe nicht an die Kinder gedacht, Marie. Ich habe einfach Angst, dass Sie sich hier verschleißen, denn Sie investieren sehr viel.«

»Vielleicht kann ich es mir leisten?«

»Ich meine das nicht finanziell.«

»Ich auch nicht, Hannes.«

Er sah eine Weile an mir vorbei aus dem Fenster. »Ich glaube, dass Sie sich da verkalkulieren, Marie. Seien Sie ehrlich sich selbst gegenüber, sonst könnten Sie eine sehr unangenehme Überraschung erleben. Nicht nur, dass Nicole Nowakowski sich nicht ändern wird, sie wird auch nicht zulassen, dass Sie ihr die Kinder entfremden.«

»Aber das will ich doch gar nicht!« Wie kam er bloß auf die Idee? Ich wollte doch nur in einer schwierigen Phase ihres Lebens Unterstützung bieten. Mir schwebte weder vor, die Kinder zu adoptieren, noch auf Dauer ihre Haushälterin zu spielen. Das hier war eher eine Krisenintervention auf unterster Ebene.

»Sie tun das aber, Marie. Sie führen andere Regeln ein,

Sie zeigen den Kindern, wie es sein könnte. Damit bauen Sie ziemlich viel Druck auf für eine Mutter, die kaum genug Energie hat, um morgens aus dem Bett zu kommen. Das kann sie sich auf Dauer nicht gefallen lassen, wenn sie ihre Kinder nicht verlieren will.«

Ich musste schlucken. So hatte ich es nie gesehen, wenn ich Nicole versuchte vorzumachen, wie man seinen Tag strukturiert anging. Meine Vorstellung war immer gewesen, dass sie das motivieren würde, dass sie sich ein bisschen abgucken könnte, wie man zielgerichtet vorging. Ich würde das jetzt vor Hannes nicht zugeben, aber ich hatte schon davon geträumt, dass sie sich eines Tages sagen würde: »So schwer scheint das nicht zu sein – das probiere ich auch mal.« Aber wenn man es aus seiner Perspektive betrachtete, konnte der Schuss auch nach hinten losgehen, bis sie sich im Vergleich zu mir völlig unfähig vorkam.

»Was glauben Sie denn, was würde sie dann tun?«

Er zuckte mit den Schultern. »Das weiß ich nicht. Ich philosophiere auch nicht jeden Tag so herum, wissen Sie. Aber ich mache mir meine Gedanken über Sie, seitdem Sie das erste Mal hier aufgetaucht sind.«

»Und warum?«, fragte ich etwas beunruhigt. »Hat es damit zu tun, dass ich die Frau von Henning bin?«

Als er mich wieder lange wortlos ansah, wurde ich noch viel beunruhigter. Was passierte hier? War das eine Art Spiel, das noch auf den ungeklärten Themen der Ära Beatrix beruhte? Oder hatte ich Hannes, über den ich nach wie vor sehr wenig Privates wusste, ohne es zu ahnen in eine ganz ungewollte Richtung ermutigt?

Schließlich seufzte er tief und brach das unangenehme Schweigen. »Anfangs hat es mich sicherlich neugierig gemacht, das kann sein. Aber eigentlich hat es eher wenig mit Henning zu tun. Und ziemlich viel mit Ihnen.«

Oje. Wie sollte ich bloß damit umgehen, wenn er mir jetzt irgendwelche Avancen machte? Hannes Hoffmeister war zugegebenermaßen ein attraktiver Mann. In seiner Gegenwart fühlte ich mich … ernst genommen, stellte ich zu meiner Überraschung fest. Er versuchte nicht, mir irgendwas überzustülpen, so wie es oft andere Männer taten, die von Frauen eine so vorgefertigte Meinung hatten, dass man ihnen nichts wirklich Persönliches von sich erzählen konnte. Deswegen wurde man von ihnen zwar mit ausgesuchter Höflichkeit und charmanten Umgangsformen behandelt, aber das war alles nur sehr oberflächlich.

Meine Gespräche mit Hannes waren nicht oberflächlich, wurde mir klar. Von Anfang an hatten wir eine ganz eigene Art entwickelt, wie wir miteinander umgingen, und deshalb war ich auch immer wieder hierher zurückgekehrt, obwohl mir seine provokante Art nicht immer gefiel.

Ungebeten fiel mir jetzt auch noch die Bemerkung von Gonzalez ein: Ist der scharf auf Sie? Ich hatte nicht viel Erfahrung mit solchen Sachen. Irgendwie hatten Henning und ich uns all die Jahre über die Runden gerettet, ohne dass eine akute Gefahr von außen aufgetaucht war. Natürlich gab es den einen oder anderen Mann, der mich mal angegrapscht oder – durch zu viel Alkohol in seiner Selbsteinschätzung getrübt – mit dummen Sprüchen angemacht hatte. Aber das war immer von vornherein so lächerlich gewesen, dass ich es entweder schnell vergessen oder Henning später mit amüsiertem Grinsen erzählt hatte.

Hier lag der Fall anders. Ich hatte den Eindruck, als ob jetzt ich es wäre, die ihrer Einschätzung nicht mehr trauen konnte. Schlimmer noch, ich wusste nicht, was ich selbst wollte. Würde es mir gefallen, wenn ich von

Hannes auch auf zwischenmenschliche Weise die Bestätigung bekam, die mir Henning in letzter Zeit mit seiner konstant schlechten Laune vorenthalten hatte?

Weil er sich selbst öfters mal Gesprächspausen gönnte, hatte er wohl auch mit mir Geduld. Mir wurde bewusst, dass wir uns schon eine ganze Weile wortlos gegenübersaßen. Und dass mein Herz ziemlich unangemessen klopfte. »Wie meinen Sie das?«, fragte ich mit trockenem Mund. Leider hatte ich nichts mehr in der Tasse, um das zu ändern.

»Inzwischen haben wir ja schon ein paar Liter Kaffee zusammen getrunken«, sagte er ganz entspannt. »Ich mag Sie, Marie. Aber ich mag nicht zusehen, wie Sie hier gegen Windmühlenflügel kämpfen.«

Das war nicht die Liebeserklärung, die ich befürchtet (oder erhofft?) hatte. »Sie finden es also total sinnlos, was ich tue?«

»Sinnlos ... das würde ich nicht sagen. War das bei Don Quichotte sinnlos? Meinen Sie, Cervantes hat das so gemeint?«

Das durfte nicht wahr sein, ausgerechnet jetzt fing der Kerl an, über Literatur zu referieren? »Ich dachte immer, das sei ein Beispiel dafür.«

»Ich verstehe es eher als ein Beispiel für ein Missverständnis«, gab er zurück. »Der Held meinte, es seien Riesen, gegen die er seine Liebe verteidigen müsste. Und Sie meinen, Sie können hier eine Frau umerziehen. Das halte ich auch für ein Missverständnis.«

»Was ist es denn in Wirklichkeit?«

»Das wissen Sie doch selbst, Marie. Sie kleben gerade ein Pflaster auf einen komplizierten Beinbruch.«

Ui. So gesehen wirkte ja Don Quichotte längst nicht so mitleiderregend wie ich. »Sie können ganz schön austeilen, Hannes. Soll ich direkt nach Hause fahren und mich ins Bett legen oder lieber unterwegs von einer Brücke springen?«

Er zog die Augenbrauen hoch. »Als ob es eine Brücke gäbe zwischen hier und Ihrem Haus. Fangen Sie nicht schon wieder so an, Marie, so empfindlich sind Sie doch gar nicht.«

»Na gut, ich habe also überdramatisiert. Aber ich bin schon ein bisschen betroffen durch das, was Sie sagen. Zumal es nicht das erste Mal ist, dass wir darüber reden.« Ich hielt ihm meine Tasse hin. »Haben Sie wenigstens noch einen Kaffee für mich?«

Er sprang auf. »Ich habe immer einen Kaffee für Sie.« Während er ihn holen ging, drehte ich meinen Stuhl so, dass ich auch einen Blick aus dem Fenster hatte. Wenn man den Hals ein wenig verdrehte, konnte man die schaurige Treppe sehen, die zu Nicoles Wohnung hinaufführte. Vielleicht bekam er mehr mit von dem, was die Nowakowskis so taten, als ich bisher gedacht hatte? Wer sich hier aufhielt, hätte die Gelegenheit, über jeden Besucher Bescheid zu wissen, der kam und ging.

»Sind Sie eigentlich oft hier?«, fragte ich ihn, als er meine Tasse wieder vor mir abstellte.

»Täglich. Ich arbeite hier, Marie.« Mit einem Grinsen setzte er sich wieder. Jemanden, den ich besser kannte, hätte ich jetzt in die Rippen geknufft. Bei ihm schien mir das nicht so angebracht.

»Ich meine hier in diesem Raum. Sie scheinen so gut Bescheid zu wissen über das, was sich oben abspielt.«

»Glauben Sie, ich mache es zu meiner Lebensaufgabe, die Nowakowskis zu überwachen? Ich bitte Sie!« Ich hatte gerade angefangen, mich für meinen Verdacht zu schämen, als er grinsend fortfuhr. »Nein, das läuft ganz anders. Es gibt Versorgungsleitungen zwischen den Etagen, die sind nicht wirklich isoliert, deshalb hört man relativ viel, wenn man hinten in der Halle am Schreibtisch sitzt. Hier dagegen hat man es vergleichsweise ruhig. Wenn die Knirpse nicht im Flur Skateboard fahren.«

Ich rührte noch etwas Milch in meinen Kaffee und dachte darüber nach, was für mich heute noch anstand. Zum Beispiel die Schulsachen für Kevin kaufen. Ich konnte mich noch aus früheren Zeiten daran erinnern, was das für ein Aufwand war – wie mochten das Familien mit mehreren Kindern finanzieren, die nicht so gut dran waren wie wir?

»Sie haben doch erzählt, dass die Miete jetzt direkt an Sie gezahlt wird«, sagte ich. »Mit wem haben Sie es da zu tun gehabt?«

Er verzog das Gesicht. »Sie geben nicht auf, was? Was haben Sie vor?«

»Ich habe veranschlagt, dass allein die Sachen, die Kevin für die Schule braucht, über hundert Euro kosten werden, wenn man Turnschuhe und alles einrechnet. Ich glaube nicht, dass Nicole das Geld hat.«

»Da dürften Sie recht haben. Rufen Sie beim Sozialamt an. Ich kann mich da an einen Herrn Möhling erinnern.«

»Vielen Dank.« Ich holte meinen Kalender aus der Handtasche und notierte den Namen.

Hannes beobachtete es amüsiert. »Sie sind so organisiert, Marie. Haben Sie schon angefangen, Chinesisch zu lernen?«

»Nein«, sagte ich gereizt. »Bis jetzt kann ich noch nicht mal mit Stäbchen essen. Aber vielleicht braucht man die ja für Krähenfüße nicht.«

»Bestimmt nicht«, sagte er lachend. »Noch nicht mal für Hühnerfüße, wenn Sie das meinten.«

Bevor ich am Nachmittag zur Buchhandlung fuhr, rief ich bei der Stadtverwaltung an und ließ mich mit Herrn

Möhling verbinden. Er klang etwas abweisend und kurz angebunden und wollte erst mal wissen, in welcher Beziehung ich zu Frau Nowakowski stand.

»Ich kümmere mich in letzter Zeit ein bisschen um den Haushalt«, erklärte ich ihm. »Weil sie doch schwanger ist und das allein nicht schafft.«

»Ach, Sie sind das«, sagte er und ließ sich noch mal meinen vollständigen Namen und meine Adresse geben. »Darf ich fragen, ob Sie irgendeine Qualifikation haben, Frau Overbeck?«

»Was meinen Sie damit?«, fragte ich unsicher. »Ich führe seit über siebenundzwanzig Jahren einen eigenen Haushalt. Und ich habe zwei Kinder großgezogen.«

»Aber eine sozialpädagogische Ausbildung haben Sie nicht?«

»Habe ich nicht. Braucht man das, wenn man für andere Leute spült und wäscht?«

»Im Prinzip nicht«, sagte er frostig. »Aber die Frau Nowakowski hat uns vor ein paar Tagen mitgeteilt, dass sie zukünftig keine SPFH mehr braucht, weil Sie sich jetzt darum kümmern.«

»Keine was?«

»Sozialpädagogische Familienhilfe«, erläuterte er unwirsch. »Stehen Sie in irgendeinem verwandtschaftlichen Verhältnis zur Familie?«

»Nein, nicht dass ich wüsste.«

»Sind Sie schon länger eine Freundin der Familie?«

»Ich kenne die erst seit ein paar Wochen, aber…«

»Und Sie bekommen auch kein Geld von Frau Nowakowski für Ihre Tätigkeit?«

»Im Gegenteil«, sagte ich. »Die hat doch gar keins. Deswegen rufe ich …«

»Frau Overbeck«, sagte er, ohne mich ausreden zu lassen, »warum tun Sie das denn dann?«

Ja, warum wohl? War Herr Möhling mit Hannes Hoffmeister verschwägert oder warum bekam ich plötzlich von allen Leuten die gleichen Fragen gestellt? »Es hat sich einfach so ergeben«, sagte ich. »Ich war da und sah, dass alles drunter und drüber ging. Und da hab ich meine Hilfe angeboten.«

»Dann haben Sie Frau Nowakowski zugesagt, dass Sie dauerhaft mehrere Stunden in der Woche dort arbeiten werden?«

»Nein!«, beteuerte ich. »Das geht gar nicht. Es könnte sogar sein, dass ich demnächst hier wegziehe.«

»Ah ja«, sagte er. »Dann nehme ich mal die Information zu den Akten, dass Sie nur vorübergehend dort tätig sind.«

Tätig sind – das klang sehr offiziell. »Hören Sie, ich helfe nur aus, solange sie diese Probleme mit ihrer Schwangerschaft hat. Deshalb wollte ich fragen ...«

»Probleme mit der Schwangerschaft? Davon ist mir nichts bekannt.«

»Herr Möhling«, sagte ich, »ich vermute mal, das ist nicht die einzige Ihrer Klienten, die sich anders verhält, als man es erwartet. Ich werde am Mittwoch mit ihr zum Frauenarzt fahren.«

»Gut«, sagte er. Vermutlich nahm er auch das gerade zu den Akten.

»Jetzt habe ich nur eine Frage. Der jüngste Sohn wird nächste Woche eingeschult und braucht eine Menge Sachen dafür. Wer übernimmt da die Kosten?«

»Sagen Sie, ist Frau Nowakowski nicht ansprechbar oder machen Sie einfach alles über ihren Kopf hinweg?«, fragte er ärgerlich. »Die hat längst von uns ein Schreiben bekommen, dass sie dafür einen Gutschein beantragen kann. Sie müsste sich allerdings selbst herbemühen, der wird nicht einfach jedem ausgehändigt.«

»Davon hat sie mir nichts gesagt. Könnte sie denn am Mittwoch vorbeikommen, wenn wir sowieso unterwegs sind?«

»Das könnte sie«, teilte Herr Möhling mir mit. »Und dann kann sie mir auch persönlich erklären, wie das mit der SPFH aussieht.«

»Das wird sie«, versprach ich. »Ich rede mit ihr.«

15

»Ach ja, der Gutschein«, sagte Nicole am nächsten Morgen. »Stimmt. Hatte ich vergessen.« Wenn ich mit ihr streng redete, hatte sie sich angewöhnt, mich nicht mehr anzusehen, deswegen irrte ihr Blick quer durch ihre Wohnung, die – fand ich jedenfalls – inzwischen ein bisschen ordentlicher aussah.

»Wir fahren ja morgen zur Vorsorgeuntersuchung«, sagte ich, »da können wir direkt auch am Sozialamt vorbei, und Sie regeln das.«

»Ich weiß nicht, ob die am Mittwoch Sprechstunde haben«, sagte sie ausweichend.

»Haben sie. Ich habe ja da angerufen.«

»Na gut.« Ich erwartete fast, dass sie wie ihre Kinder ein resigniertes »Wenn's denn sein muss« nachschieben würde, so als ginge es nicht um ihr Geld und ihre Familie, sondern um etwas, das ich ihr aus reinem Mutwillen aufzwang.

»Ich finde«, sagte ich mit fester Stimme, »heute könnten Sie sich mal um das Essen kümmern, und ich putze das Badezimmer.«

»Aber ich …« Sie wedelte etwas hilflos mit den Händen.

»Wenn Sie nicht so lange stehen möchten, können Sie zum Beispiel die Kartoffeln ja auch im Sitzen schälen.« Ich hatte mir vorgenommen, sie nicht länger so zu verwöhnen, sondern im Rahmen der Zumutbarkeit ebenso mit einzubeziehen wie ihre Kinder. Immerhin hatte ich mich lange genug von ihr verschaukeln lassen, was das »liegen müssen« anging.

»Und was gibt es dazu?«

»Ich dachte an Frikadellen und Wirsinggemüse.«

»Aber es sind keine Frikadellen da«, wandte sie ein.

»Ich habe heute frisches Hackfleisch mitgebracht.«

Ihre Augen nahmen etwas Erschrockenes an. »Ich soll selber Frikadellen machen? Das habe ich noch nie! Ich kann so was gar nicht.«

»Ich zeige Ihnen, wie das geht«, beruhigte ich sie. »So schwer ist das nicht.«

Nun muss ich sagen, dass ich den Hackfleischmix für Frikadellen immer in der Küchenmaschine anrühre. Nicole hatte aber keine. Als sie realisierte, dass sie mit den Händen in den Topf greifen sollte, in dem Gehacktes, aufgeweichtes Brot, klein geschnittene Zwiebeln und ein rohes Ei versammelt waren, fing sie fast an zu weinen. »Mit den Fingern?«

»Das macht man so«, sagte ich. »Haben Sie sich die Hände gewaschen? Dann los.«

Vorsichtig steckte sie zwei Finger in die Mischung. »Das ist ganz kalt!«, klagte sie.

»Klar«, sagte ich. »Das kommt aus dem Kühlschrank.« Vielleicht war ich grausam und hartherzig, aber nachdem alle Leute, mit denen ich es zu tun hatte, mich immer wieder so kritisch hinterfragten, hatte ich beschlossen, meine Taktik zu ändern. »Hilfe zur Selbsthilfe« war, wie ich inzwischen im Internet gelernt hatte, die Devise der Sozialpädagogischen Familienhilfe. Vermutlich hatte die Frau, die sonst gekommen war, auch mehr von Nicole verlangt als ich bisher. Kein Wunder, dass sie beschlossen hatte, sich lieber von mir versorgen zu lassen wie in einem türkischen »All-inclusive«-Hotel.

Während Nicole noch sehr zögerlich den Frikadellenteig mischte, kam Nuala heulend vom Spielen. Ihre Stoffturnschuhe waren total durchnässt und der eine außerdem seitlich aufgerissen.

»Was hast du denn damit gemacht?«, fragte ich kopfschüttelnd.

»Uns is der Ball in den Bach gefallen, und ich musste ihn rausholen.« Sie zog sich die triefnassen Schuhe von den Füßen. »Und dabei bin ich abgerutscht.«

Ich untersuchte besorgt ihre Füße, aber die waren in Ordnung. »Alles okay«, sagte ich. »Zieh dir ein Paar andere Schuhe an, ich stelle diese zum Trocknen.«

»Aber ich hab keine anderen«, schluchzte sie.

»Was ist denn mit den Turnschuhen von Gonzalez?«, fragte Nicole. »Die solltest du doch nehmen für die Schule.«

»Die sind weg.«

Nicole runzelte die Stirn. »Was heißt, die sind weg?«

»Die sind nich mehr da. Er sagt, er weiß auch nich, wo die sind.«

Ich nahm Nuala bei der Hand. »Komm, wir sehen mal in eurem Zimmer nach.« Meine Erfahrung lehrte mich, dass solche Dinge manchmal zwar für andere Familienmitglieder dauerhaft verschollen sind, eine Mutter mit ihrem speziellen Ortungssinn aber immer noch die Chance hat, sie zu finden.

Im Kleiderschrank war von der Ordnung, die ich vor einer Weile geschaffen hatte, nicht mehr viel zu sehen. Nuala setzte sich auf ihre Matratze und sah fasziniert zu, wie ich Fach für Fach leer räumte, die Sachen rasch faltete und wieder einsortierte, immer in der Hoffnung, zwischen all den T-Shirts und Pullovern würde irgendwann ein Turnschuh auftauchen.

»Du kannst das aber schnell«, stellte sie fest.

»Jahrelange Übung«, sagte ich. Inzwischen hatte ich immerhin einen Gummistiefel entdeckt, der mir bekannt vorkam. Aber leider keinen Turnschuh, geschweige denn zwei.

Seufzend legte ich mich auf die Erde und sah nach, was unter dem Stockbett los war. Weil da ziemlich viel Zeug lag, musste ich fast alles hervorholen: Kevins neuen Ranzen, einen Karton mit Spielzeugautos, eine angebrochene Cornflakes-Packung, einige Kleidungsstücke, ein Schulheft, einzelne Legosteine, einige leere Getränkeflaschen, eine rosafarbene Sandale.

»Passt die dir noch?«, fragte ich, bevor ich auf die Suche nach der anderen ging.

Sie schüttelte den Kopf. »Nee. Und die andere ist auch kaputt.«

»Dann können wir diese doch wegschmeißen«, befand ich und steckte sie zu dem anderen Müll in die Cornflakesschachtel. Etwas ratlos sah ich sie an. »Heißt das, du hast jetzt keine Schuhe mehr?« So eine Situation hatten wir zu Hause nie gehabt.

»Weiß ich nich«, sagte sie mit großen Kulleraugen.

Ich erhob mich mühsam und ergriff die Müllschachtel und den einzelnen Gummistiefel. »Probier mal den Stiefel an«, sagte ich.

Sie glitt mit dem Fuß hinein. »Der geht.«

»Dann suchen wir mal den anderen«, sagte ich und schob sie wieder in den großen Raum.

Nuala humpelte mit dem einen Stiefel am Fuß an ihrer Mutter vorbei und öffnete eine Schranktür. »Mama, wo is der andere Stiefel, wo immer das Milchgeld drin war?«

»Weiß ich nicht«, sagte Nicole mit tragischer Stimme und fuhr fort, das Hackfleisch mit großer Geste und wenig Effizienz zu kneten.

»Was machst du da?«, fragte Nuala und sah mit großer Skepsis in die Rührschüssel.

»Frikadellen.«

»Was is das?«

»Eine Art Hamburger«, erklärte ich ihr und öffnete ebenfalls einen Schrank auf der Suche nach dem anderen Stiefel.

»Die kann man selber machen?«, staunte sie.

Der Stiefel, o Wunder, befand sich wieder in dem Fach für Brot. Nuala schüttelte ihn vor dem Anziehen, und zwei Centstücke fielen heraus. »Ich geh wieder raus!«, verkündete sie.

Ich sah ihr nach, wie sie mit den Stiefeln, die ihr doch etwas zu weit waren, davontrottete. »Hat sie jetzt wirklich keine anderen Schuhe mehr?«, fragte ich Nicole. Ich glaubte nicht, dass die Stoffschuhe noch zu retten waren.

Die nickte finster. »Ihre Füße sind ziemlich gewachsen«, sagte sie. »Plötzlich hatte sie Größe dreiunddreißig. Und Gonzalez macht immer seine Schuhe kaputt, von dem kann sie keine erben.«

Ich notierte mir das. Nuala: Größe dreiunddreißig, Gonzalez: Größe achtunddreißig, Kevin: Größe dreißig. Außerdem hatte ich noch eine Frage. »Warum verwahren Sie Milchgeld in einem Gummistiefel?«

»Alte Gewohnheit«, sagte Nicole. »Ich hatte mal einen Freund, der ... Na ja, in einen Gummistiefel hätte er halt nie reingepackt.«

Eine kluge Maßnahme. Man sagt ja nicht zu Unrecht »Geld stinkt nicht«. Mit Stiefeln hingegen ist das eine andere Sache. »Wissen Sie, ob es hier in der Gegend einen Secondhandshop gibt?«

»Einen Secken was? ... Ach, Sie meinen für gebrauchte Sachen. Früher gab es mal einen hinten in der Weidenstraße, aber der hat zugemacht. Sonst wüsste ich nicht.«

Aber ich kannte einen in Bredenscheid, und weil ich ja Zeit hatte, beschloss ich, an diesem Nachmittag mal hinzufahren. Aber zuerst musste ich Nicole mit viel Geduld beibringen, wie man Frikadellen formt und brät. Eigentlich hatte ich vorgehabt, sie auch das Wirsinggemüse selbst kochen zu lassen, aber dann hätte es erst am Abend etwas zu essen gegeben.

Die Kinder waren nicht wirklich begeistert. »Ich dachte, es gibt Hamburger?«, maulte Nuala.

»Das ist so ähnlich«, sagte ich.

»Aber ohne Brötchen und Ketchup«, murrte Gonzalez.

»Das ist eben die Art, wie man das früher immer gegessen hat, bevor es McDonald's gab.«

»Ich mag lieber McDonald's«, ließ er mich wissen. »Was ist denn das Grüne?«

»Das ist Wirsing.«

»Schmeckt komisch«, befand er, worauf seine Geschwister es gar nicht erst probieren wollten.

»Na ja«, musste ich zugeben, »meine Kinder mochten das auch nicht so gern, als sie klein waren.«

Großer Fehler. Empört sahen mich drei Kindergesichter an. »Aber wir sollen das essen?«

»Man kann sich daran gewöhnen«, behauptete ich. »Und irgendwann schmeckt es sehr gut. Dann isst man es richtig gern.« Ich sah ihnen an, dass sie mir das nicht glaubten. Lotta und Christoph hatten es auch nicht glauben wollen. Und wenn ich ehrlich war, glaubte Christoph es bis heute nicht. Zumindest was Wirsing anging. Aber das sagte ich natürlich nicht.

»Esst wenigstens die Frikadellen«, sagte Nicole. Jetzt war sie wohl doch ein bisschen stolz, dass sie die gemacht hatte.

»Wann gibt es denn wieder Pizza?«, fragte Kevin. »Morgen?«

»Morgen nicht«, sagte ich. »Da bin ich mit eurer Mutter unterwegs zum Arzt.«

»Und was is mit uns?«

»Für euch werde ich was zu essen vorbereiten«, versprach ich.

»Du könntest Pizza vorbereiten«, schlug Kevin unbeirrt vor. »Und wir backen die dann selber.«

Das wollte ich lieber nicht riskieren. Aber das sagte ich nicht.

Am Nachmittag machte ich mich dann auf den Weg in das Kleiderstübchen. Leider war heute kein Sonderverkauf, wo alles einen Euro kostete, aber so viel teurer waren die Sachen jetzt auch nicht. Das größte Problem war, in dieser Enge das Richtige zu finden.

Frau Göbel selber war nicht da, aber die schwangere Nadja erkannte mich sofort wieder. Sie war mit zwei weiteren Frauen damit beschäftigt, einige Regale aufzuräumen.

»Kann ich Ihnen helfen?«

»Ich suche Kinderschuhe«, sagte ich. »In verschiedenen Größen.«

»Die stehen drüben im Regal«, sagte sie. »Da ist auch so ein Ding, mit dem man die Größen einigermaßen bestimmen kann, wenn sie nicht drinstehen.«

So ein Ding war bitter nötig, denn im Gegensatz zu einem richtigen Schuhgeschäft waren die Schuhe nicht nach Größen sortiert. Dafür war ich überrascht, wie viele es gab, die größtenteils noch ganz gut aussahen. Eigentlich, war mir immer eingeimpft worden, durften Kinder keine Schuhe von anderen übernehmen. Aber mir war auch klar, dass es Nicoles Mittel und sogar meine Großzügigkeit übersteigen würde, wenn ich für drei Kinder neue Schuhe kaufte. Denn mit ein paar billigen

Stoffschühchen für Nuala war es nicht getan. Meine Suche hatte gezeigt, dass die Fußbekleidung in der Familie Nowakowski sehr dünn gesät war, egal wie viel Plunder sich dort auch sonst angesammelt hatte.

Nach einiger Zeit hatte ich ein Paar schwarze Turnschuhe für Gonzalez, ein Paar blaue Markenturnschuhe für Kevin (so gut wie neu), ein Paar Lederschuhe für Nuala und noch ein paar ganz niedliche Lackschuhe mit einem Blümchen auf der Schnalle. Ich stellte meine Funde auf den Kassentisch. »Einzeln berechnen wir drei Euro pro Paar«, sagte die Frau, die dort heute zuständig war. »Aber wenn Sie mehr als fünf Teile kaufen, kriegen Sie einen Tütenpreis.«

»Was ist denn ein Tütenpreis?«

»Wir staffeln das ein bisschen«, erklärte sie mir. »Eine Tüte mit fünf bis zehn Teilen kostet zehn Euro, eine Tüte mit elf bis zwanzig Teilen kostet zwanzig Euro, und alles darüber dreißig. Wir wollen ja viel loswerden.«

»Wenn das so ist, dann suche ich noch ein bisschen«, sagte ich und begab mich wieder in die Tiefen des Geschäfts. Der Sparfuchs in mir riet mir dringend, doch lieber zehn Teile für zehn als vier für zwölf zu kaufen, und außerdem könnte ich Nuala nicht mit gutem Gewissen in den schönen Lederschuhen zum Spielen schicken. Also suchte ich noch ein paar weitere Schuhe für sie, wobei ich auch für Kevin noch welche fand. Aber das Durcheinander im Regal provozierte mich zunehmend.

Immerhin waren die Frauen an anderer Stelle auch mit Aufräumen beschäftigt. Da konnte ich ihnen doch ganz gut ein wenig helfen. »Sehen Sie mal«, sagte ich zu der schwangeren Nadja. »Ich habe jetzt die Kinderschuhe ein bisschen umgeräumt. Wenn man immer einen nach vorn und einen nach hinten dreht, spart man ganz schön viel Platz.«

»Na so was!«, sagte sie erstaunt und rief ihre Kolleginnen herbei.

»Das ist ja praktisch«, sagte die Frau von der Kasse. »Das machen wir auch gleich mit den Erwachsenenschuhen. Haben Sie noch mehr Tipps?«

Ich zögerte ein wenig. Niemand liebt Besserwisser, aber in diesem Laden wüsste ich viel zu verändern. »Sie haben da bestimmt mehr Erfahrung«, sagte ich, »aber vom Kofferpacken weiß ich, dass Sachen mehr Platz brauchen, je öfter sie gefaltet werden. Deshalb dachte ich schon mal, ob man diese Jeansstapel nicht anders…«

»Sie meinen, dass man sie nicht zweimal, sondern nur einmal faltet?«, fragte sie. »Dann müssten wir nur die Regale tauschen, denn diese hier sind dafür nicht tief genug. Aber drüben die T-Shirts, die liegen in zwei Stapeln hintereinander, das ist doch sowieso unpraktisch.«

»Das hat aber Frau Göbel damals so eingeteilt«, sagte ihre Kollegin warnend.

»Ich würde es trotzdem gern versuchen«, sagte die Kassenfrau. »Man kann doch immer was verbessern, oder?«

»Von mir aus«, sagte die Kollegin. »Aber du erklärst das der Frau Göbel.«

»Ich lass einfach Taten sprechen«, beschloss die Kassenfrau. Insgesamt, folgerte ich aus dem Gespräch, hatten hier alle viel Respekt vor Frau Göbel.

Während ich weiter nach Sachen für die Nowakowskis suchte, kam immer mal jemand in den Laden, hauptsächlich Frauen, die entweder für sich selbst stöberten oder für ihre Kinder Sachen suchten, die für die Schule taugten. Eine von ihnen durchsuchte das Fach für Kinderjacken. Ihre Methode war ziemlich einfach. Sie zog einfach alles heraus und legte es auf die Erde. Dann nahm sie ein Teil, das ihr zusagte, und ging wieder. Mich schmerzte es, das mitansehen zu müssen, deshalb räumte ich die Jacken rasch wieder ein und nahm für Nuala und Kevin welche mit. Für Gonzalez war das Angebot leider viel spärlicher. Schließlich hatte ich spielend meine Zehn-Euro-Tüte gefüllt und schob – schon fast mit schlechtem Gewissen – meinen Zehn-Euro-Schein über den Tisch.

»Haben Sie schon mal in so einer Einrichtung gearbeitet?«, fragte mich die Frau an der Kasse.

»Noch nie.«

Sie lachte. »Dann sind Sie ein Naturtalent. Hätten Sie nicht Lust, öfter mal vorbeizukommen und uns zu beraten?«

»Das scheint mir doch ein wenig vermessen«, sagte ich und nahm meine Tüte. »Aber ich denke, ich komme bestimmt wieder, wenn es kälter wird und ich einen Überblick darüber habe, was den Kindern fehlt, die ich betreue.«

»Immer gern«, sagte sie freundlich. »Wir haben jeden Nachmittag von drei bis sechs geöffnet. Brauchen Sie vielleicht noch eine Schultüte?«

»Jetzt nicht mehr«, sagte ich. »Wieso?«

»Weil wir welche gebastelt haben. Da kommt gerade Nadja mit den Restbeständen.«

»Na, das hätten Sie mir eher sagen sollen«, sagte ich ein wenig frustriert und sah zu, wie Nadja ein halbes Dutzend bunte Schultüten im Fenster platzierte, die auch nicht hässlicher waren als die, die ich mit so viel Mühe und Angst erworben hatte. Hier würde bestimmt keiner einen Überfall versuchen. Schon weil alle viel zu viel Angst vor Frau Göbel hatten. Hätte ich das mal früher gewusst.

16

Meine Tüte mit Klamotten war der große Hit am nächsten Morgen. Gonzalez war noch zu Hause und zog sofort los, um Nuala zurückzuholen. Ich hatte die Sachen nach Kindern getrennt auf dem Couchtisch drapiert.

»Hier sind Schuhe und ein Sweatshirt für dich«, sagte ich zu Gonzalez.

»Cool«, sagte er und zog sein T-Shirt aus, unter dem – wie konnte es anders sein – das geliebte Schalke-Trikot zum Vorschein kam. Auch mit den Schuhen war er einverstanden, obwohl er auch ein wenig sehnsüchtig zu Kevins Stapel hinüberschielte. »Die blauen Pumas gab es nicht in meiner Größe?«

»Leider nein.« Ich kniete mich vor Nuala, die wieder in den Gummistiefeln unterwegs gewesen war. »Hier, probier die mal zuerst an. Die sind für draußen.« Es handelte sich um schlichte weiße Sneaker mit Klettverschluss.

»Da is ja gar nix drauf«, beschwerte sie sich. »Sabrina hat welche mit Hello Kitty drauf.«

»Nun warte mal ab«, sagte ich. »Die hier sind ja nur zum Spielen, klar? Dann hab ich noch diese.« Ich zeigte ihr die Lackschuhe mit den Blümchen. Die gefielen ihr schon besser. Die Lederschuhe schließlich waren ein wenig groß, aber ich vermutete, das würde sie nicht davon abhalten, sie zu tragen, weil ihr die Kombination von

Türkis und Grau gut gefiel. Und außerdem passten sie zu der Jacke, die ich für sie entdeckt hatte, ein Markenstück in Dunkelblau mit türkisfarbenen Motiven. Ich plante schon ein Set aus Mütze und Schal in Türkis dazu, das ich ihr stricken könnte.

»Kann ich die gleich anziehen?«

»Die ist viel zu warm«, sagte ich. »Das ist eine Winterjacke.«

Gonzalez untersuchte die Beute seiner Geschwister mit einer gewissen Eifersucht. »Die kriegen beide vier Sachen«, klagte er, »und ich nur zwei.«

»Sei still«, fuhr ihn Nicole an. »Immerhin hast du auch was gekriegt.« Sie wandte sich zu mir. »Haben die wohl auch Umstandssachen?«

Ich musste zugeben, darüber hatte ich gar nicht nachgedacht. »Ich könnte demnächst noch mal hinfahren«, sagte ich.

»Vielleicht haben die ja dann blaue Pumas in meiner Größe«, sagte Gonzalez hoffnungsvoll.

»Kann ich heute mit den Lackschuhen rausgehen?«, bettelte Nuala. »Nur heute. Ich pass auch ganz doll auf.«

Eigentlich wollte ich das ablehnen, aber sie war nicht meine Tochter. Nicole sagte nichts dazu. »Kann ich, Mama?«, drängte sie erneut.

Nicole sah mich an. »Frag sie«, sagte sie schließlich. »Sie hat die Schuhe mitgebracht.«

»Pass auf, wir machen es so«, sagte ich. »Du gehst damit raus und zeigst sie deinen Freundinnen. Und dann kommst du wieder und ziehst die Sneaker an, damit die Lackschuhe nicht gleich kaputtgehen, ja?«

»Na gut«, sagte sie mit wenig Begeisterung.

Ich sah auf die Uhr. »Wir müssen los«, wandte ich mich an Nicole. »Haben Sie Ihren Mutterpass gefunden?«

»Ich sagte doch, dass der in der geklauten Handtasche war«, brummte sie.

»Haben Sie denn Ihre Krankenkassen-Karte?«

Sie nickte schlecht gelaunt und erhob sich vom Sofa. Es dauerte eine Weile, bis sie sich ihre Schuhe angezogen hatte, und als sie endlich bei mir im Auto saß, bedauerte ich, dass ich ihr gestern nicht aufgetragen hatte zu duschen. Der arme Arzt, dachte ich. Aber vielleicht sind nicht alle Leute so empfindlich wie ich.

Die Praxis von Nicoles Gynäkologen war nicht ganz so elegant wie die von Dr. Göbel, aber mindestens genauso überlaufen. Mit Mühe bekamen wir zwei Sitzplätze im Wartezimmer, aber ich fand es auch nicht schlimm, dass die Stühle nicht direkt nebeneinanderstanden. Ich packte mein Buch aus, und Nicole bediente sich an den Lesezirkel-Heften auf dem Tisch.

Wie ich befürchtet hatte, gab es einen ziemlichen Rückstau, und Nicole wurde erst um kurz nach zwölf aufgerufen. Da musste sie aber nur Urin abgeben und bekam den Blutdruck gemessen, von Untersuchung oder Ultraschall war noch keine Rede. Das hatten wir erst gegen eins hinter uns.

Die Mitarbeiterin an der Rezeption reichte ihr das Kärtchen und einen neuen Mutterpass. »Dann machen wir für nächsten Monat einen neuen Termin. Wann können Sie denn am besten?«

»Ich weiß nicht«, sagte Nicole mit einem Blick auf mich. Vermutlich hoffte sie, ich würde sie wieder fahren.

»Möglichst früh morgens«, befand ich, was Nicole nicht so begeisterte. »Aber reicht denn ein Termin in vier Wochen? Muss das nicht häufiger kontrolliert werden?«

»Nein!«, versicherte mir die junge Frau. »Bisher ist

doch alles in bester Ordnung! Sie sind sicher die Oma? Die machen sich immer die meisten Sorgen.«

Die Oma?!? Ich war zu erschüttert, um sie zu korrigieren. Erst als ich zu Nicole sagte: »Dann kommen Sie«, sah sie ein wenig überrascht aus.

Die Oma. Ich kaute länger, als mir lieb war, daran herum. Theoretisch war das durchaus möglich, meine Kinder waren beide deutlich über zwanzig, aber ich war doch noch nicht so weit, oder? Hatten Omas nicht einen Dutt und beige Popelinemäntel und mit Kölnisch Wasser getränkte Taschentücher mit Häkelrand?

Ich hatte heute früh einen ganzen Haufen Brötchen geschmiert und die meisten davon den Kindern dagelassen, aber als ich jetzt mit Nicole auf dem Flur des Sozialamts saß, war ich froh, dass ich auch welche für uns mitgenommen hatte. Hungrig verzehrten wir unsere Ration, während wir darauf warteten, dass Herr Möhling aus der Mittagspause zurückkam.

Schließlich erschien ein magenkrank aussehender Mann und schloss das Büro auf. »Frau Nowakowski?«, fragte er.

Wir standen beide auf. Mich hätte schließlich brennend interessiert, wie es um die Details von Nicoles Finanzen stand, aber er machte ziemlich deutlich, dass ich draußen bleiben musste wie ein Hund vor der Metzgerei. Aus Gründen der Diskretion, wie er sagte.

Also setzte ich mich wieder und las ein weiteres Kapitel in meinem Buch, bis Nicole zurückkam und mir seufzend den besagten Gutschein überreichte, als hätte sie den für mich geholt.

»Der macht immer eine Riesenwelle um alles«, klagte sie. »Ich wünschte, ich hätte einen anderen Sachbearbeiter. Der Typ kostet mich den letzten Nerv. Damals die Frau Pomatzke, die war viel netter.«

»Was war denn das Problem? Sie waren ziemlich lange da drin.«

»Ach, es ging mal wieder um diese bekloppte SPFH. Ich hab dem gesagt, dass die Frau völlig inkompetent ist. So eine brauchen wir nicht, die ihre Nase in alles steckt und dann doch nix tut.«

»Aber Sie haben ihm auch erklärt, dass ich nur übergangsweise bei Ihnen bin?«

Sie verzog das Gesicht. »Irgendwie wusste er das schon.«

Wenigstens war das geklärt. »Sollen wir gleich in der Buchhandlung vorbeifahren und die Sachen besorgen, oder möchten Sie erst nach Hause?«

Sie sah mich waidwund an. »Nach Hause«, sagte sie. »Ich bin völlig fertig.«

Weil inzwischen die Sonne schien, entschied ich mich, die Situation im Auto zu entschärfen, indem ich das Dach aufmachte. Ob ich Nicole darauf hinweisen sollte, dass sie mal duschen und sich die strähnigen Haare waschen sollte? Eigentlich tat man das bei erwachsenen Menschen ja nicht. Aber andererseits ... Egal, jetzt wehte ein frischer Wind um uns, und nachdem sie sich im Hammerweg die Treppe hochgeschleppt hatte, wickelte sie sich erst mal wieder in ihre Decke und besetzte die Couch.

Kevin und Nuala räumten sie nur ungern, weil sie bislang dort gelegen und irgendwelche Comics gesehen hatten. Jetzt mussten sie auch die Fernbedienung an ihre Mutter abtreten, die sofort auf ihre Lieblings-Soap umschaltete.

Mürrisch zog Nuala davon, immer noch mit den Lackschuhen an den Füßen. Ich rief sie zurück. »Wenn du rausgehst, dann mit den anderen Schuhen«, befahl ich.

»Manno!«, stieß sie hervor, tat es aber dann doch.

»Guck mal!«, sagte Kevin stolz und zeigte mir seine

eigenen, Puma-Sportschuh-geschmückten Füße. »Geil, was?«

Ich konnte mir nicht helfen. Vielleicht war ich wirklich schon im Oma-Modus. »Pass aber auf, dass die nicht gleich versaut werden!«

Nicole hatte praktischerweise den Schulsachen-Gutschein bei mir im Wagen liegen lassen. Eigentlich sollte ich es nicht tun, dachte ich. Aber der Gedanke, dass ich sie noch mal aufscheuchen und in mein schönes, bisher durch unerfreuliche Körperausdünstungen wenig behelligtes Auto packen müsste, bereitete mir auch wenig Freude. Also fuhr ich lieber allein in die Buchhandlung und konferierte mit der Verkäuferin darüber, was man für diesen Gutschein neben den vorgeschriebenen Büchern alles bekommen könnte.

Ich war nicht erstaunt, als sie mir zur Qualität riet. »Da haben Sie auf Dauer einfach mehr von«, war ihr Argument. Das sprach also für teure Wachsmalstifte, dreieckige dicke Buntstifte und die stabilere Ausführung diverser anderer Sachen. Natürlich reichte der Gutschein hinten und vorne nicht. Ich schwor mir, dass dies das letzte Mal war, aber natürlich bezahlte ich die Differenz aus eigener Tasche. Es ging um Kevin, einen kleinen Jungen mit blonden Haaren und braunen Augen und so unvergleichlich schlechteren Startbedingungen als damals mein Christoph. Das Schicksal hatte ihn mir vor die Füße geschubst, zusammen mit seiner ganzen chaotischen Familie, und vielleicht war dies eine Art von Ausgleichszahlung dafür, dass es uns immer so gut gegangen war. Mein privater Solidaritätszuschlag sozusagen.

Die Verkäuferin packte alles in eine große Tüte und bot mir dazu noch an, eine neutrale Quittung über »Büromaterial« für die Differenz auszustellen. Die konnte ich aber nicht von der Steuer absetzen wie vielleicht manche anderen Leute – mir war es schon mal passiert, dass mir in einem ähnlichen Fall eine völlig fremde Frau vorgeschlagen hatte, die Quittung ihr zu geben. So verdutzt, wie ich war, hatte ich es sogar getan. Und mich hinterher tierisch darüber geärgert.

Dieses Mal lehnte ich höflich ab. »Brauchen Sie vielleicht noch eine Schultüte?«, fragte mich die Verkäuferin und wies auf ein Display mit mindestens zehn leuchtend bunten, gigantisch großen Exemplaren. »Wir haben heute noch mal eine Nachlieferung bekommen. Zum Sonderpreis.«

»Zu spät«, sagte ich bedauernd. Mal wieder eine Lektion gelernt: entweder ganz früh zuschlagen oder warten bis zum letzten Moment. Das hatten offensichtlich Schultüten und Urlaubsreisen gemeinsam.

Zu Hause blinkte der Anrufbeantworter: Frau Göbel hatte sich gemeldet. »Tut mir leid, dass ich Sie nicht persönlich erreiche, Frau Overbeck! Aber ich würde mich umso mehr freuen, wenn Sie mich mal zurückrufen könnten. Ich würde mich wirklich gern mal mit Ihnen unterhalten.«

Ich überlegte kurz. Wenn sie mich erst mit dieser absoluten Freundlichkeit locken würde, um mir dann in einem persönlichen Gespräch mitzuteilen, dass sie mich wegen Körperverletzung anzeigen wollte, wäre das extrem link. Und wenn sie sich geärgert hätte, weil ich mich so aktiv in das Umräumen des Kleiderstübchens eingemischt hatte, klänge das wohl auch anders, wenn ich nach der Ehrfurcht ihrer Mitstreiterinnen ging. Also wählte ich tapfer ihre Nummer und wartete ab, was sie mir zu sagen hatte.

Auch als ich sie am Telefon hatte, war sie superfreundlich. »Frau Overbeck, wie schön, dass Sie mich so schnell zurückrufen! Können Sie sich denken, was ich von Ihnen will?«

»Nein«, behauptete ich.

»Dann will ich Sie mal aufklären! Ich kam heute in unser Kleiderstübchen und war total überrascht, was sich da verändert hatte. Meine Kolleginnen haben mir dann erzählt, wie engagiert Sie sich da eingebracht haben, obwohl Sie eigentlich nur was kaufen wollten! Super, kann ich da nur sagen!«

Hatte sie irgendwas genommen? Neulich hatte sie jedenfalls nicht so euphorisch gewirkt. Aber vielleicht hatte sie da auch Schmerzen wegen des Koffers gehabt. »Na ja«, sagte ich etwas lahm, »ich habe eigentlich nur ein paar Tipps gegeben.«

»Aber das war genau richtig, Frau Overbeck! So was fehlt uns manchmal! Deshalb wollte ich Sie fragen, ob Sie sich nicht vorstellen könnten, regelmäßig bei uns mitzumachen. Was sagen Sie dazu?«

Na so was. »Das kommt jetzt ziemlich plötzlich«, stotterte ich.

Frau Göbel lachte. »Klar, das kann ich mir denken. Da überfalle ich Sie aus heiterem Himmel mit so etwas! Aber lassen Sie es sich doch mal durch den Kopf gehen. Wir sind zurzeit sieben Frauen, die regelmäßig dort sind, und es gibt noch drei oder vier andere, die immer mal einspringen. Sie könnten sich also völlig frei überlegen, wann Sie mitmachen und wie oft.«

»Ich überlege augenblicklich ganz andere Sachen, Frau Göbel«, sagte ich. »Es könnte sein, dass mein Mann ins Ausland versetzt wird und ich dann mitgehe.«

»Ins Ausland? Wie spannend! Wohin denn? USA?«

Wenn es das doch wäre. Oder Frankreich. Oder wenigstens Holland. »Es geht eher um China.«

»China?« So wie sie es sagte, klang es wie eine ansteckende Krankheit. »Was wollen Sie denn in China, Frau Overbeck? Da lassen Sie Ihren Mann doch besser allein hinfahren und tun hier was Vernünftiges!«

»Das sagen Sie so«, murmelte ich. Sofort fiel mir Hildes Theorie ein und dass Dr. Göbel – der vermutlich nie Veranlassung hatte, einen Umzug ins nichteuropäische Ausland zu erwägen – danach mit seiner Frau keine eheliche Gemeinschaft mehr zu pflegen bekam. Unter diesen Umständen wäre es vielleicht eher logisch, so zu handeln. Aber bei Henning und mir lag der Fall anders (wenn man mal von unserer augenblicklichen Krise absah), wir würden uns fürchterlich und in vielerlei Hinsicht vermissen. Das wiederum ging jedoch Frau Göbel nichts an.

Sie sah das aber ein, ohne dass ich es ihr erklären musste. »Verzeihen Sie, Frau Overbeck, da bin ich wohl ein wenig zu weit vorgeprescht. Sie sehen aber daran, dass ich Sie wirklich gern mit im Boot hätte. Wenn ich bedenke, dass schon diese paar Veränderungen so auffällig sind, dann setze ich ganz große Hoffnungen auf Ihren dauerhaften Input.«

»Vielen Dank für das Kompliment«, sagte ich artig. »Ich werde mal darüber nachdenken. Und je nachdem, wie das mit uns weitergeht, können wir ja mal sehen.«

»Damit bin ich doch schon zufrieden!«, jubelte sie. »Sie haben mir jedenfalls nicht direkt einen Korb gegeben. Kommen Sie doch einfach wieder vorbei, ganz unverbindlich, und lassen sich das Ganze durch den Kopf gehen. Können wir so verbleiben?«

»Können wir«, sagte ich.

Frau Göbel verpasste mir noch ein paar Einheiten ihrer enthusiastischen Lobgesänge und verabschiedete sich dann. Noch eine Weile danach fühlte ich mich, als wäre ich in ein Fass mit Zuckerwatte gefallen. Dann drang langsam der reale Inhalt ihres Anliegens zu mir durch.

Frau Göbel schlug mir vor, mich dauerhaft für ihren Secondhandladen zu engagieren. Das bedeutete ja wohl, dort regelmäßig hinzufahren, sich wie bereits erlebt um das Sortieren und Präsentieren der Waren zu kümmern und vielleicht ab und zu die Kunden zu beraten. Ich ging mal davon aus, dass man das auf ehrenamtlicher Basis tat, aber andererseits auch nicht ständig eigenes Geld aufwenden musste, wie es mir augenblicklich mit der Familie Nowakowski passierte.

Ich setzte mich aufs Sofa und versuchte, mir das vorzustellen. Sofort drängten sich Pläne auf: den Bestand drastisch reduzieren, um die einzelnen Teile besser anbieten zu können. Spezielle Aktionen durchführen, ein bisschen mehr Werbung machen ... Es waren keine zehn Minuten vergangen, und ich war Feuer und Flamme für dieses Projekt.

Dann fiel mein Blick auf den China-Bildband. Mit wenig Begeisterung knibbelte ich ihn aus der Folie, damit Henning sich nicht wieder aufregen musste, wenn er nach Hause kam, und blätterte sogar kurz durch den Inhalt. Viel Landschaft gab es da, ein Schwerpunkt lag auf dem Drei-Schluchten-Staudamm und den Orten, die man dort per Schiff anlaufen konnte. Es wurden Städte gezeigt mit ihrem Kontrast zwischen hochmodernen Wolkenkratzern und älteren Vierteln, in denen zahnlose alte Leute vor ihren Häuschen saßen. Das war sicher mal interessant zu sehen – auf einer Reise, bei der man auf dem Weg zwischen Hongkong und der Chinesischen Mauer dort vorbeikam. Aber zwei bis drei Jahre dort leben mit all den Einschränkungen, die schon allein durch die Sprachbarriere und die fremde Kultur entstanden? Je länger ich darüber nachdachte, desto mehr fürchtete ich mich davor.

Wenn wir wenigstens noch kleine Kinder hätten, um die ich mich kümmern müsste und durch die es möglich wäre, Kontakte zu anderen Müttern in einer ähnlichen Situation aufzubauen! Dann wäre da eine konkrete Aufgabe, eine Herausforderung, ganz abgesehen davon, dass es sich in Lottas und Christophs Lebenslauf sicher nicht schlecht machen würde, wenn sie chinesische Sprachkenntnisse vorweisen könnten. Dafür hätte ich bestimmt einiges getan. Aber jetzt ... da säße ich wohl die meiste Zeit allein zu Hause, beobachtet von Putzfrauen und Gärtnern, mit denen ich mich nicht mal unterhalten konnte, und wer weiß, wie meine Beziehung zu Henning aussähe, wenn er, wie in China üblich, noch mehr Stunden für seinen Job aufwenden müsste als bisher.

Bevor ich total depressiv wurde, rief ich Lotta an. Aber die hatte nicht viel Zeit für mich, weil sie kurz vor einer Prüfung stand und mal wieder fest davon überzeugt war, dass sie die nicht schaffen würde. »Und dabei wollte ich mich doch für dieses Auslandssemester bewerben«, jammerte sie.

Ich wurde hellhörig. Mein Kind wollte noch weiter weg von mir? »Auslandssemester? Wo denn?«

»Da gibt es mehrere Möglichkeiten. Ich würde am liebsten nach Brisbane gehen.«

»In Australien??« Noch entfernter ging's wohl nicht.

»Ja klar. Dann gibt es noch Plätze in Durban und Hongkong und Mumbai. Ach, und Budapest natürlich, aber da will ja niemand hin.«

Ich hörte nur Hongkong. War das ein Lichtblick in einer ansonsten düsteren Lage? »Wie wäre Hongkong denn, Lotta? Würde dir das nicht auch ganz gut gefallen?«

»Keine Ahnung. Ich weiß nichts über Hongkong. Aber wieso schlägst du mir das vor? Ich hätte jetzt fest damit gerechnet, dass du mich überreden willst, mich mit Budapest anzufreunden.«

»Sprich doch mal mit Papa, der war erst neulich da.«

»In Hongkong? Da hat er vermutlich in einem Luxushotel gewohnt und ist überallhin mit einer Limousine abgeholt worden. Das ist nicht unbedingt der Standard für Studenten, Mama.«

»Mag sein, ich dachte nur ...«

»Na ja, das ist ja jetzt sowieso hinfällig. Wenn ich diese Klausur versemmele, dann wird das eh nichts mit dem Ausland. Dann kann ich mir höchstens noch einen Tagesausflug nach Helgoland gönnen.«

»Und das ist noch nicht mal Ausland«, sagte ich.

»Aber im Moment wäre ich da lieber«, stöhnte sie und verabschiedete sich, um wieder an ihren PC zurückzukehren. Armes Kind. Aber ein Gastsemester in Hongkong ...

In der Innenklappe des China-Bildbands war auch eine Karte mit Maßstab. Danach sah es so aus, als ob die Distanz zwischen Chongqing und Hongkong wohl mindestens fünfzehnhundert Kilometer betrug, wenn nicht mehr. Das war nicht die richtige Entfernung für nette kleine Wochenendbesuche. Da konnte sie besser in Hamburg bleiben und ich zu Hause. Fragte sich nur, was Henning dazu sagen würde.

17

Am nächsten Morgen war ich relativ früh unterwegs. Frau Kopp war mit dem Vorsatz erschienen, heute unter anderem die Teppiche zu reinigen, und da stand man ihr besser nicht im Weg.

Ich fragte mich, was sie denken würde, wenn sie wüsste, was ich gerade so trieb. Dass ich sie bei mir als Putzfrau beschäftigte, während ich selbst für eine sozial schwache Familie die Haushilfe spielte. Vielleicht sollte ich einfach einen Tausch vornehmen und Frau Kopp zu Nicole schicken – nur dass das nicht funktionieren würde, aus mehreren Gründen: 1. Frau Kopp lehnte es ab, in Haushalten mit kleinen Kindern zu arbeiten. 2. Frau Kopp lehnte es ab, zu kochen oder zu bügeln. 3. Henning würde es bestimmt ablehnen, Frau Kopp zu bezahlen, ohne dass sie in unserem Haus etwas tat.

Also ließen wir es besser so, wie es war. Ich parkte mein kleines Auto vor dem Haus am Hammerweg und erstieg die Treppe, an die ich mich inzwischen gewöhnt hatte. Dabei war ich schon mit der Frage beschäftigt, wie ich den Kindern den Blumenkohl schmackhaft machen könnte, den ich für das heutige Mittagessen geplant hatte – und inwieweit Nicole wohl in der Lage war, ihn selbst zuzubereiten.

Als ich in die Wohnung kam, sah ich sie zum ersten Mal nicht auf ihrer Couch liegen. Das war doch ein gutes Zeichen! Sie hatte immerhin gestern von ihrer Vorsorgeuntersuchung mitnehmen können, dass mit der Schwangerschaft alles in Ordnung war, und offensichtlich hatten auch meine Appelle endlich gefruchtet und sie tat irgendwas.

Gut gelaunt ging ich zur Küchenzeile hinüber, um den Blumenkohl und einige andere Lebensmittel unterzubringen, und fiel auf dem Weg beinahe über einen großen, ziemlich vergammelten Herrenturnschuh. Wo kam der denn her?

»Nicole?«, rief ich. »Wo sind Sie?«

Ich meinte einen Laut zu hören, konnte ihn aber nicht genau orten. Vielleicht war sie im Bad? Aber wenn sie nur kurz zur Toilette gegangen war, warum lief der Fernseher nicht?

Ich rief noch mal lauter. »Nicole? Was tun Sie gerade?«

Daraufhin wurde die Schlafzimmertür aufgerissen, und ein Mann erschien. »Was wollen Sie?«

Ich musterte den Mann, vermutlich ja der Besitzer des Turnschuhs. Er hatte nicht nur keine Schuhe an, sondern auch kein Hemd, nur ein unbeschreiblich gammeliges graues Unterhemd, das über einer schwarzen Unterhose hing. Er sah ziemlich kräftig aus, und auf seinen Armen ließen sich mehrere Tätowierungen erkennen.

»Wo ist Nicole?«, fragte ich ihn.

Hinter ihm hörte ich ihre Stimme. »Sie sind aber früh heute!«

»Hauen Sie ab«, sagte der Mann und sah mich böse an. »Sie sind doch die Frau, die meint, sie kann hier den Boss spielen, oder?«

»Na hören Sie mal«, entgegnete ich verblüfft.

»Nein, Sie hören mal zu«, blaffte er mich an. »Lassen Sie die Finger von meinem Sohn und den anderen, hören Sie? Sonst werden Sie was erleben, das sage ich Ihnen!«

»Maik, lass doch!«, hörte ich Nicoles Stimme aus dem Schlafzimmer. Das war also Kevins Vater, mehr oder weniger frisch aus der JVA. Na super. Sollte ich mich von dem rumkommandieren lassen?

»Was machen Sie denn hier?«, fragte ich so forsch wie möglich. Eigentlich hatte ich keine Erfahrung mit solchen Leuten, die einen einzuschüchtern versuchen, bevor sie einem überhaupt guten Tag gesagt haben.

»Das geht Sie gar nix an!«, brüllte er. »Aber ich hab auf jeden Fall mehr Rechte, hier zu sein, als Sie, und wenn Sie nicht bald Ihren Arsch hier wegbewegen, dann passiert was. Sie müssen hier nicht aufkreuzen und versuchen, die Kinder mit Trikots und Schuhen einzuwickeln! Wir kommen hier auch ganz gut ohne Sie zurecht.«

»Ach, tatsächlich?«, fragte ich, inzwischen etwas ärgerlich. Was bildete der Typ sich ein? »Wollen Sie jetzt hier saubermachen und kochen, oder was?«

Das war offensichtlich der falsche Weg, mit ihm ins Gespräch zu kommen. Er lief ein bisschen rot an und kam näher, und jetzt wurde mir doch etwas mulmig. Wer weiß, weshalb er eingebuchtet worden war? Neigte er vielleicht zu spontanen Gewaltausbrüchen? »Ich sagte, Sie sollen abhauen!«, schrie er mich an. »Na los doch, Bewegung! Verpiss dich, du Hexe!«

Mehr brauchte er mir dazu wirklich nicht zu sagen. Ich drehte mich auf dem Absatz um und verließ die Wohnung, und erst als ich mich am Ende des langen Flurs befand und mir klar wurde, dass er nicht hinter mir herkam, holte mich die Panik ein, die vielleicht angesichts einer solchen Begegnung normal war.

Die Treppe hinunter rekapitulierte ich, was los war: Kevins Vater war zurück und hatte mich rausgeschmissen, ohne dass Nicole eingegriffen hatte. Gut, dass die Kinder das nicht mitgekriegt hatten – oder hatten sie schon ihre Erfahrungen mit diesem Maik und waren geflüchtet?

Auf jeden Fall war das das letzte Mal, dass ich mich hier für Nicole Nowakowski zum Affen machte. So langsam merkte ich, dass ich sowohl wütend als auch ziemlich erschrocken war, dass mich jemand so aggressiv angegangen hatte. Ich hätte diesem Kerl auf jeden Fall zugetraut, dass er handgreiflich geworden wäre, wenn ich nicht freiwillig gegangen wäre.

Ich bog um die Hausecke und hatte das nächste Problem. Denn schräg vor meinem Auto stand ein größerer Lieferwagen mit offener Klappe, so dass ich nicht einfach wegfahren und das Ganze erst mal mit etwas Abstand verdauen konnte.

Mit all dem Schwung, den mir Zorn und andere Gefühle verliehen, riss ich die Tür zu Hannes' Beschriftungsfirma auf. »Da hat jemand mein Auto zugeparkt!«, brüllte ich in die Halle, und mehrere Männer blickten erschrocken zu mir herüber.

Hannes – heute in Zitronengelb – kam eilig zu mir. »Marie, wir dachten nicht, dass Sie so schnell wieder wegwollen. Geben Sie uns noch zehn Minuten, dann ist alles erledigt.«

»Ich will aber jetzt gleich fahren!«, stieß ich hervor, und es hätte nicht viel gefehlt, dann hätte ich dazu auch noch mit dem Fuß aufgestampft wie ein schmollender Teenager. Ich merkte, dass ich zitterte, und konnte es nicht abstellen, was mich noch wütender machte.

Hannes bemerkte das auch. »Kommen Sie mit«, sagte er und schob mich erst mal in sein Besprechungszimmer. »Was ist denn los mit Ihnen?«

Jetzt schossen mir auch noch die Tränen in die Augen. »Der Kerl da oben hätte mich beinahe angegriffen!«

Hannes zögerte keinen Moment. Tröstend zog er mich an sich und strich mir mit der Hand über die Schulter. »Hey, hey«, sagte er beruhigend. »Ist ja alles gut.«

»Nichts ist gut!«, schniefte ich. »Da oben bei Nicole ist Kevins Vater, und der hat ... der hat ...«

Er schob mich ein Stückchen von sich, um mich erschrocken anzusehen. »Hat der Ihnen was getan?«

»Nein, aber er hat mich bedroht!«, schluchzte ich. »Und jetzt komme ich noch nicht mal hier weg, und ...«

»Wo wollen Sie denn hin?«, fragte er mich sehr sanft. Ich wusste gar nicht, dass er so sein konnte, bisher kannte ich ihn eher grummelig, sarkastisch oder höchstens höflich, aber in diesem Augenblick war ich sehr froh, auch diese Seite an ihm zu entdecken.

»Weiß ich nicht ... zu Hause ist meine Putzfrau, aber ich will hier nicht bleiben, und ...«

Er legte den Arm um meine Schultern. »Kommen Sie.«

Es war so tröstlich, dass ich mich ohne weitere Fragen von ihm aus dem Raum führen ließ. »Karlheinz, Tim«, rief er seinen Angestellten zu. »Ihr macht bitte allein weiter, ich bin jetzt erst mal weg.«

Die beiden sowie der Fahrer des Lieferwagens sahen uns an, sagten aber nichts. Mir war in diesem Moment auch ziemlich egal, was sie dachten.

Hannes griff im Vorübergehen nach einer Jacke und zog einen Schlüssel aus der Außentasche. Dann verließen wir die Halle und gingen schweigend an dem unbewohnten Haus vorbei zu einer Reihe von Garagen.

»Was haben Sie vor?«, fragte ich unsicher.

»Sie werden schon sehen«, sagte er. Mit seinem Schlüssel öffnete er eine der Garagen, und darin stand ein Auto, das so ähnlich wohl schon mein Großvater gefahren hatte: ein dunkelblauer Mercedes aus den frühen Sechziger-Jahren.

»Wow«, sagte ich überrascht.

»Genau«, sagte er wohlgefällig. »Warten Sie, ich hole ihn raus, und dann fahren wir ein Stück.«

Jetzt erinnerte ich mich an eine Bemerkung von Kevin – dass Herr Hoffmeister auch einen Mercedes hatte, aber der war schon alt. Ich hatte mir darunter eher einen etwas verschrammten Hundertneunziger vorgestellt, von der Sorte, die zwar nicht mehr so bestechend aussahen, aber nicht kaputt gingen. Mit dieser Schönheit hatte ich jedenfalls nicht gerechnet.

Höflich öffnete er mir die Beifahrertür, und ich rutschte auf die durchgehende Sitzbank. Ganz aus Gewohnheit griff ich nach dem Sicherheitsgurt, aber es gab keinen.

»Man muss sich etwas umgewöhnen«, grinste Hannes und setzte sich hinter das Steuer. »Da kann man mal sehen, wie sich die Technik in den letzten Jahrzehnten verändert hat.« Staunend verfolgte ich, wie er die Lenkradschaltung betätigte. So was kannte ich gar nicht mehr.

Hannes fuhr auf kürzestem Weg aus dem Ort und an die etwa zehn Minuten entfernte Talsperre, während ich ihn vermutlich etwas zusammenhanglos mit den Geschehnissen in der oberen Etage und meinen Gedanken dazu vollschwallte. Er blieb ganz ruhig dabei, bis wir kurz vor der Sperrmauer waren. »Ich weiß nicht, ob die Gaststätte offen hat«, sagte er. »Möchten Sie was trinken?«

»Muss nicht sein. Eigentlich will ich keinen sehen.« Obwohl ich mich inzwischen schon wieder ein wenig beruhigt hatte.

»Dann gehen wir ein Stück.« Er lenkte den Wagen auf den Wanderparkplatz, der um diese Zeit ziemlich leer war. Bevor ich die Technik des altmodischen Türgriffs verstanden hatte, stand er schon neben dem Wagen und hielt mir die Tür auf, ganz Kavalier der alten Schule.

»Sehr schön«, sagte ich mit Blick auf das makellose Auto. »Hatten Sie das schon zu Beatrix' Zeiten?«

Er lachte. »Wohl kaum«, sagte er. »Vielleicht hätte sie sich dann anders entschieden, wer weiß.« Er schloss die Türen sorgfältig ab, an Zentralverriegelung hatte damals noch keiner gedacht. »Nein, das Ding hier habe ich vor ein paar Jahren zufällig bei einem Verwandten entdeckt und dann selbst restauriert. Ist eine gute Beschäftigung, wenn man am Wochenende viel Zeit hat.«

»Das klingt so nach einsamer Wolf«, sagte ich. Ich wusste nach wie vor nicht, ob es eine Frau, vielleicht eine Familie in seinem Leben gab.

»Och nö, eher nicht«, sagte er. »Man lernt eigentlich eine Menge Leute kennen dabei. Und inzwischen bin ich auch so einem Oldtimer-Club beigetreten, die veranstalten regelmäßige Treffen. Da kommt man ganz schön rum.«

Wir gingen über die Sperrmauer auf die andere Seite, wo der Spazierweg begann. Am Wochenende war man hier manchmal seines Lebens nicht sicher, weil nicht nur Fußgänger, sondern auch Radfahrer und Inlineskater unterwegs waren, aber jetzt war alles ruhig.

»So«, sagte Hannes. »Wieder besser?«

»Glaube schon«, sagte ich. »Mann, was war ich wütend.« Und während ich feststellte, dass ich wieder einen einigermaßen klaren Kopf hatte, kamen auch andere Gedanken. »Meine Güte, ich bin einfach abgehauen und habe Nicole mit diesem Kerl allein gelassen!«

»Ich vermute, das war auch besser so«, meinte er. »Es sei denn, Sie stehen aufs Zuschauen.«

Ich runzelte die Stirn. »Sie glauben, der hat ... der wollte ... aber Nicole ist ...«

Jetzt lachte er laut auf. »In welchem Jahrhundert leben Sie denn, Marie? Wenn der Typ wirklich gerade aus dem

Knast kommt, dann ist doch wohl eindeutig, was der will. Und Nicole ist auch keine Anfängerin.« Er schmunzelte vor sich hin. »Endlich kann sie was tun, ohne dabei aufzustehen.«

»Ob der sich denn wieder bei ihr einnisten will?«, überlegte ich. »Bisher hatte ich eher den Eindruck, sie hätte nicht mehr so eine gute Meinung von ihm.«

Hannes zuckte mit den Schultern. »Sie kennen sie doch. Die wird das tun, was sich für sie am praktischsten anbietet. Wenn der Kerl bleibt und sich ein bisschen kümmert, dann wird sie nichts dagegen unternehmen.«

»Aber die Kinder!«, rief ich aus. »Was wird aus denen?«

»Die lernen ein paar neue Kraftausdrücke«, sagte er nüchtern, »und üben sich darin, wie man jemandem aus dem Weg geht, wenn er aggressiv wird.«

Die Vorstellung behagte mir nicht. Ich hatte den Mann als brutal und proletenhaft kennengelernt, und das war nicht unbedingt das, was man Kindern als Rollenvorbild wünscht. Ich hatte schon nach zwei Minuten Angst vor ihm gehabt – wie würde es ihnen gehen, wenn er dort dauerhaft wohnte? Er würde bestimmt nicht plötzlich den verständnisvollen Papi geben, der geduldig Lego baut und Geschichten vorliest.

Andererseits – so phlegmatisch Nicole war, ihre Kinder waren ihr wichtig. Ich konnte nur hoffen, dass sie nicht zulassen würde, dass dieser Maik ihnen etwas tat.

»Ich kann es eh nicht ändern«, seufzte ich. »Ich gehe da jedenfalls nicht mehr hin.«

»Ich glaube, das ist besser«, sagte Hannes ruhig. »Wie gesagt, ich glaube, es gibt Möglichkeiten, wie Sie Ihre Stärken besser einsetzen können. Ich wünschte, ich könnte Sie als Sekretärin einstellen. Sie würden bestimmt meinen Laden im Nu auf Vordermann bringen.«

Ich dachte an das Angebot von Frau Göbel. »Ich habe die Anfrage, in einem Secondhandladen zu arbeiten, der karitative Projekte unterstützt.«

Er nickte. »Klingt doch gut. Das wäre was für Sie.«

»Wenn ich nicht nach China gehe.«

»Ach ja, China.« Er trat gegen einen Stein, der daraufhin mehrere Meter weit vor uns herflog. »Ich weiß nicht, was Ihr Mann sich dabei denkt.«

»Vermutlich denkt er, dass es einer Ehe nicht guttut, wenn man sich nur alle paar Monate mal sieht.«

»Er könnte doch hierbleiben.«

Ich zuckte mit den Schultern. »Wissen Sie, Hannes, ich kenne mich nicht so aus auf der Karriereleiter, aber so wie es sich anhört, kann man so etwas nicht einfach ausschlagen.«

Ich hörte ihn neben mir tief ein- und wieder ausatmen. »Also, ich habe natürlich nur diese kleine Bude und bin geschäftlich noch nie weiter gereist als nach Hofheim im Taunus. Aber ich glaube, wenn man erst mal so lange in einem Unternehmen ist wie Henning, dann kann man es sich auch leisten, mal zu etwas nein zu sagen. Selbst wenn die ihn dann feuern, bekommt er eine Abfindung, mit der man bequem überwintern kann.«

»Ich glaube nicht, dass er der Typ ist, der sich auf diese Weise zur Ruhe setzt«, sagte ich. »Dafür hat er noch zu viel Power. Er möchte etwas bewegen.«

Wieder trat Hannes gegen ein Steinchen. »Klar, so ist er. Aber er hat nicht nur diesen Job, er hat doch auch Sie. Ich frage mich, was ihm wichtiger ist.«

So langsam begaben wir uns auf dünnes Eis, dachte ich. Die Tatsache, dass Hannes und Henning eine komplizierte Vorgeschichte hatten, machte das Gespräch schwierig. Ich würde bei aller Sympathie nicht zulassen, dass Hannes mich gegen meinen Mann einnahm. Und so gut es mir tat, ihn so reden zu hören, spürte ich doch, dass ich plötzlich zwischen zwei Fronten stand.

»Ich kann Henning nicht vorschreiben, was er zu tun hat«, sagte ich. »Das habe ich nie getan, und das war auch gut so.«

»Trotzdem«, beharrte er. »Einer Frau wie Ihnen zuzumuten, in einer chinesischen Großstadt untätig zu versauern ... das kann es doch nicht sein. Vielleicht tut das einer Ehe noch weniger gut?«

»Es ist immer ein Risiko«, sagte ich.

»Klar.« Er lachte kurz auf. »Da bin ich ja der Experte. Ich sollte wirklich mein großes Maul halten. Ich sage abschließend nur eins: Lassen Sie sich darauf nur ein, wenn auch für Sie irgendwas drin ist.«

Wir liefen eine Weile schweigend nebeneinanderher. Inzwischen konnte ich ganz gut mit Hannes schweigen. Überhaupt konnte ich ganz gut mit ihm ... Woher kam das wohl? Kannte er sich mit Frauen besser aus, als ich dachte? Ich wusste so wenig von ihm. »Hatten Sie nie eine längerfristige Beziehung?«, rutschte es mir heraus.

»Kommt darauf an, wie Sie das definieren«, sagte er. »Verheiratet war ich nicht. Aber es gab schon mal jemanden ... Nur hat das nie gehalten. Insofern sollten Sie vielleicht nichts darauf geben, was Ihnen einer wie ich erzählt.«

»Es muss ja nicht unbedingt an Ihnen liegen.« Ich sah zu ihm hinüber, und unsere Blicke trafen sich.

»Das haben Sie nett gesagt.«

»Sie sind doch auch nett«, sagte ich. »Auf jeden Fall waren Sie heute sehr nett zu mir. Gar nicht wie der Polterkopf, für den ich Sie zuerst gehalten habe.«

Er räusperte sich. »Das könnte ja auch an Ihnen liegen.«

Oje, jetzt waren wir wieder an einem Punkt angekommen, wo ich mich nicht mehr auskannte. Als ich letztes Mal dachte, jetzt würde es sehr persönlich werden, war er vorher abgebogen. Täuschte ich mich wieder, oder war da ein Kribbeln zwischen uns? Müsste ich jetzt ein klärendes Wort sprechen oder würde ich mich damit eher lächerlich machen?

Also liefen wir wieder eine ganze Weile wortlos am Ufer der Sperre entlang. Eine Joggerin mit Hund kam uns entgegen. Wir hörten sie schnaufen, als sie grußlos an uns vorbeilief. Kurze Zeit später fasste Hannes mich spontan am Ellbogen und zog mich zu sich herüber, und ich dachte schon ... Aber er tat das nur, um mich davor zu bewahren, in einen dicken Hundehaufen zu treten, der mitten auf dem Weg lag.

»Vielen Dank«, sagte ich. »Sie sind wirklich mein Retter in allen Lebenslagen.«

»Ich mag Sie halt«, sagte er, aber er sah dabei auf das Wasser statt zu mir. Dann plötzlich schaute er wieder mit einem Grinsen zu mir herüber. »Und natürlich möchte ich nicht, dass Sie mit Hundekacke an den Schuhen in mein Auto steigen.«

Erleichterung machte sich in mir breit. »Natürlich.«

Frau Kopp war schon gegangen, als ich nach Hause kam. Ich hatte wenig Hunger und machte mir nur schnell ein Brot. Unser Haus roch intensiv nach Teppichschaum, und weil es drinnen gerade nichts zu tun gab, ging ich in den Garten und schnitt vertrocknete Blüten aus den Stauden. Das gab mir die Möglichkeit, noch mal über alles nachzudenken.

Ich hatte nach unserer Rückkehr zum Hammerweg noch einen Kaffee mit Hannes getrunken und war dann tapfer nach oben gegangen, nachdem ich bemerkt hatte, dass Gonzalez auch gerade nach Hause gekommen war.

Nicole hatte wieder auf ihrem Sofa Platz genommen und ergötzte sich an einer alten Traumschiff-Folge. Der wilde Maik war nirgends zu sehen.

»Gibt's heute nichts zu Mittag?«, fragte Gonzalez, nachdem er zwar das Geschirr auf der Spüle, nicht aber irgendwelche zubereiteten Lebensmittel auf dem Herd wahrgenommen hatte.

»Nein, heute nicht«, sagte ich. »Und in Zukunft wird eure Mutter sich wieder allein um euch kümmern.« Nicole schreckte auf und sah mich alarmiert an.

Gonzalez langte in einen Schrank und holte sich zwei Scheiben Toastbrot heraus. Im Kühlschrank fand er eine Packung geschnittene Salami, pappte zwei Scheiben davon zwischen das Brot und biss kräftig hinein. »Wieso machen Sie das denn nich mehr?«

»Das muss ich mit deiner Mutter besprechen«, sagte ich.

Er zuckte mit den Achseln und zog wieder los. Dass er keine weiteren Fragen stellte, sprach dafür, dass er schon mehrere solcher Veränderungen miterlebt hatte.

»Hören Sie«, sagte Nicole und stellte dabei freiwillig den Fernseher stumm, »es tut mir leid mit heute Morgen. Sie waren aber auch früher als sonst.«

»Darum geht es nicht«, sagte ich. »Sie müssen selbst entscheiden, was Sie tun. Aber wenn Sie sich mit einem solchen Kerl einlassen, dann ohne mich.«

»Er ist nicht immer so«, behauptete sie.

»Es reicht schon, dass er manchmal so ist. Ich kann das nicht unterstützen. Und überhaupt glaube ich, dass es besser ist, wenn sich ein Profi um Sie kümmert.«

»Sie meinen diese Tussi von der SPFH? Aber die ist bescheuert! Und es hat doch so gut geklappt …«

Das machte mich jetzt besonders ärgerlich. »Klar, weil ich die Arbeit gemacht habe. Aber Sie können das auch,

Nicole. Eine Schwangerschaft ist keine Krankheit. Man kann vielleicht keine Bäume fällen, aber ein bisschen kochen und putzen und aufräumen ist durchaus zumutbar.«

»Meinen Sie?«, fragte sie skeptisch. »Vielleicht könnten Sie ja doch ab und zu …«

»Nicole, es ist besser, wir schaffen klare Verhältnisse«, sagte ich mit fester Stimme. Wenn ich mich einmal zu etwas durchgerungen habe, dann ziehe ich das auch durch. Nur gut, dass Kevin nicht da war und mich mit seinen braunen Augen ansah. »Erstens haben Sie doch meine Liste. Und Sie können mich immer anrufen, wenn Sie mal eine Frage haben. Aber vermutlich gehe ich sowieso demnächst mit meinem Mann ins Ausland.«

»Tja, wenn das so ist …« Vermutlich begriff sie auch irgendwann, wenn eine Sache gelaufen war. »Können Sie mir Ihre Nummer noch mal aufschreiben?«

Ich tat es und verabschiedete mich. Ein Dankeschön für das, was ich in letzter Zeit hier gemacht hatte, wäre nett gewesen. Aber für mich war es das Wichtigste, hier Land zu gewinnen.

Natürlich traf ich Kevin auf dem Weg zum Auto. Wie Gonzalez war auch er verwundert. »Gibt es heute nichts zu essen?«

»Nein, Kevin, tut mir leid.« Das war ganz schön schwer. »Aber jetzt ist doch dein Papa wieder da, und deiner Mama geht es auch besser, da kommt ihr auch allein zurecht.«

»Ach so.« Er scharrte vor sich eine Spur in den Kies. Mit den schönen blauen Turnschuhen. Ich konnte es kaum mitansehen. »Aber zur Einschulung, da kommst du doch, oder?«

Ach ja. Mein erster Auftritt als Oma. Das konnte ich ihm nicht antun. »Klar, Kevin, da komme ich. Versprochen.«

»Na gut.« Und damit zog er von dannen und ließ mich ein wenig beklommen zurück. Ich spürte diese Ambivalenz immer noch. Manchmal tut man das, was besser ist, und fühlt sich trotzdem ziemlich mies.

Ich hörte ein Auto kommen und vor unserer Garage halten. Als ich mich aufrichtete, sah ich Henning schon aussteigen und hatte spontan den Eindruck, es ginge ihm nicht gut.

»Hallo!« Ich ging ihm entgegen und musterte ihn noch mal verstohlen. »Du bist aber früh!«

»Ach ja«, sagte er müde. »Ich hatte keine Lust mehr. Die letzten Tage hab ich immer bis spät in den Abend gearbeitet, da kann ich mir mal einen halben Tag gönnen.«

»Na klar«, sagte ich. »Hast du schon was gegessen?«

»Nein, ich bin durchgefahren. Aber ich habe auch nicht wirklich Hunger. Du könntest mir höchstens eben eine Fleischbrühe machen.«

Fleischbrühe war in unserer Familie das Codewort für Magenprobleme. Ich kannte das seit langem. Henning hatte immer schon einen empfindlichen Magen gehabt. Stress machte sich sofort auf diese Weise bemerkbar. Er musste möglichst regelmäßig und möglichst reizarm essen. Wie würde das wohl in China werden? Waren Hühnerfüße die chinesische Antwort auf Bouillon?

»Mach ich doch sofort«, sagte ich und ging in die Küche, um den Wasserkocher anzustellen. In der Packung war nur noch ein einsamer Brühwürfel, ich musste also dringend Nachschub besorgen. Rasch notierte ich das auf meinem Einkaufszettel.

Ich kredenzte ihm die Fleischbrühe in einer Suppentasse, zusammen mit einem Stück Brot. Wie immer. »Danke, Marie«, sagte er und setzte sich.

Ich setzte mich ihm gegenüber und studierte kritisch die tiefen Linien in seinem Gesicht. Es war jetzt nicht die richtige Zeit, ein Gespräch zum Thema China anzufangen.

»Wieso bist du nicht bei deiner Patenfamilie?«, fragte er. »Ich dachte, du kochst für die immer Mittagessen.«

»Sagen wir, das Projekt ist beendet«, sagte ich.

»Na so was.« Er nippte vorsichtig an der Brühe, die anfangs immer furchtbar heiß war. Es wäre nicht das erste Mal, dass er sich daran verbrannt hätte. »Was ist passiert?«

»Wie kommst du darauf, dass etwas passiert ist?«, gab ich möglichst harmlos zurück.

»Weil ich dich kenne. Du gibst normalerweise nicht so schnell auf, wenn du etwas angefangen hast.«

»Vielleicht bin ich weiser geworden? Höre mehr auf meine Berater?«

Er biss von dem Brot ab und kaute ausgiebig. »Wie viele Berater hast du denn? Gibt es da was, das ich nicht weiß?«

Mein Fehler. Ich hatte auf keinen Fall mit einem Reizthema anfangen wollen. Und dass Hannes Hoffmeister ein Reizthema war, wusste ich ja schon. »Na ja …«

Er sah mich mit hochgezogenen Brauen an. »Komm schon, Marie. Du warst noch nie gut darin, mir was vorzuenthalten.«

Vielleicht sollte ich mir mehr von Hilde abgucken, dachte ich. Ich war mir nicht so sicher, welche Teile meiner Geschichte er mögen würde und welche eher dazu geeignet waren, seine Magenkrämpfe noch zu verstärken.

»Ich trinke ab und zu einen Kaffee mit Hannes Hoffmeister.«

»Und?«, fragte er provozierend. »Tut er immer noch einen Schuss Mariacron rein wie früher?«

»Nicht dass ich wüsste. Aber er erzählt mir jedes Mal,

dass ich einen Fehler mache, wenn ich für Nicole Nowakowski so viel tue.«

»Na, das ist ja ein Ding. Ich hätte nicht gedacht, dass ich irgendwann in meinem Leben noch mal mit Hannes einer Meinung sein würde.«

»Immerhin ist er nicht ganz so sarkastisch wie du.« Ich stand auf und stellte die Kaffeemaschine an. Mir war plötzlich klar, dass ich mit Hannes vermutlich heute meine letzte Tasse getrunken hatte, denn auch wenn wir uns in sehr freundschaftlicher Atmosphäre getrennt hatten, sah ich doch keine Veranlassung, extra zu einem Besuch bei ihm in den Hammerweg zu fahren.

»Entschuldigung. Ich weiß nicht warum, aber es scheint so, als hätte ich immer noch ein Problem mit ihm.«

»Vielleicht wäre das schnell erledigt, wenn du dich mal mit ihm unterhalten würdest. So übel ist er nicht.«

»Mag sein«, meinte Henning, aber er sah nicht so überzeugt aus. »Aber das wird wohl nicht passieren. Nun ja, immerhin hat er offensichtlich geschafft, was mir nicht gelungen ist – er hat dich davon überzeugt, diese Nowosibirskis sich selbst zu überlassen. Was hat er, das ich nicht habe?«

Es sollte locker klingen, aber es konnte gut sein, dass sich dahinter immer noch alte Wunden und offene Rechnungen verbargen. Deshalb entschloss ich mich, ihm alles zu erzählen. Vor allem die Episode mit Maik. »Ich habe mich nicht wegen Hannes so entschieden, sondern weil sich die Lage verändert hat.«

Vielleicht lag es an seinem Magen, aber Henning reagierte deutlich emotionaler als Hannes. Ich hatte den Eindruck, dass er regelrecht blass wurde, als ich ihm berichtete, was sich heute Morgen abgespielt hatte. »Er hat dich bedroht?«

»Ich habe mich jedenfalls bedroht gefühlt«, sagte ich unglücklich. Es ist ja manchmal so mit diesen Geschichten: Im Nachhinein fragt man sich, ob man nicht überreagiert oder etwas Falsches in die Sache reininterpretiert hat.

»Was fällt diesem Knacki ein?«, rief er empört. »Auf jeden Fall hast du das einzig Richtige getan, Marie. Ich möchte nicht, dass du da noch mal hinfährst, auch wenn dir die Kinder leidtun.«

»Tja, das ist der Punkt«, sagte ich bedauernd. »Die hatten sich gerade an mich gewöhnt. Die hatten sogar angefangen, freiwillig zu spülen!«

Henning grinste spöttisch. »Na so was. Das hast du noch nicht mal bei unseren Kindern geschafft.«

»Tja, man wird eben besser mit den Jahren.«

»In gewisser Hinsicht schon«, sagte er und hatte plötzlich wieder dieses Lächeln, bei dem mir nach wie vor kribbelig wurde. Eigentlich konnte ich mich jetzt gut fühlen. Ich hatte etwas zu Ende gebracht, von dem mir alle bestätigten, dass es richtig war. Aber trotzdem nagte noch das Gefühl an mir, dass ich nach wie vor keinen klaren Plan für mein Leben hatte.

Ich holte mir einen Kaffee und setzte mich wieder ihm gegenüber. »Du kennst doch Dr. Göbel in Bredenscheid, den Frauenarzt«, sagte ich.

»Hattest du nicht letzte Woche deine Vorsorge dort?« Sein Blick wurde ernst. »Stimmt etwas nicht?«

»Doch, doch, alles in Ordnung. Aber ich habe seine Frau getroffen. Und die hat mich gefragt, ob ich nicht bei dieser Kleiderkammer mitarbeiten möchte, die sie mit ein paar anderen Frauen betreibt.« Ich erzählte ihm ein bisschen mehr über das Projekt und dass ich dort quasi schon tätig geworden war.

»Das wäre eigentlich genau dein Ding«, sagte Henning.

»Aber es macht ja wohl wenig Sinn, da jetzt einzusteigen, wenn du nach kurzer Zeit schon wieder weg bist.«

»Du meinst Chongqing.«

»Na klar.«

Für mich war das nicht so klar. »Ich habe darüber nachgedacht, Henning. Ich weiß nicht, was ich da machen soll.«

»Was heißt das, was du da machen sollst?«

»Womit ich die Zeit dort totschlage. Ich kenne da keinen, ich kann da nicht arbeiten, und Hannes hat gesagt, es wäre ganz normal, dass man mehrere Dienstboten hat, die den Haushalt erledigen. Ich kann doch nicht zwei Jahre lang nur dasitzen und Bücher lesen, oder?«

Henning verzog das Gesicht und ich ahnte, dass ich gerade einen Fehler gemacht hatte. »Wieso unterhältst du dich mit Hannes über so etwas? Das geht den doch gar nichts an.«

»Ich hab ihn gefragt, weil er schon mal in China war.«

»Frag doch mich. Ich war auch schon mal in China.«

»Ja, schon«, sagte ich. »Aber du möchtest schließlich, dass ich mitkomme.«

Er knallte seinen Suppenlöffel so heftig auf den Tisch, dass er bis zu mir hinüberhüpfte. »Und Hannes möchte, dass du hierbleibst, oder was? Marie, was geht denn hier ab?«

»Gar nichts«, sagte ich lahm. »Aber mit irgendjemandem muss ich doch darüber sprechen können. Das ist schließlich ein großer Schritt.«

»Da kannst du dir zum Kuckuck noch mal jemand anderen suchen als Hannes Hoffmeister! Der lacht sich doch bestimmt schlapp, dass ausgerechnet meine Frau zu ihm kommt und sich Rat holt!«

So langsam, fand ich, wurde es lächerlich mit seiner Aversion. »Henning, du hast ihn ewig nicht gesehen. Er ist nicht mehr der Knaller von früher. Du würdest dich vielleicht sogar gut mit ihm unterhalten. Er hat einen alten Mercedes restauriert, der würde dir gefallen.«

»Ach, darauf willst du mich reduzieren? Ich soll mich mit ihm über Autos unterhalten, während er dir Tipps gibt, wie du dein Leben gestalten sollst? So siehst du mich also?«

»Nun werd nicht albern«, sagte ich. »Aber du musst doch wohl zugeben, dass es ein großer Schritt ist, hier alles aufzugeben und nach China zu gehen. Und da will ich einfach mit anderen Leuten drüber sprechen und deren Meinung hören.«

»Und da hörst du am liebsten, dass das für dich nicht das Richtige ist«, sagte er bissig. »Hör mal, ich gehe auch nach China. Ich gebe auch vieles hier auf und muss mich dort auf völlig andere Verhältnisse einlassen. Vielleicht denkst du mal darüber nach, dass ich es sein werde, der da eine Firma aus dem Boden stampfen soll und von dem erwartet wird, dass er sich dafür den Arsch aufreißt. Ist es da zu viel verlangt, dass ich möchte, dass meine Frau mitkommt und mich dabei unterstützt?«

War das ein faires Argument? Ich fühlte, dass mir langsam die Tränen in die Augen stiegen, und das mag ich gar nicht. Henning mag es auch nicht, er findet, das ist emotionale Erpressung, aber ich kann doch nichts dafür, wenn ich weinen muss. »Wie stellst du dir das denn praktisch vor mit der Unterstützung? Du bist zehn Stunden täglich bei der Arbeit und ich warte auf dich wie eine Geisha, bis du kommst und ich dir die Füße massieren kann?«

»Also wirklich, Marie!« Henning schob ruckartig seinen Stuhl nach hinten und stand auf. »So was Unsachliches habe ich schon lange nicht mehr von dir gehört. Ist das jetzt der Stil, in dem du mit mir redest?«

»Unsachlich?«, wiederholte ich. »Denk doch mal nach, Henning! Was soll ich denn den ganzen Tag tun? Ich verstehe die Sprache nicht. Ich kann keine Schilder lesen, ich kann mich nicht verständlich machen, kann keinen Job annehmen, habe keine Kontakte. Du kriegst vermutlich einen Dolmetscher an die Seite, der alles für dich übersetzt, aber was ist mit mir?«

»Das weißt du ja schon sehr genau«, sagte er. »Hat Hannes dir das erklärt?«

»Ich brauche keinen Hannes, um mir das vorstellen zu können.«

Er fuhr sich in einer hilflosen Geste durch die Haare. »Du hast dich also schon entschieden, hierzubleiben? Ohne Rücksicht darauf, was dann aus uns wird? Hast du darüber mal nachgedacht?«

»Ich denke viel darüber nach«, versuchte ich ihm zu erklären. Vielleicht würde er mich verstehen, wenn ich auch deutlicher wurde. »Aber du hast mir auch nicht wirklich die Wahl gelassen, findest du nicht auch? Du kommst einfach nach Hause und informierst mich, was los ist, und ich darf mir dann einen Bildband ansehen, damit ich weiß, wo ich demnächst wohnen werde.«

»Ach, zum Teufel, Marie«, stieß er hervor und rannte in den Flur, wo er sich seine Jacke anzog und den Autoschlüssel vom Schränkchen nahm. Ich war ihm gerade noch rechtzeitig gefolgt, um es zu sehen.

»Wo willst du hin? Ich dachte, du bleibst zu Hause?«

»Dachte ich auch«, zischte er. »Aber unter diesen Umständen gehe ich lieber noch mal ins Büro. Rechne nicht zum Abendessen mit mir, ich fahre direkt zum Meeting.«

Er drehte sich um und schlug die Haustür hinter sich zu.

Ich stand zornbebend im Flur und wusste beinahe

nicht, wohin mit mir. Als er gekommen war, hatte ich mich ehrlich gefreut. Ich hatte mir Sorgen gemacht wegen seiner Magenschmerzen und mir vorgestellt, wir könnten einen gemütlichen Nachmittag miteinander verbringen. Das würde ihm helfen zu entspannen, uns vielleicht die Chance geben, noch mal in Ruhe über alles zu reden, wieder etwas zusammenzufinden.

Pustekuchen. Genau das Gegenteil war passiert.

Wir hatten wieder mal Eiszeit. Henning kam extrem spät vom Clubmeeting nach Hause und ging kommentarlos ins Bett. Ich schlief im Gästezimmer. Der nächste Tag verging, ohne dass wir mehr als Kurzinformationen austauschten. »Ich bin zum Mittagessen nicht da.« – »Gut. Ist heute Abend irgendwas?« – »Ich hatte mich mit Hanno verabredet, um über die Benefizveranstaltung nächsten Monat zu sprechen.«

Ich fuhr nach Bredenscheid und lief ziellos durch die Stadt. Früher hatte ich es oft so eilig gehabt, dass ein kurzer Besuch im Schuhgeschäft fast wie gestohlene Zeit erschien, immer gab es irgendwelche Termine für Musikstunden oder Kieferorthopäden oder Elternsprechtage, aber ohne es zu merken, war ich dieser Phase entkommen und kam mir plötzlich ziemlich doof vor. Jetzt hätte ich die Zeit zum endlosen Shoppen, aber wozu? Mein Schrank war voll, mein Terminkalender vergleichsweise übersichtlich, was brauchte ich denn?

Das Kleiderstübchen war noch geschlossen. Durch das Schaufenster, das immer noch mit Schultüten geschmückt war, sah ich die umgeräumten Regale. Inzwischen sahen sie nicht mehr ganz so ordentlich aus. Daneben erkannte ich einen Kleiderständer, der so vollgehängt war, dass man vermutlich nichts mehr darauf verschieben konnte. Das würde ich auf jeden Fall ändern, wenn ich …

Hör auf, sagte ich zu mir selbst. Plane jetzt nichts, bevor du nicht weißt, wie es mit dir weitergeht.

Ich dachte an unsere anstehende Amerikareise. Gar nicht mehr lange hin. Ob ich bis dahin wieder eine Art Frieden mit meinem Mann hinkriegen würde? Oder würden wir sieben Stunden höflich schweigend nebeneinander im Flugzeug sitzen? Immerhin konnte ich mich in Boston halbwegs verständigen, jedenfalls genug, um Taxi fahren und Museen besichtigen zu können.

Ich suchte einen Drogeriemarkt und kaufte einen Steckeradapter und Reisepackungen Shampoo und Gesichtscreme. Hennings Lieblingsdeo war im Angebot, also nahm ich zwei Stück mit. Als es zu regnen anfing, ging ich ins City-Center und stöberte in der Buchhandlung, aber bei den Romanen fand ich nichts, was mich reizte. In der Ratgeberecke standen die bekannten Bestseller: warum Männer und Frauen verschieden sind, wie man sich durchsetzt, ohne Egoist zu sein, solche Sachen. Viele davon hatte mir Astrid schon geliehen, aber ich hatte es nicht immer fertiggebracht, sie vollständig zu lesen.

Nicht weit entfernt fiel mir ein Regal auf mit Büchern über fernöstliche Weisheit und dergleichen. Yin und Yang, Feng-Shui, Taoismus, eben alles, was exotisch klingt und andersartig und einem vorgaukelt, man könnte darin neue Weisheiten entdecken, die ungelöste Fragen beantworten. ›Sieben Jahre in Tibet‹ gab es da ebenso wie Bücher über chinesische Medizin. Bisher hatte ich so was ziemlich gleichmütig zur Kenntnis genommen. Jetzt fühlte ich mich fast bedroht davon.

Ich machte kehrt und holte mein Auto aus der Tiefgarage. Es schien mir so belanglos, wo ich gerade war und was ich tat.

Auf dem Weg nach Hause fand ich zufällig einen freien Parkplatz direkt vor Martins Apotheke, und ganz spontan ging ich hinein und löste das Rezept von Dr. Göbel für die Hormonmedikamente ein. Sie waren ziemlich teuer, und ich war längst noch nicht sicher, ob ich sie tatsächlich nehmen würde. (Wenn ich sie nicht nehmen wollte, konnte ich sie immer noch als Dünger in die Blumenerde stecken, hatte ich neulich gelesen.) Aber ich hatte wenigstens die freie Entscheidung. Sie lag ganz allein bei mir. Wenigstens bei diesem Thema. Es fühlte sich gut an.

18

Am Wochenende nahmen Henning und ich das Gespräch wieder auf, allerdings unter Ausklammerung gewisser Themen. Am Samstagabend hatten wir eine Einladung, und es war sogar ganz lustig. Und am Sonntag waren wir immerhin ungefähr auf dem Stand von zwei Leuten, die zusammen in einem Abteil eine längere Bahnfahrt machen und sich dabei höflich und nett unterhalten. Am Montag früh wollte er wieder nach Hannover fahren, bis er mich am Mittwoch früh abholen würde, um von Frankfurt aus nach Boston zu fliegen. Es war alles durchgeplant und keiner weiterer Diskussionen mehr wert, im Gegensatz zu anderen Dingen.

Ich war mir nicht sicher, was ich lieber hätte – diese freundliche, aber nichtssagende Kommunikation oder ein reinigendes Gewitter mit anschließender Versöhnung. Letzteres war zwar anstrengend, aber auch reizvoll – wir hatten auf diese Weise schon einige Konfliktthemen überwunden. Nur leider war keins davon so ohne Kompromisslösung gewesen wie das aktuelle. Mir fiel jedenfalls kein Mittelweg ein nach dem Motto »Eine Woche Chongqing, eine Woche hier«. Es gab nur ganz oder gar nicht. Beides fand ich schlimm.

Am Sonntagnachmittag wurde unser vorläufiger Burgfrieden dadurch gestört, dass wir plötzlich die Haustür hörten. Da nicht anzunehmen war, dass Frau Kopp zu diesem Zeitpunkt entschieden hatte, völlig außer der Reihe vorbeizukommen, waren wir etwas beunruhigt und gingen beide los, um der Sache auf den Grund zu gehen.

Im Flur stießen wir auf Christoph, der dort gerade zwei Taschen und seinen Laptop abgestellt hatte.

»Nanu?«, fragte ich ihn. »Was machst du denn hier?«

»Ich brauchte mal eine Ortsveränderung, damit ich mich besser konzentrieren kann«, erklärte er uns. »Jana schreibt gerade eine Hausarbeit und braucht viel Platz im Wohnzimmer. Da bin ich für ein paar Tage nach Hause gefahren.«

»Möchtest du was essen?«, fragte ich ihn – typisch Mutter, ich weiß, aber das ist ja nichts grundsätzlich Schlechtes.

»Später vielleicht«, sagte er. »Ich geh dann mal hoch. Kann ich das Telefon mitnehmen, falls Jana mich anrufen will?«

»Warum ruft sie denn nicht dein Handy an?«, fragte Henning sehr pragmatisch. Er mag es nicht, wenn er kein Telefon in der Nähe hat.

»Sie hat eine Festnetz-Flatrate, das ist billiger«, erklärte Christoph uns und stieg eilig mit dem Telefon und seinem Gepäck die Treppe hinauf.

Henning sah ihm kopfschüttelnd nach. »Das geht ja gut los«, meinte er. »Das Semester hat noch nicht mal angefangen.«

Wir hörten das Telefon einige Zeit später klingeln. »Immerhin«, sagte ich. »Sie reden noch miteinander.«

»Hatten wir auch so schnell schon Stress?«, fragte Henning mich nachdenklich. »Ich hab dieses erste Jahr noch so problemlos in Erinnerung.«

»Wir haben auch nicht direkt zusammengewohnt.«

»Stimmt«, sagte er. »Ich habe mich immer darauf gefreut, dich zu sehen.«

Ich mich auch, das wusste ich noch. Und ein bisschen davon war wieder aufgelebt, als Henning nach Hannover ging. Wiedersehen nach ein paar Tagen der Trennung sind nicht übel. Eigentlich hatte es bisher so gut geklappt. Aber nichts ist für immer, das weiß man ja.

Gegen halb sieben deckte ich den Tisch zum Abendessen und sagte Christoph Bescheid. Wir machten Smalltalk, fragten ihn aber bewusst nicht nach Jana oder warum er so plötzlich und unangekündigt nach Hause gekommen war. Nach dem Essen ging er rasch wieder nach oben, immer noch mit dem Telefon, und als es kurz nach Beginn der Tagesschau wieder klingelte, sagte Henning mit einem Grinsen zu mir: »Es wär wohl einfacher gewesen, er wäre dageblieben.«

Aber Christoph kam kurze Zeit später lachend und mit dem Hörer noch am Ohr ins Wohnzimmer. »Alles klar, Speedy«, sagte er. »Mach das. Ruf ruhig die Polizei an und erzähl denen das.«

Er drückte den Aus-Knopf und legte das Telefon wieder auf die Station. »Das war vielleicht ein lustiger Vogel«, sagte er heiter. »Hat mir erzählt, seine Mama wäre von der Couch gefallen und weint jetzt. Leute gibt's!«

Das besaß fürwahr eine gewisse Komik, aber irgendwas daran beunruhigte mich. »Wieso hast du Speedy zu ihm gesagt?«

»Na, der hat sich als Gonzalez gemeldet, das kam mir gleich total Banane vor. Aber er machte das sehr überzeugend, ein richtiger kleiner Schauspieler.«

Speedy Gonzalez? Dessen Mama von der Couch gefallen war? Henning und ich sahen uns an. »Da ist was passiert«, sagte ich und griff nach dem Telefon.

Christoph hörte auf zu lachen. »Wie jetzt?«, sagte er. »Ihr kennt den? Das war kein Unsinn?«

»Vielleicht nicht«, sagte Henning und beobachtete aufmerksam, wie ich im Telefonbuch nach Nowakowski suchte, denn angenommene Anrufe zeigt unser Telefon nachträglich nicht mehr an. Tatsächlich fand ich einen Eintrag für Nicole und wählte die Nummer.

Es klingelte vier Mal, bis eine zaghafte Stimme sagte: »Hallo?«

»Gonzalez?«, rief ich. »Hier ist Marie Overbeck. Ist was passiert?«

»Die Mama liegt hier auf dem Boden und heult«, jammerte er. »Aber ich weiß nicht, was sie hat.«

»Kannst du sie mir mal geben?«

»Ich versuch's.«

Schon jetzt hörte ich erschreckende Klagelaute, aber wenig zusammenhängenden Text. »Nicole?«, rief ich beunruhigt. »Was ist los?«

Ich hörte sie jammern, verstand aber nichts. Und dann sagte Gonzalez: »Sie macht immer die Augen zu.«

»Ich komme rüber!«, rief ich. »Und ich rufe den Rettungswagen. Ich bin gleich da.«

Ich legte auf und wählte die 112. Henning und Christoph sahen mich beide fragend an, während ich einen Krankenwagen in den Hammerweg 35 bestellte. »Ich weiß nicht genau, was da los ist«, erklärte ich dem Vermittler. »Aber da sind drei Kinder und eine schwangere Frau, und ich mache mir Sorgen, dass etwas passiert ist.«

»Da hat gerade ein Kind von derselben Adresse angerufen«, sagte der Vermittler. »Ein Wagen ist schon unterwegs.«

Ich beendete das Gespräch und hielt Ausschau nach meinen Schuhen. »Ich muss sofort dahin«, sagte ich.

»Ich komme mit«, sagte Henning. »Da lasse ich dich nicht allein hinfahren. Vielleicht ist dieser Kerl da.«

»Und wieso ruft der dann nicht die Rettung?«, schimpfte ich.

»Kann mir mal einer erklären, was hier los ist?«, bat Christoph mit ratlosem Gesicht.

»Später«, sagte Henning. »Das ist etwas komplizierter. Die Zweitfamilie deiner Mutter hat offensichtlich ein Problem.« Er stand schon im Flur und schwenkte seinen Autoschlüssel. »Komm, Marie, ich fahre.«

»Noch nicht«, sagte Christoph. »Erst muss ich mein Auto aus der Einfahrt setzen.«

Ich rechnete Henning hoch an, wie ruhig er blieb. Er regte sich weder darüber auf, dass Christoph mal wieder gegen alle früheren Absprachen seinen Wagen vor der Garage abgestellt hatte, noch hielt er mir Vorträge zum Thema »Familie Nowakowski«, und überhaupt war ich total froh, dass er in diesem Moment die Führungsrolle übernahm, denn ich war schon ziemlich aufgeregt. Aber vielleicht ist das eine typische Eigenschaft von Managern, dass sie im Ernstfall die Ruhe bewahren und damit auch andere beruhigen können.

Und ich war sehr beunruhigt. Schließlich war ich es gewesen, die Nicole immer wieder genötigt hatte, ihre Passivität aufzugeben, die ihr vorgehalten hatte, es sei alles in Ordnung mit der Schwangerschaft und deshalb hätte sie kein Recht, sich aus der Verantwortung zu ziehen.

Jetzt sah das anders aus. Vielleicht hatte sie ja recht gehabt mit ihrer Sorge vor frühzeitigen Wehen? Hatte ich einen Fehler gemacht, indem ich sie zwang, wieder selbst die Hausarbeit zu übernehmen? Was würde ich tun, wenn sie das Kind verlor?

»Das warten wir erst mal ab«, sagte Henning. »Sieh mal, da ist schon der Rettungswagen.«

Der rote Transporter stand mit blinkendem Blaulicht und offener Hecktür vor dem Haus. Henning parkte ein Stückchen weiter weg. Ich sprang aus dem Auto und rannte vor ihm her um das Gebäude, die Treppe hinauf und in die Wohnung, wo sich bereits mehrere Männer mit weißen Polohemden und roten Uniformhosen um Nicole kümmerten. Alle drei Kinder standen mit erschrockenen Gesichtern hinter dem Sofa.

»Was ist mit ihr?«, rief ich.

»Sind Sie eine Verwandte?«, fragte einer von den Sanitätern.

»Nein«, sagte ich wahrheitsgemäß.

»Sie ist die Patentante«, behauptete Henning hinter mir. Vermutlich hatte er schneller als ich begriffen, dass es hier um die Frage nach der Auskunftsberechtigung ging. Aber noch gab mir keiner Auskunft, vermutlich weil sie sich selbst noch nicht darüber im Klaren waren, was hier genau los war.

Während die Männer Nicole auf ihre mitgebrachte Trage hievten, konnte ich kurz einen Blick auf sie werfen. Ohnmächtig war sie nicht, machte aber den Eindruck, ein wenig weggetreten zu sein.

»Is sie jetzt tot?«, fragte ein dünnes Stimmchen.

Einer der Sanitäter drehte sich zu Kevin um. »Nein, kleiner Mann, mach dir keine Sorgen. Wir kriegen deine Mama wieder hin. Aber erst mal müssen wir sie mitnehmen ins Krankenhaus.«

Ich begriff, dass es vermutlich im Moment wichtiger war, sich um die Kinder zu kümmern, als zu klären, was genau mit Nicole passiert war. Es war nicht ganz einfach, um das ganze Durcheinander herum auf die andere Seite der Couch zu kommen, aber sobald ich dort angekommen war, drängte Kevin sich dicht an mich. Auch Nuala kam näher, nur Gonzalez war natürlich schon zu groß, um sich durch direkten Körperkontakt Trost zu holen.

»Du hast direkt die Rettung angerufen, stimmt's?«, sagte ich zu ihm, während ich versuchte zu verfolgen, was jetzt mit Nicole gemacht wurde. Genau konnte man es nicht erkennen, aber es umfasste auf jeden Fall einige Gerätschaften aus einem großen Koffer.

Der Sanitäter von eben hob den Kopf. »Das hast du genau richtig gemacht!«

Ich hatte den Eindruck, dass Gonzalez um zehn Zentimeter wuchs. »Erst wollte ich Sie anrufen«, erklärte er mir. »Aber da war jemand anders dran. Der hat mich immer Speedy genannt.«

»Das war mein Sohn«, sagte ich. »Tut mir leid, dass er dich nicht ernst genommen hat.«

»Ach ja«, sagte er großmütig. »Kann ja jedem mal passieren. Vermutlich hat er noch nie so was erlebt.«

»Hat er nicht«, konnte ich ihm versichern. Im Vergleich zu Gonzalez war Christoph aufgewachsen wie im Märchenland, dachte ich.

Die Männer erhoben sich jetzt und trugen Nicole zum Auto. Ihr Sprecher, der offensichtlich der Boss war und deshalb nicht tragen musste, wandte sich an mich. »Wir nehmen sie jetzt mal mit. Vermutlich hat sie einen anaphylaktischen Schock. Ist irgendeine Allergie bekannt?«

»Mir nicht«, musste ich zugeben. Eigentlich wusste ich immer noch wenig über Nicole.

»Ist auch egal«, sagte er. »Während der Schwangerschaft kann sich das auch neu ergeben. Wo ist denn der Mutterpass?«

»Der is geklaut«, sagte Gonzalez. Das Lob hatte ihm wohl das Gefühl vermittelt, jetzt für alle Fragen der erste Ansprechpartner zu sein. »Vor zwei Jahren auf dem Schützenfest.«

Die Augenbrauen des Mediziners hoben sich erstaunt.

»Es gibt einen neuen«, sagte ich eilig und war sogar relativ rasch in der Lage, ihn zu präsentieren.

»Ach so«, sagte Gonzalez. »Das is ja auch ein neues Baby.« Vielleicht hatte er den Eindruck, dass jedes Kind seiner Mutter nicht nur einen anderen Vater, sondern auch andere Dokumente erforderte.

Henning begleitete die Sanitäter, um letzte Sachfragen zu klären. Ich setzte mich ein wenig ratlos auf die Couch, wo noch Nicoles zusammengeknüllte Decke lag. Sofort hatte ich ein Kind auf dem Schoß und ein zweites dicht neben mir. Und da hatte ich am Donnerstag gedacht, ich würde sie nie wiedersehen. Ich zog beide dicht an mich, denn das wirkte in beide Richtungen tröstlich.

»Wo ist denn Kevins Vater?«, fragte ich.

»Der Maik? Weiß ich nich«, sagte Gonzalez.

»Wird der denn wieder hierherkommen? Wohnt der jetzt hier?«

»Manchmal«, meinte Kevin. Präzise war das nicht.

Henning kam zurück und setzte sich zu uns. »Erzählt mal, was passiert ist«, forderte er die Kinder auf. So ist er, immer den Fakten auf der Spur.

Für die Kinder war es wohl wichtig, darüber zu sprechen. »Die Mama is von der Couch gefallen.« »Die wollte aufstehen und dann hat sie ›huah‹ gemacht.« »Und dann lag sie da und hat geheult.« »Nein, nicht geheult. Sie hat ›huah‹ gemacht.« »Is doch egal. Ich dachte, sie kotzt. Wie du damals, als du so oft Karussell gefahren bist.« »Aber sie hat nicht gekotzt. Sie hat nur ›huah‹ gemacht.« »Und dann hat Gonzalez dich angerufen. Und die Männer.« »Und wo ist die Mama jetzt?«

»Die Mama ist in Bredenscheid im Krankenhaus«, sagte Henning. »Da wird sie noch mal untersucht. Bald geht es ihr wieder gut.«

»Und dann kommt sie und macht uns was zu essen?«

Henning und ich sahen uns an. So einfach war es wohl nicht. »Vermutlich muss sie über Nacht bleiben«, sagte er, was ich ziemlich optimistisch fand. »Ihr hattet also noch kein Abendessen?«

Kopfschütteln und ein hoffnungsvoller Blick auf mich. »Vielleicht könnten wir eine Pizza machen?«, fragte Kevin.

Das bezweifelte ich. Immerhin war ich seit Donnerstag nicht mehr hier gewesen, und schon zu dem Zeitpunkt hatte es nicht mehr alle dafür notwendigen Zutaten gegeben.

Henning hatte eine bessere Idee. »Wie wär's, wenn wir zu McDonald's fahren?«

Mit so einem Vorschlag konnte er natürlich nur Zustimmung ernten. Wir packten also alle drei Nowakowskis ins Auto und fuhren in das Restaurant mit dem goldenen Bogen, wo sie sich unglaubliche Mengen von Fritten und Chicken McNuggets einschaufelten. Während sie zum krönenden Abschluss noch mal zusammen an den Tresen gingen, um sich ein Eis zu holen, sagte Henning zu mir: »Wie geht das denn jetzt weiter? Wir können die Kinder doch nicht allein zu Hause lassen.«

»Vor allem müssen die beiden Großen morgen wieder in die Schule. Und irgendwann müssen wir uns auch nach ihrer Mutter erkundigen.«

»Sieht so aus, als hätten wir die erst mal an den Hacken«, sagte er. »Also nehmen wir sie mit zu uns?«

Wir sahen uns an. Und in diesem Moment war die Eiszeit unterbrochen, die alte Verbundenheit blitzte wieder auf. Gemeinsam würden wir das schon packen.

»Wir nehmen sie mit zu uns«, bestätigte ich. Wie unpraktisch, dass Christoph wieder zu Hause war und ein

Zimmer blockierte. Aber irgendwie würden wir die drei schon unterbringen. Besonders viel Luxus waren sie eh nicht gewohnt.

Henning sah mich nachdenklich an. »Ich muss morgen früh nach Hannover, da hilft alles nichts«, sagte er.

»Kein Thema«, sagte ich.

»Und wir fliegen am Mittwoch nach Boston.« Ich verstand, was das heißen sollte: Wir können das nicht wegen der Kinder absagen.

»Ich rufe morgen erst mal den Mann vom Sozialamt an«, sagte ich. »Der muss dann irgendwas tun. Das Bedauerliche ist die Einschulung am Dienstag.«

»Ich dachte, da wolltest du sowieso hin?«

»Na klar. Aber ohne die Mama ist es doch nicht das Wahre für Kevin. Ich bin doch nur der Oma-Ersatz.«

»Hast du ein Geschenk für ihn?« Es sagte viel über Henning, dass er daran dachte. Bei aller Ablehnung meines Einsatzes hatte er doch die Kinder sofort ins Herz geschlossen.

»Natürlich.« Ich konnte ihm das Dekor des Klassenfreunde-Buchs nicht mehr beschreiben, weil nun die drei Nowakowskis wieder unseren Tisch stürmten. Mitsamt drei schmierigen Softeis-Einheiten, die sie mit einer solchen Begeisterung verspeisten, dass es einem ganz warm ums Herz wurde. Und ganz klebrig um die Finger, sobald man irgendetwas anfasste.

Von nun an war die ruhige Zeit vorbei. Wir fuhren erst noch mal in den Hammerweg, um das Notwendigste einzupacken. Ich hatte den Verdacht, dass Gonzalez und Nuala ihre Tornister seit dem letzten Schultag nicht mehr angefasst hatten. Meine früher übliche Routine, neue Hefte zu besorgen und die Schulbücher in Schutzumschläge zu hüllen, gehörte offensichtlich nicht zu Nicoles Programm. Immerhin gab es Bücher. Das war ja schon mal was.

Der nächste Akt war das Einrichten eines Nachtlagers in unserem Haus. Mithilfe vieler Kissen, Decken und Matratzen gelang es uns schließlich, für alle Kinder eine akzeptable Schlafstätte zu basteln. Ich scheuchte sie zum Waschen und Zähneputzen und rang Gonzalez sein Schalke-Trikot ab, um es rasch mit der Hand durchzuwaschen. Er war sehr skeptisch, als ich ihm hoch und heilig versprach, dass er es am nächsten Morgen wieder anziehen könnte. Aber wenn Polyester eine gute Eigenschaft hat, dann ja wohl die, dass die Sachen blitzschnell und bügelfrei trocknen.

So einen Aufwand war ich nicht mehr gewohnt, und als schließlich oben relative Ruhe eingekehrt war und ich im Wohnzimmer auf einen Sessel sank, war ich schon ein bisschen erschöpft.

Henning und Christoph sahen eine Talkshow im Fernsehen. Passenderweise ging es um Bildung, denn schließlich fing ja die Schule wieder an. Sie warfen mir unfreundliche Blicke zu, als ich im Krankenhaus anrief, um mich nach Nicole zu erkundigen. Den entsprechend unfreundlichen Ton hatte die Mitarbeiterin, die mir mitteilte, momentan könnte mir noch keiner dazu Auskunft geben und ich möchte doch bitte morgen wieder anrufen.

Ich erwog kurz, ob es wohl nötig sei, noch ein Köfferchen mit Nicoles Sachen zu packen und es ihr ins Krankenhaus zu bringen, aber dann war ich so müde, dass ich beschloss, sie könnte eine Nacht ohne auskommen.

19

Henning hatte seine Abfahrt am nächsten Morgen für halb sechs festgelegt. Ich stehe nicht immer so früh mit auf, aber weil ich ja jetzt zwei Schulkinder zu versorgen hatte, war ich zur Stelle, um mich von ihm zu verabschieden, denn die Zeit würde ich brauchen. Sein Abschied fiel allerdings nicht sehr romantisch aus. Er bestand genau aus zwei Sätzen: »Es ist kein Brot mehr da« und »Ich rufe gegen Abend an«.

»Gute Fahrt«, sagte ich und stand dabei, als er seinen Mercedes aus der Garage setzte. Nicht, um ihm hinterherzuwinken, sondern weil er dann nicht noch mal aussteigen musste, um das Tor zuzumachen.

Ich duschte, zog mich an und fuhr Brötchen holen. Dann machte ich Frühstück, weckte die Kinder und schmierte ihnen ein paar Schulbrote. Ich reinigte im Vorübergehen wenigstens die Außenfläche von Nualas klebrigem Schulranzen und brachte Gonzalez sein Schalke-Trikot.

»Los, beeilt euch«, drängte ich die Kinder. »Kevin, du auch.«

»Komme ich heute schon in die Schule?«, fragte er verwundert.

»Nein, aber ich will dich mitnehmen, wenn ich die beiden in die Schule bringe. Danach fahren wir zusammen einkaufen und rufen dann im Krankenhaus an, um zu hören, wie es der Mama geht.«

»Ich will auch hören, wie es der Mama geht«, maulte Nuala.

»Ich sag es dir, wenn du aus der Schule kommst.«

»Machst du denn heute wieder Mittagessen?«

So weit war ich gedanklich noch gar nicht gewesen. »Ja, das tue ich«, versprach ich. »Ihr könnt von der Schule aus nach Hause gehen, und ich warte dort auf euch.«

Eigentlich hatte ich den Tag anders geplant. Schließlich wollte ich in zwei Tagen in die USA fliegen, ich hatte noch kein Mitbringsel für Cathy und am Samstag beim Einkaufen weder gewusst, dass Christoph nach Hause kam und heute sicher etwas zum Mittagessen erwartete, noch dass ich plötzlich wieder die Verantwortung für den Nowakowski'schen Haushalt tragen würde. Aber daran konnte man sehen, wie die Zeiten sich änderten: Noch vor ein paar Tagen hatte ich in meinem gepflegten Haus gestanden und nach etwas Dringendem zu tun gesucht. Nun stellte sich eher die Frage, was ich zuerst machen sollte.

Auf jeden Fall die Kinder ins Auto packen. Es war höchste Zeit. Ich sauste zur Fröbelschule, wo ich Nuala absetzte, verfrachtete anschließend Gonzalez zur Gesamtschule und holte mir dort direkt einen Anpfiff ab. Erstens, erklärte mir die als freiwillige Schülerlotsin agierende Mutter, sei das Vorfahren bis zum Wendeplatz nur für Schulbusse und Fahrzeuge mit spezieller Berechtigung erlaubt. Und zweitens hätte ich keine angemessene Sitzerhöhung für die beiden mitfahrenden Kinder in meinem Auto.

Sie hatte grundsätzlich sicher recht. Aber in diesem Fall, fand ich, hatte ich ja nun wirklich keine Chance gehabt, mich auf diesen Taxidienst einzustellen. »Ich bin nur kurzfristig eingesprungen«, sagte ich leicht genervt zu ihr.

»Ja, das sagen sie alle«, meinte sie und hielt mir nun eine Sammelbüchse unter die Nase. »Aber in der Schulkonferenz haben wir beschlossen, dieses Schuljahr unter die Devise ›Zero Tolerance‹ zu stellen. Deshalb bitten wir Sie um einen Beitrag von einem Euro für die Kasse des Fördervereins.«

»Ist das Ihr Ernst?«, fragte ich ungläubig.

Sie hielt meinem Blick unbeirrt stand. Auch die Sammelbüchse bewegte sich nicht. »Ja, natürlich. Zero Tolerance. Wir lassen es gar nicht erst einreißen im neuen Schuljahr.«

»Steig aus, Gonzalez«, sagte ich. Er tat es unwillig; vermutlich wollte er viel lieber miterleben, wie das hier weiterging.

In meinem Autoaschenbecher, wo ich meistens Kleingeld für Parkautomaten verwahre, befand sich nur ein Zwei-Euro-Stück. Mit einem Hauch von Verachtung warf ich es in ihre Büchse. »Hier, bitte schön. Ich zahle gleich für morgen mit.«

Jetzt war sie es, die ein wenig ungläubig aussah. »Aber morgen bin ich nicht hier.«

»Gut zu wissen«, sagte ich. »Dann geben Sie mir einen Euro raus. Ich brauch sowieso einen für den Einkaufswagen im Supermarkt.«

»Das kann ich nicht«, sagte sie. »Sie sehen doch, ich kann aus der Dose kein Geld rausholen.«

Inzwischen hatte sich hinter mir schon ein kleiner Stau gebildet. Ich war offensichtlich nicht die Einzige, die Kinder näher als erlaubt an die Schule brachte. »Dann holen Sie sich doch schon mal den Euro von dem Auto hinter mir«, schlug ich vor. »Den können Sie mir ja dann geben.« Irgendwo hinter uns wurde gehupt.

Jetzt hatte ich sie etwas aus der Fassung gebracht. Das war nicht nett von mir, ich weiß, aber am Montagmorgen vor acht Uhr sollte man mir nicht mit solchen Faxen kommen, schon gar nicht, wenn ich bereits leicht gestresst durch mehrere unvorhergesehene Planänderungen war. Für sie war wohl andererseits die Vorstellung unangenehm, dem Fahrer hinter mir erst einen Euro abzunehmen und ihn dann zugucken zu lassen, wie sie mir den aushändigte.

»Geben Sie mir die Dose«, befahl ich, und sie tat es widerstandslos. Hinter uns ertönte erneut eine Hupe.

Ich kannte diese Dosen, unsere Kinder hatten ganz ähnliche als Spardose gehabt. Ich griff in das Seitenfach der Fahrertür. Dort ruhte schon seit längerem eine Nagelfeile, die vermutlich Lotta gehörte. Damit war es kein Problem, aus dem Schlitz eine Münze zurückzuangeln. Wie der Zufall es wollte, fischte ich direkt einen Euro heraus.

»Na also«, sagte ich, jetzt wieder etwas zufriedener mit mir und dem Leben an sich. Ich reichte der Frau die Dose zurück, warf den Euro in meinen Aschenbecher und lächelte freundlich. »Wir lassen gar nicht erst was einreißen. Schönen Tag noch.«

Kevin hatte das Ganze vom Rücksitz aus verfolgt. »Kostet das einen Euro, hier in die Schule zu gehen?«, fragte er.

»Nur, wenn man mit dem Auto gebracht wird«, sagte ich und fuhr um den Wendeplatz herum und an den ganzen gestauten Autos vorbei. »Aber ich bin sicher, das wird in Kürze wieder abgeschafft.«

Ach, war das lange her, seitdem ich das letzte Mal mit einem Kind einkaufen war, das um meinen Wagen herumturnte und mich in meiner Konzentration beeinträchtigte. Vor allem hatte dieses Kind natürlich noch keine Erfahrung mit mir als Einkäuferin, so wie damals meine eigenen, die irgendwann wussten, dass Quengeln keinen Zweck hatte. Kevin packte ungefragt Sachen in meinen Wagen, die dann wieder unter großem Protest zurückgebracht werden mussten, oder verschwand zwischen Regalen, um dann irgendwann atemlos wieder aufzutauchen und mir die unglaublichsten Dinge zu präsentieren. Manche davon hatte ich selbst noch nie gesehen, zum Beispiel Mini-Textmarker mit Fruchtaroma oder Bonbons, die nach dem Lutschen zu Kaugummi werden.

Ich musste ihm erklären, dass ich nicht viel von tiefgefrorenen Fertiggerichten hielt und dass ich Marshmallows nicht als Grundnahrungsmittel betrachtete. Gleichzeitig fragte ich mich, wie ich jetzt den Inhalt seiner Schultüte erwerben sollte, ohne dass er das mitbekam. Ich beschloss, diesen Punkt zu vertagen und erst mal das einzukaufen, was ich a) für das Mittagessen der Kinder brauchte und b) für Christoph, falls er länger blieb und noch da war, wenn ich mit Henning unterwegs war.

Während ich gerade an der Käsetheke anstand, zupfte Kevin mich am Ärmel. »Da ist er wieder!«, teilte er mir mit.

»Wer denn?«, fragte ich zurück, während die Verkäuferin mir sechs Scheiben mittelalten Edamer auswog.

»Na, der Undertaker-Mann«, sagte Kevin.

»Darf's sonst noch etwas sein?«, fragte die Verkäuferin.

»Ein Stück von dem Blauschimmelkäse«, sagte ich und ließ meine Blicke schweifen. Tatsächlich, das könnte Bernhard sein, der sich gerade vor dem Display mit den südafrikanischen Rotweinen aufgebaut hatte.

»Muss ich heute wieder nett sein zu dem?«

Mir wurde etwas flau. Man hätte meinen können, dass

diese Geschichte endlich überwunden war, aber nein ...
»Nein, das musst du nicht«, sagte ich etwas unkonzentriert, weil ich gleichzeitig das Käseangebot nach interessanten Alternativen absuchte.

»Gehört der zu Ihnen?«, wollte die Verkäuferin wissen und beugte sich ein Stück über die Theke. »Möchtest du denn ein Käsespießchen?«

Kevin nickte erfreut. Sie reichte ihm einen Zahnstocher, auf dem eine Weintraube und ein Goudawürfel aufgespießt waren. Ich stupste ihn an. »Was sagt man dann?« Sprüche, die über Generationen von Müttern tradiert werden.

»Super«, sagte Kevin artig und schob sich Käse und Weintraube in den Mund.

Ich orderte noch etwas Appenzeller. »Das wär's.«

»Sehr gern«, sagte die Verkäuferin und reichte mir mein Päckchen. Ich legte es in die Karre und schob weiter. Und fuhr beinahe Bernhard über den Haufen, der gerade mit je einer Weinflasche in jeder Hand unterwegs war.

»Hallo, Marie«, sagte er mäßig erfreut. »So früh schon unterwegs?«

»Wie du siehst.« Kevin hatte offensichtlich noch einen Käsespieß bekommen, denn er stand jetzt mit vollen Backen und zwei Zahnstochern in der Hand neben mir.

»Nanu?«, sagte Bernhard mit spürbarem Unbehagen. »Den jungen Mann kenne ich doch? Gehst du heute mit Marie einkaufen?« Man merkte, er hatte wenig persönliche Erfahrung mit Kindern.

Kevin nickte heftig kauend. Und dann machte er zwei Schritte vorwärts und rammte Bernhard seine beiden Zahnstocher in den Handrücken. Es kam so unerwartet, dass Bernhard fast seine Weinflasche fallen gelassen hätte.

»Na hör mal!«, stieß er ärgerlich hervor. »Was soll das denn?«

»Ich darf das«, erklärte Kevin und wies mit dem Kopf auf mich. »Hat sie gesagt.«

Bernhards Gesicht rötete sich eine Spur. »Ach, tatsächlich?«

Ich erholte mich mühsam. »Ich wüsste nicht, dass ich dir erlaubt hätte, Leute zu stechen.«

»Aber du hast gesagt, ich muss heute nicht nett zu dem sein«, verteidigte Kevin sich. »Und er sieht aus wie der Undertaker, und der Undertaker kennt keinen Schmerz.«

Auf Bernhards Handrücken sah man zwei rote Punkte, fast wie ein Vampirbiss. »Wer ist denn der Undertaker?«

»Das ist einer der großen Stars im amerikanischen Wrestling«, erklärte ich ihm. »So gesehen ist der Vergleich eine Ehre.«

»Na, ich weiß nicht«, meinte Bernhard und eilte mit finsterem Blick zur Kasse. Eigentlich hatte ich da auch hingewollt, aber nun bog ich noch mal in die Drogerieabteilung ab, um ihm ein wenig Vorsprung zu gönnen. Vermutlich würde er jetzt mehr Abstand zu Kindern halten denn je.

Dann fuhren wir wieder nach Hause, und mir wurde klar, dass mein Haushalt nicht mehr auf Kinder eingestellt war. Kevin langweilte sich auf jeden Fall. »Willst du nicht mal was malen?«, schlug ich ihm vor. Sonstige Spielsachen gab es bei uns nicht mehr.

Er zog ein Gesicht. »Was soll ich denn malen? Malen is doof.«

Rausgehen war auch schwierig, denn er kannte natürlich in der Nachbarschaft keinen, und wir hatten nicht mal eine Schaukel im Garten. Die größeren Kinder waren alle in der Schule, die jüngeren vermutlich im Kindergarten oder unter der Obhut ihrer Mütter. Ich brauchte jetzt aber mal ein wenig Freiraum zum Telefonieren. Letztlich blieb mir nichts anderes übrig, als ihn vor die Glotze zu setzen und zu hoffen, dass er nicht irgendwelche ungeeigneten Kanäle finden würde, während er unbeobachtet war.

Zuerst rief ich im Krankenhaus an. »Die Frau Nowakowski?«, sagte nach vielem Herumfragen und Hin- und Her-Verbinden eine Stationsschwester. »Die kann heute wieder nach Hause. Allerdings sollte sie die nächsten Tage fest liegen.«

Na super. Da hatte sie ja endlich, was sie wollte. Und wie würde das gehen? Ich rief Herrn Möhling an und schilderte ihm die Sachlage.

Er seufzte ein wenig. »Nun gut, ich kümmere mich darum und gebe das an die Jugendhilfe weiter. Wir brauchen dann den Bericht vom Krankenhaus. Können Sie sich darum kümmern?«

»Ich?«, fragte ich zurück.

»Na, Sie holen sie doch aus dem Krankenhaus ab, oder?«

Das hatte ich bisher nicht so gesehen, aber vermutlich lief es darauf hinaus. Wer sollte es sonst tun?

Ich hörte, wie Christoph die Treppe herunterkam und sich zu Kevin aufs Sofa setzte. Die beiden schienen sich gut zu unterhalten, so dass ich wenigstens eine Weile Zeit hatte, um im Haus Ordnung zu machen und für Christoph etwas zu essen vorzubereiten.

Einige Zeit später steckte ich den Kopf ins Wohnzimmer und fand die beiden in großer Eintracht vor dem Fernseher. »Könntet ihr nicht lieber was spielen?«, fragte ich meinen Sohn.

»Wieso denn?«, fragte er überrascht. »Wir bilden uns doch gerade.«

»Nach Sesamstraße hört sich das aber nicht an«, sagte

ich und warf einen Blick auf den Bildschirm, wo sich gerade ein Skifahrer mehrfach und wenig elegant überschlug. Kevin wippte kichernd auf dem Sofa.

»Nein, wir gucken die witzigsten Videos der Welt«, erklärte mir Christoph. »Man lernt daraus, Fehler zu vermeiden.«

»Lernt man da auch, dass man nicht einfach Männer in Supermärkten mit Zahnstochern sticht? Manche von denen mögen das nicht so.«

Christoph sah Kevin an. »So was machst du?«

Kevin grinste und zeigte wieder mal mit einer Kopfbewegung auf mich. »Sie hat's mir erlaubt.«

»Das ist gemein«, klagte Christoph. »Wir durften das nie.« Er sah mich vorwurfsvoll an. »Auf welchen Mann hast du ihn denn gehetzt? Kenne ich ihn?«

»Wir haben Bernhard getroffen«, versuchte ich zu erklären. »Aber ich habe Kevin nicht …«

»Bernhard Braun?«, fragte Christoph erheitert. »Hör mal«, sagte er zu Kevin, »wenn du den das nächste Mal triffst, dann fragst du ihn, wann er dem Teufel sein Lachen verkauft hat. Und ob es wehgetan hat, als er es wegoperiert hat.«

»Christoph!«, rief ich mahnend. Er sollte diesem kleinen Kerl nicht solche Sachen in den Kopf setzen.

Aber es war schon zu spät. Kevin las ihm andächtig die Worte von den Lippen ab. »Er hat dem Teufel sein Lachen verkauft? Sieht er deshalb so böse aus?«

»Christoph hat das früher mal im Fernsehen gesehen«, sagte ich eilig. »Das war ein Film, das ist nicht wirklich passiert. So ähnlich wie der Undertaker auch nicht wirklich seine Gegner fertigmacht.«

»Woher kennst du denn den Undertaker?«, freute Christoph sich.

»Ich bin vielseitig gebildet«, behauptete ich.

»Und der Mann sieht aus wie der Undertaker«, ergänzte Kevin.

Jetzt schüttelte Christoph sich vor Lachen. »Du hast ja so recht!« Er knuffte Kevin freundschaftlich gegen die Schulter. »Ich glaube, du bist ein cleveres Kerlchen.«

In Kevins Augen lag ein bisschen Anbetung. Christoph hatte einen echten Fan.

»Ich muss euch leider unterbrechen«, sagte ich. »Kevin und ich fahren jetzt zu ihm nach Hause und machen da Mittagessen. Und für dich habe ich einen Auflauf im Ofen, der hupt, wenn er fertig ist.«

»Der Auflauf hupt?«, fragte Kevin mit großen Augen.

»Nein, der Ofen hupt, um genau zu sein«, sagte ich. »Also los, Kevin. Heute Nachmittag kann ich deine Mama abholen. Und bis dahin wollen wir doch noch etwas Ordnung machen.«

Christoph zwinkerte mir zu. »Du willst Ordnung machen, Mama. Oder sprichst du inzwischen im Plural Majestatis von dir?«

»Würde mir doch zustehen, oder?«, fand ich. »Sieh du lieber zu, dass du es zu was bringst, damit ich eines Tages das demokratische Äquivalent zu einer Königinmutter werde.«

Er verzog das Gesicht. »Dass du mich daran erinnern musst ... Dann geh ich mal wieder an die Arbeit.«

Ich fuhr mit Kevin zum Hammerweg und trug mit ihm zusammen meine Lebensmitteleinkäufe hoch. Aber wenn ich gedacht hatte, ich würde in eine leere Wohnung kommen, dann hatte ich mich getäuscht. Denn statt Nicole lungerte jetzt Kevins Vater, der unerfreuliche Maik, auf der Couch und zappte durch die Fernsehkanäle.

»Nicole?«, rief er. »Bist du das?«

»Nein, ich bin's«, sagte ich, während Kevin unerschrocken auf seinen Vater zueilte.

»Sie schon wieder? Was wollen Sie denn hier?« Maik zog die Stirn in Falten. »Was ist eigentlich hier los? Man kommt nach Hause, und kein Mensch ist da.«

Das war also jetzt sein Zuhause? Ich riss mich zusammen, um gar nicht erst vor ihm Angst zu zeigen. Er würde mir ja wohl in Anwesenheit seines Sohnes nichts tun. »Wären Sie mal besser gestern Abend schon nach Hause gekommen«, sagte ich. »Dann hätten nämlich Sie sich darum kümmern können, als Nicole ihren Zusammenbruch hatte.«

»Zusammenbruch?«, wiederholte er konsterniert.

»Die Kinder haben mich angerufen, weil sie nicht mehr ansprechbar war. Gonzalez hat auch den Notarzt gerufen, und der hat sie ins Krankenhaus gebracht.«

»Na so was«, staunte er. Ich hatte den Eindruck, es faszinierte ihn eher wie ein Krimi im Fernsehen, als dass es ihn betroffen machte. »Was hatte sie denn?«

»Einen affengalaktischen Schock«, sagte Kevin.

»Einen was?« Maik sah seinen Sohn verblüfft an. Ich sah mit Bedauern die Ähnlichkeit zwischen den beiden und konnte nur hoffen, dass der Junge seinem Vater ansonsten nicht zu ähnlich wurde. Immerhin war auch ich recht beeindruckt, dass sich Kevin diesen komplizierten Begriff zu merken versucht hatte. Aber es ging schließlich auch um seine Mama.

»Ein anaphylaktischer Schock«, sagte ich. »Eine extreme allergische Reaktion. Wissen Sie, ob Nicole gegen irgendwas allergisch ist?«

»Keine Ahnung«, sagte er kopfschüttelnd. »Na so was! So ein Scheißkack!«

Wie bitte? Ich stand da wie vom Donner gerührt. War das etwa … Ich versuchte mich zu erinnern. Das Gesicht mit einer Baseballkappe, einer Sonnenbrille und einem falschen Bart ... War er etwa der Kerl, der versucht hatte, den Kiosk zu überfallen? Immerhin war es nicht gerade eine Großtat, mit fünf Euro abzuziehen, die ihm mehr oder weniger aus Mitleid gegeben worden waren. Die Polizistinnen hatten dem jedenfalls wenig Bedeutung beigemessen. Aber die Bereitschaft für solche Aktionen war offensichtlich vorhanden.

Ich wurde etwas nervös. Jetzt war ich allein in der Wohnung mit einem kleinen Jungen und seinem gewaltbereiten Vater. Das gefiel mir gar nicht; ich bin wohl nicht aus dem Holz geschnitzt, aus dem man Heldinnen macht.

»Was is denn mit dem Baby?«, fragte Maik als Nächstes.

»Das ist wohl in Ordnung«, sagte ich. »Aber sie soll in nächster Zeit liegen und sich schonen.«

Kevin verzog das Gesicht. »Und was is mit der Einschulung?«

»Da komm ich dann mit«, sagte sein Vater tröstend zu ihm. »Wann is die denn?«

»Morgen um zehn«, sagte ich. »In der Kirche.« Ich weiß nicht, ob ich das als Abschreckung gedacht hatte. Mir war nicht recht, dass dieser Ganove mitkam, wenn ich mit Kevin zur Einschulung ging, aber ich hatte weder das Recht noch die Traute, ihm das zu sagen.

»Um zehn in der Kirche«, wiederholte er. »Ich werde da sein. Überhaupt«, sagte er zu mir, »was wollen Sie denn noch? Ich werde mich jetzt hier um alles kümmern.« Und schon war die übliche Aggression wieder da, die Ablehnung in seinen Augen.

»Ich wollte eigentlich Mittagessen machen«, sagte ich. Um das zu unterstreichen, öffnete ich den Kühlschrank, wo sich immer noch der Blumenkohl befand.

»Brauchen Sie nich«, beschied mir Maiks Vater. »Und Blumenkohl schon gar nich. Ich sag doch, ich kümmer mich jetzt hier um alles. Verziehn Sie sich.«

»Werden Sie auch Nicole aus dem Krankenhaus abholen?«, fragte ich etwas bissig.

Er zögerte nur kurz. »Kann ich nich«, sagte er. »Hab kein Auto. Das können Sie ja machen. Aber sonst brauchen wir Sie nich.«

Ich schwankte zwischen Empörung und Erleichterung. Niemand lässt sich gern sagen, dass er nicht gebraucht wird, aber ich hatte andererseits auch wenig Lust, noch mehr Zeit mit diesem Typen zu verbringen.

»Tja, wenn das so ist«, sagte ich und griff nach meinem Korb, »dann gehe ich jetzt.«

Kevin beobachtete es mit großen Augen. »Und das Mittagessen?«, fragte er.

Maik tätschelte ihn freundlich. »Mach dir keine Sorgen«, sagte er. »Ich hole uns was.«

Das klang ja vielversprechend. Hatte er in einem anderen Kiosk mehr Erfolg gehabt oder wie wollte er einen solchen Lebensstil finanzieren? Aber für Kevin hatte vermutlich ein Schnitzel mit seinem Vater deutlich mehr Attraktivität als eine Portion Blumenkohl mit mir. Damit würde ich leben müssen.

Trotzdem war ich fest entschlossen, ihn bei der Einschulung nicht im Stich zu lassen. Dieser Vater schien mir wenig vertrauenerweckend. Vielleicht kam er gar nicht rechtzeitig?

Auf dem Weg zum Auto schaute ich noch bei Hannes rein.

»Nanu?«, fragte er verwundert. »Sind Sie so schnell rückfällig geworden?«

»Sagen wir mal, das Leben hat anders entschieden«, sagte ich.

Er nickte. »Kaffee?«

»Warum nicht?« Vermutlich zum allerletzten Mal. Wie die Tourneen von alternden Popstars, die immer wieder den Rücktritt vom Rücktritt zelebrierten. Tim und Karlheinz hoben kaum noch den Kopf, wenn ich erschien.

In seinem Besprechungszimmer erstattete ich Bericht über die dramatischen Ereignisse von gestern. Und über meine Vermutungen hinsichtlich der kleinkriminellen Karriere von Kevins Vater. Er hörte mit einer Gelassenheit zu, die vermutlich auf einer sehr bunten eigenen Lebenserfahrung beruhte.

»Ausgerechnet dieser Knaller zieht jetzt wieder ein?«, sagte er. »Nicole hat aber auch ein Händchen dafür.«

»Werden Sie wohl mitbekommen, wenn da oben was schiefläuft?«, fragte ich etwas beunruhigt. Auch wenn ich mich aus der ganzen Angelegenheit zurückziehen wollte, konnte ich mich emotional noch nicht lösen.

Er zuckte mit den Schultern. »Wenn es während der Arbeitszeit passiert, vermutlich ja«, meinte er. »Aber solche Sachen wie gestern … Die haben ja Glück gehabt, dass Sie zur Stelle waren.«

Ich fragte mich, ob das stimmte. Gonzalez war es zu verdanken, dass der Rettungswagen so schnell da war. Vielleicht hätte er sogar auch organisiert, dass die Kinder die Nacht allein zu Hause verbrachten. Möglicherweise war das der große Vorteil, den sie allen Nachteilen zum Trotz hatten: Sie wurden auf diese Weise sehr früh lebenstüchtig.

Wir verabschiedeten uns auf freundschaftlicher Basis. »Auf Boston können Sie sich jedenfalls freuen!«, versprach er mir.

»Waren Sie schon mal da?«

Er nickte. »Schon lange her, aber ich hab's in guter Erinnerung. Besser als China jedenfalls.«

»Keine Hühnerfüße?«

Er grinste. »Eher Chicken Wings. Und lassen Sie sich den Lobster nicht entgehen.«

Am Abend telefonierte ich mit Henning. Ich hatte viel zu erzählen: meine Abenteuer mit Kevin am Vormittag, die Begegnung mit seinem Vater und auch den Krankentransport von Nicole. Sie war schon ziemlich mitgenommen von den Vorkommnissen. Die Ärzte waren sich jetzt ziemlich sicher, dass es eine allergische Reaktion gewesen war, die durch die Schwangerschaft verstärkt worden war, aber es war nicht ganz klar worauf.

Insofern hatte sie versucht, moralischen Druck auf mich auszuüben. Ich könnte sie doch in dieser Situation nicht im Stich lassen ... Wenn das nun wieder ...

Vermutlich hätte ich mich sehr leicht umstimmen lassen, wenn da nicht Kevins Vater gewesen wäre, der uns schon in ihrer Wohnung erwartete. Ich konnte sie ja schlecht vor die Wahl stellen: »Er oder ich!«, aber dieser Mann löste bei mir wirklich Gänsehaut aus, obwohl er mir bisher nichts getan hatte.

Henning unterstützte das. »Du gehst da nicht mehr hin!«, sagte er nachdrücklich. »Ich möchte nicht, dass du mit dem Kerl zu tun hast. Wenn diese Frau mit ihm klarkommt – und das scheint ja so zu sein, immerhin hat sie sich von ihm ein Kind machen lassen –, dann ist das ihre Sache. Aber du ...«

Ziemlich autoritär, mein Mann. In diesem Fall ließ ich es aber durchgehen. »Jetzt will er morgen mit Kevin zur Einschulung kommen«, erzählte ich ihm. »Das kann ich nicht absagen. Er rechnet fest mit mir.«

»Aber Marie!«, sagte Henning besorgt. »Dann nimm wenigstens Christoph mit. Ich mache mir Sorgen um dich, wenn ich nur an den Kerl denke.«

»Ich weiß nicht, ob Christoph so früh schon bereit ist, mit mir irgendwohin zu gehen«, sagte ich. »Und in der Kirche und in der Schule wird ja wohl nichts passieren. Nur mit zu Nicole möchte ich nicht, wenn dieser Maik dabei ist. Das wird Kevin natürlich leidtun, aber ich kann es nicht ändern.« Ich holte noch mal tief Luft und erzählte ihm auch den Rest. »Ansonsten hatte ich noch eine andere Idee. Ich hab nämlich Hannes gefragt, ob er mitkommen würde.«

»Ach ja?«, fragte er. Ich konnte am Tonfall nicht genau deuten, wie er dazu stand.

»Er erwartet morgen früh eine wichtige Sendung«, fuhr ich fort. »Aber wenn die rechtzeitig da ist, dann wird er mitkommen.«

»Aber so ganz sicher ist das noch nicht?«

»Nein, ganz sicher konnte er es mir nicht versprechen.«

»Dieser Typ ist doch schräg«, knurrte Henning. Zuerst dachte ich, er redete von Hannes, aber dann fügte er hinzu: »Ist der denn jetzt wieder bei den Nowosibirskis eingezogen?«

»Ich weiß es nicht genau«, sagte ich. »Diese Nacht war er offenbar nicht da, denn als wir heute früh kamen, hatte er gar nicht mitbekommen, dass von ihnen keiner über Nacht zu Hause war.«

»Wer weiß, wo der sich rumgetrieben hat.«

»Tja, wer weiß. Ich glaube, so ganz resozialisiert ist der nicht. Ich bin mir nicht ganz sicher, ob das nicht der Typ war, der neulich versucht hat, diesen Kiosk zu überfallen.«

»Marie!«, rief Henning alarmiert. »Was für einen Kiosk?«

»Na der in Möllenbeck, wo ich für Kevin die Schultüte kaufen wollte. Ach du Schreck!« Ich brach am Telefon beinahe zusammen. Ich hatte noch keinen Inhalt für die Schultüte, abgesehen von den paar Kleinigkeiten, die ich dort mitgenommen hatte!

»Was ist los?« Henning kam fast durch den Hörer. »Marie!«

»Ach, ich hab die Schultüte vergessen! So ein Mist!«, jammerte ich.

»Scheiß was auf die Schultüte«, brüllte Henning. »Was war mit dem Überfall im Kiosk? Warst du dabei?«

»Ja klar, ich stand hinter dem Zeitschriftenständer, da kam dieser Kerl und wedelte mit einer Waffe ...« Das war jetzt blöd erzählt, wurde mir klar.

»Eine Waffe?!?« Ich hatte Angst, er würde gleich am Telefon einen Herzinfarkt kriegen.

»Man konnte das nicht genau erkennen«, sagte ich beruhigend. »Und so schlimm war's ja dann auch nicht.«

»Marie!«, japste er. »Du erlebst, wie jemand mit einer Waffe versucht, einen Kiosk zu überfallen, und willst mir dann klarmachen, es wäre nicht schlimm gewesen?«

»Der hatte so eine Socke«, versuchte ich ihm zu erklären. »Die Polizistinnen haben das auch nicht so ernst genommen. Er hat auch gar nichts erbeutet, nur dieser Mann hinter ihm hat ihm fünf Euro geschenkt.«

Henning atmete schwer. »Da ist also ein Vorfall, bei dem die Polizei eingeschaltet wurde, und du hältst es nicht für nötig, mir davon zu berichten? Marie, was soll ich denn davon halten? Was enthältst du mir denn sonst noch alles vor? Das ist doch gar nicht deine Art.«

»Ich weiß auch nicht«, sagte ich schuldbewusst. Erst jetzt wurde mir klar, dass das ziemlich blöd gelaufen war. »Ich hatte mich so über Nicole geärgert, weil sie mich mit ihrem Frauenarzt verarscht hatte, und der Stress mit der Schultüte ...«

»Marie«, sagte Henning jetzt ganz leise und scharf,

»wenn ich noch ein Wort von dieser Schultüte höre, dann ... Verstehst du, ich fühle mich auch verarscht, wenn du mir so etwas nicht erzählst. Du gerätst da in Situationen, die können auch ganz anders enden, und tust dann so, als wäre das eine zu vernachlässigende Kleinigkeit. Ich komme da nicht mit.«

»Tut mir leid«, sagte ich unglücklich. Gleichzeitig spähte ich auf die Uhr: kurz vor halb neun. Ich könnte es noch in den Supermarkt schaffen, um die Süßigkeiten für das Ding mit neun Buchstaben zu besorgen, das ich nicht mehr namentlich erwähnen durfte. Einerseits würde ich liebend gern mit ihm in diesem Gespräch Frieden schließen, obwohl ich nicht glaubte, dass wir das heute Abend noch hinkriegen würden. Andererseits machte der Supermarkt um neun Uhr zu.

Ich hörte ihn tief seufzen. »Marie, ich weiß nicht, was im Moment mit uns los ist. Ich dachte, es wird besser, wenn man älter wird und reifer und die Kinder einen nicht mehr so mit Beschlag belegen, aber ... Irgendwie ist da im Moment der Wurm drin. Manchmal denke ich, ich sollte gar nicht mehr anrufen. Jedes Mal gibt es wieder etwas, das mich total sauer macht.«

»Tut mir leid«, sagte ich noch mal. »Ich weiß doch auch nicht, was los ist.« Obwohl mir schon Stichworte dazu einfielen: China zum Beispiel oder diese bescheuerte Eifersuchtsdramatik um Hannes Hoffmeister.

»Komm, lass uns für heute aufhören«, schlug er vor, und ich spürte Erleichterung. Wobei es an sich schrecklich ist, erleichtert zu sein, wenn der eigene Mann mit einem nicht weiter telefonieren will. Da gab es doch ganz andere Zeiten, wo wir uns endlose Male vornahmen, jetzt gleich aufzulegen (zumal da das Telefonieren noch ein Vermögen kostete) und doch nicht dazu in der Lage waren.

»Ich melde mich morgen wieder«, sagte Henning. »Pass bis dahin auf dich auf.«

Daran dachte ich, als ich kurze Zeit später auf den Parkplatz des Supermarkts einbog. Zum Glück war es Sommer und noch nicht völlig dunkel, aber die obercoolen Jugendlichen, die sich rauchend bei den Glascontainern herumtrieben, waren nicht besonders vertrauenerweckend. Ob sich in ein paar Jahren die Nowakowski-Kinder auch hier herumdrücken würden? Als ich Gonzalez' Trikot wusch, hatte es schon leicht nach Qualm gestunken, aber das hieß ja noch nichts. Trotzdem machte ich mir so meine Gedanken.

In Rekordgeschwindigkeit erwarb ich einen Haufen bunter, kalorienreicher, ungesunder Sachen für diese vermaledeite Schultüte und war froh, als ich wieder im Auto nach Hause saß. Das hätte mir noch gefehlt, jetzt und hier in Schwierigkeiten zu geraten. Ich hätte keinen Weg gewusst, Henning das vernünftig zu erklären.

Aber so konnte ich in Ruhe die Schultüte füllen, sie mit der lila Folie verzieren und auch das Klassenfreunde-Buch noch hübsch einpacken. Zu gern hätte ich etwas gekocht, um wie die anderen Familien danach noch zusammen zu feiern, zumal dann auch Nicole dabei sein könnte. Aber der Gedanke an den aggressiven Maik reichte aus, um diesen Wunsch rasch wieder im Keim zu ersticken. Mit dem als Familienoberhaupt konnte ich mir keine Feier vorstellen.

20

Am nächsten Morgen fuhr ich so früh zum Hammerweg, dass ich Nuala und Gonzalez noch sah, bevor sie in die Schule gingen. Etwas sehnsüchtig verabschiedeten sie sich, aber es war offenbar nicht vorgesehen, Geschwisterkinder für dieses Großereignis vom Unterricht zu befreien. Nicole hatte sich bereits auf dem Sofa niedergelassen – vielleicht hatte sie auch dort übernachtet, das konnte ich nicht wissen – und frönte ihrem Hobby, was sie ja jetzt ganz offiziell durfte. Der wilde Maik war nicht da, und Nicole konnte mir auch keine Auskunft geben, wo er sich befand.

Ich nahm mir zuerst den ABC-Schützen persönlich vor. Auf mein Geheiß ging er unter die Dusche, zog saubere Sachen an – ich hatte die blauen Turnschuhe so gut es ging gesäubert und seine besten Sachen für heute versteckt – und bekam dann ein Brötchen zum Frühstück. Er hatte bereits den Ranzen unter dem Bett hervorgeholt, und ich unterzog ihn einer Grundreinigung. Dann packten wir gemeinsam die vorhandenen Sachen hinein. Kevins Augen leuchteten bei jedem Teil, er war so aufgeregt. Ich beobachtete ihn mit leichten Beklemmungen. Immerhin fing er motiviert an. Aber wie lange würde das halten? Was würde aus ihm werden?

Als die Schultasche fertig war, holte ich die Schultüte aus dem Flur. Das kleine Gesicht strahlte noch mehr, und ich fühlte auf einmal eine ungeheure Dankbarkeit, dass ich wenigstens diesen Moment miterleben konnte. Ich ließ ihn sich mit Schultüte und Ranzen neben Nicole auf das Sofa setzen und zückte meine Digitalkamera für die ersten Fotos seines wichtigen Tages.

Noch rasch die Küche aufgeräumt – natürlich hätte man inzwischen schon wieder einen Hausputz einschieben können, aber ich hatte gelernt, großzügig darüber hinwegzusehen – und dann ging es los. Da ich befürchtete, es könnte um die Kirche herum mit Parkplätzen eng werden, wollte ich kein Risiko eingehen. Der wilde Maik war nicht aufgetaucht, und ich bedauerte das nicht.

Wir schauten noch kurz bei Hannes vorbei und präsentierten das Schulkind. Hannes war schlechter Laune, weil die Sendung auf sich warten ließ. »Wenn diese Komiker nicht pünktlich sind, dann zerreiß ich sie in der Luft!«, schimpfte er. »Aber ich werde es irgendwie noch möglich machen.«

Tim und Karlheinz nahmen es gelassener. Sie zwinkerten Kevin zu und meinten, der erste Schultag wäre das Beste an der Schule, von da an ginge es nur noch bergab. »Klar!«, grummelte Hannes. »Bei solchen Schwachmaten wie euch ist das so.«

Ich schob Kevin wieder zur Tür hinaus, bevor sie noch mehr solcher Sprüche losließen, und setzte ihn hinten in mein Auto, auch wenn ich immer noch keine Sitzerhöhung hatte. Hätte ich gewusst, was auf mich zukam, hätte ich im Kleiderstübchen in Bredenscheid billig eine erwerben können, aber das hatte ich innerhalb dieser kurzen Zeit nun nicht mehr geschafft. Ein bisschen konnte ich mich wieder an die Phase erinnern, als unsere eigenen Kinder in diesem Alter waren, da war ich auch immer so hinterher gewesen.

Auf dem Platz vor der Kirche war die Hölle los. Jede Menge Familien in unterschiedlichen Konstellationen versammelten sich dort für erste Fotoshoots, Schultüten wurden verglichen und aufgemacht und die entsprechenden Kinder dann ermahnt, das bleiben zu lassen. Kleinere Geschwisterkinder heulten, diverse Omas sahen etwas orientierungslos aus. Einige junge Mütter genossen die Gelegenheit, die neusten Modetrends vorführen zu können, andere machten den Eindruck, als könnten sie jetzt schon in ihren Pumps nicht mehr laufen, und mehrere Väter zerrten bereits missmutig an den ihnen verordneten Hemdkrägen und den ungewohnten Krawatten.

Kevin streckte die Hand aus. »Da ist mein Papa!«

Ich erkannte ihn zunächst nicht, denn der Papa hatte sich mächtig fein gemacht. Über einer ziemlich engen Jeans trug er ein zweireihiges Nadelstreifensakko und darunter ein kariertes Hemd. Seine Füße hatte er in ein paar braune Cowboystiefel gesteckt, und zu allem Überfluss hatte er eine riesige hellblaue Schultüte bei sich. Weil er eher untergroß war, wirkte er fast selbst wie ein Schulkind damit, und ich vermutete, dass er genauso aufgeregt war. Das war ja auch für ihn eine Ausnahmesituation.

Trotzdem war ich nicht besonders begeistert, als er nun auf uns zusteuerte. Inzwischen war ich ziemlich sicher, dass ich ihn in dem Kiosk gesehen hatte, denn er hatte wieder diese ruckartigen Kopfbewegungen drauf, die mich so an einen Papagei erinnert hatten.

»Guck mal, ich hab schon eine Schultüte«, sagte Kevin statt einer Begrüßung.

»Ach«, sagte Maik und sah mich grimmig an. »Mussten Sie sich schon wieder einmischen?«

»Waren Sie heute früh da, um sich um alles zu kümmern?«, konterte ich. Hier vor allen Leuten würde er mir wohl nicht doof kommen oder eine Waffensocke schwenken, obwohl … Man weiß ja nie. Jedenfalls fühlte ich mich längst nicht so selbstsicher, wie es sich anhörte.

»Ich kenn mich da nich so mit aus«, brummte er. Er sah Kevin schulterzuckend an. »Na ja, dann hast du nachher mehr Süßes. Kannste den andern beiden was abgeben.«

Das würde er vermutlich auch müssen, dachte ich. Es hatte nicht den Anschein gehabt, dass es irgendeine Form von Mittagessen geben würde.

Ich hielt ab und an Ausschau nach Hannes. Ich würde mich schon ein wenig wohler fühlen, wenn er auch dabei wäre. Aber bisher konnte ich seinen silbergrauen kurzgeschorenen Kopf noch nirgends ausmachen. Stattdessen erkannte ich ein anderes wohlbekanntes Gesicht über einer Schultüte, die eindeutig als Gesamtkunstwerk an einer Tankstelle verkauft worden war. Die Reste eines Preisschilds klebten noch an der Cellophan-Verpackung.

»Christoph!«, sagte ich überrascht. »Was machst du denn hier?«

»Na, ich musste doch eine Schultüte besorgen«, sagte er und blickte etwas frustriert von Kevin zu Maik, die beide eine hatten, die deutlich größer war. »Aber es scheint, dass das überflüssig war.«

»Wie kamst du denn auf die Idee?«, fragte ich verwirrt.

»Papa hat mich angerufen«, antwortete er und sah sich um. »Ist der noch nicht hier?«

Jetzt war ich völlig konsterniert. »Papa will hierherkommen? Aber der ist doch in Hannover!«

»Nicht mehr«, sagte Christoph. »Als ich das letzte Mal mit ihm telefoniert hab, hatte er das Westhofener Kreuz schon passiert. Ich glaube, dahinten kommt er gerade.«

Jetzt sah ich ihn auch: Henning mit seinen angegrauten Schläfen, in einem dunklen Anzug, mit dem er eindeutig zur besser gekleideten Gruppe der anwesenden Männer zählte. Während er sich langsam durch die Menge zu uns durchkämpfte, spürte ich eine unglaubliche Freude, dass er gekommen war. Und das, nachdem wir gestern noch so ein schwieriges Gespräch geführt hatten. Ich nahm an, dass ihm die Maik-Problematik keine Ruhe gelassen hatte. Und das rechnete ich ihm hoch an.

»Hallo!«, rief er uns entgegen und grinste. Er sah so entspannt aus, als wäre er bereits im Ruhestand, statt in aller Frühe aufzustehen und über zweihundert Kilometer auf der Autobahn abzureißen. »Sieht so aus, als hätte ich mich in puncto Schultütensituation etwas verschätzt.«

»Das macht doch nichts«, sagte ich und sah in die Runde. »So, dann wollen wir das mal klären. Das sind mein Mann Henning und mein Sohn Christoph, und das ist Kevins Vater Maik.«

»Hallo«, murmelte Maik und rieb sich verlegen den Nacken. Vielleicht war ihm das Hemd unbequem. Vielleicht störte ihn auch, dass er nach Kevin der Kleinste in der Runde war, weil ich zur Feier des Tages Schuhe mit hohen Absätzen trug.

»Guten Tag«, sagte Henning. »Angenehm« oder »Freut mich« wäre auch gelogen gewesen. Er beugte sich zu Kevin. »Na? Freust du dich schon?«

Kevin nickte aufgeregt. Er zeigte auf die hässliche Schultüte, die Christoph mitgebracht hatte. »Guck mal, da sind Bären drauf. Und ich komme doch in die Bärenklasse!«

»Das hab ich doch geahnt, Kumpel«, sagte Christoph geschmeichelt.

Ich sah mich um und stellte fest, dass sich die Kirchentüren geöffnet hatten. »Vielleicht sollten wir reingehen«, schlug ich vor. Immerhin wäre es eine Ortsveränderung, alles war besser, als hier herumzustehen und nicht zu wissen, worüber man sich unterhalten sollte.

Aber da entdeckte ich aus dem Augenwinkel eine bekannte Gestalt, die sich rasch näherte. Hannes hatte es doch noch geschafft und sich sogar von seiner Latzhose getrennt. Jetzt trug er eine Jeans, die deutlich besser aussah als die von Maik, und zur Feier des Tages ein blaues Leinensakko über seinem weißen Polohemd. Auch mit ihm konnte man sich blicken lassen.

Er nickte uns allen zu. Dann sah er speziell meinen Mann an. »Hallo Henning!«

»Hallo Hannes«, sagte Henning. »Lange nicht gesehen.« Danach verbesserte sich die Gesprächssituation nicht wesentlich.

»Vielleicht sollten wir reingehen«, wiederholte ich. Und dann saßen wir zusammen in einer ungemütlichen Kirchenbank wie die Hühner auf der Stange: Christoph, Henning, ich, Kevin, Maik und schließlich Hannes als Außenposten am Gang.

»Ich hab mehr Schultüten und mehr Männer bei mir als alle anderen«, fasste Kevin zufrieden zusammen. Aber auch sonst waren wir eine beachtenswerte Gruppe. Ich ließ meine Blicke über alle diese Männer schweifen. Zu allen, Christoph vielleicht mal ausgenommen, hatte ich augenblicklich eine eher problematische Beziehung: Vor Maik hatte ich Angst (obwohl er heute nicht so furchterregend zu sein schien wie sonst), mit Henning hatte ich Probleme, und was für eine Art von Beziehung ich zu Hannes hatte, konnte ich gar nicht definieren. Einerseits mochte ich ihn, andererseits war er mir aber auch sehr fremd, und diese unklaren Signale, die er manchmal aussendete, machten es nicht einfacher.

Aber sie alle waren für Kevin gekommen. Und für mich, wurde mir klar, Maik wiederum ausgenommen. Und das machte diesen Tag schon ziemlich besonders.

Der Gottesdienst war auch besonders, wie ich gleich

feststellen konnte. Wir sind keine regelmäßigen Kirchgänger, und die Gelegenheiten, zu denen man dann eine solche Veranstaltung besucht, haben meistens einen anderen Charakter: Hochzeiten, Taufen, ab und zu auch eine Silber- oder Goldhochzeit. Da werden Bachchoräle gesungen und Klassiker gespielt, und der Pastor wählt einen wohlklingenden Bibelvers als Thema seiner Predigt.

Nicht so hier. Schon als die Orgel das Lied »Halli, hallo, herzlich willkommen« anstimmte, das wir auch per Beamer als Text zum Mitsingen projiziert bekamen und zum Klatschen aufgefordert wurden, ahnte ich, dass es dieses Mal etwas anders ablaufen würde. Dann führte eine Kindergartengruppe einen Tanz auf, wobei die Kinder als Raupen und Schmetterlinge verkleidet waren. Einen Zusammenhang mit der Einschulung begriff ich nicht so ganz, aber vielleicht gab es da auch keinen, sondern die Kindergartenkinder nutzten einfach eine zur Verfügung stehende Konserve.

Dann erstieg der Pastor die Kanzel. »Liebe Kinder!«, verkündete er. »Heute geht es nur um euch.«

Das fand ich angemessen. Die ganze Kirche war voll mit Grundschülern, deren Spannung man geradezu knistern hören konnte. Hunderte von Angehörigen hatten sich auf den Weg gemacht, um diesem Ereignis beizuwohnen, und einige Branchen erwirtschafteten an diesem Tag durch Schultüten, Freunde-Bücher und Familienfotos nicht unbeträchtliche Umsätze – und das alles nur, weil ein paar Sechsjährige in den Aufsichtsbereich der staatlich verordneten Schulpflicht kamen.

All das beschrieb der Pastor in leuchtenden Farben, vom Gottesdienst über das erste Treffen in der neuen Klasse bis zur gemeinsamen Familienfeier. (Die wir ja nun nicht haben würden, aber ansonsten hatten wir es schon richtig gemacht.)

Dann las er den Predigttext – es ging darum, dass Abraham, der mir zum Glück bekannt war, aus seiner Heimat aufbricht und von seinem Gott in ein neues Land geschickt wird. Da hieß er aber noch Abram und stammte aus Haran und sollte nach Kanaan gehen, was sich in einem Rap gut gemacht hätte, bei dem Geräuschpegel in der Kirche aber nicht ganz leicht zu unterscheiden war.

Daraufhin schien der gute Mann völlig zu vergessen, was er zu Anfang behauptet hatte: dass es heute um eine große Menge sechsjähriger Kinder ging. Er predigte in gewaltigen Worten über Aufbruch und dass allem Anfang ein Zauber innewohne.

Henning beugte sich zu mir herüber und flüsterte: »Ich wusste gar nicht, dass Hermann Hesse in der Bibel steht.«

Ich grinste zurück. »Vermutlich weiß der Papst das auch nicht.«

In den Reihen wurde es immer unruhiger. Die ganz kleinen Kinder begannen mit Experimenten. Eines von ihnen testete zum Beispiel, ob die an den Vorderbänken befestigten Handtaschenhaken Geräusche machten, wenn man sie hin und her drehte. Einige davon taten es. Daraufhin testete auch die Mutter des Kindes, wie lange sie das Kind nur durch rhythmisches Wippen auf ihrem Schoß beschäftigen konnte. Das Ergebnis war deutlich weniger erfolgreich.

Ein anderes Kind hatte wohl schon geahnt, dass es langweilig werden könnte, und sich vorsichtshalber ein Spielzeugauto mitgebracht, das man über die Gesangbuchablage fahren lassen konnte. Das allein war schon ein störendes Geräusch, aber als die anderen Kinder das Auto entdeckten und es auch mal fahren lassen wollten, kam es in dieser Reihe fast zum Eklat.

Der Pastor ließ sich davon nicht beirren. Er stellte nun

den anfangs von mir vermissten Bezug zu dem Tanz der Raupen und Schmetterlinge her und berichtete eifrig, wie sich die Raupen zunächst satt essen, um sich dann einzuspinnen und schließlich als Schmetterling ihren Kokon zu verlassen.

»Das ist bestimmt der Bruder von Freund Büdenweis«, raunte ich Henning zu und merkte, wie er leicht vibrierte, sein Lachen aber wieder unter Kontrolle bekam.

Eigentlich war das Bild vom Aufbruch zu neuen Ufern, von der Eroberung neuer Dimensionen durch den geschlüpften Schmetterling sehr passend für das, was vor den Kindern lag, die bei jeder Bewegung ihre Füße gegen die in den engen Reihen geparkten Schulranzen stießen. Aber es kam bei der Zielgruppe nicht wirklich an. Vielleicht erreichte es einen Teil der besser zuhörenden Eltern, die Kinder jedenfalls hatten keine Chance, den Ausführungen des heiligen Mannes zu folgen, der viel zu komplexe Gedanken in viel zu gedrechselte Sätze packte.

Kevin hielt sich noch vergleichsweise wacker und war relativ ruhig. Vielleicht, weil ihn viele Erwachsene von den anderen Kindern isolierten, vielleicht, weil er in letzter Zeit vieles erlebt und nicht genug Schlaf bekommen hatte. Aber wir waren alle erleichtert, als der Gottesdienst endlich seinem Ende zusteuerte und die Orgel das Abschlussstück intonierte, das für mich irgendwie klang wie eine Mischung aus einem Kirchenlied und »So ein Tag, so wunderschön wie heute«.

Wie eine Prozession schritten wir alle sehr feierlich aus der Kirche hinaus und in die Aula der nahe gelegenen Fröbelschule hinein. Aber wenn wir gedacht hatten, der schlimmste Teil läge hinter uns, dann hatten wir uns getäuscht. In der Kirche war dank der hohen Decke noch eine einigermaßen erträgliche Luft gewesen. In der völlig überfüllten Aula verwandelte sich der Sauerstoff schneller in einen unerträglichen Mief, als die Menschen sich auf ihre Plätze setzen konnten.

Nun wurden wir von der Schulleiterin begrüßt, danach führte die Klasse 2b einen Tanz auf, zu dem die Akteure als Blumen und Bienen kostümiert waren. Ich befürchtete fast, dass jetzt ein Bezug zum Aufklärungsunterricht hergestellt würde, aber wir erfuhren dann, dass dies das Ergebnis der Projektwoche »Natur und wir« darstellte, die kurz vor den Sommerferien stattgefunden hatte. Das lieferte der Schulleiterin einen Aufhänger, um kurz die Ziele und das Programm der Schule vorzustellen, was vielleicht für die Eltern interessant war, insgesamt aber nicht dazu beitrug, die allgemeine Aufmerksamkeit zu erhöhen.

Als nächster Programmpunkt wurden Polizeiobermeister Drechsler und sein Hund Kuno angekündigt, die uns etwas zum Thema Verkehrssicherheit vermitteln sollten. Ich spürte regelrecht, wie Maik auf seinem Stuhl unruhig wurde, als der Polizist in seiner Uniform und mit einer hundeähnlichen Handpuppe auf die Bühne stieg. Die Kinder fanden diesen Punkt immerhin sehr unterhaltsam, sie brüllten immer fröhlich »Rot!«, wenn Kuno mal wieder zum falschen Zeitpunkt über die Ampel gehen wollte.

Dann stellte sich ein Vater vor, der Vorsitzender der Schulpflegschaft war und uns Erwachsene ermutigen wollte, sich in der Schulmitwirkung zu engagieren. Das betraf die Gruppe »Kevin« leider fast komplett nicht (ich konnte mir Maik auch sehr schlecht in einer solchen Sitzung vorstellen), so dass es ein für uns ziemlich irrelevanter Teil der Veranstaltung war.

Rhetorisch war aber dieser Vater noch um Klassen besser als die Mutter, die als Nächstes für den Förderverein warb. Da hätten wir rein theoretisch natürlich alle Mitglied werden können, aber schon die Vorstellung, dieser Frau dann häufiger zu begegnen, konnte einen davon abhalten. Henning blätterte in seinem Kalender. Maik hing inzwischen nur noch mühsam auf seinem Stuhl. Kevin hatte mittlerweile den Platz getauscht und saß nun neben Christoph, der eine ganze Reihe Spiele auf seinem Mobiltelefon hatte und ihm einige davon zeigte.

Aber dann kam doch noch die Erlösung in Form der Klassenlehrerinnen, die ihre Schüler zu sich riefen und dann mit ihnen in die einzelnen Klassenräume zu einem kurzen Kennenlernen abmarschierten. Die Eltern und Verwandten durften sich derweil in der Pausenhalle einen vom Förderverein zubereiteten Kaffee kaufen oder direkt auf den Schulhof gehen, um dort die nächsten zwanzig Minuten auf ihre Kinder zu warten.

Wir verloren Maik ziemlich schnell in dem Gedränge (er hatte erleichtert eine Schachtel Zigaretten aus der Tasche gezogen und suchte vermutlich die Raucherecke) und sammelten den restlichen Verein in der Nähe des Klettergerüstes, ausgestattet mit Plastikbechern, aus denen der Kaffee schaurig schmeckte.

»Da lob ich mir doch Ihre Sorte«, sagte ich zu Hannes.

Er nickte. »Ich könnte gern noch zu einer Runde zu mir einladen«, sagte er. »Oder wie ist das weitere Vorgehen geplant?«

»Es gibt keinen Plan für ein weiteres Vorgehen«, erklärte ich. »Obwohl das schade ist, denn die meisten Familien veranstalten noch ein gemeinsames Mittagessen.«

»Tja«, sagte er, »es gibt wohl Familien, wo das noch üblich ist.«

Christoph stellte sich grinsend neben mich. »Guck mal«, sagte er. Es war ihm gelungen, mit seiner Handykamera ein Foto des Schulpflegschaftsvorsitzenden zu machen, bei dem er genau vor einer der Yuccapflanzen stand. Jetzt sah es aus, als ob ihm zwei der Blätter aus den Ohren herauswuchsen. »Dafür habe ich Ewigkeiten gebraucht!«, versicherte er mir. »Der Blödmann hat sich immer wieder bewegt.«

Wenigstens hatte er was zu tun gehabt in dieser Zeit, auch wenn man den Eindruck haben konnte, er sei nicht wesentlich über das Stadium eines Grundschülers hinausgekommen.

Ich sah mich nach Henning um. Und stellte fest, dass er ein wenig abseits mit Hannes diskutierte. Zuerst machte ich mir Sorgen, aber das sah überhaupt nicht nach Konflikt aus. Im Gegenteil, es hatte eher den Anschein eines Komplotts, bei dem beide zum Schluss ihre Handys zückten und mit den Telefonen am Ohr über den Schulhof wanderten.

»Was machen die da?«, fragte ich skeptisch.

»Keine Ahnung«, sagte Christoph. »Vielleicht sind sie auf Entzug und brauchen ihren stündlichen Börsendaten-Fix.«

Aber so war es natürlich nicht. Henning kam als Erster zurück. »Wir haben uns überlegt, dass wir auch noch ein bisschen feiern«, sagte er. »Ich habe Pizza bestellt, und Hannes organisiert gerade die Hardware.«

Ich konnte es kaum fassen. Da hatten diese beiden sich seit Jahrzehnten nicht gesehen, hatten sich gegenseitig vermutlich auch immer misstraut, und jetzt hatten sie nach kürzester Zeit einen gemeinsamen Event organisiert?

»Genau, die Tische«, hörte ich Hannes kommandieren. »Und ein Dutzend Stühle oder so. Und, Tim, ihr müsst sicher die Frau Nowakowski ein bisschen vorwarnen, klar? Die hat ja keine Ahnung.«

In diesem Moment öffneten sich die Türen der Pausenhalle, und ein Schwarm von Kindern mit bunten Schultornistern ergoss sich auf den Schulhof. Der erste Tag war offiziell überstanden. Wir winkten Maik herbei, um noch mal einen Satz Fotos zu machen und ihn über den weiteren Verlauf der Feierlichkeiten zu informieren.

Er wand sich ein bisschen. Vermutlich fühlte er sich in unserer Gruppe nicht besonders wohl, aber schließlich war er der einzige leibliche Verwandte. »Los, kommen Sie schon«, sagte ich zu ihm. In diesem Moment war es kaum vorstellbar, dass er mich jemals hatte einschüchtern können. »Wenn Sie meinen«, sagte er, und es klang beinahe, als hätte ich ihn eingeschüchtert. Vielleicht lag es aber auch an der männlichen Verstärkung um mich herum.

Zunächst mussten wir aber mit allen Schultüten bewaffnet zu unseren Autos zurück. Kevin hatte beschlossen, dass er mit seinem neuen Idol Christoph fahren wollte, und Maik wurde ungefragt gleich miteingeschlossen. Hannes war schon vorgegangen, um möglichst schnell den Aufbau der Festtagstafel zu beaufsichtigen.

»Lass uns den Mercedes später holen«, schlug Henning mir vor. »Den musste ich so weit weg parken.«

»Können wir tun«, sagte ich, und er quetschte sich auf den Beifahrersitz meines Minis. »Junge, Junge«, sagte er. »Waren die ersten Schultage unserer Kinder auch so ein Zirkus? Ich kann mich gar nicht erinnern.«

»Du kannst dich nicht erinnern, weil du nicht dabei warst«, erklärte ich ihm. »Damals war das noch nicht Pflicht. Und nein, so ein Zirkus war es nicht.« Ich hatte tatsächlich eine vierköpfige Familie in einheitlichen T-Shirts gesehen, was bewies, dass Monikas Schwiegertochter nicht übertrieben hatte. Nur Visitenkarten waren bei uns noch nicht angekommen.

»Ich sprach heute Morgen am Telefon mit einem Kollegen aus Cottbus«, erzählte Henning. »Da werden Einschulungen inzwischen am Wochenende gemacht, damit dafür auch die entfernten Verwandten anreisen können. Der nächste Schritt ist wahrscheinlich, den Schützenplatz zu mieten und eine Trachtenkapelle zu bestellen.«

»Für Kinder wäre vielleicht ein echter Zirkus passender«, meinte ich.

Henning lachte. »Oder man fliegt gleich nach Florida zu Disneyworld.«

»Da sind wir ja noch relativ bescheiden mit einem Pizzaservice«, sagte ich und warf einen schnellen Blick zu ihm hinüber. »Danke, dass du dich darauf eingelassen hast. Oder war das deine Idee?«

»Och«, machte er, »irgendwie sind wir darauf gemeinsam gekommen. Außerdem würde ich mir gern mal die Bude von Hannes ansehen.«

Tja, das Wiedersehen mit Hannes war ohne erneute Schlägerei ausgekommen. »Und wie geht es dir damit, ihn nach all den Jahren wiederzusehen?«

»Ich bin beruhigt, dass seine Nase noch gerade ist«, schmunzelte er. Ich konnte kaum fassen, wie gut gelaunt er heute war. »Er hat sich sehr verändert. Was vielleicht nicht verwunderlich ist nach über dreißig Jahren.«

»Du hast dich ja bestimmt auch verändert«, gab ich zu bedenken. »Jetzt fehlt nur noch, dass ihr Beatrix wieder ausfindig macht.«

»Och«, machte er erneut. »Du wirst lachen, aber ich habe tatsächlich neulich mal versucht, sie über Facebook zu suchen. Aber ich glaube, wenn sie diejenige ist, die ich dort entdeckt habe, dann möchte ich die gar nicht wiedertreffen.«

»Vielleicht könnten wir sie mit Hannes zusammenbringen«, spottete ich.

»Besser nicht«, meinte Henning. »Erstens will ich ihm doch gar nichts Schlechtes mehr. Und zweitens habe ich den Eindruck, dem geht es ganz gut so, wie es ist, oder?«

»Ich denke schon«, sagte ich. Aber wer konnte das schon genau von jemand anderem wissen? Auch ich konnte nur immer wieder in mich selbst hineinhören. Und da fand ich je nach Sachlage auch immer wieder andere Botschaften. Im Moment jedenfalls war ich ganz zufrieden. Immerhin war mein Mann extra von Hannover hierher gefahren und hatte seine ganze wichtige Arbeit sausen lassen, um mich nicht mit einem potenziellen Kioskräuber allein zu lassen.

Wir kamen fast gleichzeitig mit Christoph im Hammerweg an. Tim und Karlheinz hatten gerade zwei Tische und mehrere Stuhlstapel bis vor die Treppe geräumt, so dass wir alle anfassen mussten, um oben bei Nicole eine lange Tafel aufzubauen. Sie war etwas überrascht gewesen, hatte inzwischen aber eingesehen, dass die Vorteile der Sache überwogen: Kevin bekam eine Familienfeier, und sie musste dazu nicht mehr beitragen als ihre Talkshow auszuschalten.

»Wie viele Leute sind wir denn?«, überlegte Hannes.

Wir zählten zusammen: Nicole, Kevin und Maik, dann Henning, Christoph und ich, Hannes ... »Und Tim und Karlheinz gehören auch mit dazu«, fand ich. »Außerdem kommen Gonzalez und Nuala gleich aus der Schule. Damit wären wir elf.« Ich wandte mich an Henning: »Hast du dafür genug Pizza bestellt?«

»Ich habe insgesamt zehn große Pizzen geordert«, erwiderte er, »und drei von diesen schönen Vorspeisenplatten. Ich dachte, zur Not können sie die Reste auch morgen noch essen.«

Nachdem das geklärt war, ging es um die Raumgestaltung. Zuerst wurde Nicole samt ihrem Sofa ein Stück nach hinten geschoben, und dabei erinnerte sie mich noch mehr denn je an einen gestrandeten Wal. Insgesamt war es aber nötig, noch mehr Mobiliar zu verrücken, bis wir mit der Sitzordnung zufrieden waren.

Das taten die kräftigen jungen Männer. Henning und Hannes hatten sich verzogen, um Getränke zu holen. Ich wollte noch mal kurz den hygienischen Zustand im Bad überprüfen, was gut war, denn das Erste, was mir dort begegnete, war eine sehr dubios aussehende Unterhose. Ich entsorgte sie im Wäschekorb, ohne zu prüfen, wem sie gehören mochte. Vielleicht hätte sich auch außer mir niemand daran gestört, wohl aber an den Bremsspuren in der Kloschüssel, die ich so gut es ging beseitigte.

Kevin und Christoph war derweil die Aufgabe zugefallen, für das Zubehör zu sorgen. Mit anderen Worten: Sie mussten Teller und Gläser spülen, damit wenigstens das Nötigste an Geschirr zusammenkam.

Christoph zog ein Gesicht. »Spülen?«

»Musst du bei Jana nicht spülen?«, gab ich zurück.

»Doch, aber da sieht es nicht so aus«, sagte er. »Das sind maximal drei Teller und vier Tassen.«

»Sei Kevin ein gutes Rollenvorbild«, ermunterte ich ihn. »Oder wir können auch tauschen, und du putzt das Klo.«

»Ich hasse es, wenn du pädagogisch wirst«, erklärte er mir. Seufzend fügte er sich in sein Schicksal und griff nach dem Spültuch. Einen ähnlichen Seufzer hörte ich kurze Zeit später von Maik, dem aufgetragen worden war, Tische und Stühle noch mal abzuwischen, während Tim und Karlheinz nach allgemeiner Beratung ein windschiefes Schränkchen abbauten und im Flur wieder aufstellten. Sonst hörte ich aber wenig von ihm. So wirkte er schon beinahe erträglich.

Henning und Hannes kamen mit den Getränken, dann platzierten wir uns alle um den Tisch. Wir hatten Nicole auf ihrer Couch sozusagen als Gallionsfigur ganz oben angeordnet, bevor sich die beiden geliehenen Tische als lange Tafel anschlossen. Kevin betrachtete das Ganze wohlwollend. »Das wird eine richtige Feier!«, strahlte er. Ich musste ihm zustimmen, auch wenn meine Freundin Monika das sicher anders gesehen hätte, ganz ohne bunte Deko und Himbeer-Sahne mit Marzipan-Schultüten.

Stattdessen kam der Pizzabote und stapelte zu Kevins großem Vergnügen einen großen Turm von Schachteln auf dem Tisch auf. Henning ging diskret mit ihm vor die Tür und regelte das Finanzielle. Weil wir so einen dicken Auftrag erteilt hatten, hatte der Chef eine kostenlose Literflasche Lambrusco mitgegeben, die Maik mit Wohlgefallen betrachtete.

Zufrieden kam Henning zurück, zog sein Sakko aus und hängte es über die Stuhllehne neben mir. »So gesehen ist das die preiswerteste Feier, die ich seit langem organisiert habe«, sagte er.

Die Pizzakartons auf dem Tisch verströmten angenehme Aromen. Alle warfen begehrliche Blicke, aber keiner traute sich, etwas zu nehmen. Ich verteilte Lambrusco an alle Erwachsenen außer Nicole, die das mit Bedauern registrierte, und gönnte Kevin ein großes Glas Cola. Inzwischen war auch Nuala wieder angelandet und hatte sich begeistert dazugesellt, nun fehlte nur noch Gonzalez, aber natürlich wusste keiner, wie lange er Schule hatte.

»Können wir jetzt essen?«, drückte Kevin schließlich das aus, was alle dachten.

Henning und ich sahen uns an. »Da ich mit knappem Vorsprung vor Hannes wohl der Älteste bin«, sagte er, »erlaube ich mir hiermit, die Tafel zu eröffnen. Wenn jeder etwas zu trinken hat, erheben wir jetzt unsere Gläser auf Kevin, der heute seinen ersten Schultag hatte, und wünschen ihm alles Gute, viele erfolgreiche Schuljahre und vor allem Spaß am Lernen.«

»Das hast du schön gesagt«, meinte Hannes ihm gegenüber.

Ich holte einen Pfannenheber und begann, Pizzaachtel auf Teller zu laden und weiterzureichen. Zum Glück hatte Henning auf komplizierte Belagvarianten verzichtet, nur die Vorspeisen, die er sehr liebt, waren teilweise erklärungsbedürftig. »Rohes Rindfleisch? Thunfisch mit Kapern? Auberginen?« Mehrere Gesichter verzogen sich und wurden in heftiger Verneinung geschüttelt. Die restlichen Esser störte das nicht, so blieb umso mehr für sie übrig.

Schließlich waren alle Anwesenden versorgt und verzehrten ihre Pizzastücke auf so unterschiedliche Weise, dass man dafür fast eine Punktwertung hätte einführen können, vom raupenartigen Einfahren bis zum vorsichtigen Zerstückeln. Insgesamt herrschte eine Art andächtiger Ruhe, bis der erste Hunger gestillt war.

Mitten in diese Phase hinein klopfte es an der Tür. Das konnte nicht Gonzalez sein, der würde einfach in den Raum stürzen. Also rief ich einladend »Herein!«, und die Tür öffnete sich, um den Blick auf ein ausgesprochen hübsches junges Mädchen freizugeben, das uns jetzt verblüfft anstarrte. Mit so vielen Leuten an einem langen Tisch war hinter dieser Stahltür nicht zu rechnen gewesen.

»Bin ich hier falsch?«, fragte sie verunsichert. »Ich wollte zu Frau Nowakowski.«

»Da sind Sie ganz richtig«, sagte Hannes mit der freundlichsten Stimme, die ich je an ihm gehört hatte. »Kommen Sie rein und setzen Sie sich dazu.«

»Ich weiß nicht«, sagte sie zögernd. »Es sieht so aus, als ob ich gerade in eine Familienfeier reinplatze. Davon hatte ich keine Ahnung. Herr Möhling sagte ...«

»Herr Möhling?«, wiederholte ich verblüfft. »Sind Sie vom Sozialamt?«

»Ich bin die neue SPFH«, erklärte sie.

»Na, dann gehören Sie auf jeden Fall dazu!«, sagte ich lachend. »Setzen Sie sich doch und essen Sie was mit.«

»Hier ist noch Platz«, sagte Christoph eilfertig und rückte einen freien Stuhl neben sich. Auweia, dachte ich. Hoffentlich rief Jana rechtzeitig wieder an, sonst würde unter Umständen in Münster mittelfristig ein Zimmer frei.

Henning beugte sich zu mir. »Was ist denn eine SPFH?«

»Sozialpädagogische Familienhilfe«, klärte ich ihn auf. »Da ist offensichtlich jemand fix tätig geworden.«

Die hübsche junge Frau nahm Christophs Angebot gern an. »Ich bin die Andrea«, stellte sie sich vor. »Ich soll vorläufig jeden Tag kommen.«

»Da hast du einen guten Start erwischt«, meinte er begeistert. »Salamipizza?« Galant schob er ihr ein Stück auf den Teller. Dann erklärte er ihr Anlass und Teilnehmer der unkonventionellen Feier, und sie begrüßte uns mit einer unkomplizierten Natürlichkeit.

»Das finde ich ja toll, dass Sie so spontan alle dabei sind«, sagte Andrea. Sie wandte sich zu Kevin, der gerade mit Gusto sein drittes Stück Pizza attackierte. »Da bist du doch sicher auch ganz froh, was?«

Kevin nickte mit vollen Backen. »Ich hatte die meisten Männer und die meisten Schultüten von allen Kindern!«, berichtete er.

»Nicht schlecht«, sagte sie fröhlich. »Und, hast du auch schon Hausaufgaben auf?«

Wieder nickte er. »Wir sollen ein Bild malen. Was das Schönste an unserem ersten Schultag is.«

Andrea nickte. »Und was wirst du malen? Deine drei Schultüten?« Offensichtlich hatte sie die schon gesehen, wie sie zusammen hinter Nicole auf einem der Sessel prangten, ein fast schon dekadentes Symbol für Überfluss und geschäftstüchtigen Kitsch.

»Nää«, sagte Kevin. »Ich male den Tisch.«

»Welchen Tisch?«

Er zeigte eifrig auf unsere lange Tafel. »Wir hatten noch nie so einen Tisch. Das is toll, da können alle sitzen und zusammen essen.«

»Der is auch viel einfacher zu malen«, fügte Nuala hinzu.

Unwillkürlich musste ich zu Christoph hinübersehen. Ich hätte gern gewusst, was er darüber dachte. Bei uns hatte es nicht nur immer einen Esstisch gegeben, sondern auch die nicht immer so beliebte Regel der gemeinsamen Mahlzeiten. Was für ihn eher eine einschränkende Vorschrift seiner autoritären Eltern gewesen war, bedeutete für Kevin den Höhepunkt eines der wichtigsten Tage in seinem bisherigen Leben.

Hannes räusperte sich. »Wenn ihr wollt, könnt ihr einen von den beiden Tischen behalten«, sagte er zu Kevin und damit auch ein wenig in Nicoles Richtung. »Ich brauche die so gut wie nie.«

Kevin strahlte ihn an. »Echt?«

»Toll!«, sagte Nuala. »Dann kannst du da direkt dein Bild dran malen.«

»Du darfst da aber auch Hausaufgaben dran machen«, meinte ihr kleiner Bruder großmütig, als sei es sein Privateigentum.

Ich kramte schnell die Kamera hervor, um auch diesen Teil im Bild festzuhalten. Ich fotografierte den Tisch mit einer bunten Mischung aus Gläsern und Getränken drauf, den Stapel leerer Pizzakartons in der Ecke, Kevin, der pausenlos mampfte, Christoph und Andrea in intensivem Gespräch und noch intensiverem Blickkontakt,

Tim und Karlheinz während ihrer Diskussion über die kommende Saison der Bundesliga, Henning mit seinem letzten Schluck Lambrusco, Hannes, der sich bequem zurückgelehnt hatte, Nicole und ihren manchmal etwas ungläubigen Blick auf die Tischgesellschaft, Maik, der sich Kevins neues Klassenfreunde-Buch ansah. Gestern noch hatte ich in einer Werbung ein Angebot für eines dieser Fotobücher gesehen, die man selbst mit seinen digitalen Bildern zusammenstellen kann, und in mir reifte der Plan, nach unserer Reise so ein Buch für alle Beteiligten zu erstellen. Dermaßen inspiriert, sah ich mich nach weiteren Motiven um.

Und so gelang mir auch ein Schnappschuss von Gonzalez' überraschtem Gesicht, als er ahnungslos zur Tür hereinspaziert kam. »Was is denn hier los?«

»Setz dich schnell«, lud Kevin ihn ein. »Das is jetz unser Tisch. Und es is noch ganz viel Pizza da.«

Das ließ Gonzalez sich nicht zweimal sagen. Er zog sein Sweatshirt aus, so dass wir alle sein Schalke-Trikot bewundern konnten, und hebelte sich ein besonders großes Stück Pizza auf einen Teller.

»Zieh das Trikot lieber aus«, riet ihm Nicole besorgt. »Sonst machst du dir da Flecken drauf.«

»Ich bin ganz vorsichtig«, versicherte er ihr, ließ sich aber vorsichtshalber doch eine Serviette in den Kragen stecken.

»Versau es dir ruhig«, brummte Maik. »So ein Scheißkack-Verein.«

»Gar nich«, sagte Gonzalez. »Dieses Jahr werden wir Meister!« Dann sah er sich in der Runde um und entdeckte ein paar unbekannte Gesichter. »Wer sind die denn?«

»Ich bin der Christoph«, sagte mein Sohn. »Wir haben telefoniert. Ich hab dich Speedy genannt.«

Gonzalez nickte. »Du warst das? Und warum Speedy?«

Christoph war erschüttert. »Du kennst Speedy Gonzalez nicht? Die schnellste Maus von Mexiko?«

»Oh, die heißt ja wie ich«, stellte er fest. »Speedy. Das is gut. Ich sag denen in meiner Klasse, die sollen mich Speedy nennen. Das is cool, wenn man einen Spitznamen hat.« Er biss ein riesiges Stück Pizza ab und begann zu kauen.

»Genau«, pflichtete Nuala ihm bei. »Wir haben eine in der Klasse, die is ganz dick, und da sagen die Jungs immer Dickie zu ihr.«

»Das findet sie aber bestimmt nicht so cool«, meinte Andrea.

Gonzalez kniff die Augen zusammen und musterte sie. »Bist du die Schwester von dem?«

»Nein, zum Glück nicht«, sagte Christoph. Ich nahm es genau zur Kenntnis.

Andrea lachte. »Ich bin eure neue Familienhelferin. Ich komme jetzt jeden Tag vorbei.«

Kevin durchdachte diese Information. »Kannst du denn auch Pizza machen? Ich will auch mal Teig kneten.«

»Wir können es versuchen«, sagte Andrea. »Aber so einen Boden wie diesen hier kriege ich bestimmt nicht hin. Das können nur die Leute in der Pizzeria.«

»Aber sie kann Pizza machen«, erklärte Kevin mit einem Fingerzeig auf mich. »Mit Teig zum Kneten.«

»Sie kann auch Nudeln mit Soße«, ergänzte Nuala.

»Und Kuchen«, ergänzte Kevin. »Und sie kennt einen Laden, da gibt es Turnschuhe von Puma. Ganz billig.«

»Kennen Sie den auch?«, fragte Gonzalez hoffnungsvoll. »Ich will da mal hin. Gucken, ob es die auch in meiner Größe gibt.«

Andrea blieb ganz gelassen. »Ich denke, wir machen

morgen mal einen Plan«, erklärte sie. Nicole auf ihrem Sofa furchte die Stirn und sah nicht begeistert aus. Jetzt war sie mich so gut wie los, und schon tauchte die nächste Frau mit einem Plan auf.

Auch die Kinder verbanden damit nicht nur Positives. »Was für einen Plan?«, fragte Gonzalez kritisch. »Wo wir wieder spülen müssen?«

»Mal sehen«, sagte Andrea ruhig. »Lass uns in Ruhe darüber reden, okay? In welcher Klasse bist du denn jetzt?«

»Ich bin in der 7c«, erklärte er nicht ohne Stolz. Es war ganz klar ein Aufstieg, wenn man nicht mehr in den untersten Schuljahren war. Er schob sich ein weiteres ordentliches Stück Pizza auf den Teller. »Und ich bin jetzt im Chor, weil Herr Bunte gesagt hat, ich soll bei ihm mitsingen.«

»Im Chor?«, fragte Kevin ratlos. »Was machst du denn da?«

»Na, singen eben«, erklärte ihm sein Bruder. »Das dürfen nich alle! Herr Bunte sucht immer die Leute aus, die er brauchen kann.«

»Is das wie bei Superstar?«, fragte Nuala fasziniert. »Musstest du auch tanzen?«

»Nää, tanzen nich«, sagte Gonzalez kauend. »Und wir singen im Moment auch doofe Lieder. Rentner-Lieder.«

»Was sind denn Rentner-Lieder?«, wollte Christoph wissen. Er hatte das Gespräch der Geschwister amüsiert verfolgt.

»Na, so Wanderlieder eben«, erwiderte Gonzalez. »Die üben wir für ein Theaterstück. Die sind ganz komisch. Zum Beispiel eins is mit schwindligen Höhlen, das ist doch bescheuert, oder?«

»Schwindlige Höhlen?«, wiederholte Christoph ratlos. »Was soll das denn sein?«

Hannes und Henning sahen sich an, und dann sangen sie wie auf Kommando zusammen: »Wenn wir erschwindeln glimmende Höhen, geigen der Zipfelmütz zu!« Weil sie es tatsächlich in völliger Übereinstimmung vortrugen, vermutete ich, dass diese Verballhornung aus ihrer gemeinsamen Jugendzeit stammte. Darüber hätte ich gern mehr gewusst – vielleicht ergab sich ja eines Tages die Chance dazu. Ich wollte aber nichts überstürzen, sondern war erst mal froh, dass die beiden sich so stressfrei gegenübersaßen.

»Ach, das«, sagte Nicole.

»Das kenn ich aber irgendwie anders«, meinte Tim.

Christoph verzog das Gesicht. Während ich ganz fasziniert von der Übereinstimmung der beiden Männer war, fand er einen singenden Vater wohl eher peinlich. »Du hast recht«, sagte er zu Gonzalez. »Das ist wirklich bescheuert.«

Andrea sah das anders. »Ich find's witzig«, sagte sie. »So ähnlich, wie wir in unserem Politik-LK immer gesungen haben ›Reinlichkeit und Licht und Gleitzeit für das deutsche Vaterland‹. Ich weiß gar nicht, ob so was erlaubt ist.«

»Bestimmt«, beruhigte Christoph sie. »Und das ist ja auch wirklich witzig. Hast du das erfunden?« Ich fand, daran konnte man sehr gut sehen, wie subjektiv solche Beurteilungen sind.

Dann öffnete Kevin eine seiner zahlreichen Schultüten und verteilte die darin befindlichen Süßigkeiten, sozusagen als Nachtisch, und Hannes holte eine Runde Kaffee von unten, weil Nicole zwar diese ganz famose Maschine hatte, aber leider nicht mehr die dazugehörigen Aufbrüh-Pads.

Maik wurde als Erster von einer deutlichen Unruhe erfasst. Er murmelte irgendwas von »später wiederkommen« und verschwand. Tim und Karlheinz mussten wieder an die Arbeit. Das bedeutete, dass einer der Tische wieder mitgenommen wurde. Henning und Hannes begleiteten sie mit ein paar Stühlen nach unten, um sich auf dem Weg Hannes' Firma und vermutlich auch sein Auto anzugucken.

Nicole griff zur Fernbedienung und wandte sich wieder ihren Soaps zu. Einzig Christoph und Andrea hatten es nicht eilig, während ich mit den Kindern den Tisch abräumte und die Reste verpackte.

»Am besten spült ihr jetzt gleich«, sagte ich zu Nuala und Gonzalez. »Kevin kann eben die leeren Pizzakartons unten in den Müllcontainer werfen, dann ist doch das Schlimmste passiert.«

»Und das ist jetzt echt unser Tisch?«, fragte Gonzalez noch mal, um ganz sicher zu gehen.

»Geil, was?«, meinte Kevin dazu. Er hatte bereits seinen Ranzen geöffnet und war sehr motiviert, nun an diesem Tisch auch seine Hausaufgaben zu machen.

Andrea, Christoph und ich räumten noch einmal ein wenig um, damit der Tisch mit den Stühlen dauerhaft in das Nowakowski'sche Wohnkonzept integriert werden konnte. Wenn man denn von so etwas sprechen konnte. Es machte natürlich den Raum noch viel voller, und sobald wieder die gewohnte Unordnung Einzug hielt, würde sie vermutlich auch eine so geeignete Ablagefläche wie die Tischplatte nicht verschonen. Aber die Kinder waren sehr glücklich damit. Mehr konnte man nicht verlangen.

Schließlich verabschiedete ich mich von Nicole und den Kindern, um unten Henning aufzulesen und nach Hause zu fahren. Schließlich wollten wir morgen früh in die große weite Welt, und ich hatte noch nicht gepackt. Andrea begleitete mich, weil sie gern eine rauchen wollte, und so standen wir noch einen Moment vor der Fabrik in der Sonne.

»Und Sie werden jetzt hier das Kommando übernehmen?«, fragte ich sie mit einem gewissen Respekt. Schließlich hatte ich diese Aufgabe auch schon mal angefangen und gemerkt, dass das nicht so leicht war.

»Kommando wohl kaum«, meinte sie. »Aber ich habe schon so meine Vorstellungen, was hier nötig ist.«

Daraus sprach ein gewisses Selbstbewusstsein. »Die hatte ich auch«, gestand ich. »Aber das war nicht immer so realistisch.«

»Immerhin haben Sie schon was Tolles erreicht«, sagte sie und nahm genießerisch einen tiefen Zug.

»Ich habe was erreicht?«, fragte ich verblüfft zurück. »Es fühlt sich eher nicht so an.« Ich dachte an Nicole und ihr unverändertes Phlegma, an Nuala und Gonzalez, deren Finger heute wieder genauso dreckig waren wie sonst.

»Kennen Sie dieses Zitat von St. Exupéry, dass man die Leute nicht lehren soll, Schiffe zu bauen, sondern ihnen die Sehnsucht nach dem großen weiten Meer vermitteln?«, fragte sie zurück. »Ich glaube, Sie haben zumindest den Kindern diesen Wunsch nach dem Tisch vermittelt. Und das steht in meinen Augen dafür, dass sie auf Dauer nach der Struktur streben werden, die ihre Mutter nicht hat.«

Ihre Aussage rührte mich und machte mich gleichzeitig skeptisch. »Aber ob sie das schaffen werden?«

Sie zuckte mit den Schultern. »Ich sehe viel Potenzial«, sagte sie. »Der Rest wird sich zeigen. Auch Sie konnten doch früher nicht wissen, was mal aus Ihren Kindern werden wird, oder?« Zum Beispiel so ein sympathischer Kerl wie der, mit dem sie sich die letzte Stunde so angeregt unterhalten hatte.

Diese junge Frau war sehr weise für ihr Alter. Hoffentlich begriffen die viereinhalb Nowakowskis da oben, was sie an ihr hatten. Oder, hm, auch unser Sohn. Er könnte es schlechter treffen. Und ich zumindest hing nicht an Jana.

In diesem Moment kam Henning um die Ecke. Ein guter Zeitpunkt zum Aufbruch. »Wir werden wohl demnächst nach Asien umsiedeln«, sagte ich zu Andrea. »Aber solange ich noch hier bin, werde ich die Kinder ab und zu mal holen und etwas mit ihnen unternehmen, wenn Sie nichts dagegen haben. Ich verspreche auch hoch und heilig, mich nicht in Ihre Konzepte einzumischen, was den Umgang mit der Familie betrifft.«

»Das ist doch eine gute Idee«, meinte Andrea. »Wo werden Sie denn hinziehen?«

»Mein Mann muss beruflich nach Zentralchina. Und da gehe ich mit.« Ich warf einen vorsichtigen Blick zur Seite, aber Henning untersuchte gerade mit Stirnrunzeln eine Nachricht auf seinem Handy. »Ach so, noch eins. Christoph weiß das noch gar nicht, es wäre nett, wenn Sie ihn noch nicht darauf ansprechen.«

»Wird gemacht«, sagte sie mit einem feinen Lächeln. Was besagte, dass es durchaus zu weiteren Konversationen mit unserem Sohn kommen könnte.

Henning telefonierte den gesamten Weg bis zu seinem Auto, und ich dachte, er hätte auch Chinesisch sprechen können, so wenig verstand ich von dem, was er da redete. Aber eins war mir klar geworden: Ich würde mit diesem Mann überall hingehen, auch wenn es ein umweltgeschädigtes Regenloch war. Immerhin war er auch extra für mich zu dieser Einschulung gekommen. Das war zwar längst nicht so weit und so aufwändig, stand aber für unsere Beziehung. Und darum ging es.

Wir fuhren nach Hause und beschlossen, uns noch ein

wenig im Garten in die Sonne zu setzen. »Möchtest du ein Glas Wein?«, fragte er mich.

»Hör mal, die Zeiger sind noch nicht so weit fortgeschritten«, wandte ich ein.

»Na und? Heute ist ein Feiertag«, sagte er. »Und da haben wir was Besseres verdient als diesen faden Pizzeria-Lambrusco.« Mit dem Besseren meinte er den halbtrockenen Silvaner, den er jetzt öffnete.

Ich ließ mich mit Wohlgefallen auf meinem Gartenstuhl nieder. Packen konnte ich auch, wenn die Sonne weg war. »Und wie geht es dir jetzt mit Hannes? Ich hatte den Eindruck, dass ihr euch ganz gut verstanden habt.«

»Ach ja, so übel ist er ja nicht«, sagte Henning und streckte die Beine von sich. »Wenn ich ehrlich bin, war ich am Anfang ein bisschen eifersüchtig, als du mir von ihm erzählt hast. Aber jetzt weiß ich ja, dass ich dazu keinen Grund habe.«

»Dazu hat es nie Grund gegeben«, betonte ich.

»Ich meine nicht, dass ich dir nicht vertraut hätte«, sagte er. »Es ging mir mehr um ihn. Könnte ja sein, dass er versucht, mir eins auszuwischen, indem er sich an meine Frau ranmacht. Aber jetzt ist mir klar, dass das völlig außer Frage steht.«

Etwas an seiner Formulierung machte mich stutzig. »Was meinst du damit?«

Er stellte sein Glas ab und beugte sich zu mir vor. »Ich meine damit, dass es doch ziemlich eindeutig ist, dass Hannes sich nicht für Frauen interessiert, jedenfalls nicht so.«

Fast hätte ich mich verschluckt. »Willst du damit sagen, dass er schwul ist?«

»Na klar«, sagte Henning. »Wusstest du das nicht? Als Mann merkt man so was.«

»Tatsächlich?«, fragte ich verblüfft. »Vielleicht sollte

ich mal Christoph fragen, ob er das auch gespürt hat.« Ich hatte nämlich gerade gesehen, dass er auch wieder zurück war und in der Küche herumkramte.

»Vergiss es«, sagte Henning und schloss träge die Augen. »Der merkt im Moment nichts.«

»Ach ja«, seufzte ich. »Diese Andrea ist aber auch eine Nette, was? Zu blöd, dass er schon mit Jana ...«

Henning öffnete die Augen wieder. »Marie, misch dich da bloß nicht ein.«

»Das hatte ich nicht vor«, sagte ich ein wenig beleidigt.

Er griff nach seinem Glas und nahm einen Schluck. »Und wegen China.«

»Ja?«

»Da gibt es eine gute und eine schlechte Nachricht.«

»Oje.«

»Die gute ist: Das Chongqing-Projekt ist geplatzt. Dr. Sondermann hat nicht unterschrieben, weil diese Schlitzaugen ihn über den Tisch ziehen wollten.«

»Ach ja?«

»Die schlechte ist, dass damit das ganze Chinaprojekt keineswegs vom Tisch ist. Augenblicklich ist die Rede von Shenzen. Könnte aber auch Shanghai werden.«

Ich ließ mir einen Schluck Silvaner auf der Zunge zergehen. Shenzen. Shanghai. Ich betrachtete den Mann, der neben mir in der Sonne döste und mit diesen Städtenamen um sich warf, als handelte es sich um Tagesausflüge ins Hochsauerland. Eigentlich war es egal. Zusammen würden wir es schon schaffen. Das wäre doch gelacht.